LIZ FENWICK

Sterne über Cornwall

GOLDMANN
Lesen erleben

Buch

Nach dem Krebstod ihres Mannes erscheint es der Malerin Maddie wie ein Geschenk des Himmels, als sie von einer ihr bis dato unbekannten Tante ein Haus in Cornwall erbt. Da sie sich durch die Monate, in denen sie ihren Mann gepflegt hat, nicht nur kräftemäßig, sondern auch finanziell ruiniert hat, fragt Maddie nicht lange, sondern verkauft ihre Londoner Wohnung und macht sich mit ihrer widerstrebenden Stieftochter Hannah auf nach Cornwall. Doch ihr steht ein harter Weg bevor: Der einst prächtige Landsitz bröckelt an allen Ecken und Enden, für die rebellierende Hannah ist sie nur »die Hexe«, und um ihren Verstand scheint es auch nicht gut bestellt zu sein, denn auch wenn man ihr versichert hat, dass es in Trevenen nicht spukt, meint sie, in einem leeren Zimmer das Weinen eines Babys zu hören. Erst als Maddie sich selbst als Teil einer Ahnenkette von Frauen begreift, deren Geheimnisse die Mauern von Trevenen hüten, kann sie ihren Frieden mit der Vergangenheit machen und ein neues Leben beginnen …

Autorin

Man könnte sagen, dass Liz Fenwick schon als Weltbürgerin geboren wurde: Als Tochter irischer Eltern erblickte sie in Boston das Licht der Welt. Nach Zwischenstopps in neun verschiedenen Ländern lebt die dreifache Mutter heute mit ihrem Mann und zwei verrückten Katzen in Dubai. Wirklich zu Hause fühlt sie sich allerdings nur in ihrem Cottage in Cornwall, wo auch all ihre Geschichten beheimatet sind. »Sterne über Cornwall« ist das Romandebüt von Liz Fenwick, die bereits an ihrem nächsten Roman arbeitet.

Liz Fenwick

Sterne über Cornwall

Roman

Deutsch
von Sonja Hauser

GOLDMANN

Die Originalausgabe erschien 2012
unter dem Titel »The Cornish House« bei Orion Books,
an imprint of The Orion Publishing Group Ltd., London.

MIX
Papier aus verantwortungsvollen Quellen
FSC
www.fsc.org
FSC® C014496

Verlagsgruppe Random House FSC-DEU-0100
Das FSC®-zertifizierte Papier *München Super* für dieses Buch
liefert Arctic Paper Mochenwangen GmbH.

1. Auflage
Deutsche Erstveröffentlichung Januar 2013

Umschlaggestaltung: UNO Werbeagentur
Umschlagmotiv: © FinePic®, München
Redaktion: Irmi Perkounigg
An · Herstellung: Str.
Satz: omnisatz GmbH, Berlin
Druck und Bindung: GGP Media GmbH, Pößneck
Made in Germany
ISBN 978-3-442-47764-7

www.goldmann-verlag.de

Meinen Eltern für ihren Glauben
Meinen Kindern Dom, Andrew und Sasha
für ihr Verständnis
Meinem Mann Chris für seine Liebe

I

Es war fast elf, und Maddie saß seit über acht Stunden am Steuer ihres Wagens. Sie zwang sich gähnend, die Augen offen zu halten, als sie langsam auf eine weitere unübersichtliche Kurve zufuhr, vor der sich die Silhouetten der Äste im Mondlicht abzeichneten. Die schiefen Formen der Bäume, die sich über den Hecken erhoben, bildeten einen Tunnel, der sie zu erdrücken schien. Maddie bekam eine Gänsehaut. Der Motor geriet ins Stottern.

»Nicht aufgeben, altes Mädchen. Nach Trevenen ist's nicht mehr weit, da können wir uns ausruhen.« Maddie strich übers Armaturenbrett. Aus der Kühlerhaube stieg Rauch auf.

Sie warf einen Blick auf ihre Stieftochter, die auf dem Beifahrersitz schlief. Hannah sah süß aus mit ihren blonden zerzausten Haaren. Als sie sich im Schlaf umdrehte, kam eine Tätowierung an ihrem Arm zum Vorschein. Maddie holte tief Luft. Sie hatte es sich verkniffen, Hannah zu schelten, als diese ihr das Tattoo am vergangenen Abend gezeigt hatte. Sie war ja selbst einmal jung gewesen. Allerdings hatte sie ihren Eltern gehorcht.

Maddie sah auf die Straße. Wenn die Karte stimmte, mussten sie ganz in der Nähe von Trevenen, ihrem neuen Zuhause, sein. Vorausgesetzt natürlich, sie war richtig gefahren. Dass sie auf einer abgelegenen Landstraße liegen blieb, konnte sie nun wirklich nicht gebrauchen.

Bei der Besichtigung im April hatte der Anwalt sie zu dem Haus gefahren. Damals war ihr der Weg ganz einfach vorgekommen, aber vielleicht hatte sie auch nicht so gut aufgepasst. Das wunderte sie nicht. Seit dem Tod ihres Mannes John war sie oft unkonzentriert.

Um den Motor zu kühlen, drehte sie den Ventilator voll auf, ohne spürbares Ergebnis. Der Wagen wurde langsamer, obwohl Maddie das Gaspedal ganz durchdrückte. Nach zweimaligem Ruckeln starb der Motor ab. Sie schlug mit der Faust aufs Lenkrad. Ein paar Meter rollten sie noch die kleine Straße entlang, bis sie schließlich zum Stehen kamen. Das Licht der Scheinwerfer wurde schwächer und ging aus. »Scheiße.«

Hannah wachte auf. »Was ist?«

Maddie versuchte, den Motor noch einmal anzuwerfen, doch es tat sich nichts.

»Sind wir endlich da?«, fragte Hannah und streckte sich.

»Nein. Der Wagen hat den Geist aufgegeben.«

»Was?«

»Der Wagen ...« Maddie drehte noch einmal den Zündschlüssel.

»Das hab ich gehört, aber wo sind wir?« Hannah setzte sich auf.

»Das weiß ich nicht so genau.«

»Himmel, Arsch ...«

»Achte auf deine Ausdrucksweise.« Maddie schloss die Augen. Sie war seit fünf Uhr früh auf den Beinen. Sie hatten die letzten Sachen zusammengeräumt, alles von den Möbelpackern verstauen lassen, und trotzdem war es nach zwei Uhr nachmittags gewesen, bis sie London endlich den Rücken gekehrt hatten. Welcher Teufel hatte sie nur geritten, am Freitag eines Feiertagswochenendes umzuziehen?

»Du musst reden. Grad hast du selber geflucht«, kam es von Hannah zurück.

Maddie seufzte.

»Was ist denn so schlimm am Himmel? *Du* scheinst ja seit Dads Tod nichts mehr mit alldem am Hut zu haben.«

Maddie zählte innerlich bis zehn, bevor sie antwortete. »Das Thema ist ausdiskutiert.« Sie massierte ihre verspannte Nackenmuskulatur. »Streiten hilft uns nicht weiter.«

»Und, was jetzt?«

Maddie löste den Verschluss der Kühlerhaube und stieg aus. Es hätte durchaus noch schlimmer kommen können, sagte sie sich. Zum Glück regnete es nicht, es war eine klare Spätsommernacht. Eine frische Brise, die den Duft von Geißblatt herantrug, wehte ihr durch die Haare, als sie sich über den Kühler beugte.

»Was machst du da?«, erkundigte sich Hannah.

»Ich seh mir den Motor an.«

»Seit wann kennst du dich mit Autos aus?«

Maddie lachte. Es stimmte, sie hatte tatsächlich nicht die geringste Ahnung. Maddie zog das Handy aus der Tasche, um die Pannenhilfe zu rufen. Als sie das Gerät einschaltete, erschien auf dem Display ein Bild von John. Sie musste blinzeln. Er war seit acht Monaten tot.

»Willst du das Ding weiter bloß anstarren?«, fragte Hannah.

Maddie wählte. Kein Empfang. Na toll.

Hannah lehnte sich zum Fenster hinaus. »Und was machen wir jetzt?«

»Nichts.«

»Nichts? Super. Wir stecken am Ende der Welt fest, ohne Empfang, in einem kaputten Auto.«

»Ja, so könnte man es zusammenfassen.« Maddie wandte den Blick um Beistand flehend gen Himmel, entdeckte jedoch nur die Milchstraße und stellte erstaunt fest, wie schön sie war. Sie konnte sich nicht erinnern, wann sie das letzte Mal den Himmel ganz ohne künstliches Licht gesehen hatte. Eine Sternschnuppe sauste herunter; Maddie fragte sich, ob sie es wagen durfte, sich etwas zu wünschen. Wie sähe ihr Wunsch im Moment aus? So wie immer, die Fantasie von einem Häuschen mit weißem Lattenzaun, oder hatten die Erlebnisse des vergangenen Jahres ihre Fähigkeit, an Träume zu glauben, zerstört?

Hannah wedelte mit der Hand vor ihrem Gesicht herum. *»Hal-lo?!«*

»Ja.«

»Was willst du jetzt machen?« Hannah nestelte am Reißverschluss ihrer Jacke.

»Die Straße langgehen und Hilfe holen.«

»Viel Glück. Hier ist doch keine Menschenseele. Wir sind am Arsch der Welt.«

Maddie streckte die Hand aus. »Die Taschenlampe, bitte. Sie ist im Handschuhfach.«

Hannah warf sie auf den Fahrersitz.

Maddie wartete eine Weile schweigend, bevor sie schließlich fragte: »Gehst du mit?«

»Nein.« Hannah hielt die Taschenlampe zum Fenster hinaus.

»Okay.« Maddie nahm sie und machte sich allein auf den Weg. Sie konnte Hannah nicht zwingen mitzukommen. John war tot, und Maddies Beziehung zu seiner Tochter wurde von Tag zu Tag schlechter.

Maddie hielt blinzelnd den Blick auf die Straße vor ihr gerichtet. Es dauerte eine ganze Weile, bis eine Gruppe von Häusern auftauchte. Nur in einem brannte Licht.

Hannahs Worte »am Arsch der Welt« klangen Maddie in den Ohren, als sie klingelte. Keine Reaktion. Maddie drückte noch einmal auf den Klingelknopf und lauschte, hörte jedoch nur ihren eigenen Atem. Sie klopfte.

»Wer, zum Teufel ...«, brummte eine tiefe Stimme.

Maddie blickte in braune Augen.

»Tut mir leid, wenn ich störe, aber ich hatte eine Panne und kriege hier keinen Empfang.« Sie überprüfte ihr Handy noch einmal. »Könnte ich kurz Ihr Telefon benutzen?« Schweigen, dann hörte Maddie eine kehlige Frauenstimme aus dem Hintergrund fragen, wer an der Tür sei. Die Haare des Mannes waren zerzaust, er trug kein Hemd, und die Hose hing ihm schief am Leib. Maddie senkte verlegen den Blick.

»Klar.« Der Mann ließ sie hinein.

Obwohl es erst der fünfundzwanzigste August war, kündeten die raschelnden Blätter vom nahenden Herbst. Diese Tage am Ende des Sommers, wenn die tiefer stehende Sonne die Farben intensiver erstrahlen ließ, waren seit jeher Maddies Lieblingszeit. Von alldem hatte sie im Moment allerdings nicht allzu viel: Der Schein ihrer Taschenlampe durchdrang kaum die Dunkelheit.

Ein Dachs huschte über die Straße. Es war gerade so viel Platz, dass Maddie und der Mann nebeneinander hergehen konnten. Er hatte den Leuten von der Pannenhilfe den Weg beschrieben und Maddie angeboten, sie zum Wagen zurückzubegleiten. Die Frau war bei einem Glas Wein im Haus geblieben. Maddie hoffte, dass die beiden ihren gemütlichen Abend später fortsetzen konnten, bezweifelte das jedoch.

»Scheiße, Maddie, du hast dir ganz schön Zeit gelassen.« Hannah trat aus dem Schatten heraus.

Maddie blieb vor Schreck fast das Herz stehen.

»Ist das der Typ von der Pannenhilfe?«

»Ist jemand vorbeigekommen?«, fragte Maddie zurück.

»Machst du Witze? Wer soll denn auf dieser Scheißstraße unterwegs sein? Hier gibt's doch bloß Fledermäuse.«

»Prima. Die sind geschützt. Du kannst dich glücklich schätzen, wenn du eine zu Gesicht bekommst; es gibt nicht mehr viele«, erklärte der Mann mit leiser Stimme.

»Danke für die Information, aber ich hab eine Scheißangst hier. Wer sind Sie überhaupt?«, erkundigte sich Hannah.

»Hannah …«, ermahnte Maddie sie.

Er streckte Hannah die Hand hin. »Mark Triggs.«

Ohne seine Hand zu beachten, wandte Hannah sich wieder Maddie zu. »Hast du irgendwas Nützliches gemacht, zum Beispiel rausgefunden, wo dieses Scheiß-Trevenen ist?«

»Trevenen?«, wiederholte der Mann. »Dann sind Sie mit Daphne Penventon verwandt?«

»Ja.« Allerdings wusste Maddie trotz der Informationen des Anwalts nicht, in welchem Verhältnis Daphne Penventon zu ihrer leiblichen Mutter gestanden hatte.

»Sind Sie schon mal in Trevenen gewesen?«, fragte er.

»Einmal, vor ein paar Monaten.« Maddie versuchte, im trüben Licht der Taschenlampe die Reaktion des Mannes abzuschätzen, dessen Gesicht im Schatten lag.

»Wollen Sie heute Nacht dort schlafen?«

»Gott, was für ein Albtraum. Trevenen ist sicher eine

Bruchbude ohne Dach und fließendes Wasser«, maulte Hannah. »In den Verträgen steht, dass es eine Wohnstätte ist, kein richtiges Haus.«

Mark lachte auf.

Hannahs Tonfall machte Maddie nervös. Trevenen war durchaus bewohnbar. Das hatte sie mit eigenen Augen gesehen. »Das ist nur so eine juristische Formulierung.«

Hannah zuckte mit den Achseln. »Hey, wann kommt endlich der Typ von der Pannenhilfe?«

Maddie warf einen Blick auf ihre Uhr. »In den nächsten zwei Stunden.«

»Einer von der ganz schnellen Truppe, was? Zwei Frauen sitzen auf einer dunklen Straße mit einem unbekannten Mann fest, und die lassen sich Zeit. Na toll. Ich sehe schon die Schlagzeilen nächste Woche, wenn die Leichen von einem Bauern entdeckt werden.«

»Es reicht, Hannah.«

»Was reicht?«

»Dein Melodrama.«

»Danke für das neue Wort.«

Maddie ballte die Hände zu Fäusten und holte tief Luft. »Hannah.« Hannah hatte allein in der Dunkelheit Angst gehabt. Nun, vielleicht bewirkte das, dass sie das nächste Mal nicht mehr so störrisch war und sie begleitete.

»Lass mich in Frieden, Maddie.« Hannah wandte sich von ihnen ab. »Du bist Dads Witwe, nicht mehr und nicht weniger.«

»Ich bin dein Vormund«, widersprach Maddie, der klar war, dass es besser gewesen wäre, den Mund zu halten. Bei Hannah war für eine Veränderung mehr nötig, als einmal auf einer einsamen Landstraße allein gelassen zu werden, das wusste sie.

»Scheißgesetze.« Hannah stieg in den Wagen und knallte die Tür zu.

In der Morgendämmerung waren die Umrisse eines weitläufigen Gebäudes aus Granitstein zu erkennen. Das Haus war groß, viel größer, als Maddie es in Erinnerung hatte, und das Dach erstreckte sich besorgniserregend schief über eine weite Fläche. War das im Frühjahr auch schon so gewesen? Sie schloss die Augen und versuchte sich zu erinnern. Glockenblumen hatten sich in den früheren Blumenbeeten unter die Bäume geschmiegt. Blau, grau und grün, dazu der Geruch von wildem Knoblauch. Das Dach war ihr nicht aufgefallen. Maddie öffnete die Augen wieder und ließ den Blick über den Gebäudekomplex schweifen.

Es waren so viele Fenster, und sie zählte vier Kamine – mit einem alten Herrenhaus hatte sie nicht gerechnet. Wie hatte sie nur vergessen können, dass es so groß war? Als sie erfuhr, dass sie Erbin eines Hauses in Cornwall war, hatte sie sich etwas Kleines vorgestellt, ein Cottage oder einen Bungalow. Sie schluckte. Was hatte sie sich da aufgehalst? Hier gab es keinen einfachen weißen Lattenzaun, sondern Stabkreuzfenster und zahllose Verpflichtungen. Sie war verrückt, sich so etwas anzutun, aber was blieb ihr anderes übrig? Das Haus in London war mehr wert gewesen als das in diesem abgelegenen Teil Cornwalls. Also hatte sie es verkauft, um die Rechnungen zu bezahlen.

Sie unterdrückte ein Gähnen, stieg aus dem Auto und holte tief Luft. Der Geruch feuchter Erde beruhigte sie. Sie schloss leise die Wagentür. Hannah schlief auf dem Rücksitz, seit klar war, dass das Auto repariert werden konnte, auch wenn das eine Weile dauern würde. Der Mechaniker war leider ein Meister der Untertreibung gewesen.

Ihr neuer Nachbar stieg aus seinem Wagen. Kaum zu glauben, wie hilfsbereit Mark war. Er hatte sie davor bewahrt, sich noch einmal zu verfahren, indem er sie durch die kleinen Straßen zu ihrem neuen Zuhause lotste.

»Morgen«, sagte er.

Maddie, die voller Neid bemerkte, dass ihm die durchwachte Nacht nicht anzusehen war, suchte vergebens nach Ringen unter seinen Augen. Er hatte hohe Wangenknochen und einen vollen Mund. Seine Gesichtszüge waren, jeweils für sich genommen, nicht klassisch schön, aber die Kombination machte ihn ziemlich attraktiv.

»Es ist schon eine ganze Weile Morgen«, stellte sie fest.

»Stimmt, aber die Vögel haben noch nicht gezwitschert.«

Sie hob eine Augenbraue. »So definieren Sie den Morgen?«

»Ja, und dazu eine gute Tasse Kaffee.«

»Bitte erwähnen Sie nichts, was im Moment so gut wie unmöglich ist.« Der Gedanke an einen doppelten Espresso in ihrem früheren Stammcafé trieb ihr fast die Tränen in die Augen, obwohl in dem Zustand nicht einmal Koffein sie richtig wach gemacht hätte.

»Sie könnten noch mal mit zu mir kommen.«

Maddie spielte ernsthaft mit dem Gedanken, sein Angebot anzunehmen, wandte sich dann jedoch dem Haus zu. »Ich bin gespannt auf Trevenen.«

»Es erwartet Sie schon.« Er streckte die Hand in Richtung des alten Gebäudes aus und verbeugte sich grinsend.

Trotz der bleiernen Müdigkeit, die jede Faser ihres Körpers durchzog, versuchte sie sich zu konzentrieren und ließ den Blick über ihr neues Zuhause schweifen. Manche Fenster waren mit Steinverzierungen eingefasst, andere hatten einfache weiße Schiebefenster aus Holz, das Licht des frühen Morgens spiegelte sich in ihnen, ohne dass sie etwas vom Innern preisgegeben hätten. Trevenen wirkte solide, wenn auch kühl und leer.

Zu ihrer Linken befand sich, wenn sie sich recht erinnerte, der Schweinestall, bei dem das Dach fehlte, und hinter ihr, auf der anderen Seite des Hofs, waren die Ställe. Die Gebäude formten drei Seiten eines großen Rechtecks, das Haupthaus lag auf der östlichen.

Sie atmete tief durch und setzte dann auf dem überwachsenen Weg zum Haus mechanisch einen Fuß vor den anderen, an der Tür holte sie einen großen Schlüssel aus der Tasche und steckte ihn ins Schloss. Es gelang ihr, die Klinke herunterzudrücken, aber die Tür selbst gab nicht nach. Sie versuchte es noch einmal und stemmte sich gegen die Tür. Sie spürte, wie sie ein ungutes Gefühl beschlich. Aber das schob sie schnell beiseite. Eigentlich sollte das alles doch aufregend sein, immerhin war sie nun Besitzerin eines Herrenhauses.

Mit lautem Knarren gab die Tür nach, und ein Schwall abgestandener Luft schlug Maddie entgegen, als sie über die Schwelle stolperte. Ihr Eintreten wirbelte Staub auf, und die Wände schienen aufzuseufzen. Auf dem Boden lagen lange Schatten und tote Fliegen. Maddie schlang die Arme um den Körper.

»Glauben Sie, hier gibt's Strom?«, fragte sie Mark mit einem müden Lächeln.

»Ich denke schon.«

Die schweren Vorhänge waren zugezogen, die Luft roch feucht. Maddie drückte den Lichtschalter herunter und straffte die Schultern. Am Ende würde sich schon alles fügen. Sie und Hannah hatten ein Dach über dem Kopf und konnten sich ein neues Leben aufbauen. Sie musste nach vorn blicken und die schmerzlichen Erinnerungen beiseiteschieben.

Als Mark neben sie trat, spürte sie seinen Atem an ihrer Wange. Sie ging einen Schritt zur Seite. Der Unterschied zwischen ihm und ihrem Mann hätte nicht größer sein können. Als es ihm noch gut ging, war John ein hoch aufgeschossener blonder Mann gewesen. Wenn sie die Augen schloss, konnte sie ihn sehen, wie er, die Haare in der Stirn, auf seinen Computer einhackte, um rechtzeitig einen Artikel fertigzustellen. Am Ende war von seinem schönen Haar nichts mehr übrig gewesen.

»Soll ich kurz durchs Haus gehen und nachsehen, ob alles in Ordnung ist?«

»Danke.« Maddie sah auf den Staub und die Spinnweben in der Eingangshalle, sie fröstelte. Es war ziemlich kalt. »Hier gibt's doch keine Gespenster, oder?«

»Trevenen ist kein Spukhaus«, versicherte Mark.

Maddie holte tief Luft und betrachtete die geschlossenen Türen, die ursprünglich glänzend weiß gestrichen gewesen sein mussten, jetzt jedoch die Farbe von Buttermilch hatten. Sie wusste, dass sich eine solche Farbe nicht mischen ließ, sondern erst mit den Jahren entstand.

»Hier gibt es keine Geister, versprochen. In ein paar anderen Häusern in der Umgebung spukt es, ja, aber nicht in Trevenen.«

»Sie klingen wie ein Experte auf dem Gebiet.«

»Ach was.« Er ging grinsend die breite Treppe hinauf. Obwohl das Holzgeländer nicht gestrichen war, konnte man die Maserung kaum erkennen. Maddie betrachtete es genauer. Schweiß und Fett von vielen Händen hatten das Eichenholz dunkel verfärbt und abgeschliffen. Die Baluster waren drei Töne heller, alle Stufen der Treppe durchgetreten. Maddie meinte, aus den Augenwinkeln etwas wahrzunehmen, konnte aber, als sie den Blick hob, nichts sehen. Sie rieb sich die Arme.

Maddie lehnte sich an die Wand und versuchte, ihre Beklemmung loszuwerden. Die einzelne Glühbirne an der Decke warf ihren matten Schein auf die Tapete. Die Blumen darauf ließen die Bilder an den Wänden fast verschwinden, nur eine verblichene Fotografie von drei Frauen fiel Maddie auf. Wer waren sie, fragte sie sich, und befand sich Daphne Penventon unter ihnen?

Ihre Hand wanderte an den Wänden des Flurs entlang. Daphne Penventon war es zu verdanken, dass sie und Hannah neu anfangen konnten. Obwohl Maddie nun offiziell Eigentümerin von Trevenen war, erschien ihr alles noch nicht ganz real.

Von einer sicheren Basis erhoffte sie sich neue Inspirationen. Während Johns Krankheit hatte sie sich danach gesehnt zu malen – ihren Schmerz, ihre Hoffnung und ihre Liebe –, doch dazu war keine Zeit gewesen, und jetzt, da sie Zeit hatte, fühlte sie sich leer. Sie wusste nicht, wo sie anfangen sollte. Wie konnte es sein, dass das Leben einmal so klar gewesen war und sich jetzt so trist anfühlte?

Beim Betreten der Küche fiel ihr Blick auf das riesige Fenster am einen Ende. Jede der handgefertigten Scheiben rahmte einen anderen Ausschnitt der Szenerie draußen. Große schwarze Balken kreuzten die Decke, die mit verblichener Glanzfarbe gestrichen war. Der ungleichmäßige Gilb der Wände lenkte von den schönen Holzarbeiten ab. Maddie fragte sich, wann der Raum das letzte Mal neu gestaltet worden war. Der Einrichtung nach zu urteilen, in den fünfziger Jahren oder noch früher. Im Kamin befand sich ein viel benutzter und lange nicht mehr geputzter Grill. Sämtliche Oberflächen waren mit Staub bedeckt, und in der Luft hing der Geruch von Verfall.

Maddie beugte sich über die große weiße Spüle und rüttelte am Riegel des Fensters, um die Morgenluft hereinzulassen. In den Ecken des Fensterbretts lagen Haufen toter Insekten, und am Rahmen hing ein Spinnennetz. Von der Spinne keine Spur. Es war, als hätten sämtliche Bewohner von Trevenen das Haus überstürzt verlassen. Maddie entdeckte sogar eine Kanne mit den schimmeligen Überresten dessen, was vermutlich Daphnes letzter Tee gewesen war.

Marks Schritte näherten sich der Küche. Maddie wandte sich, die Tränen unterdrückend, ihm zu. »Danke für die Hilfe. Sie hätten nicht bleiben müssen.«

»Wie könnte ich zwei Frauen in Not allein lassen? Das würde doch meinen Ruf ruinieren«, erklärte er schmunzelnd.

Maddie musste lachen. Sie war sich sicher, dass er seines guten Aussehens und seines charmanten Lächelns wegen einen gewissen Ruf hatte, doch das ging sie nichts an.

Als Mark weg war, sah Maddie nach Hannah, die nach wie vor im Wagen schlief. Gut, dass wenigstens eine von ihnen ausgeruht sein würde. Die Sonne brannte auf den Rasen herunter, der eher einer Wiese ähnelte, und auf den Garten, in dem mehr Unkräuter als Blumen wuchsen, aber von außen wirkte das Haus freundlich.

Bei einem Rundgang durchs Innere legte Maddie im Kopf eine Liste der zu erledigenden Dinge an. Eine Kletterrose, die durch ein zerbrochenes Fenster gewachsen war, überwucherte den Bogen vor dem Haus. Einzelne Ranken wanden sich zu dem kleinen Nebengebäude hinüber. Maddie setzte das zerbrochene Fenster auf ihre gedankliche Liste und ging weiter.

Die Fassade von Trevenen schien renoviert worden zu sein. Von vorn versuchte das Haus, streng, fast georgianisch zu wirken, anders als an der Rückseite, die deutlich auf die mittelalterlichen Anfänge des Gebäudekomplexes verwies. Maddie trat ein paar Schritte zurück, um ihr Haus in seiner Gesamtheit zu betrachten, und wiederholte: *mein Haus*. Dieses alte Gemäuer gehörte ihr. Seine windschiefe Fassade brachte sie zum Schmunzeln, hatte aber wohl denjenigen, der sie in strenge Balance bringen wollte, verärgert. Obwohl letztlich nichts zusammenpasste, besaß das Resultat der Bemühungen mit den hohen georgianischen Fenstern, in denen sich das Morgenlicht spiegelte, einen gewissen Reiz.

Das Licht ließ die Stelle des Gebäudes deutlich hervortreten, an der angebaut worden war. Im neueren Teil waren gleichmäßigere Steine verbaut worden. Als Maddie mit der Hand über die Anschlussstelle strich, bekam sie eine Gänsehaut, weil ein leises, klagendes Geräusch an ihre Ohren drang. Sie sah sich nach der Quelle um, konnte aber nur den sonnenbeschienenen Garten erkennen. Eine Wespe summte träge um ihre Beine.

Sie wandte blinzelnd den Blick vom Haus ab. Das Geräusch verstummte. Achselzuckend schlenderte sie auf die große Kiefer auf der anderen Seite des Gartens zu. Ihre Äste ragten asymmetrisch in den Himmel. Das dazwischen durchblitzende Blau weckte einen kreativen Impuls in ihr, den sie jedoch beiseiteschob. Heute war kein Tag zum Malen. Sie musste dieses Haus kennenlernen und putzen, bevor in der folgenden Woche ihre Habseligkeiten eintrafen.

Maddie schob sich durch eine Lücke in der Hecke in den Teil des Grundstücks, der früher vermutlich der Küchengarten gewesen war. Überall leere Gemüsestangen und wucherndes Gras. Als sie ein Beet genauer inspizierte, entdeckte sie Spinat, der sich selbst angesät haben musste. Es würde sie nicht allzu viel Mühe kosten, diesen Garten auf Vordermann zu bringen. Vielleicht konnte sie Hannah dafür begeistern. Ihn herzurichten wäre harte Arbeit, doch die würde sich lohnen.

Maddie richtete sich auf. Auf der anderen Seite des Gartens standen nur wenige Bäume, so dass sich ein weiter Blick bot. Sie betrachtete die Felder, die zu einer tiefen bewaldeten Senke hin abfielen. Maddie vermutete, dass sich dort ein Bach befand, den sie nicht sehen konnte. Auf der anderen Seite stiegen die Felder wieder an. Wenn sie die Augen halb schloss, bildeten die unregelmäßigen, von Hecken gesäumten Formen ein willkürliches Muster aus Furchen, bepflanzten Flächen und Weiden.

Durch den Obstgarten ging sie zurück zum Haus. Alle Bäume hingen voller Früchte. Sie versuchte, einen Apfel zu pflücken, doch der hing zu fest am Ast. Wahrscheinlich würde es noch einen Monat dauern, bis die Äpfel und Birnen reif wären. Die Grün-, Rot-, Ocker- und Gelbtöne gefielen ihr. Bald schon würde sie wieder malen.

Auf dem Weg zum Haus versuchte sie, sich an das zu erinnern, was der Anwalt ihr über das Anwesen erzählt hatte. Trevenen hatte mit zwei Zimmern oben und einem Raum unten begonnen und sich zu einem kleinen Herrenhaus entwickelt. Das Gebäude besaß in etwa die Form eines L, wobei die große Küche den unteren Teil des L bildete und sich in den Hof dahinter erstreckte. Dann folgte der Rest des Hauses in einer langen Linie. Sämtliche Gemeinschaftsräume im Erdgeschoss gingen vom großen Flur ab, und die Diele trennte den alten Teil vom neuen.

Maddie öffnete alle Türen und Fenster weit. Die Zimmer unterschieden sich und hatten jeweils einem bestimmten Zweck gedient, der nun in den meisten Fällen vergessen war. Aus den Dingen, die Daphne hinterlassen hatte, schloss Maddie, wie ihre Wohltäterin die Räume genutzt hatte. Für eine alte Frau allein war die Instandhaltung dieses großen Hauses eine gewaltige Aufgabe gewesen.

Neben der Tür zum Hof hing eine abgetragene Regenjacke, und darunter stand ein Paar ausgelatschter Stiefel. Auf dem Fensterbrett lagen schmutzige Handschuhe, daneben eine Gartenschere. Wie war Daphne gestorben? Hatte sie im Garten gearbeitet, war hereingekommen, um sich eine Tasse Tee zu machen, und umgekippt? So sah es jedenfalls aus. Maddie berührte die Handschuhe und versuchte, sich die Frau vorzustellen, die sie getragen hatte.

Maddie betrat das Esszimmer mit dem wunderschönen langen Tisch und den unterschiedlichen Stühlen. Sie zählte drei im Chippendale-Stil; die anderen stammten vermutlich aus der viktorianischen Zeit. Als sie einen Schrank neben dem Kamin aufmachte, wirbelte ein Luftzug tote Motten vom Porzellan auf. Maddie musste niesen und versuchte erfolglos, mit der Hand den Staub wegzuwedeln.

Sie ging in die große Diele. Sonnenlicht fiel durch das hohe Fenster auf den Boden, so dass die großen Schieferplatten darauf deutlich zu sehen waren. Es handelte sich hauptsächlich um Rechtecke unterschiedlicher Größe mit Adern und Schrammen auf der matten Oberfläche. Maddie gab der Versuchung nach, Himmel und Hölle zu spielen, und sprang auf einem Fuß bis zur Treppe. Am liebsten hätte sie laut gelacht; sie fühlte sich unbeschwert wie seit Jahren nicht mehr. Zwei Stufen auf einmal nehmend lief sie hinauf.

Etwas drückte Hannah im Rücken, durch die Augenlider nahm sie grelles Licht wahr, und der Gestank von Kühen drang ihr in die Nase. Sie war gestorben und wachte in der Hölle auf. Nein, sie lag auf dem Sitz des Wagens. Warum? Ach ja, Maddies toller Plan, in einer Hütte in Cornwall zu leben.

Sie setzte sich auf und blickte sich um. Links von ihr befand sich etwas, das aussah wie ein Stall, und direkt vor ihr eine Ruine mit zwei Wänden, ohne Dach und bestimmt ohne fließendes Wasser. Super. Die böse Stiefmutter hatte sie von London in diese Hölle verschleppt. War das das Haus? Wenn ja, war es der reinste Albtraum, inklusive Fledermäusen und schmachtendem Ökofreak namens Mark, der vergangene Nacht bei ihnen, oder besser gesagt bei Maddie, geblieben war.

Wie lange hatte sie geschlafen? Hannah rieb sich die Augen. Die Sonne stand hoch am Himmel. Wo steckte Maddie? Als Hannah sich nach rechts wandte, entdeckte sie ein riesiges Gebäude mit Dach, ein massiges, uraltes Ding. Sie mochte alte Gebäude; diese Leidenschaft hatte sie von ihrem Dad. Zusammen hatten sie oft vom National Trust verwaltete Anwesen besucht. Jetzt, da sie selbst in einem leben würde, war sie sich nicht mehr so sicher, ob sie das cool finden sollte. Maddie war es zu verdanken, dass sich einer ihrer Wunschträume erfüllte, aber gefiel ihr das? Die Realität war scheiße.

Sie stieg aus dem Wagen und ließ den Blick über Granit,

Fenster und Dachschindeln schweifen. Die Mauersteine schienen an manchen Stellen eine Struktur zu besitzen, von unten nach oben kleiner zu werden, wenn auch nicht überall. Hannah trat einen Schritt zurück. Hatte man an das Haus angebaut? An einer Seite zog sich eine krumme Linie von oben nach unten. Es sah aus, als wäre der Maurer beim Bau betrunken gewesen, oder als hätte sich die Außenwand im Lauf der Zeit verschoben.

Die Fenster auf der einen Seite hatten unterschiedliche Formen und Größen, und über der hinteren Tür befand sich ein Erker, der Hannah an eine Frau am Spinnrad denken ließ. Komisches Zeitlochgefühl. Hannah ging um das Gebäude herum zur Vorderseite, wo sich ein gewaltiger Baum erhob, der das Haus fast klein erscheinen ließ.

Eine Brise wehte Kieferndunft heran. Hannah wandte sich dem Baum zu. Es war eine Weile her, dass sie das letzte Mal auf einen Baum geklettert war. Als sie sich auf den untersten Ast schwang, erinnerte sie sich an ihre ersten Versuche im Windsor Great Park. Dad hatte ihr beigebracht, dass sie sich den Baum genau ansehen musste, bevor sie loskletterte. Dieser hier hätte ihm gefallen. Er war wie fürs Klettern geschaffen, aber natürlich würde Dad ihn nie zu Gesicht bekommen, weil er gestorben war und sie verdammt noch mal allein gelassen hatte.

Ihr Handy meldete eine SMS. Eine Nachricht von ihrer besten Freundin Abi.

Wie schlimm ist es? Was ist mit der Hexe? X

Hannah betrachtete das Haus. Es war gar nicht so schlecht.

Cooles Haus. Hexe wie immer. X

Als Hannah von dem Baum heruntersprang, überlegte sie, ob sie Maddie wegen des Umzugs nicht vielleicht doch unrecht getan hatte, aber dann hörte sie Maddies Stimme. Mit wem redete sie? War der Typ immer noch da? Was fanden die Männer nur an Maddie? Hannah hatte nie verstanden, wieso ihr Vater sich in sie verguckt hatte. Wahrscheinlich lag's am Sex. Warum sonst hätte er eine groß gewachsene, schlaksige Frau mit widerspenstigen braunen Locken und schniekem Akzent geheiratet? Einen anderen Grund konnte Hannah sich nicht vorstellen.

Ihr knurrte der Magen. Sie war in der Hoffnung um das Gebäude herumgegangen, zum Ausgangspunkt zurückzugelangen und etwas Essbares zu finden, aber am Ende im Hof vor den Ställen gelandet. Keine Spur von der Hexe. Hannah holte ihren Rucksack aus dem Wagen und suchte darin nach einem Schokoladenriegel, während sie das Haus betrat.

Dunkle Wände mit Blümchentapete. Willkommen in den Vierzigern! Vielleicht würde Hannah das Ganze überstehen und wie durch Zauberhand wieder ins normale Leben – so normal es ohne Dad eben sein konnte – zurückkehren, wenn sie es sich wie eines dieser Fernsehexperimente vorstellte, die bloß ein paar Wochen dauerten.

Maddie öffnete die erste Tür am oberen Ende der Treppe und betrat ein karg eingerichtetes Zimmer. Auf dem Doppelbett lag eine Häkeldecke. Kleine Rosen schmückten die Tapete und die Vorhänge. Sie ging ans Fenster und schaute auf den Hof und die Wiesen, auf denen überall Kühe standen, hinaus. Der Anwalt hatte ihr mitgeteilt, dass Daphne bis zu ihrem achtzigsten Lebensjahr Landwirtschaft betrieben hatte, doch jetzt war der Grund an einen Bauern verpachtet, was ein kleines, willkommenes Einkommen brachte.

Die Bodendielen knarrten, als sie in den nächsten Raum ging, den mit dem Erkerfenster über dem hinteren Eingang. Vermutlich war er früher als Bibliothek genutzt worden. Regale bedeckten zwei Wände, ein großer Schreibtisch stand in der Erkernische und ein kleines Sofa vor der ansonsten nackten Wand, darauf handgenähte Kissen. Darüber hing ein hübsches Aquarell von einem Strand. Maddie widerstand der Versuchung, ein Buch aus einem der Regale zu nehmen.

Als Maddie vom Flur aus die Eingänge zählte, merkte sie, dass sich das Zimmer, an das sie sich von ihrem ersten Besuch her erinnerte, im »neuen« Teil des Hauses befinden musste. Es war bedeutend größer und luftiger als diese hier, obwohl auch das schmale über der Küche ziemlich groß wirkte. Maddie öffnete die Fenster und ging hinunter ins Wohnzimmer.

Ob sich unter dem grässlichen Teppichboden wohl der ursprüngliche Boden verbarg? Die siebziger Jahre hatten allerlei Scheußlichkeiten hervorgebracht; die hochflorigen Teppichböden und die avocadogrünen Badezimmerfliesen gehörten dazu. Die Möbel hingegen gefielen Maddie. Sie konnte sich gut vorstellen, dass die wenigen Stücke ihrer Eltern, die sie nicht verkauft hatte, gut hierherpassen würden. Sie schloss die Augen. Sie durfte sich nicht auf das konzentrieren, was sie verloren hatte; das brachte nichts. Maddie ging in den nächsten, kleineren Raum, in dem sich offenbar Daphnes Büro befunden hatte. Auch dieses Zimmer hatte ein schönes großes Fenster, war jedoch mit ein paar Aktenschränken, einem Tisch und einem Stuhl nur spärlich möbliert. Maddie betrachtete die

Papiere, die auf dem Schreibtisch lagen, ausschließlich alte Rechnungen, um die sie sich nicht kümmern musste. Bald schon würden neue dazukommen.

Sie ging nach oben und sah durch ein rundes Fenster hinaus. Der Raum hier war dem Wohnzimmer darunter nachempfunden, fühlte sich wegen der niedrigeren Decke und des anderen Lichteinfalls jedoch gemütlicher an. Sie erkundete das geräumige Bad über dem Büro und fand keinerlei Hinweis darauf, dass es von Daphne oder irgendjemandem sonst genutzt worden war. Der Schrank war leer, und sie konnte nirgendwo Handtücher oder Toilettenartikel entdecken. Vielleicht war es der alten Frau zu mühsam gewesen, sich um diese Seite des Hauses zu kümmern. Für Maddie hingegen war sie wegen des Morgen- und Abendlichts ideal.

Ein großes Himmelbett beherrschte den Raum. In ihrer Müdigkeit konnte Maddie der Versuchung, sich daraufzulegen, nicht widerstehen. Staub erhob sich von der alten Daunendecke, als die Matratze unter ihrem Gewicht nachgab, und die aufgewirbelten Staubkörner tanzten im Licht. Maddie schloss die Augen lieber nicht, weil sie wusste, dass sie im Schlaf Albträume erwarteten. Kurze Zeit später zwang sie sich, wieder aufzustehen.

»Hannah?«, hörte sie Maddie rufen.

»Hannah?«

Schwang Panik in ihrer Stimme mit? Hannah lächelte. Endlich bröckelte ihre Gelassenheit. Sonst bekam Maddie nicht viel mit, weil sie so in ihre Welt der Farben und Formen vertieft war. Herrgott, sie war nicht mal wegen des Tattoos ausgerastet! Sie hatte das Blau hübsch gefunden, aber nicht gemerkt, dass das Ding bloß aufgeklebt war.

Tja, so sehr interessierte sie sich für sie. Maddie hatte nicht geschrien und war nicht ausgeflippt, sondern hatte einfach nur weiter für diesen Scheißumzug nach Cornwall gepackt und geschwärmt, wie dankbar sie war, dass sie das Haus geerbt hatte.

Hannah schlenderte zu ihrer Stiefmutter in der Diele.

»Da bist du ja.« Maddie begrüßte sie mit einem Lächeln. »Hast du dich umgeschaut? Wie findest du's?«

Hannah zuckte mit den Achseln.

»Ich nehme das Zimmer über dem Wohnzimmer. Du kannst jedes andere haben. Es gibt genug Auswahl. Könnte sein, dass du dir die Möbel aus anderen Räumen zusammensuchen musst, aber du findest bestimmt, was du brauchst.«

Hannah verdrehte die Augen und ging die Treppe hinauf. Maddie versuchte immer, in allem etwas Positives zu sehen. Wann begriff die Frau endlich, dass das Leben scheiße war?

Hannah fiel es schwer, sich für ein Zimmer zu entscheiden. Sie wusste nur, dass sie so weit von Maddie weg sein wollte wie möglich. Der Raum, in dem Hannah jetzt stand, war so breit wie das Gebäude, lag direkt über der Küche und hatte einen hübschen Kamin. Nicht so einen großen, offenen wie unten, sondern einen feineren mit einem weißen Holzsims um ein kleines schwarzes Gitter.

In den meisten Zimmern standen Möbelstücke herum. Maddie hatte gesagt, sie könnte sich aussuchen, was sie wollte, die Möblierung spielte also für ihre Entscheidung keine Rolle. Vielleicht sollte sie einfach das Zimmer nehmen, das am weitesten von dem Maddies entfernt war.

Sie fragte sich, ob man den Kamin benutzen konnte. Das war möglicherweise wichtig, weil Maddie nicht wusste, ob die Zentralheizung funktionierte. Das wollte sie später ausprobieren. Jeder normale Mensch hätte das Haus überprüfen lassen, bevor er einzog, doch Maddie hatte einfach das in London verkauft, weil das angeblich nötig war, um Dads Rechnungen zu zahlen. Aber das war Quatsch. Sie hätte genauso gut dieses Gemäuer verkaufen können. Irgendjemand hätte sich sicher dafür interessiert.

Ein Vogel ließ sich auf dem Fensterbrett nieder.

»Guten Morgen, Frau Elster, du Unglücksvogel.« Hannah biss sich auf die Lippe. War sie nicht zu alt für kindischen Aberglauben? Nein, nicht wenn es um Dinge ging, die ihr Vater ihr lange vor dem Auftauchen ihrer Stiefmutter beigebracht hatte. Hannah trat ans Fenster, um die glänzend schwarzen Federn genauer zu betrachten. Der Vogel legte den Kopf ein wenig schief und flog davon.

Am Fenster stand ein verstaubter kleiner Frisiertisch, dessen Holz ganz ordentlich aussah. Hannah setzte sich. Von hier aus hatte sie einen tollen Blick auf den großen Baum. Durch seine Äste konnte sie auf die Wiese schauen, auf der die Kühe friedlich in der Sonne weideten. Der Wind trug den Geruch von Kuhscheiße herüber. Irgendwas verdarb die Idylle immer.

Hannah würde dieses Zimmer nehmen. Sie brauchte nur noch den großen Schrank aus dem anderen Raum, und alles war perfekt. Begeistert war sie nicht, aber so schlimm wie befürchtet gestaltete sich die Sache auch nicht.

2

Maddie hatte das lange Wochenende damit verbracht, das Haus zu putzen und zu lüften. Nieselregen ließ die Konturen des großen Baums verschwimmen, als sie aus dem Fenster sah. Ihre Finger waren wund gescheuert, und in der Luft lag der Geruch von Essig. Die Rosen, die sie im Garten geschnitten und in eine Vase auf dem Küchentisch gestellt hatte, kaschierten diesen Geruch nur dürftig. Maddie sank seufzend in einen Sessel. Der Tee war fertig, aber sie besaß nicht die Kraft, ihn einzuschenken. Wie schön, wenn jemand gekommen wäre und es für sie getan hätte! Sie war allein. Es gab niemanden mehr, der ihr bei irgendetwas helfen würde, weder beim Teekochen noch bei Hannahs Erziehung.

Hannah kam mit finsterem Gesicht, das die Haare nur zum Teil verdeckten, in die Küche. So schlimm, fand Maddie, war es hier auch wieder nicht. Nicht gerade London, aber Trevenen hatte seinen Reiz. Maddie verkniff sich eine Bemerkung. Was war los? War sie wütend oder traurig? Oder hatten die ständigen Auseinandersetzungen mit Hannah ihre positiven Gefühle überlagert? War Wut jetzt der normale Zustand für sie? Sie wusste es nicht. Sie wusste nur, dass es ihr schwerfiel, das Chaos in ihrem Innern zu beherrschen. Konnte es sein, dass sie schon mit achtunddreißig in die Wechseljahre kam?

Hannah ließ sich auf einen Stuhl plumpsen. Maddie

runzelte die Stirn. Das Mädchen sah zu dünn aus. Der Umzug hatte seinen Tribut von ihnen beiden gefordert. Maddie stand auf, schenkte Hannah, die sich mürrisch im Raum umblickte, ein Glas Wasser ein und reichte es ihr. Die Küche war grässlich, doch Maddie wusste, dass sich etwas daraus machen ließ.

Fast hatte Maddie das Gefühl, dass Trevenen mit ihr sprach. Vielleicht lag es an all den kleinen Dingen, die sie überall entdeckte, zum Beispiel die wunderschönen Holzpaneele im Wohnzimmer, die sie an ein Schiff erinnerten, oder die geschwungene Treppe ins obere Stockwerk.

Trevenen schien bis auf das Dach, das ausgebessert werden musste, solide zu sein. Sie und Hannah konnten ohne große Renovierungsarbeiten darin leben. Das Haus mochte geschmacklos eingerichtet sein, besaß aber Charme. Und es gehörte ihr. Auch wenn Zeit dazu nötig war: Sie würde ihm von der Vergangenheit ins Jetzt hinüberhelfen. Maddie ließ die Hand über den Türsturz gleiten, in den etwas geschnitzt war: TP 1595. Ein Haus dieses Alters konnte Geschichten erzählen. Wer war TP? Ein oder eine Penventon?

Hannah kippelte mit ihrem Stuhl zurück, der ein knarrendes Geräusch von sich gab. Maddie wandte sich ihr lächelnd zu. An diesem Morgen hatte sie zum ersten Mal wieder so etwas wie Optimismus verspürt und das Gefühl kaum noch erkannt. Früher war das Glas immer halb voll gewesen, aber jetzt erschien es ihr weniger als leer. Sie straffte die Schultern. Doch, es würde ihr gelingen, das Verhältnis zu Hannah zu verbessern.

»Hast du was von Abi gehört?«

Hannah verdrehte die Augen.

»Ich interpretiere das mal als Ja.«

Hannah hob die Hände, was alles bedeuten konnte. Maddie beschloss, einen zweiten Versuch zu wagen. »Sie wird dich sicher besuchen wollen. Cornwall ist in, und …«, Maddie sah, wie Hannah das Gesicht verzog, »… außerdem ist es ein Neuanfang für uns.«

Hannah verschränkte die Arme vor der Brust und starrte zum Fenster hinaus. Maddie durfte nicht aufgeben. Wenn sie das tat, errichtete Hannah noch höhere Mauern um sich. Maddie rückte einen Stuhl heran, nahm ihr gegenüber Platz und holte tief Luft. »Ich weiß, das war alles ziemlich schwierig für dich.«

»Wie bitte? Soll das ein Scherz sein?«

Hannah sah sie mit wütendem Blick an. Maddie zwang sich zum Weiterreden.

»Nein.«

»Dann bist du noch verrückter, als ich dachte.« Hannah stand auf und ging zur Küchentür.

Maddie stieß die Luft aus. Vielleicht war jetzt doch nicht der richtige Zeitpunkt für ein Gespräch. Sie waren beide zu erschöpft.

»Hallo«, hörten sie da eine Männerstimme rufen.

»Scheiße, der Typ ist wieder da.« Hannah blieb an der Tür stehen.

Maddie stand auf. »Hi, Mark.«

»Das Haus sieht wirklich schon viel besser aus«, sagte er über den Kopf von Hannah hinweg, die den Eingang versperrte.

Maddie freute es, dass das jemandem auffiel.

»Ich soll Würstchen und Püree bringen.« Er schob sich grinsend an Hannah vorbei.

Hannah warf die Haare in den Nacken. »Der Retter der armen Frauen?«

»Es wird ein paar Tage dauern, bevor jemand den Herd wieder in Gang bringt, also ist warmes Essen wahrscheinlich nicht so verkehrt.«

Hannah gab ein grunzendes Geräusch von sich.

Er ging hüstelnd zurück zur Tür. »Ich lasse Sie jetzt allein, damit Sie in Ruhe die Geheimnisse von Trevenen entdecken können. Falls Sie Hilfe brauchen sollten: Rufen Sie mich an. Ich arbeite meistens zu Hause.«

»Und was machen Sie da? Fledermäuse retten?«, fragte Hannah.

»Ich bin Architekt, aber nicht für Fledermaushöhlen.«

»Ich begleite Sie raus.« Obwohl Maddie wusste, dass sie nur vor dem Problem flüchtete, war sie dankbar für die Ablenkung. Ihr Blick fiel auf das Foto in der Diele.

»Mark?« Maddie blieb davor stehen. »Ist Daphne Penventon da drauf?«

Er trat neben sie. »Ich glaube, sie ist die Frau in der Mitte.« Er betrachtete das Bild genauer. »Wissen Sie wirklich nichts über sie?«

»Nein.«

»Sie sehen ja, dass sie schön war. Soweit ich weiß, hat sie viele Herzen gebrochen.«

Maddie nickte. »War sie verheiratet?«

»Nein.«

»Und warum nicht?«

Er sah sie an. »Ich glaube, sie hat ihren Verlobten im Krieg verloren.«

Obwohl die Frauen auf dem Foto nicht lächelten, meinte Maddie zu spüren, dass sie sie willkommen hießen. Ihr Finger zeichnete Daphnes Konturen nach, während sie ihr Alter auf dem Bild zu erraten versuchte. War Daphnes Herz zu diesem Zeitpunkt noch heil gewesen? Ach, noch einmal jung zu sein! Hätte Daphne sich auf denselben Mann eingelassen, wenn sie geahnt hätte, dass sie als alte Jungfer enden würde? Hatte man in solchen Dingen überhaupt eine Wahl? Alte Jungfer? Witwe? Maddie schloss die Augen. Hätte sie sich anders entschieden? Sie kannte die Antwort, aber leider ließ sich das Rad der Zeit nicht zurückdrehen.

Im hellen Licht der Sonne wirkte alles nicht mehr ganz so schlimm. Der Glimmer in den Granitmauern des Schweinestalls blendete sie. Dort drin hätte sie das perfekte Licht für ein Atelier, doch ohne Dach würde das ein Traum bleiben. Außerdem hatte das Haus Vorrang.

»Danke für Ihre Hilfe. Keine Ahnung, was wir ohne Sie gemacht hätten«, sagte Maddie zu Mark.

»Wahrscheinlich mir die Ausfahrt versperrt.«

Maddie lehnte sich lachend gegen seinen Geländewagen und spürte die Wärme des Metalls im Rücken. Warum fror sie? Es war doch ein warmer Tag.

»Danke noch mal.« Sie streckte ihm die Hand hin. Als sie das Knistern zwischen ihnen spürte, ließ sie los, trat einen Schritt zurück, hob den Blick und sah den belustigten Ausdruck in seinen Augen.

»Keine Ursache. Ich bin auf die Rettung schöner Frauen spezialisiert.« Er stieg in seinen Landrover.

»Das haben Sie schon erwähnt.« Maddie schluckte. Es war eine Ewigkeit her, dass jemand sie schön genannt hatte.

Sie sah dem Wagen nach und bemerkte die Wolken, die sich im Osten zusammenballten. Der Schmerz über Johns Tod machte sich wieder bemerkbar. Sie hatte alles getan, um John am Leben zu halten, ihm alles gegeben, aber das war nicht genug gewesen. Tränen liefen ihr über die Wangen. Sie blieb an einem Rosenstrauch stehen, dessen blutrote Blütenblätter in der Sonne erstrahlten. Und wieder einmal spürte Maddie, wie ihr Herz in tausend Stücke zersprang.

»Hannah, wir müssen los.« Maddie wartete am oberen Ende der Treppe. »Hannah?«, rief sie noch einmal.

»Ja, bin schon da.« Hannah schloss die Tür zu ihrem Zimmer mit einem Knall.

»Gut. Ich will nicht zu spät kommen.«

»Ich weiß. Du willst nie zu spät kommen.«

Maddie sah sie wortlos von der Seite an und ging Hannah voran zum Wagen.

»Gurt an?«, fragte Maddie.

»Ja.«

Maddie setzte zurück. Ihr graute vor der Fahrt. Als sie das Steuer umklammerte, kam sie sich vor wie eine alte Frau. Im Rückspiegel sah sie ein neues graues Haar. Das erste hatte sie am Tag von Johns Beerdigung entdeckt und sofort ausgerissen. Obwohl sie die Entwicklung genauestens verfolgte, tauchten mit beängstigender Regelmäßigkeit neue graue Haare auf.

Maddie merkte, dass Hannah zum Fenster hinausstarrte. Bestimmt hatte Hannah höllische Angst vor diesem Neuanfang. Es hätte kaum einen schlechteren Zeitpunkt dafür geben können: ein Jahr mit wichtigen Prüfungen.

»Was ist das für eine Schule, zu der wir fahren?«

»Zuerst Mullion. Leider hast du dort nur ein Jahr, bis du wieder wechseln musst. Die andere ist in Helston.«

Hannah schaute Maddie an. »Wieso soll ich mir eine Schule bloß für ein Jahr ansehen? Gehen wir dann nach London zurück?«

»Nein, aber es ist die kleinere von beiden, und ich denke, dass es dir dort leichterfallen könnte, dich einzugewöhnen.«

Hannah verdrehte die Augen.

»Ich weiß, dass es nicht das ist, was du wolltest, aber wir haben keine andere Wahl.« Sie konnten sich glücklich schätzen, eine Alternative zu haben, weil es schwierig war, überhaupt einen Platz zu bekommen. Während Maddie in den Rückspiegel blickte, fragte sie sich, ob sie sich je daran gewöhnen würde, auf diesen Straßen zu fahren.

»Wir hätten in London bleiben können.«

»Nein.«

»Warum nicht?«, hakte Hannah nach.

»Das habe ich dir doch schon erklärt. Wir waren fast pleite.«

»Du hast Geld.«

»Nein. Falls dir das noch nicht aufgefallen sein sollte: Ich habe im letzten Lebensjahr deines Vaters nicht gearbeitet.«

»Deine Eltern haben dir doch jede Menge Kohle hinterlassen.«

Maddie runzelte die Stirn. »Es war nicht jede Menge, und außerdem ist das Geld weg. Ich habe alles ausgegeben.« Bei dem Gedanken daran, wie viel es gewesen war, schluckte sie.

»Gib ruhig Dad die Schuld. Der kann sich ja nicht mehr wehren.« Hannah presste die Lippen zusammen.

»Ich gebe ihm nicht die Schuld. Wir haben Entscheidungen getroffen. Ich habe ihn gepflegt und nicht gearbeitet. Und wenn ich nicht arbeite, kommt kein Geld rein. So einfach ist das.«

»Also gibst du ihm doch die Schuld.«

Maddie fuhr sich mit der Hand durch die Haare. »Nein,

ich wollte es so. Scheiße, jetzt hab ich die Abzweigung verpasst. Es ist keine gute Idee, das während der Fahrt zu diskutieren.«

»Ist es bei dir nie. Du findest immer eine Ausrede.« Wieder starrte Hannah zum Fenster hinaus.

Die Schulbroschüren lagen vor ihr auf dem Tisch. Hannah wollte sich jetzt nicht damit beschäftigen. Bald würde das Schuljahr beginnen, und sie musste eine Entscheidung treffen, aber es war August. Sommer. Und da waren keine Gedanken an die Schule erlaubt.

In dem Eimer vor ihr schwappte das schmutzigste Wasser, das sie je gesehen hatte. Bei dem Gedanken, dass sie in diesem Dreck gehaust hatte, bekam sie eine Gänsehaut. Trotzdem hatte sie gut geschlafen, seit Dads Tod war es ihre beste Nacht gewesen. Wahrscheinlich hatte der Gestank der Kuhscheiße sie umgehauen. Heute roch sie sie gar nicht mehr. Bedeutete das, dass sie aufgehört hatten zu scheißen oder dass sie sich schon daran gewöhnt hatte?

Endlich sah das Zimmer sauber aus. Jetzt waren noch die Wände zu streichen. Hoffentlich reichte die Farbe, denn sonst musste sie wieder mit Maddie fahren, die das Lenkrad umklammerte, als würde ihr Leben davon abhängen. Echt, sie war die Pest. In der Schule hatte sie die coole Künstlerin gespielt, die in Londoner Galerien ausstellte. Dabei war ihre letzte Ausstellung drei Jahre her.

Kurz vor Dads Krankheit. Maddie war nicht so oft da gewesen, weil sie die ganze Zeit malte. Damals war das Leben gut gewesen. Dad hatte zu Hause gearbeitet und Maddie in ihrem Atelier.

Hannah sank aufs Bett. Die großen Rosen auf den Tapeten verschwammen zu Farbflecken. Hannah wischte die Tränen mit den Fäusten weg. Dad war tot. Ende der Geschichte. Und sie musste mit ihrer bösen Stiefmutter in der Wildnis von Cornwall leben. Was hatte er nur an dieser Frau gefunden? Dad hatte sich auf den ersten Blick in sie verliebt, sie bei Recherchen für einen Artikel über Londoner Galerien kennengelernt, als er sie zu ihren Gemälden interviewte. Das war der Anfang vom Ende gewesen, aber immerhin hatte er glücklich gewirkt, zum ersten Mal seit Langem. Als Mum ihn verlassen hatte, war für ihn die Tür zum Leben zugefallen. Maddie hatte sie wieder aufgemacht. Das hätte Hannah schon gereicht. Danach hätte sie ihrer Ansicht nach verschwinden können.

Die Koffer standen unausgepackt in einer Ecke des Raums. Hannah holte mit zitternden Fingern das Foto von Dad aus ihrem Rucksack, das sie bei einem Ausflug nach Brighton gemacht hatte. Darauf hielt er breit grinsend ein Eis in der Hand, nicht das seine, sondern das ihre.

Ein paar Minuten nachdem sie auf den Auslöser gedrückt hatte, war das Eis heruntergefallen. Wie sie gelacht hatten! Und danach hatte er ihr ein neues gekauft. Mit ihm hatte so etwas Spaß gemacht. Er hatte alles gerichtet, auch wenn die Welt nicht in Ordnung war.

Sie steckte das Foto wieder in den Rucksack, weil es ihn nicht zurückbrachte. Jetzt musste sie das Zimmer fertig herrichten und einen Schrank hineinschleifen. Sie wusste nur nicht, wie sie das ohne Maddie anstellen sollte, weil das Ding gute fünfzehn Zentimeter größer war als sie selbst. Sie bezweifelte sogar, dass sie es mit Maddie schaffen würde. Sie würden sich helfen lassen müssen. Scheiße.

»Hannah, ich nehme ein Bad. Sag Bescheid, wenn du was brauchst«, rief Maddie von unten.

Wieso sollte ich was brauchen?, fragte sich Hannah. Das

Haus war ganz okay. Wenn sie wollte, konnte sie Maddie darin aus dem Weg gehen. Das in London war kleiner gewesen, und es hatte keine Ausweichmöglichkeiten gegeben, besonders als Dad krank gewesen war. Maddie war da gewesen, wenn sie aufwachte, von der Schule nach Hause kam und wenn sie ins Bett ging. Als würde sie ihr nicht vertrauen. Jetzt hatte Hannah endlich genug Raum, aber leider keine Freunde, kein London und nichts zu tun. So ein guter Tausch war das nicht.

»Nein!« Wieder einmal weckte ihr eigener Schrei Maddie aus einem Albtraum. Ihr Herz raste, Tränen liefen ihr übers Gesicht. Der Schmerz lasse im Lauf der Zeit nach, behaupteten alle. Doch bei ihr wurde er von Nacht zu Nacht schlimmer. Egal, wie oft sie sich sagte, dass sie loslassen musste: Es ging einfach nicht.

Was hatte sie nur verbrochen, um mit Johns Tod bestraft zu werden? Die Logik sagte ihr, dass sie nichts damit zu tun hatte, aber dann kam ihr wieder das in den Sinn, was sie nach seiner Beisetzung gemacht hatte. Sie hatte seinem Wunsch entsprochen, obwohl es allen ihren Prinzipien widersprach. Vielleicht rang sie deshalb jede Nacht damit. Manche Dinge gruben sich so tief ein, dass es lange dauerte, bis sie einen in Ruhe ließen – falls das jemals geschah. Sie schob den Gedanken beiseite.

Es war noch nicht Morgen, jedoch schon hell genug, die Silhouette der Kiefer draußen zu erkennen. Sie schlüpfte in ihren Morgenrock und ging leise die Treppe hinunter. Ein Geräusch. Sie blieb mit stockendem Atem auf der letzten Stufe stehen. Obwohl sich außer ihr und Hannah niemand im Haus aufhielt, hörte sie einen klagenden Laut. Sie schüttelte den Kopf, und das Geräusch verstummte.

Als sie aus den Augenwinkeln eine Bewegung wahrnahm, redete sie sich ein, dass das eine Maus war, die über den Boden des Wohnzimmers huschte. Wenn sie Mäuse hatten, löste eine Falle das Problem, aber wenn es ein Geist war? Sie blinzelte. Sie glaubte nicht an Geister. Trotzdem ging sie mit gespitzten Ohren weiter.

In der Küche schaltete sie das Licht ein und stellte den Kessel auf den Campingkocher, den sie verwendeten, bis der Herd repariert wäre. Eine Tasse Tee würde die nächtlichen Trugbilder verscheuchen. Mark hatte gesagt, in Trevenen spuke es nicht. Sie wusste nicht, ob sie ihm glauben konnte, aber ihr gesunder Menschenverstand pflichtete ihm bei.

Da hörte sie von oben einen dumpfen Schlag. Vor Schreck verschüttete Maddie fast den Tee über ihren Morgenrock. Nein, sie war nicht abergläubisch. Sie lachte. Bestimmt war etwas von Hannahs Bett auf den Boden gefallen. Hannah war ein Mensch aus Fleisch und Blut, ein Mensch mit einem gebrochenen Herzen, das Maddie nicht zu reparieren verstand, weil sie das nicht einmal bei ihrem eigenen konnte.

Sie ging mit dem Tee ins Wohnzimmer, vergewisserte sich, dass dort keine Nager ihr Unwesen trieben, setzte sich auf einen der Fenstersitze und schlug die Beine unter, um mitzuverfolgen, wie es draußen hell wurde, der Horizont langsam von Lavendel zu Pink wechselte.

Maddie schloss kurz die Augen in der Hoffnung, das trockene Brennen darin loszuwerden, obwohl sie aus Erfahrung wusste, dass nur mehrere ungestörte Nächte es endgültig beseitigen konnten. Sie öffnete die Augen wieder, als sie vom Kamin her ein leises scharrendes Geräusch hörte. Die Wand war mit lackierten Holzpaneelen bedeckt, deren Farbe an manchen Stellen abblätterte. Die Morgenmaus war offenbar in einen Spalt zwischen Wand und Mauer geschlüpft.

Maddie beschloss, sich im Licht der Morgensonne genauer umzusehen. Sie trat an die Stelle, von der das Geräusch ihrer Ansicht nach gekommen war, und presste das Ohr gegen die Wand. Sie war sich sicher, dass sie etwas gehört hatte, doch manchmal hallten Geräusche auf merkwürdige Weise wider. Als sie gegen die Paneele klopfte, stellte sie fest, dass die Fläche darunter nicht glatt war. An manchen Stellen klang es sogar hohl. Dies war früher vermutlich die Abschlussmauer des Hauses gewesen, die aus Stein, aber auch aus einer Mischung aus Lehm, Kies und Stroh errichtet worden sein konnte. Sie würde Mark fragen, wenn sie ihn wiedertraf. Gestern hatte sie ihn beim Einkaufen in Helston beobachtet. Er war mit einer hübschen Blondine ins Gespräch vertieft gewesen, nicht mit der, die Maddie am Abend ihrer Ankunft in Cornwall gesehen hatte. Er schien ein Frauenheld zu sein und eine Menge über die Häuser der Gegend zu wissen.

Als sie die Hand über den oberen Rand eines Paneels gleiten ließ, spürte sie, wie sich etwas bewegte, und sie zog sie zurück. Ihre Finger waren schwarz von Staub. Wenn sie gegen die Wand klopfte, hörte das Scharren dahinter auf. Sie lehnte sich hundemüde dagegen und schaute zum Garten hinaus. Ihre innere Stimme sagte ihr, dass alles gut werden würde. Maddie fasste den Entschluss, Hannah zu helfen. Es musste eine Möglichkeit geben, an sie heranzukommen. Das hatte sie John versprochen, und sie pflegte ihre Versprechen zu halten.

Als der Elektriker auf den Dachsparren des Stalls balancierte, um neue Leitungen zu verlegen, hielt Maddie den Atem an. Warum, fragte sie sich, konnte er keine Leiter benutzen wie ein normaler Mensch? Wie lange würden ihre Nerven das noch aushalten?

Um sie herum lagen Staffeleien und Leinwände, alles, was sie zum Leben und Malen brauchte. Sie öffnete einen Karton. Ihre Nase zuckte, als der Geruch von Terpentin die Luft erfüllte. Ein Behälter schien leck zu sein. Sie griff in die Schachtel und ertastete ein Bündel Briefe und Karten. Dann spürte sie etwas Kühles. Nicht gut. Wer hatte diesen Karton gepackt, die Karten und die Bronzebüste von ihm zu dem Terpentin gegeben?

Sie holte tief Luft und trat hinaus ins Licht der Sonne. Briefe und Büste hatten den Schmerz über Johns Tod wieder geweckt. Wann würde er endlich verschwinden oder wenigstens nachlassen?

»Könnten Sie mir mal die Leiter bringen?«, rief der Elektriker.

Jetzt baumelte er von der anderen Seite der Stalldecke. Maddie brachte ihm die Leiter. Sobald er sicher auf dem Erdboden stand, wandte sie sich wieder ihrer Aufgabe zu. Sie war ein großes Mädchen, sie würde das schaffen. Als Erstes holte sie Johns Büste aus dem Karton. Die hatte sie in ihrem ersten gemeinsamen Sommer angefertigt. Als sie die Wangen der Büste berührte, konnte sie fast die Wärme der Sonne auf seiner Haut spüren. Berauschende Erinnerungen an Tage voll Lachen und Liebe wirbelten durch ihren Kopf. War das alles real gewesen? Sie wusste es nicht mehr. Das Ende verzerrte die Anfänge und versuchte, ihre Geschichte neu zu schreiben.

Sie stellte die Büste auf den Boden. Welchen Platz sollte

sie bekommen? Wollte sie sie im Haus? Wollte sie durch sie permanent an ihren Verlust erinnert werden? Nein, das wollte sie nicht. Das führte nur wieder zu Tränen.

Plötzlich ging das Licht an, das jeden Winkel ausleuchtete und sie blendete. Als ihre Augen sich daran gewöhnten, kam sie zu dem Schluss, dass sie dabei arbeiten konnte. Schon merkwürdig: Sie brauchte unbedingt Licht, doch zu viel künstliches Licht machte ihr Gefühl für Farben kaputt.

»Besser, was?« Der Elektriker hielt etwas in der Hand, das aussah wie ein getoastetes Tier.

Maddie nickte und warf einen Blick auf das Ding in seiner Hand. »Was ist das?«

»Eine Ratte. Das Vieh hat ein Kabel durchgenagt und ist dran krepiert«, erklärte er ungerührt und schlenderte davon. Maddie nahm sich vor, die Erneuerung der Stromkabel ganz oben auf die Liste der zu erledigenden Dinge zu setzen. Erhob sich nur die Frage, wie lange das wenige Geld, das sie besaß, reichen würde. In solchen Momenten überlegte sie, ob die Entscheidung für die neuen Krebsmedikamente sinnvoll gewesen war. Ohne sie wären sie und Hannah nun nicht so knapp bei Kasse gewesen. Nein, wie konnte sie so etwas denken, wenn sie ihr möglicherweise mehr Zeit mit John verschafft hatten? Trotzdem hätte sie mit dem Geld … Maddie fuhr sich mit der Hand durch die Haare. Nein, vorbei war vorbei.

Johns Gesicht starrte sie vom Boden aus an. Was sollte sie mit dem verdammten Ding machen? Vielleicht wollte Hannah die Büste für ihr Zimmer. Sie war die letzten Tage nur zum Essen und Trinken herausgekommen und hatte nicht einmal die Möbelpacker hineingelassen. Maddie runzelte die Stirn. Psychologische Berater hatten ihr erklärt, dass sie Geduld haben müsse mit Hannah, die eine Menge zu bewältigen habe. Maddie besaß Geduld, denn sie ahnte, dass es schrecklich war, von der Mutter im Stich gelassen zu werden und dann auch noch den Vater zu verlieren.

Maddie schloss die Augen. Hätte ihre eigene Mutter sie behalten, wenn sie nicht bei ihrer Geburt gestorben wäre? Die Antwort auf diese Frage würde sie nie erfahren. Ihre Adoptivmutter war immer für sie da gewesen bis zu ihrem Tod vor acht Jahren. Maddie öffnete die Augen und betrachtete noch einmal die Bronzebüste. John hatte ihr nicht viel über Hannahs Mutter Susan erzählt. Ihr Name hatte genügt, ihn verstummen zu lassen.

Hannah gesellte sich zu ihr. »Hey, Maddie, wo ist die Wandfarbe?«

»Da drüben in der Ecke.« Sie deutete auf die Eimer. »Willst du malern?«

Hannah nickte. »Seit wann geht das Licht?«

»Noch nicht lange.« Maddie versuchte, Hannahs Laune abzuschätzen. Sie schien gut zu sein. »Hast du dich schon für eine Schule entschieden? Wir müssten demnächst Bescheid geben.«

»Danke für die Erinnerung daran, dass die Schule bald anfängt.«

»Tja, es ist nun mal so, und wir müssen uns auf irgendwas einigen.«

»Mullion.«

»Okay.« Maddie setzte sich auf einen Karton. »Ich ruf heute noch dort an.«

Hannah wählte einen Farbeimer und ging.

Wahrscheinlich würde Maddie nie erfahren, warum Hannah sich für Mullion entschieden hatte, aber diese Entscheidung freute sie, weil es ein Neuankömmling wie sie in der kleineren Schule vermutlich leichter haben würde.

»Hallo?«, rief eine Frau von draußen.

»Hier drin.« Maddie stand auf und öffnete die Tür.

»Ich hab gehört, hier wird Hilfe gebraucht.« Die Frau begrüßte sie mit einem strahlenden Lächeln. »Ich bin Tamsin.«

»Hi.« Maddie warf einen Blick auf das Chaos. »Allerdings. Hat sich das schon rumgesprochen?«

»Hier gibt's keine Geheimnisse. Ich bin da, um mit anzupacken.«

Maddie lachte. »Heute scheint mein Glückstag zu sein.«

»Maddie, soll das in die Küche?«, erkundigte sich eine Frauenstimme.

Hannah stürzte ans Fenster. Wer war das? Maddie kannte hier doch niemanden außer diesem komischen Mark. Unten im Hof mühte sich eine zierliche Frau mit einem großen Karton ab. Hannah sah einen dunklen Kopf, nicht viel mehr.

Sie sprang die Treppe voller Freude über das Knarren jeder Stufe hinunter. Das Haus machte tolle Geräusche, die Böden im oberen Stockwerk sangen fast, wenn man darüberging. Im Erdgeschoss gefiel ihr das solide Platschen ihrer Füße auf dem Steinboden. Nur den gammeligen Teppich im Wohnzimmer konnte sie nicht leiden. Wo kam das alte Ding bloß her? Es lud sich bei jedem Schritt elektrisch auf und vereinte die scheußlichsten Brauntöne der Welt in sich.

»Hallo?« Hannah streckte den Kopf zur Küche hinein.

»Du bist sicher Hannah. Ich heiße Tamsin.« Die Frau packte gerade einen Karton aus.

»Hi.«

»Bist du schon fertig mit Auspacken?«, fragte Tamsin freundlich.

»Nein.«

»Langweilig?«

»Ja.«

»Nicht wie Weihnachten im Sommer?«

»Definitiv nicht.«

»Schade.« Tamsin wandte sich wieder den Schachteln zu.

Vom Tisch aus starrten leblose Augen Hannah an. Sie schnappte nach Luft. Diese Bronzebüste hatte sie immer schon gehasst. Sie war so kalt und gar nicht wie Dad. Nicht dass sie ihm nicht ähnlich gesehen hätte, aber sie war aus Metall und nicht aus Fleisch und Blut.

»Die ist toll. Hat Maddie sie gemacht?«, erkundigte sich Tamsin und ließ die Hand über die Büste gleiten.

»Ja.« Hannah nahm eine Scheibe Brot und strich mit heftigen Bewegungen Butter darauf.

»Sie ist super.«

»Wenn Sie meinen.«

»Wer ist das?«

»Mein Dad.«

»Oh.«

Hannah hob den Blick. Tamsin betrachtete die Büste schweigend.

»Ein attraktiver Mann.«

»Ja, war er.« Hannah verließ den Raum mit ihrem Butterbrot. Tamsin hatte freundliche Augen, die einen nicht vorwurfsvoll ansahen.

3

Maddie stürzte mit vollen Händen zum Telefon in der Küche. Sie konnte kaum glauben, dass es angeschlossen war, und betete, dass in der Tüte, die sie auf den Tisch geworfen hatte, nicht die Eier lagen; sonst gab's zum Abendessen Omelett.

»Maddie Hollis.«

Hannah kam mit leeren Händen hereinspaziert, obwohl der Wagen voll mit Einkäufen war. Maddie fragte sich, ob sie es noch erleben würde, dass das egoistische Teenagergen endlich mutierte.

»Hi.« Tamsins freundliche Stimme war Balsam auf Maddies wunde Seele. »Wie wär's heute Abend mit einem Drink im Pub? Wird Zeit, dass du die Leute aus der Gegend kennenlernst.«

Maddie biss sich auf die Lippe. Sie wäre ja gern gegangen, aber Hannah ... »Tja ...« Sie schwieg.

»Kein ›Tja‹, sag einfach Ja. Ich hol dich um halb sieben ab.«

»Bleibt mir denn eine andere Wahl?«, fragte Maddie.

»Nein.«

»Hab ich mir schon gedacht. Aber was ist mit Hannah?«

»Bring sie mit. Vorausgesetzt, sie will. Wenn nicht, soll sie daheimbleiben.«

»Könnten wir das Ganze auf morgen verschieben? Ich glaube, heute sind wir beide zu müde.«

»Klar, morgen ist okay, aber länger warten wir nicht.«

»Versprochen.« Als Maddie auflegte, sah sie zu ihrem Erstaunen Hannah vollbepackt hereinkommen.

»Wer war das? Seit wann funktioniert das Telefon?« Hannah knallte die Tüten auf den Tisch. »Wo ist der Saft?«

»Eine Frage nach der anderen«, sagte Maddie.

»Nein.«

Maddie machte den Mund auf. Nein, streiten hatte keinen Sinn. »Das war Tamsin. Der Saft ist in einer der Tüten.«

Hannah ging achselzuckend um den Tisch herum. »Was wollte sie?«

»Morgen Abend mit uns auf einen Drink ins Pub.« Warum, fragte Maddie sich, während sie eine Tüte auspackte, verliefen ihre Gespräche immer so feindselig? Hannah fand den Saft, schenkte sich ein Glas ein und verschwand.

»Das ist ja mal wieder prima gelaufen«, murmelte Maddie, als sie den Saft in den Kühlschrank stellte. Wie sollte sie je an das Mädchen herankommen? Früher war es nicht so schlimm, sogar ziemlich gut gewesen. Sie sehnte sich nach den Tagen, als sie noch bei einem Plausch Hannahs lange blonde Haare gebürstet hatte. Jetzt redeten sie kaum noch miteinander, und die langen Haare gehörten ebenfalls der Vergangenheit an. Hannah hatte sie sich nach Johns Beerdigung abschneiden lassen. Die neue Frisur sah gut aus zu ihren feinen Zügen, doch Maddie fehlte die alte Hannah. Wie so vieles.

Sie würde Hannah mit ihrem Zimmer helfen. Vielleicht sah sie den Umzug weniger kritisch, wenn sie einen Raum ganz für sich hatte. Als sie sich kennengelernt hatten, war Hannah ein süßes neunjähriges Mädchen gewesen und Maddie eine willkommene Abwechslung in ihrem Leben.

Jetzt, fast sieben Jahre später, verhielt Hannah sich ihr gegenüber nur noch ablehnend. Vielleicht war das normal für einen Teenager, aber Spaß machte es nicht.

Auf dem Weg nach oben blieb Maddie vor dem goldgerahmten Spiegel stehen, um die Finger über die feinen Schnitzereien gleiten zu lassen. Sie hielt inne, als sie die dunklen Ringe unter ihren Augen bemerkte, deren Farbton gut zu dem der Rosen auf der Tapete passte. Sie fühlte sich alt wie dieses Haus.

»Du hast die besten Jahre hinter dir, da macht's nichts aus, wenn der Verfall ein bisschen schneller fortschreitet.«

Na, wunderbar. Jetzt redete sie schon mit sich selbst. Was hatte sie gerade über den Verfall gesagt? Bestimmt würde sie wie Daphne enden, als neunzigjährige alte Jungfer. Maddie warf stirnrunzelnd noch einen kurzen Blick in den Spiegel, bevor sie an Hannahs Tür trat.

»Hannah, ich hab mir gedacht, ich könnte dir mit deinem Zimmer helfen.«

Hannah streckte den Kopf zur Tür heraus. »Nein.«

»Nein?«

»Nein.« Sie beschrieb in der Luft einen großen Kreis um Maddies Gesicht und zog einen Strich hindurch. »Das hier ist Maddie-freie Zone.« Hannah machte die Tür zu.

Maddie starrte die geschlossene Tür an. »Aha.« Sie betrachtete ihre Hände. Vielleicht sollte sie sich ihrem eigenen Zimmer widmen.

Die Strahlen der untergehenden Sonne warfen durch das wellige Glas des Fensters auf dem Treppenabsatz einen diffusen Schimmer auf die Wand der Diele, so dass Daphnes ernstes Gesicht aus dem Foto herauszuleuchten schien. Maddie blieb auf der untersten Stufe stehen. Vor noch nicht allzu langer Zeit hatte sie gedacht, dass ihre

Gebete durch dieses Erbe erhört worden waren, aber jetzt betete sie nicht mehr. Sie verfluchte sich dafür, dass sie so viel grübelte. Die einzige Vergangenheit, die noch zählte, war die von Trevenen und den Penventons, die es ihr vermacht hatten.

In der Küche überlegte sie, ob dieser Raum immer die Küche gewesen oder möglicherweise als Wohnzimmer genutzt worden war. Der Grundriss des Gebäudes faszinierte sie ebenso wie die Details, zum Beispiel das wunderschöne Stabkreuzfenster, das an die Tudorzeit erinnerte. Warum, fragte sie sich, hatte sie dieses Haus geerbt? Hatte es keine näheren Verwandten gegeben? Der Anwalt war nicht in der Lage gewesen, ihr mehr darüber zu sagen. Miss Penventon sei verschlossen gewesen, habe aber darauf bestanden, dass das Haus nach ihrem Tod an Maddie gehe.

Am meisten wunderte Maddie, wie lange sie laut Aussage des Anwalts schon als Erbin eingesetzt war. Daphne hatte ihr Testament fünfundzwanzig Jahre zuvor nach dem Tod ihres Bruders geändert, als sie alleinige Eigentümerin des Anwesens geworden war. Warum hatte sie sich nicht früher mit Maddie in Verbindung gesetzt?

Maddie schrieb »Recherchen zur Geschichte des Hauses« auf ihre Liste zu erledigender Dinge. Daneben lag ihre Visitenkarte als Erinnerung daran, dass sie die Galerie anrufen musste. Ihr Blick fiel auf das Wörtchen »Künstlerin«. Sie musste lachen. »Künstlerin? Erst, wenn du wieder richtig malst.«

Doch genau das machte ihr Kopfzerbrechen. Der Mangel an Inspiration. London hatte ihr keine Anregung geboten, lediglich Schmerz, und so hatte sie die erstbeste Fluchtmöglichkeit ergriffen. Der Blick zurück tat weh. Jetzt gab es nur noch den Weg nach vorn.

Hannah, die gedankenverloren aus dem Küchenfenster sah, zuckte zusammen, als das Telefon klingelte. »Hallo, hier ist Maddies Irrenhaus.«

»Hi, Hannah«, begrüßte Tamsin sie.

»Hi.«

»Kommst du heute Abend mit ins Pub?«

Hannah nahm einen Apfel und polierte ihn an ihrem T-Shirt. Wollte sie das? Nicht wirklich. »Weiß nicht.«

»Das solltest du aber.«

»Vielleicht.«

»Ich will dich nicht drängen. Wie geht's voran mit deinem Zimmer?«, erkundigte sich Tamsin.

»Gut, aber ich hab noch keinen Platz für meine Klamotten.«

»Gibt's denn keine Schränke in dem Haus? Das würde mich wundern.« Tamsin lachte.

»Doch, mehr als genug, aber keinen in meinem Zimmer, und die Dinger sind so groß, dass ich sie nicht allein verschieben kann.«

»Ich wüsste eine Lösung, doch dazu musst du ins Pub kommen.«

»Was für eine Lösung?«

»Sag ich dir nicht. Sie ist so gegen halb sieben bei euch.«

»Na schön.«

»Bis später, und vergiss nicht, Maddie auszurichten, dass ich angerufen habe.«

Warum nur hatte Hannah das Gefühl, ausgetrickst worden zu sein? Ein Gutes hatte die Sache allerdings: Sie würde endlich einen Platz für ihre Kleider bekommen. Sie wusste nur noch nicht, wie.

Um Punkt halb sieben hörte Hannah einen Wagen in den Hof fahren. Von der hinteren Tür aus sah sie Tamsin, drei kräftige Burschen im Schlepptau, die alle größer waren als sie. Hannah zupfte ihre Haare zurecht. Hätte sie sich doch ein bisschen schöner angezogen! Einer von ihnen sah ziemlich süß aus, und die anderen beiden waren auch nicht zu verachten.

»Deine Helfer. Die zwei …« Tamsin deutete auf sie. »… Fred und Matt, sind meine, und der andere, Will, ist so gut wie meiner.«

»Hi.« Hannah schob die Hände in die Taschen.

»Wenn du die drei höflich bittest und ein bisschen mit den Wimpern klimperst, hieven sie dir den Schrank sicher in dein Zimmer.«

Hannah blinzelte verlegen. »Würdet ihr das wirklich machen? Mein Zimmer ist da lang.« Sie kam sich reichlich dumm vor. Auf dem Weg zur Treppe wandte sie sich um und rief: »Der Schrank steht nebenan.« Die Schritte hinter ihr klangen, als würde sich eine Rinderherde in Bewegung setzen.

»Da drin.« Sie führte sie in das Zimmer. Der Schrank sah ziemlich schwer aus.

»Wo soll er hin?«, erkundigte sich der Älteste der drei, den Hannah für Fred hielt.

»In mein Zimmer. Das ist hier.« Hannah ging hinüber. Der neue Look gefiel ihr. Die Wände waren rostrot gestrichen, und es war genug Platz für zwei Sessel mit altmodisch dunkelgrünem Chenillebezug, die sie in einem der Räume entdeckt hatte.

»Okay, ich glaube, das kriegen wir hin«, sagte Fred.

Hannah hörte, wie er den anderen Anweisungen gab. Sie konnte nur hoffen, dass das gut ging, und traute sich fast nicht hinzuschauen, als einer von ihnen »Scheiße!« ausrief.

Sie konnte lediglich einen verschwitzten Rücken und den oberen Teil des Schranks erkennen.

»Zurück und nach rechts kippen.« Das war Tamsins Stimme.

Hannah hielt den Atem an. Sie folgten Tamsins präzisen Instruktionen. Als Hannah rückwärts in ihr Zimmer ging, versuchte sie, die Muskeln des Jungen, der den oberen Teil des Schranks hielt – vermutlich Will –, nicht zu auffällig anzustarren.

»Wie läuft's?«, erkundigte sich Maddie.

Hannah konnte sie nicht sehen und hätte sich gewünscht, dass sie verschwände.

»Gut. Könnte sein, dass sie die eine oder andere Wand rausreißen müssen, aber das geht ganz schnell und unkompliziert.« Tamsin lachte. »Wände einreißen können sie echt gut.«

Hannah kaute auf ihrer Lippe. Sie wollte nicht, dass sie dem Haus wehtaten, das sie mochte, obwohl es am Arsch der Welt lag.

»Wo willst du ihn hinhaben?«, fragte Fred. Die drei stellten den Schrank in der Mitte des Raums ab.

»Da an die Wand.« Hannah versuchte, die abgesplitterte weiße Farbe am Türrahmen und die weiße Schramme am Schrank zu ignorieren.

»Sicher?«, wollte Will wissen. »Wenn er steht, verschieben wir ihn nicht mehr.«

Hannah nickte.

»Echt liebenswürdig, die Jungs, was?« Tamsin hakte sich bei Maddie unter und schob sie hinaus.

Will hielt Maddie die Wagentür auf. »Trevenen ist cool. Mich hat's immer schon interessiert, wie's innen ausschaut.«

Maddie nickte. Der Junge gefiel ihr. Seine Ähnlichkeit mit Mark Triggs, mit dem er verwandt zu sein schien, war bis auf die Augen unverkennbar. Bei Will waren sie nicht braun, sondern grün, eine Mischung aus Blau- und Gelbtönen. Maddie hatte beobachtet, wie Hannah ihn von den langen, gewellten Haaren bis zu der tief sitzenden Jeans musterte.

»Steht das Haus unter Denkmalschutz?«, erkundigte sich Will vom Rücksitz aus.

»Ich glaube nicht.« Maddie dachte an all die Unterlagen, die sie durchgegangen war.

»Es ist ziemlich alt.«

»Ja, und ein rechter Mischmasch aus Stilen«, sagte Maddie.

»Was wollen Sie damit anfangen?«, fragte er.

»Nicht viel. Nur sanft in dieses Jahrhundert führen.« Maddie zählte im Geist die Vorzüge von Trevenen auf, die eleganten Fenster, die zahlreichen Kamine, die Schiefer- und Eichenböden. Das Haus hatte wirklich Potenzial, wenn sie den Holzwurm, das kaputte Dach und die Tatsache, dass es überall zog, außer Acht ließ.

Ein paar Stunden zuvor in der Badewanne hatte eine warme Welle der Zufriedenheit sie überspült, die nichts mit dem heißen Wasser zu tun hatte, weil es davon nicht viel gab. All ihre anderen Träume mochten sich verflüchtigt haben, doch dieses wunderschöne Haus gehörte ihr. Sie hatte keine Angst vor den Reparaturen. Mehr Kopfzerbrechen bereitete ihr ihre eigentliche Arbeit, das Malen. Die Ställe waren hergerichtet, aber sie kämpfte noch mit dem Licht.

»Sie kennen meinen Onkel Mark. Wird der Ihnen dabei helfen?«, wollte Will wissen.

»Der Gedanke ist mir noch gar nicht gekommen.«

»Er kennt sich aus mit alten Häusern.«

»Stimmt, und mein Anthony könnte die groben Arbeiten übernehmen.« Tamsin grinste.

Maddie bemerkte, dass Hannah zum Fenster hinausschaute. »Tja, dann wäre ja alles geregelt, aber ich glaube, ich werde noch eine Weile mit dem Innern beschäftigt sein.«

»Du hast diese Woche schon eine Menge geschafft«, stellte Tamsin fest.

»Es gibt noch viel zu tun. Ich muss unbedingt streichen«, erklärte Maddie.

»Was?«

»Die Wände«, antwortete Maddie.

»Und was malst du sonst? Ich habe neulich die Bronzebüste und die Leinwände im Stall gesehen. Sie waren alle leer.«

»Im Moment habe ich einen Auftrag für eine große abstrakte Landschaft, aber ich mache auch Porträts und Stillleben.«

»Hast du irgendwelche Sachen von dir hier?«, erkundigte sich Tamsin.

»Ja.« Maddie seufzte. »Allerdings wird's eine Weile dauern, bis ich sie aufhänge.«

»Eilt nicht. Ihr wollt ja bleiben.«

Tamsin stellte den Wagen ab und drehte sich zu Hannah um. »Und, wie findest du unseren Teil Cornwalls bis jetzt?«

Hannah blickte sich um. Pittoresk war noch untertrieben. Reetgedeckte Dächer, gotische Fenster, ein Fluss mit Schwänen drauf. Echt, wo hatten die die Gegend aufgetrieben? In einem BBC-Filmstudio? »Scheiße.«

Hannah hörte, wie Maddie deutlich vernehmbar die Luft einsaugte.

Tamsin lachte. »Dann kann's ja nur noch besser werden.«

»Wo sind wir?«, fragte Maddie und warf Hannah einen warnenden Blick zu.

»Am Helford River.« Will winkte ein paar Leuten zu.

Hannah blieb im Wagen, bis sie vorbei waren. Sie hatte keine Lust, die Einheimischen kennenzulernen, und wusste nicht so recht, warum sie mitgekommen war. Gut, Will, Matt und Fred waren okay, und Tamsin hatte ihr keine andere Wahl gelassen.

»Kommst du, Hannah?«, rief Will. »Die anderen sind schon vorausgegangen. Ihre Freundinnen warten.«

»Ja. Ich bewundere noch die Aussicht.« Sogar sie musste zugeben, dass die atemberaubend schön war. Maddie hätte gewusst, was für ein Blau das Wasser hatte, Hannah selbst nannte es »intensiv«. Und die Felder auf der anderen Seite des Flusses waren in Abendlicht getaucht. Cool.

Sie gingen auf ein reetgedecktes Haus am Wasser zu, über dessen Terrassen Lichterketten mit bunten Lämpchen hingen. Malerisch.

»Sie sind schon reingegangen. Willst du drinnen oder draußen sitzen?«, fragte Will.

»Überall, bloß nicht hier.«

»Warum? Ist sie denn so schlimm?« Will legte den Kopf ein wenig schief.

»Ja.«

»Wenn du meinst.« Er zuckte mit den Achseln. »Was möchtest du trinken?«

»Darum kümmere ich mich.«

»Nein, das mach ich«, beharrte er.

»Ich schulde dir noch was.«

»Lass mal.«

Sie lächelte. Will war wirklich süß! »Na schön. Solange sie da drin ist, krieg ich sowieso nichts Gescheites.«

»Was möchtest du denn?«, fragte er.

»'nen O-Saft. Ich will dich nicht in Schwierigkeiten bringen.«

»Sicher?«

»Ja.« Hannah sah ihm nach. Er war okay, wahrscheinlich sogar mehr als okay.

Auf der Terrasse aßen fröhlich lachende Familien Steak und Pommes. Hatten die alle eine rosarote Brille auf? Das Leben konnte sich von einer Sekunde auf die andere ändern. Sie setzte sich auf die unterste Terrassenstufe und ließ die Füße ins Wasser baumeln.

Will reichte ihr den Saft.

»Was ist das da drüben?«, fragte sie.

»Die Nordseite des Flusses.«

Sie verdrehte die Augen. »Beim Herkommen hab ich Lichter und Häuser gesehen.«

»Das ist die Helford Passage, und die Lichter gehören zum Ferryboat.«

Leider konnte Hannah von der Stelle aus, an der sie saß, nichts erkennen. »Und was ist das?«

»Ein Pub.«

»Wie kommt man hin?«

»Du musst weiter auf die Landzunge rausgehen.« Will zeigte hinüber. »Über den Fluss verkehrt eine Fähre. Das ist der einzige Weg rüber, es sei denn, du bist bereit, ein ziemliches Stück zu fahren, oder hast selber ein Boot.«

»Hast du eins?«

»Ja.«

»Cool. Nimmst du mich mit?«

»Jetzt?« Er sah sie erstaunt an.

»Nein, nicht jetzt.« Der Gedanke, allein mit ihm in einem Boot zu sitzen, gefiel ihr.

»Klar. Wann?«

Sie zuckte mit den Achseln.

Alle schienen Tamsin zu kennen, und sie stellte Maddie allen vor. Maddie war froh, eine Weile Ruhe zu haben, als Tamsin zur Toilette ging, und nippte an ihrem Wein.

»Hübsches altes Haus, Trevenen«, bemerkte ein alter Mann mit wettergegerbtem Gesicht, der am Tresen stand.

Maddie blinzelte. Woher kannte er sie und das Haus? »Ja, stimmt.«

»Freut es Sie, dass Daphne es Ihnen hinterlassen hat?«

»Ja«, antwortete Maddie erstaunt.

»Was haben Sie damit vor?«

»Sie meinen, abgesehen davon, dass es geputzt werden muss?«

»Ja.« Er lachte.

»Nichts Drastisches. Ich möchte erst mal eine Weile drin leben, um ein Gefühl dafür zu kriegen.«

»Vernünftig. Sie haben ja keine Eile, oder?«

»Sie wissen nicht zufällig, wie alt es ist?«

»Bedeutend älter als ich, und ich bin auch nicht mehr der Jüngste.« Er zwinkerte.

Maddie nahm einen weiteren Schluck Wein. Allmählich wurde ihr klar, dass sie noch viel über Trevenen erfahren musste.

»Sie sind also eine Penventon?«

Maddie nickte. Ihre leibliche Mutter war eine Penventon gewesen, was sie ebenfalls zu einer machte, obwohl sie sich nicht als solche sah. Vor der Heirat mit John hatte sie Smith geheißen. »Hat Trevenen immer den Penventons gehört?«

»Meines Wissens schon. Erkundigen Sie sich doch bei der örtlichen historischen Gesellschaft oder den Museumsleuten in Helston. Vielleicht können die Ihnen etwas sagen.«

»Ben, du alter Charmeur. Versuchst du, Maddies Herz zu erobern?« Mark gesellte sich zu ihnen. Maddie begrüßte ihn mit einem Lächeln. Endlich ein bekanntes Gesicht.

»Gegen dich hat in dieser Hinsicht doch keiner eine Chance.«

»Aha, er ist also nicht bloß zu mir nett.« Maddie sah die Lachfältchen um Bens Augen.

»Du scheinst sie ganz schön an der Nase herumgeführt zu haben«, sagte Ben schmunzelnd zu Mark.

»Erzähl keine Geschichten.« Mark lächelte, doch seine Stimme klang flach.

Ben rutschte näher heran, während Mark sich mit der Frau unterhielt, die Maddie am Abend der Wagenpanne mit ihm gesehen hatte. Maddie beobachtete, wie sie die Hand auf Marks Hinterteil legte, und wandte den Blick ab.

»Ist Ben lästig geworden?«, fragte Tamsin, als sie von der Toilette zurückkam.

»Aber nein.« Maddie schenkte dem alten Mann ein breites Grinsen.

»Freut mich zu hören. Komm mit. Ich will dir jemanden vorstellen.« Tamsin nahm Maddies Hand und zog sie durch die Menge zur Theke. Die vielen Menschen, ihr leerer Magen und der Alkohol begannen Maddie schwindlig zu machen.

»Judith, das ist Maddie Hollis. Sie ist auch neu in unserem Teil der Welt.«

»Hi«, begrüßte Judith Maddie und streckte ihr die sehr gepflegte Hand hin.

Maddie ergriff sie erstaunt. Hier hatte sie keinen amerikanischen Akzent erwartet.

»Judith ist Expertin für historische Gärten, und du hast einen«, erklärte Tamsin.

»Er mag historisch sein, hat aber, abgesehen von der einen oder anderen Blume, keinerlei Ähnlichkeit mit einem Garten«, widersprach Maddie.

»Ach, Sie sind die neue Eigentümerin von Trevenen.«

»Ja. Keine Ahnung, woher alle das wissen.«

Judith lachte. »Sie werden bald merken, dass hier alle alles wissen, aber erst darüber reden, wenn es ihnen in den Kram passt.«

»Verstehe.«

»Tristan, das ist Maddie, die neue Eigentümerin von Trevenen.« Judith winkte einen attraktiven Mann heran.

»Hallo.« Er schüttelte lächelnd Maddies Hand.

»Sobald Sie sich eingewöhnt haben, würde ich mir gern den Garten von Trevenen ansehen«, sagte Judith.

»Ich glaube nicht, dass es da viel zu sehen gibt.«

»Sie würden staunen«, entgegnete Judith lachend. »Ich wette, dass die Ursprünge des alten Gartens noch zu erkennen sind.«

»Wenn Sie meinen.« Als Mark sich zu ihnen gesellte, merkte Maddie, wie Tristan nervös wurde.

»Hallo, Mark.« Judith begrüßte Mark mit einer Umarmung und einem Wangenkuss. Die beiden Männer nickten einander zu. Tristan wandte sich von Mark ab und flüsterte Judith etwas ins Ohr.

»Wenn ihr mich entschuldigen würdet. Ich bin noch verabredet.« Er verließ das Pub.

»Tut mir leid, Mark. Ich arbeite weiter an ihm.« Judith berührte Marks Arm.

Maddie sah Tamsin fragend an.

»Das erzähl ich dir später«, sagte Tamsin leise.

»Hast du Hannah und Will gesehen?«, wollte Maddie wissen.

»Draußen«, antwortete Tamsin.

»Hey, Mark, behalt nicht alle hübschen Frauen für dich«, beklagte sich ein Mann, der sich zu ihnen gesellte.

»Hatte ich nicht vor. Darf ich dir deine neue Nachbarin Maddie Hollis vorstellen?« Mark trat einen Schritt beiseite.

»Gern. Ich bin Nate Barton. Sind Sie die neue Bewohnerin von Trevenen?«

»Ja.« Maddie fragte sich, wie sie sich all die Namen merken sollte.

»Werden Sie die ganze Zeit über hier wohnen?«, erkundigte der Mann sich.

»Ja.« Blieben die Leute sonst immer nur ein paar Wochen?

»Schön zu hören. Sind Sie Single?«

»Nate, du gehst aber ganz schön ran, sogar für deine Verhältnisse«, bemerkte Mark lachend.

»So was muss man doch wissen. Schließlich will man sein Herz nicht an etwas Unerreichbares hängen, oder?« Nate sah Maddie mit einem schmachtenden Blick an.

»Das will ich nicht hoffen.« Sie schmunzelte.

»Klären Sie mich nun auf?«

»Ich bin Witwe.« Maddie wusste, dass das hart klang. Worte, die niemand von einer Frau in ihrem Alter erwartete, und sie selbst hatte sich auch noch nicht daran gewöhnt: *Witwe*. Darunter stellte sie sich eine viktorianische Frau in Schwarz vor, nicht sich selbst. Und doch war sie hier in einem Pub in Cornwall, und John lag auf einem Londoner Friedhof.

Mark legte eine Hand auf ihren Arm.

»Tut mir leid«, sagte Nate mit leiser Stimme.

Maddie rang sich ein Lächeln ab.

»Darf ich Ihnen einen Drink spendieren?«, fragte er.

»Danke, nein. Ich hab noch nichts gegessen. Sonst übernehme ich keine Verantwortung für meine Handlungen.«

»Klingt verlockend. Dann also noch ein Glas.«

»Wirklich: nein danke.«

»Wenn Sie meinen.«

»Ja.« Maddie verabschiedete sich höflich von dem schamlos flirtenden Nate.

»Genug für heute?«, erkundigte sich Tamsin.

Maddie nickte.

»Soll ich Hannah und die Jungs einsammeln?«

»Danke, das mach ich schon. Die frische Luft tut mir gut.« Sie bahnte sich einen Weg durch die Menge. Draußen stieg ihr der Geruch von Grillfleisch in die Nase, und ihr Magen begann zu knurren. Als Will, gefolgt von Hannah, durch eine Lücke im Zaun trat, erschrak sie.

»Suchen Sie uns?«

»Ja. Wir fahren zurück. Seid ihr so weit?«, fragte Maddie.

»Ein paar Kumpels von mir sind grade gekommen.« Will wandte sich an Hannah. »Willst du noch hierbleiben?«

Hannah sah Maddie an. »Ja, gern.«

»Maddie, macht's Ihnen was aus, wenn wir bleiben?«

Maddie gefiel der Gedanke, Hannah allein zurückzulassen, nicht. Andererseits wirkte Will verantwortungsbewusst, und Hannah musste Anschluss finden.

»Wie kommst du nach Hause?«

»Kein Problem. Wir gehen zu Fuß oder lassen uns mitnehmen. Wir sind um zehn wieder da«, versprach Will.

»Okay.« Maddie holte tief Luft. »Bis später dann. Ruft mich an, wenn ihr mich braucht.«

»Ja«, sagte Hannah und wandte sich ab.

Die Dunkelheit war undurchdringlich, sobald sie den Ort hinter sich gelassen hatten. Die Äste der Bäume hingen über die Straße. Hannahs Augen brauchten ewig, um sich an die Schwärze zu gewöhnen. Dazu kam, dass die Straße ziemlich uneben und kurvig war.

»War das, was du vorher zu Tamsin gesagt hast, ernst gemeint?«, fragte Will, der seine langen Schritte den ihren anpasste.

»Was hab ich denn gesagt?«

»Dass es hier scheiße ist.«

Hannah überlegte. In der Dunkelheit erahnte sie die Umrisse der Dinge eher, als dass sie sie sah. Eigentlich hätte sie sich gruseln müssen, doch das tat sie nicht, auch wenn sie nicht allein hier hätte gehen wollen. Sie war gern mit Will zusammen. »Nur irgendwie.«

»Dann ist es gut.«

»Warum?«

»Weil es nicht scheiße ist und ich hier zu Hause bin. Ich wünschte, ich könnte die ganze Zeit da sein.«

»Bist du das denn nicht?«

»Nein, und das ist scheiße.« Er lachte.

»Kann ich verstehen. Als wir von London weg sind, ist's mir auch so gegangen.« Hannah schwieg kurz. »Warum bist du denn nicht die ganze Zeit hier?«

»Wegen der Schule.«

»Schule?«

»Die ist in Devon«, antwortete er.

»Gefällt's dir da?« Sie blieb stehen, um Atem zu schöpfen, weil es nun steil bergan ging.

»Die meiste Zeit schon. Ich mag nur nicht gern von hier weg.«

Die Stille war komisch, fast so komisch wie die Tatsache, dass Will diese wilde Gegend mit den Fledermäusen liebte. »Okay. Ich wünschte, ich könnte auch woanders in die Schule gehen.«

»Warum?«

Sie setzte sich wieder in Bewegung. »Weil ich von der bösen Stiefmutter wegmöchte.«

»Ich finde sie ganz in Ordnung.«

»Klar, du bist ja auch ein Kerl«, murmelte Hannah und ging schneller. Ihr Schwips vom Bier hatte sich gelegt. So ein Drei-Kilometer-Marsch war da gar nicht so schlecht.

Endlich zeichneten sich die Konturen von Trevenen vor dem dunklen Himmel ab. »Da steht Marks Wagen. Was macht der denn hier?«

»Wahrscheinlich hat er Maddie heimgefahren.«

»Na toll.« Sie blieb stehen und kickte einen Stein vom Straßenrand weg.

»Wo ist das Problem?«, fragte er.

»Ach, nichts.« *Genau das ist das Problem*, fügte Hannah für sich hinzu.

Sie stolperte hinauf in ihr Zimmer, knallte die Tür hinter sich zu und drückte den Lichtschalter herunter. In dem Moment brannte die Glühbirne durch. Scheiße. Hannah tastete in der Dunkelheit nach ihrem Rucksack, in dem sich eine Taschenlampe befand.

Als sie Schritte auf den Stufen hörte, hielt sie inne und wischte sich mit dem Handrücken die Tränen aus den Augen. Nein, sie würde sie nicht hereinlassen.

»Alles in Ordnung?«, fragte Maddie.

»Verschwinde.« Endlich fand Hannah die Taschenlampe.

»Bist du okay? Du bist raufgerannt, ohne Hallo zu sagen. Darf ich reinkommen?«

Hannah hörte, wie sich die Türklinke bewegte. »Nein!«

»Was ist los?«, wollte Maddie wissen.

»Nichts, verschwinde.« Hannah versuchte die Taschenlampe anzuknipsen, doch nichts tat sich. Der Umzug hatte alles kaputt gemacht, sogar die Scheißtaschenlampe.

»Was soll ich Will sagen? Er macht sich Sorgen.«

»Verpiss dich. Der kriegt sich schon wieder ein.« Hannah schlug mit der Taschenlampe gegen das Kissen, und endlich leuchtete sie auf. Sie putzte sich die Nase. Was bildete Maddie sich ein? Sie hatte Dad nie geliebt, denn sonst hätte sie sich nicht an Mark rangemacht.

Hannah schlug auf das Kissen ein, bis Federn herausquollen. Sie stand auf, trat gegen das Bett, humpelte zu dem Hammer auf dem Frisiertisch, mit dem sie einen Nagel für den Spiegel eingeschlagen hatte. Ihre Finger glitten über den glatten Holzgriff.

Wie konnte Maddie nur an einen anderen Mann als ihren Dad denken? »Sie betrügt uns, Dad«, murmelte Hannah und schwang den Hammer. In dem schwachen Lichtstrahl verschwamm er wie ein sich drehendes Windrad – wie das blau-rote, das ihr Vater ihr einmal gekauft hatte, als sie fünf war.

Als sie sich die Augen mit dem Ärmel abwischte, entglitt der Hammer ihrer feuchten Hand und landete mit lautem Krachen im unteren Teil des Schranks. Scheiße.

Maddie, die den Lärm gehört hatte, war sofort wieder an Hannahs Tür. »Hannah, was war das? Alles in Ordnung?«

»Ja.«

»Mark und Will sind gegangen. Darf ich reinkommen?«

Hannah bekam einen trockenen Mund. »Nein. Was willst du?«

»Reden.«

»Vergiss es.«

»Warum bist du so wütend? Du bist einfach weggelaufen.«

Hannah hörte Maddies Atem durch die Tür.

»Und?« Maddie war eine Schlampe und würde mit dem Erstbesten abhauen. Wie ihre Mutter? Nach fast dreizehn Jahren war Hannah immer noch wütend darüber, dass ihre Mutter ihr und Dad das angetan hatte. Er hatte kaum darüber gesprochen, bloß gesagt, dass sie gegangen war. Hannah interessierte, warum, aber sie würde es nie erfahren. Gab es eine Möglichkeit, die Frau aufzuspüren? Wollte sie sie überhaupt finden?

»Hannah, ich rede nicht gern mit der Tür.«

»Dann hau ab.« Hannah hörte Maddie seufzen. Jetzt hatte sie Maddie am Hals. Da wäre eine Pflegefamilie noch besser gewesen.

»Hannah, ich bin für dich da, wenn du mich brauchst.«

Hannah entschied sich für Schweigen. Sie brauchte Maddie nicht, hatte sie nie gebraucht.

4

Hannah begutachtete das Holz der Schatulle. Das Herausziehen des Hammers hatte mehr Schaden angerichtet als das Eindringen. An einer Ecke war sie durch eine tiefe Kerbe verunstaltet. Die Mitte des oberen Teils war mit Schnitzereien verziert, der Rest glatt. Als sie ihn anhob, um ihn genauer zu betrachten, stieg ihr ein leichter Geruch nach Bienenwachs in die Nase. Die Maserung des Holzes, Hannah hielt es für Eiche, war zum größten Teil gerade und fein. Auf dem Boden und an den Seiten entdeckte sie mehrere alte Wurmlöcher, oben waren nur wenige.

Sie kaute auf ihrer Unterlippe. Beim Ausräumen des Schranks war ihr die Schatulle nicht aufgefallen. Die Farbe des Holzes hatte sich in das dunkle Innere gefügt, und die Schatulle war zwischen zwei Stützstreben eingeklemmt gewesen, die das Ungetüm stabilisierten. Jetzt standen Holzsplitter heraus. Zum Glück war dem Inhalt nichts passiert. Hannah wusste nicht, wie das Kästchen sich reparieren ließ, nur, dass sie das wollte.

Sie ging die Sachen darin, hauptsächlich alte Papiere, durch. Hannah konnte die Schrift nicht richtig lesen, aber eines der Blätter schien eine Liste zu sein. Dazu kamen eine Tasse und eine Untertasse mit einem Wappen sowie ein vergammeltes altes Heft. Die arme Schatulle war zu nichts mehr zu gebrauchen. Hannah ließ die Finger über das gesplitterte Holz gleiten.

Im Moment konnte sie nichts tun, weil sie zu einer Party eingeladen war. Sie nahm ihr Kapuzenshirt, ging nach unten und traf dort Fred, der gerade hereinkam. »Was machst du denn hier?«

»Was für eine freundliche Begrüßung.« Er hielt lächelnd eine Tüte hoch. »Ich muss in die Arbeit und soll von meiner Mum was für Maddie abgeben.«

»Fährst du zum Pub?«, fragte Hannah.

Er nickte.

»Ist das in der Nähe von Padga-Irgendwas?«

»Padgagarrack. So nahe dran, wie du mit dem Wagen hinkommen kannst.«

»Nimmst du mich mit?«

»Willst du zu dem Grillfest?«

Hannah nickte.

»Du hast neulich Abend Emma, Matts Freundin, kennengelernt. Die kommt auch.«

»Aha.«

»Gar nicht so leicht, wenn man neu ist, was?«

Hannah folgte ihm zum Wagen. Für einen Kerl war Fred ziemlich sensibel. Während der Fahrt redete er nicht viel, was sie nicht störte, weil ihr schlecht war. Aus dem Fenster zu schauen half nicht. Nach einer Weile hielt Fred an.

»Danke fürs Mitnehmen.« Hannah stieg aus.

»Sag einen schönen Gruß von mir.«

»Wird gemacht.« Hannah zögerte kurz, bevor sie die Wagentür schloss. »Die Straße runter und dann den Weg lang? Zu Fuß ungefähr zehn Minuten?«

»Ja. Halt dich rechts und folge dem Küstenpfad. Wenn du Lärm hörst, weißt du, dass du am richtigen Strand bist.«

»Danke.«

Hannah betrachtete die Straße vor ihr. Warum machte sie das eigentlich? Maddie wollte, dass sie Leute kennenlernte – ein guter Grund, nicht zu gehen. Aber sie musste tatsächlich Anschluss finden, weil sie sich sonst nur mit Maddie unterhalten konnte, und das wollte sie nun überhaupt nicht.

Hannah hätte sich gewünscht, dass wenigstens einer von Tamsins Jungs dort gewesen wäre, doch Fred musste arbeiten, Matt half seinem Dad, und Will war in der Schule in Devon. Also besuchte sie ein Grillfest mit Leuten, die sie kaum kannte. Es war Samstag, und sie konnte sich entweder in ihrem Zimmer langweilen oder hingehen. Da schien ihr das Fest noch die bessere Alternative zu sein.

Für Ende September war es warm. Hannah zog ihr Kapuzenshirt aus und band es um die Taille. In ihrem Rucksack steckte die Flasche Wein, die sie aus Maddies jämmerlichem Vorrat gemopst hatte. Sie musste etwas mitbringen und hatte nicht so recht gewusst, was. Die Einladung war eher vage formuliert gewesen.

Als die Straße nach links abbog, wählte Hannah den Weg nach rechts. Zwischen den Ästen der Bäume sah sie den Fluss, auf dem sich ein einsames Segelboot in Richtung Bucht bewegte. Die Gegend wirkte seltsam verlassen. Jede Woche hatte sich die Anzahl der Boote auf dem Fluss trotz des guten Wetters reduziert. Heute fiel Hannah auf, dass es sich eigentlich nicht um einen Fluss, sondern um ein überflutetes Tal, ein *ria*, handelte.

Hinter einem Haus folgte sie einem Fußweg, der zwischen Bäumen hindurch hoch über dem Wasser verlief. Sie musste aufpassen, dass sie nicht über Wurzeln stolperte. Hannah sah auf ihre Uhr. Nun latschte sie schon eine geschlagene Viertelstunde vor sich hin, und es war nach wie vor kein Strand in Sicht. Links von ihr befanden sich unter dem Pfad kleine Buchten, jedoch nichts, was einem Strand ähnelte. Zwischen den Felsen entdeckte sie einen hübschen kleinen Streifen Sand, ihrer Meinung nach wiederum kein Strand.

Weitere fünf Minuten, und noch immer keine Spur von Menschen, geschweige denn von einer Party. Hatten sie sie auf den Arm genommen und zu etwas eingeladen, das gar nicht stattfand? Hieß das Spiel Stadtmädchen-Foppen? Hatten sie sich einen anderen Ort ausgesucht und vergessen, es ihr zu sagen? Sollte sie umkehren? Eigentlich wollte sie gar nicht mit Leuten feiern, die sie nicht kannte. Sie schaute noch einmal auf ihre Uhr. Fünfundzwanzig Minuten gegangen und nichts als Bäume und der Fluss. Vielleicht hatte sie den falschen Weg gewählt.

Da hörte sie Rufe, und in der Ferne entdeckte sie eine kleine Bucht, zu der der Pfad sich nach unten und über einen Bach schlängelte.

»Hey, Hannah, du hast uns gefunden.« Emma kam ihr entgegen.

»Ja, hat 'ne Weile gedauert.«

»Wirklich?« Emma runzelte die Stirn. »Von der Straße sind's doch bloß zwanzig Minuten.«

»Ich hab eine halbe Stunde gebraucht, und Fred hat behauptet, es wären zehn Minuten.«

»Für ihn mit seinen langen Beinen.« Emma schmunzelte. »Komm, ich stell dir ein paar Leute vor.«

Hannah rümpfte die Nase.

»Keine Angst, sie beißen nicht.« Emma legte eine Hand auf Hannahs Arm. »Jedenfalls die meisten.«

Es herrschte Ebbe; die Felsen, die in den Fluss hineinragten, waren deutlich zu erkennen. Auf dem abschüssigen Strand war eine seltsame Version von Kricket im Gang.

»Ich gehe Muscheln sammeln. Kommst du mit?« Emma nahm einen Eimer und ein Messer.

»Nein, danke.«

»Schau doch mal, ob du ihnen beim Feuermachen helfen kannst.« Emma entfernte sich, und Hannah drehte sich zu einer Gruppe von Jungen um, die mit Streichhölzern hantierten. Wenn sie so weitermachten, stand bald der ganze Strand in Flammen. Sie brauchten ihre Hilfe nicht.

»Hey, Hannah?«, rief ihr ein Typ zu.

Sie drehte sich um.

Er lächelte. »Holst du uns aus dem Wald Anmachholz?«

Hannah zuckte mit den Achseln. »Klar.«

»Prima.« Er wandte sich wieder den Streichhölzern zu.

Hannah überquerte den Bach und ging den Fußweg hinauf. Dabei hob sie kleine Zweige vom Boden auf. Unterwegs zog sie ihr Handy heraus, um Abi eine SMS zu schicken, die wahrscheinlich in der Oxford Street shoppen oder bei einer Freundin war.

Ist scheiße hier. Muss Zweige sammeln, damit die
Einheimischen die Welt in Brand setzen können. X

Die SMS würde erst gesendet werden, wenn sie den nächsten Hügel erreichte. Scheißgegend. Sie sammelte Zweige, bis ihre Arme voll waren.

Als sie das Anmachholz an den Strand brachte, hatten sich mehr Leute versammelt. Jemand gab ihr ein Bier. Ein paar Gesichter kannte sie aus der Schule, aber die meisten sagten ihr nichts. Sie leerte die Bierdose und zerdrückte sie. Von Emma keine Spur.

Ihre Augen brannten. Gern hätte sie das dem Rauch zugeschrieben, doch sie konnte sich nichts vormachen. Der Geruch der im Feuer knisternden Äste erinnerte sie an ihren Vater. Würde er ihr irgendwann nicht mehr fehlen? Blöde Frage. Hatte sie je aufgehört, sich nach ihrer Mum zu sehnen, obwohl sie sich nicht einmal an sie erinnerte? Sie schloss die Augen, versuchte, ein Bild ihrer Mutter abzurufen, sah aber nur den Zorn ihres Vaters.

Herrgott, Dad, was hast du mir hinterlassen? Wut und Maddie.

Hannah entfernte sich von der Gruppe. Sie war einfach zu anders. Der feuchte Sand unter ihren Füßen war mit kleinen Kieseln und Algen bedeckt, so kompakt, dass ihre Füße kaum Abdrücke darauf hinterließen. Emma winkte ihr von den Felsen aus zu und signalisierte ihr, dass sie zu ihr kommen solle, doch Hannah hatte keine Lust, sich ihr Essen selbst zu suchen. Sie war ein Stadtmädchen.

Hannah ließ den Blick über den Fluss schweifen. Hübsch, aber nichts wirklich Interessantes. Keine Läden und abgesehen von ein paar Hütten auf der anderen Seite keine Gebäude. Sie schmunzelte. Die Eigentümer der Villen wären vermutlich ganz schön sauer gewesen, wenn sie gewusst hätten, dass sie ihre Luxushäuser »Hütten« nannte.

Sie setzte sich auf einen Felsen, der jetzt, bei Ebbe, im Trockenen lag. Das Fest richtete sich also nach den Gezeiten.

»Um wie viel Uhr steigt die Party? Bei Ebbe ...« Sie waren verrückt, alle miteinander, und Hannah passte nicht hierher.

Hannah kletterte zur nächsten Bucht hinüber, wo es nach der hektischen Aktivität in der anderen erstaunlich friedlich war. Das Licht der Sonne erhellte etwas, das aussah wie eine kleine Höhle, und im Sand glitzerte es blau. Hannah hob das Stück Glas auf. Ins Licht gehalten, pulsierte das Blau fast. Hannah steckte es in die Tasche und bückte sich, um eine grüne Scherbe in die Hand zu nehmen. Der feuchte Sand war mit solchen Stücken übersät, die wie Edelsteine funkelten.

Ihre Taschen füllten sich rasch, doch bisher hatte sie nur eine einzige blaue Scherbe gefunden. Blau schien selten zu sein. Ob sie in der nächsten Bucht weitere entdecken würde? Hannah gefiel das Quatschen, das entstand, wenn sie auf die Algen trat. Die leuchtend grünen waren höllisch rutschig, schlimmer als Eis. Sie blieb stehen und lauschte. Aus dem Sand drangen leise Klopfgeräusche herauf. Sie bückte sich. War das das Wasser, das zum Fluss rann, oder waren es Lebewesen, die im Sand hausten? Sie konnte keine Bewegung erkennen.

Hannah kletterte die Felsen hinauf, schaute von dort aus in die nächste Bucht und balancierte über glitschige, mit Napfschnecken und kleinen Krebsen bedeckte Steine, die ihr bisher nicht aufgefallen waren. Und rutschte aus. »Scheiße.«

Ihr Knöchel war merkwürdig verdreht, und von ihren Händen tropfte Blut aus unzähligen kleinen Schnitten, die sie sich an den scharfen Kanten der Felsen zugezogen hatte.

Maddie steckte ihren Skizzenblock in den Rucksack, streckte sich und bewunderte noch einmal die Aussicht. Unter ihr teilte sich der Fluss, zwischen den beiden Armen lag ein dichter Wald. Plötzlich berührte eine feuchte

Schnauze ihre Hand. Als Maddie den Blick senkte, entdeckte sie einen Spaniel. Tamsins Hund. Kurze Zeit später tauchte Tamsin auf dem Weg auf.

»Schön, dich hier zu sehen«, begrüßte Maddie sie.

Tamsin grinste.

»Hast du Daphne gekannt?« Maddie nahm ihren Rucksack und begleitete Tamsin.

»Nicht wirklich. Warum?«

»Ich würde gern mehr über sie erfahren.«

»Kann ich verstehen. Am besten, du fragst Helen Williams. Sie weiß über die meisten Dinge hier Bescheid oder kennt Leute, die etwas wissen.«

»Wunderbar. Und wo finde ich sie?«

»In Pengarrock. Sie ist die Haushälterin dort.«

»Pengarrock?«

»Ja, das große Haus ein Stück den Fluss rauf. Wo wir neulich Abend Tristan getroffen haben.«

Maddie nickte.

»Das Haus gehört ihm.«

»Du hast mir noch nicht erzählt, was mit ihm los ist.«

»Stimmt.«

Maddie lächelte. »Also, was läuft zwischen Mark und Tristan?«

»Ach, das sind olle Kamellen.«

»Jetzt weiß ich genauso viel wie zuvor.«

Tamsin lächelte.

Als der Pfad schmaler wurde und fast zum Wasser hin abfiel, gingen sie hintereinander her. »Judith und Tristan sind ein Paar?«, fragte Maddie.

»Ich glaube schon.«

»Lass mich raten: Mark hat sich an Judith rangemacht und ist dabei Tristan in die Quere gekommen.«

Tamsin wandte sich zu Maddie um. »Nein, Mark war zuerst da.«

»Warum überrascht mich das nicht? Macht er eigentlich jeder alleinstehenden Frau schöne Augen?« Was für ein unverbesserlicher Weiberheld!, dachte Maddie.

Tamsin nickte.

»Sie waren also ein Paar. Tristan kommt mir eigentlich nicht wie der rasend eifersüchtige Typ vor.« Maddies Blick schweifte über das glatte Wasser des Frenchman's Creek, in das die Äste der Bäume hingen.

»Das weiß ich nicht mehr. Er ist gerade erst wieder zurückgekommen.«

»Erzähl.« Vielleicht, dachte Maddie, war es leichter, über das Leben anderer Leute nachzudenken, als das eigene unter die Lupe zu nehmen.

»Es ist alles lange her.«

»Was?« Maddie blieb stehen.

»Sie haben sich wegen Claire zerstritten.« Tamsin balancierte auf einem umgestürzten Baumstamm, der ins Wasser ragte, und setzte sich auf dessen Ende.

Maddie folgte ihr. »Claire wer?«

»Marks Frau.«

»Er ist verheiratet? Ach nein.« Den ständig flirtenden Mark konnte Maddie sich nun wirklich nicht als Ehemann vorstellen.

»Verwitwet.«

Maddie machte große Augen. »Seit wann?« Sie betrachtete die Fische, die in dem klaren Wasser schwammen.

»Das ist Jahre her.«

»Warum hat Tristan immer noch solche Probleme mit Mark, wenn es Schnee von gestern ist?«, erkundigte sich Maddie.

»Ist alles lange her«, wiederholte Tamsin und blickte den Creek entlang zum Fluss.

»Das hast du schon gesagt.« Der auffrischende Wind wühlte das Wasser auf.

»Ja.« Tamsin stand auf.

»Raus mit der Sprache.« Maddie versperrte Tamsin den Weg, indem sie sitzen blieb.

»Kurz nach seiner Heirat mit Claire musste er wegen eines Architekturprogramms in die Staaten, und Claire ist hiergeblieben.« Tamsin verschränkte die Arme.

Maddie hob eine Augenbraue. Sie hatte es gehasst, von John getrennt zu sein. »Warum?«

»Sie wollte ihre Ausbildung zur Physiotherapeutin abschließen.«

Maddie schürzte die Lippen. »Und wieso hat Tristan sich darüber aufgeregt? Das ging ihn doch nichts an.«

»Claire war krank, aber Mark wusste das nicht.«

Maddie runzelte die Stirn. »Wieso?«

»Keine Ahnung. Sie wollte nicht, dass er es erfuhr.«

»Das verstehe ich nicht.«

»Ich auch nicht. Jedenfalls hat er das sich und ihr nie verziehen.«

»Oje.« Maddie erhob sich. Wie sollte Mark sich das auch verzeihen? Sie selbst hatte John gepflegt und kam trotzdem nach wie vor nicht über seinen Tod hinweg. Wahrscheinlich war es noch viel schlimmer, wenn man nichts getan hatte.

»Er war lange nicht zu Hause.«

»Wie lange?«, fragte Maddie.

»Fünfzehn Jahre.«

»Lange Jahre in der Hölle.« Maddie runzelte die Stirn. »Und welche Rolle spielte Tristan in der Geschichte?«

»Er hat sie auch geliebt.«

»Okay, allmählich ergibt die Sache Sinn.«

Tamsin rief den Hund zurück. »Ich muss heim, Essen für die Männer kochen«, erklärte Tamsin.

Maddie konnte sich des Gefühls nicht erwehren, dass sie noch nicht die ganze Geschichte kannte.

Als Hannah ihren Knöchel zu belasten versuchte, durchzuckte sie ein spitzer Schmerz. Sie schleppte sich den Strand entlang, weg von der hereinkommenden Flut. Das Salz brannte in den Wunden, die ihre Handflächen bedeckten. Was sollte sie machen?

»Hallo!«, rief sie. Keine Antwort, also rief sie immer wieder, ohne Erfolg. Sie weigerte sich zu weinen, denn das war dumm und nützte nichts. Das Handy! Kein Empfang. Scheiße, Scheiße, Scheiße! Ihr Po war feucht vom Sand, das Handy funktionierte nicht, und sie war auf einem immer kleiner werdenden Stück Strand gefangen. Wieso hatte sie nicht bemerkt, dass die Flut so schnell hereinkam?

Auf Handknöcheln und Knien kroch sie zu einem Felsen unter der steilen Uferböschung und zog sich hoch. Beim Anblick der Baumwurzeln, die sich wie Finger daraus hervorwanden, bekam Hannah eine Gänsehaut. Sie löste das Kapuzenshirt von ihrer Taille und zog es an. Die rauen Felsen rund um sie herum waren mit dunklen, schwabbeligen Dingen bedeckt. Ihr verstauchter Knöchel pochte vor Schmerz. Sie löste die Schnürsenkel, doch das verstärkte das Pochen noch.

»Hilfe!« Von hier aus war ihre Stimme noch weniger zu hören. Hannah blickte auf den Fluss hinaus. Sie war allein. Tränen liefen ihr übers Gesicht. Die Felsen, über die sie zuvor geklettert war, lagen nun unter Wasser. Sie schluckte. Sollte sie hier sterben? Würde das jemandem auffallen?

»Ruhig bleiben, keine Panik«, ermahnte sie sich und zückte noch einmal das Handy. Das Display flackerte einmal kurz auf. Als sie die Hand hob, um das Telefon wegzuschleudern, merkte sie, dass es wieder aufleuchtete.

Sie hievte sich hoch und balancierte auf einem Fuß. Das Signal schien zu bleiben. Wen sollte sie anrufen? Maddie? Die hatte sie vor dem schnellen Wechsel der Gezeiten an kornischen Stränden gewarnt. Hannah lachte resigniert, denn sie hatte tatsächlich einmal zugehört. Trotzdem war sie nun hier, von der Flut eingeschlossen. Sie wählte. Hannah wagte nicht, sich zu bewegen, damit das Signal nicht wieder verschwand.

»Hannah, ich sitze im Auto; ich kann gerade nicht reden. Da ist ein Polizeiwagen. Ich ruf dich an, wenn ich daheim bin.« Maddie legte auf.

»Hilfe«, rief Hannah, doch es war schon zu spät. Sie wählte die Nummer noch einmal, aber offenbar hatte Maddie das Handy ausgeschaltet. Hannah schloss die Augen. Was sollte sie nur tun? »Verdammt, denk nach.« Sie schlug sich mit dem Handy gegen den Kopf.

Natürlich – die Notrufnummer. Die musste sie anrufen, nicht Maddie. Sie wählte, doch ihr Handy gab mit einem kurzen Piepston den Geist auf. Der Akku war leer.

Hannah hob den Blick. Es war zu steil zum Klettern. Das Wasser hatte die Erde weggespült und einen Überhang entstehen lassen, der aussah, als könnte er jeden Augenblick abbrechen.

Auf dem Wasser glitzerte das Licht der Sonne, aber sie saß im Schatten. Sie hatte noch nie gut schwimmen können, und mit einem verstauchten Knöchel bestand überhaupt keine Hoffnung. Sie bekam einen trockenen Mund.

»Hannah?«, rief Maddie, als sie die Einkäufe ins Haus trug. Keine Antwort. Sie nahm das Telefon in die Hand und wählte Hannahs Nummer. Der Anruf landete auf ihrer Mailbox. Hannahs Anliegen konnte also nicht so dringend gewesen sein. Maddie räumte die Lebensmittel weg und breitete die Ergebnisse ihrer Nachforschungen auf dem Tisch aus. Daphne war am 24. März 1921 als Kind von Edward und Agnes Penventon in Trevenen zur Welt gekommen und auch hier gestorben.

Zu Maddies Überraschung hatte sie im Internet und in der Bibliothek Informationen über das Haus gefunden. Will hatte recht gehabt mit seiner Vermutung, dass es unter Denkmalschutz stand. Wie hatte sie das übersehen können? Das machte die Sache noch komplizierter, verschaffte ihr aber vielleicht die Möglichkeit, für die Reparatur des Dachs finanzielle Hilfe zu beantragen.

An dieser Stelle war seit dem Ende des zwölften Jahrhunderts eine Behausung dokumentiert. Das gegenwärtige Gebäude war im Jahr 1500 mit einem großen Raum im Erdgeschoss und zwei kleinen Räumen über der östlichen Hälfte begonnen worden. Wo sich nun das Esszimmer und die Diele befanden, sei um 1540 ein einstöckiger Anbau entstanden, hieß es in der Beschreibung der Denkmalschutzbehörde. Maddie sah sich in der Küche um und versuchte sich vorzustellen, wie es gewesen sein könnte, als die Hälfte des Raums noch zum Dach hin offen war.

Ende des achtzehnten Jahrhunderts hatte man die letzten großen Veränderungen in Form eines zweiten Stockwerks über dem Esszimmer und der Diele sowie eines Anbaus doppelter Höhe, jetzt Wohnzimmer und Maddies Zimmer, vorgenommen. Das Internet bezeichnete Trevenen als eines der schönsten Beispiele privater Architektur in Cornwall. Maddie ging in die Diele, um noch einmal das Foto von Daphne zu betrachten. Nun wurde ihr klar, dass eine der Frauen auf dem Bild Daphnes Mutter Agnes sein musste. Die dritte Frau, die etwa so groß wie die beiden war, hielt Maddie für die Schwester von Agnes. »Meine Lieben, was habt ihr mir da hinterlassen? Wie soll ich mich um dieses Haus kümmern? Daphne, wie hast du's geschafft, es ganz allein instand zu halten?«

Maddie stieg die große Treppe zu dem Raum empor, den Daphne als Schlafzimmer genutzt haben musste. Sie hatte sich nicht für einen der größeren Räume des Hauses, sondern für den schlichtesten entschieden. Beim Saubermachen war Maddie ihre Kleidung und Papiere durchgegangen. In der Schublade des Nachtkästchens hatte sie ein zerlesenes Gebetbuch mit einer Widmung für Daphne gefunden, die das Buch zu ihrer Konfirmation im Mai 1936 bekommen hatte. Die Seiten waren nicht nur vom Alter, sondern auch vom vielen Umblättern gelb. Heraus fiel das verblichene Schwarzweißfoto eines jungen Mannes in Uniform. Als Maddie es umdrehte, las sie darauf in verblassten Bleistiftbuchstaben den Namen Arthur Tripconey. War er Daphnes große Liebe gewesen?

Maddie legte das Foto in das Buch zurück und berührte die Kleider, die sie auf dem Bett ausgebreitet hatte. Sie waren so alt, dass Maddie sie nicht einmal mehr als »Vintage« bezeichnet hätte. Daphne hatte praktische Kleider getragen und überhaupt nur zwei besessen. Wer war diese Frau gewesen?

Unten sah Maddie sich im Wohnzimmer um. Beim Anblick des Teppichs wurde ihr fast übel. Als sie ihn an einer Ecke beim Kamin anhob, um den Boden darunter zu begutachten, fiel ihr Blick auf wunderschönes Parkett, das allerdings auf Vordermann gebracht werden musste. Sie legte den Teppich wieder darüber. Im Frühjahr würde sie jemanden bitten, ihn herauszureißen, damit sie ihr weiteres Vorgehen überlegen konnte. Beim Festdrücken des Teppichs strich ein kalter Luftzug über ihre Finger. Sie sah zu der Stelle hinauf, wo sie die Maus entdeckt hatte. Im Kamin musste es einen Spalt geben, durch den die Luft und die Maus hereingekommen waren. Sie schürzte die Lippen. Wieder etwas, worum sie sich kümmern musste.

Ihre Gedanken wanderten zurück zu Daphne. Irgendwo im Haus befanden sich sicher mehr Informationen über sie und ihr Leben. Vielleicht hatte sie ihre persönlichen Papiere im Büro aufbewahrt. Maddie ging jeden Tag mehrmals daran vorbei, ohne es zu betreten. Nun inspizierte sie es genauer. Dabei bemerkte sie zum ersten Mal die große alte Bibel auf dem Schreibtisch.

Maddie zog sie näher heran. Das Leder war brüchig; sie hatte dicke und ein wenig gewellte Seiten, die sich sonst jedoch in gutem Zustand befanden. Als Maddie sie aufschlug, setzte ihr Herz einen Schlag aus. Das war die Familienbibel der Penventons, deren Stammbaum die ersten Seiten bedeckte. Ihre Hand zitterte, als ihr Blick über die kunstvolle Schrift wanderte.

Die frühe Geschichte interessierte sie nicht. Sie wollte nur etwas über dieses und das vergangene Jahrhundert erfahren. Etwa auf halber Höhe der Seite fand Maddie das, wonach sie suchte: Daphnes Namen, daneben den von Diggory, ihrem Bruder. Dann nichts mehr.

Hannah trocknete sich mit einem Taschentuch die Tränen ab. Sie würde nicht gerettet werden. Das Wasser umschloss sie bereits, sie war auf dem Felsen gefangen. Den Sand konnte sie schon lange nicht mehr sehen. Sie würde an einem Strand in Cornwall ertrinken. Und niemanden würde das kümmern, nicht einmal Maddie. Maddie würde wütend sein. Wütend auf sich selbst, weil sie aufgelegt hatte, das einzige Mal, dass Hannah sie um Hilfe gebeten hatte. *Ich bin für dich da, wenn du mich brauchst.* Von wegen. Das einzige Mal, dass Hannah wirklich Hilfe brauchte, war jetzt.

Scheiße. Sie würde sterben. Wieder flossen die Tränen. Sie schloss die Augen und dachte an ihren Vater. Er war noch nicht lange tot, und nun würde sie in dem eisigen Wasser ertrinken. Schicksal? Was war mit ihrer leiblichen Mutter? Hannah schluckte. Der wäre das egal. Sie hatte Hannah ja schon vor Jahren im Stich gelassen.

»Hör auf damit.« Hannah nahm die Flasche Wein aus dem Rucksack. Wenn sie schon sterben musste, konnte sie sich auch betrinken, weil sie es dann nicht mehr so mitbekam. Sie schüttelte den Kopf. Mit einer Flasche billigem Weißwein war Betrinken nicht möglich. Sie öffnete den Schraubverschluss und nahm einen großen Schluck. Ihren Würgereiz unterdrückend trank sie einen zweiten. Sollte sie versuchen, die Flasche in einem Zug zu leeren, damit sie in Ohnmacht fiel? Die Plörre schmeckte grässlich und war obendrein warm, anders als das Wasser unter ihr, das mittlerweile die halbe Höhe des Felsens erreicht hatte. Es wurde allmählich dunkel, das Licht erhellte nur noch die Hügel jenseits des Flusses. Warum war niemand auf dem Wasser?

Ein kalter Ostwind blies in die Flussmündung und

kräuselte das Wasser. Wellen schwappten in ihre kleine Bucht, ihre Bucht des Todes.

Noch ein Schluck Wein, und die Flasche war halb leer. Ihre Ohren dröhnten. Sie warf einen Blick auf die Flasche: 13,5 Prozent Alkohol. Das Dröhnen wurde lauter, und plötzlich entdeckte sie ein kleines Boot neben einer Boje.

Beim Versuch aufzustehen fiel sie in den Fluss. »Scheiße!« Sie schluckte Wasser, und ihre Glieder erstarrten. »Nein.« Mit letzter Kraft und schmerzenden Händen zog sie sich wieder den Felsen hoch.

Als Hannah endlich aus dem Wasser heraus war, zitterte sie am ganzen Körper. »Hilfe!« Ihre Stimme war einfach nicht laut genug. Der Mann zog eine Reuse ins Boot. »Hilfe!«

Hannah sah, wie er sich über den Motor beugte.

Ihr Herz begann wie wild zu pochen. »Hallo!«

Der Mann blieb mit dem Rücken zu ihr stehen. »Scheiße.« Sie holte tief Luft. »Hallo, Sie da drüben!«

Der Mann ließ den Blick übers Wasser schweifen.

Sie fuchtelte wild mit den Armen. »Hier! Hier!«

Als er sich abwandte, sank Hannah in sich zusammen. Das Wasser hatte inzwischen fast den oberen Rand des Felsens erreicht. Tja, das war's dann wohl, dachte sie.

5

Maddie schaute auf die Uhr. Es war dunkel und Hannah immer noch nicht zu Hause. Nervös auf der Lippe kauend nahm sie den Telefonhörer und wählte Hannahs Handynummer.

Mailbox. Maddie wünschte sich schon zum x-ten Mal, dass John da wäre. Er hätte gewusst, was zu tun war, wie er mit ihr umgehen musste. Maddie rieb sich die Stirn. Sie durfte nicht vergessen, dass Hannahs Lage noch schlimmer war als ihre eigene.

Als das Telefon klingelte, schrak Maddie hoch. »Hannah, wo bist du?«

»Ich bin's, Tamsin.«

»Hi.« Maddie sank auf einen Stuhl.

»Hannah ist nicht bei dir?«

»Nein.«

»Weißt du, wo sie steckt?«, erkundigte sich Tamsin.

»Nein. Warum fragst du?«

»Emma ist hier. Sie hat Hannah nicht finden können, als sie vom Strand weggegangen sind, und mich gebeten, dich zu fragen, ob Hannah zu Hause ist.«

»Was für ein Strand?« Maddie stand auf.

»Sie waren bei einem Grillfest am Fluss.«

»Wann?« Hannah war doch hoffentlich nicht so dumm gewesen, allein herumzulaufen?

»Heute Nachmittag. Bestimmt hat Hannah sich einer

anderen Gruppe von Teenagern angeschlossen. Wir machen einen Rundruf. Keine Panik.«

»Okay.«

»Ich rufe noch mal an, wenn ich mit den anderen gesprochen habe.«

»Danke.« Maddie legte auf. Hannah durfte nichts passiert sein. Und wenn doch? Maddie stützte den Kopf in die Hände. Sie hatte John versprochen, auf Hannah aufzupassen. Was, wenn sie versagt hatte?

Hannah sank ins Boot. Sie brachte kein Wort heraus, war heiser vom vielen Schreien. Zum Glück hatte Mark sie gehört. Sie zitterte am ganzen Leib und war von oben bis unten nass. Mark legte seinen Pullover um sie und ließ schweigend den Motor an. Hannahs Hände schmerzten so sehr, dass sie sich nicht an den Seiten des Boots festhalten konnte, außerdem war ihr übel vom Wein.

Aus einer Reuse starrte sie ein großer Hummer an. Igitt! Solche Tiere lebten in dem Wasser, in dem sie gerade fast ertrunken wäre. Sie zitterte noch mehr.

»Gleich haben wir's geschafft!«, versprach Mark. Sie wagte es nicht, ihn anzusehen. Der Himmel allein wusste, was er dachte. Sie war dumm gewesen, aber Gott sei Dank noch am Leben. Wenig später machte Mark das Boot fest. Er streckte Hannah die Hand hin, und sie versuchte aufzustehen, doch ihre Beine gaben nach. Also hob er sie hoch und trug sie zur Toilette des Segelklubs hinauf.

»Hallo?« Als er keine Antwort erhielt, ging er hinein und durch eine weitere Tür, hinter der er Hannah auf eine Bank legte.

»Ich stelle jetzt die Dusche an und setze dich unters warme Wasser. Bleib drunter, bis ich wieder da bin.«

Hannah nickte oder glaubte, es zu tun. Ihr Körper zitterte unkontrollierbar. Nun wusste sie, wie sich Schock und Unterkühlung anfühlten.

Als Maddie aufgelegt hatte, begann sie, in der Küche auf und ab zu marschieren. Tamsin war auf dem Weg zu ihr. Was konnte Maddie tun? Nichts. Sie blieb stehen und lehnte den Kopf an das Fenster.

Scheinwerferlicht durchdrang die Dunkelheit auf dem Hof. Maddie fragte sich, wie es Tamsin gelungen war, so schnell herzukommen. Da sah sie Mark aus dem Fahrzeug steigen und etwas vom Rücksitz nehmen.

Ihr Herz setzte einen Schlag aus. An seiner Brust ruhte ein Kopf mit blonden Haaren. Hannah war in eine Decke gehüllt, um die Hände und den rechten Fuß trug sie Verbände. Was war passiert? Maddie rannte zur Tür und öffnete sie.

»Hi. Hannah geht's gut.« Mark trug Hannah nach oben. »Welches Zimmer ist ihres?«

»Das am Ende des Flurs«, antwortete Maddie und folgte ihm. »Ich mach die Tür auf.«

Er blieb stehen. Sie eilte an ihm vorbei und ins Zimmer, um die Bettdecke zurückzuschlagen. Mark legte Hannah behutsam aufs Bett.

»Was um Himmels willen ist passiert?«

»Ein kleines Missgeschick«, antwortete Mark und sah Maddie vielsagend an. »Hannah, ruh dich ein bisschen aus.«

Maddie deckte Hannah zu, deren Augen schreckgeweitet waren.

»Danke«, sagte Hannah mit kaum vernehmbarer Stimme.

Mark verabschiedete sich mit einem angedeuteten Salut von Hannah und zog Maddie aus dem Zimmer.

»Mark?« Maddie blieb an der Treppe stehen.

»Ihr fehlt nichts Schlimmes.«

»Ja, aber was ist passiert?«

»Als ich draußen war, die Hummerreusen kontrollieren, hab ich sie schreien hören.«

»Wo war sie?« Was, wenn er sie nicht entdeckt hätte? Maddie wurde übel.

»Auf einem Felsen im Fluss.«

»Wie bitte?«

»Die Flut hat sie eingeschlossen«, erklärte er.

»Du gütiger Himmel. Sie hat mich angerufen, aber ich hab aufgelegt.«

Mark hob eine Augenbraue.

»Ich war gerade mit dem Auto unterwegs.« Maddie ließ den Kopf hängen.

»Ungünstige Umstände, aber verständlich.« Er legte den Arm um ihre Schultern und führte sie in die Küche. »Ist was zu trinken da? Ich könnte einen Drink vertragen.«

»Natürlich. Das ist das Mindeste, was ich zum Dank tun kann.«

»Ich könnte mir noch ein paar andere Dinge vorstellen«, sagte er grinsend.

»Das glaube ich gern.« Maddie machte sich mit einem matten Lächeln auf die Suche nach dem Whisky.

Maddie stellte ein Tablett mit Tee und Toast auf den Tisch neben Hannahs Bett. Hannah, deren Gesicht sehr blass war, schlief tief und fest. Sie musste sich zu Tode geängstigt haben. Maddie stellte sich lieber nicht vor, was hätte passieren können. Wieder einmal hatte sie versagt.

Es war halb zehn, und sie wollte Hannah zum Arzt bringen. Mark hatte ihr geraten, Hannahs Knöchel noch einmal untersuchen zu lassen, sobald die Schwellung ein wenig abgeklungen sei, um sicher zu sein, dass es sich um eine Verstauchung und nicht um einen Bruch handelte. Zum Glück hatte der Arzt im Segelklub zu Abend gegessen und sich um Hannah gekümmert.

Maddie setzte sich auf die Bettkante. Sie sehnte sich danach, über Hannahs Haare zu streichen, die so sehr denen ihres Vaters ähnelten, versagte es sich aber. Sie hatte keine Ahnung, wie man mit einem Teenager umging. Wie hätte John in einer solchen Situation reagiert? Maddie hätte Hannah einerseits am liebsten erwürgt, weil sie so unvorsichtig gewesen war, und wollte sie andererseits vor Freude über ihre Rettung an sich drücken.

Als Maddie eine Hand auf Hannahs Stirn legte, schlug diese die Augen auf. »Sorry.«

Hannah schob die Hand weg.

Maddie stand auf. »Ich muss dich zum Arzt bringen. Soll ich dir beim Anziehen helfen?«

Hannah verdrehte die Augen.

»Ruf einfach, wenn du es dir anders überlegen solltest.« Maddie verließ Hannahs Zimmer. Was sollte sie machen? Wie konnte sie alles wieder einrenken?

Der Korb war voll mit Äpfeln. Maddie wusste nicht, was sie mit dem ganzen Obst anfangen sollte. Ihr Blick wanderte über den Obstgarten, der sich bis zu einer Senke erstreckte. Judith hatte sie besucht, sich den Garten und die Bäume angesehen und sie als früh tragende örtliche Sorten identifiziert. Und sie hatte Fotos gemacht, um sich weiter zu informieren.

Die Äste der Apfelbäume waren mit Flechten bedeckt, die das graue Holz grün sprenkelten. Die Birnbäume trugen so viele unreife Früchte, dass sie fast bis zum Boden hingen. Maddie fragte sich, ob es lange genug warm bleiben würde, dass sie reiften. Es wäre Verschwendung, das Obst nicht zu verarbeiten, aber wie viel Marmelade, Apfelmus, Chutney und Ähnliches konnte sie einkochen? In den vergangenen Tagen war sie sich vorgekommen wie seinerzeit in der Schulküche; immerhin lenkte sie das von Hannah ab. Die redete nicht, jedenfalls nicht mit Maddie, und das konnte sie ihr nicht verdenken. Wenn Maddie sie nicht mit Abi hätte telefonieren hören, hätte sie gedacht, Hannah sei über Nacht stumm geworden.

Mit vollem Korb machte sie sich auf den Weg zum Haus, das sich auf einer Art Plateau erhob, von dem aus die Felder nach unten steil abfielen und nach oben sanft anstiegen. Die Linien und Flächen der Gebäude weckten Ideen für ein neues Gemälde, aber Maddie wusste, dass sie den Einfall schon im Haus wieder vergessen hätte. Im Moment schien sie sich nicht konzentrieren zu können. Inspirationssplitter flackerten in ihrem Gehirn auf, während sie andere Dinge erledigte, doch bevor sie sie festhalten konnte, waren sie verschwunden. Es kam ihr vor, als wäre eine innere Verbindung in ihr gekappt. Sie konnte die Welt in ihre Sicht übertragen, aber damit war der kreative Prozess zu Ende. Die Verbindung zur Ausführung war durchtrennt oder ganz verschwunden.

Wahrscheinlich grübelte sie zu viel. Sie sollte einfach nur malen, malen, malen. Doch bevor sie damit beginnen konnte, musste sie wissen, was sie mit dem Obst anfangen sollte. Sie stellte den Korb auf den Küchentisch.

Ein Duft von Zimt und Nelken überdeckte ihre Sorgen.

Überall standen kleine Gläser herum. Es wirkte sehr häuslich. Maddie musste lachen. Sie hatte sich nie als Hausfrau gesehen, immer nur als Künstlerin. Trotzdem machte ihr der Haushalt Freude.

Sie verließ die Küche und bewunderte, was sie bisher geschafft hatte. Der Gilb war unter einer Schicht Farbe verschwunden, nachdem der Staubwedel sein Werk getan hatte. Maddie hatte manche der alten Fotos umgehängt, darunter auch das der Penventon-Frauen, und einige ihrer eigenen Werke daruntergemischt, die, obwohl modern, gut zu den alten Strukturen des Hauses passten. Es war, als würde man durch eine Galerie mit einer Retrospektive ihrer Arbeiten gehen. Das erinnerte sie daran, dass ihre Kreativität mit dem Tod von John versiegt zu sein schien.

Der Schmerz nahm ihr Luft und Licht. Wie konnte sie immer noch trauern? Worum trauerte sie überhaupt: um ihn oder um das, was sie verloren hatte? Sie wusste es selbst nicht und wollte auch nicht weiter nachforschen, weil es zu sehr schmerzte. Der Mann, den sie auf ewig zu lieben geschworen hatte, war zu einer offenen Wunde geworden, die einfach nicht heilen wollte.

Sie ging ins Esszimmer und hockte sich auf die Fensterbank. Trotz der vielen Papiere, die auf dem edlen Tisch ausgebreitet lagen, erschien ihr dieser Ort sehr friedlich. Maddie zog die langen Beine an, schlang die Arme darum und betrachtete den Baum draußen. Auf Augenhöhe rahmte eine der Fensterscheiben einen schön geformten Ast so ein, dass die Linie verzerrt wurde und die Konturen verschwammen. Die spezielle Mischung der Grüntöne ließ Maddie aufspringen und in den Stall hasten. Sie musste malen. Vergiss die Äpfel, vergiss das Haus, vergiss alles und male, dachte sie.

Hannah sah Maddie in der Küche hantieren. Wenn sie sie noch weiter bemutterte, würde sie ihr eine Ohrfeige verpassen. Seit dem Zwischenfall am Strand fragte Maddie die ganze Zeit, wie es ihr gehe. Die Frau wirkte erschöpft, fast schlimmer als nach Dads Tod.

»Brauchst du noch was?«, erkundigte sich Maddie.

Hannah schüttelte den Kopf. Sie hielt das nicht mehr aus.

»Was ist los mit dir?«

»Alles in Ordnung, danke.«

»Gut.« Hannah fand, dass sie aussah wie ein verschrecktes Kaninchen. »Dann geh aus oder mach irgendwas anderes. Ich verschwinde schon nicht an den Strand.«

Es würde lange dauern, bevor Hannah auch nur wieder in die Nähe des Flusses wollte.

»Hannah.«

»Hör auf damit. Du hast mich schon oft allein zu Hause gelassen. Geh aus.«

»Ich bin hier zufrieden.«

»Bist du nicht. Du solltest nach London fahren. Vielleicht reicht auch das Pub. Aber gönn dir um Himmels willen ein bisschen Spaß!« Hannah biss in einen Apfel. »Ich rufe jetzt Tamsin an. Sie soll dich holen und heute Abend was mit dir unternehmen.«

»Nicht nötig. Ich muss nicht ins Pub.«

»Doch. Sonst verlierst du hier noch den Verstand.«

»Unsinn. Ich bin nur ein bisschen niedergeschlagen. Das passiert manchmal.«

»Wenn das alles ist, dann lass deine Chakren in Ordnung bringen. Aber ich glaube, das Pub würde mehr bringen. Gönn dir ein Glas Wein oder auch zwei oder drei. Genieß das Leben.«

Hannah verließ die Küche und ging in ihr Zimmer. Sie hatte begonnen, eines der Dokumente aus der Schatulle abzuschreiben. Es ging verdammt langsam voran, doch mit dem verstauchten Knöchel hatte sie in den vergangenen Wochen sowieso nicht viel mehr machen können als die Schularbeiten.

Sie setzte sich aufs Bett, holte ihren Block hervor und entrollte das Pergament. Die verschnörkelten Buchstaben darauf gefielen ihr, auch wenn sie schwer zu entziffern waren. Bisher hatte sie etwa zehn Wörter entschlüsselt, eines davon war »Penventon«. Eigentlich hätte sie die Sachen Maddie zeigen sollen, doch das wollte sie nicht, jedenfalls noch nicht. Schließlich war es ihr Fund.

»Verrätst du mir, warum Hannah dich unbedingt loswerden wollte?«, fragte Tamsin, als sie vom Wagen zum Pub gingen.

Maddie verdrehte die Augen. »Keine Ahnung.«

»Sie sagt, du wärst aus der Fassung und bräuchtest einen Drink.« Tamsin öffnete die Tür zum New Inn.

»Sagt sie das?«

»Ja, und dazu vielleicht ein bisschen Sex, um deine Chakren in Ordnung zu bringen.«

Maddie musste lachen. »Funktioniert das denn?«

»Weiß nicht. Wäre jedenfalls ein Riesengeschäft, wenn's tatsächlich klappt.« Tamsin trat an die Theke. »Rotwein?«

Maddie nickte und stellte sich an das munter prasselnde Kaminfeuer. »Wie geht's Mark?«

Tamsin wandte sich ihr zu. »Wie üblich. Warum?«

»Ich hab ihn länger nicht gesehen.«

»So, so.« Tamsin lächelte.

»Ach, hör auf. Kann man sich nicht nach jemandem erkundigen, ohne dass man gleich in die Zange genommen wird?«

»Nein.« Tamsin reichte Maddie ein Glas. »Und jetzt runter mit dem Wein und raus mit der Sprache. Was hast du auf dem Herzen?«

»Ich weiß es nicht.«

»Immerhin bist du ehrlich.« Tamsin winkte einem Mann auf der anderen Seite des Raums zu, bevor sie sich an einen Tisch setzte. Dann klopfte sie auf den Sitz neben sich, und Maddie nahm ebenfalls Platz.

»Ich bin niedergeschlagen und weiß nicht, ob der Umzug dran schuld ist oder was anderes.« Maddie betrachtete ihre Hände. Früher hatte sie immer alles im Griff gehabt; jetzt schien die Welt aus den Fugen geraten zu sein.

»Hannah hat recht. Du brauchst tatsächlich einen Drink, einen Fick und noch was anderes, zum Beispiel eine kräftige Ohrfeige.« Tamsin hob die Hand.

Maddie lachte. »Der erste Punkt lässt sich leicht bewerkstelligen, beim letzten ducke ich mich weg, und für den zweiten habe ich keinen geeigneten Partner.«

»Den könnte ich sicher für dich auftreiben.«

Maddie beobachtete Tamsin, wie sie den Blick über die potenziellen Kandidaten im Pub schweifen ließ. Keiner von ihnen war das, wonach sie suchte, aber wusste sie überhaupt, wonach sie suchte? Ihr fehlten die Nähe, die gegenseitige Unterstützung, die wortlose Verständigung, und all das konnte man sich von einer Zufallsbekanntschaft nicht erhoffen. Sie hatte keine Ahnung, wie es ihr gelingen sollte, wieder einen Mann in ihr Leben zu lassen, nicht einmal, ob sie das wollte. Außerdem gab es da noch Hannah.

»Das bezweifle ich nicht, aber ich bin nicht der Typ für

One-Night-Stands. So ticke ich einfach nicht.« Maddie spielte mit dem Weinglas.

»Das ist genau das Problem bei uns Frauen. Ganz ohne Liebe scheint's nicht zu gehen. Schade eigentlich.«

Maddie schmunzelte. Aus Tamsins Mund klang alles so simpel.

»Soll ich dir ein Blind Date vermitteln?«, fragte Tamsin.

Maddie erschauderte. »Nein!«

»Nun zier dich nicht so. Eine Verabredung schadet nicht; ein ruhiges Abendessen zu zweit in Truro oder sonst wo.«

»Und wo willst du den armen Kerl herkriegen?« Maddie stellte sich vor, wie ihre findige Freundin alle verfügbaren Männer der Gegend wie zur Exekution aufreihte, um sie auf ihre Eignung zu überprüfen. So wie Maddie Tamsin einschätzte, würde keiner von ihnen den wirklichen Bedürfnissen Maddies genügen, aber zum Abbau ihres Hormonstaus beitragen. Vermutlich war es genau das, was sie jetzt brauchte.

»Vertrau mir.«

»Genau das tue ich nicht.« Maddie schmunzelte.

»Musst du aber. Und jetzt trink aus.«

»Lass uns das Thema wechseln.« Maddie nahm einen Schluck.

»Okay. Schau mal, was da grade reinmarschiert.«

Maddie betrachtete den blonden Hünen. »Wikinger« fiel ihr spontan zu ihm ein, und noch dazu ein ziemlich appetitlicher.

»Ja, finde ich auch«, sagte Tamsin.

»Was?«, erkundigte sich Maddie.

»Das, was dir auf der Stirn geschrieben steht.« Tamsin lachte.

»Was redest du da?«

»L-U-S-T. Der Typ verspricht Lust in Großbuchstaben.« Tamsin stieß einen leisen Pfiff aus.

»Still, sonst hört er dich noch«, flüsterte Maddie.

»Hm. Hol uns doch noch ein Glas Wein, ja?« Tamsin schob Maddie vom Sitz und direkt in die Arme des Wikingers.

»Sorry, ich bin gestolpert.« Maddie sah stirnrunzelnd zu Tamsin, die sie mit Unschuldsmiene anlächelte.

»Kein Problem.« Er hatte eine tiefe Stimme, die irgendwie nordisch klang, und schien allein zu sein.

»Darf ich Ihnen einen Drink spendieren?«, fragte er.

»Wie bitte?« Unter dem Blick seiner stahlblauen Augen wurde Maddie hellwach.

»Darf ich Ihnen einen Drink spendieren?«, wiederholte er.

»Danke, aber meine Freundin und ich sind versorgt.«

»Warum warten Sie dann an der Theke?«, erkundigte er sich.

Maddie, die nach einer höflichen Antwort suchte, bemerkte, dass Tamsin sich sehr beherrschen musste, um nicht laut loszuprusten.

»Ich hole Drinks.« Maddie senkte verlegen den Blick.

»Lassen Sie mich das für Sie erledigen.« Er verbeugte sich leicht.

Was sollte sie machen? Wenn sie Nein sagte, klang sie unhöflich, und wenn sie seine Einladung annahm, fühlte sie sich schlecht.

»Danke.«

»Was nehmen Sie?«

»Den Cabernet.« Maddie spürte Tamsin hinter sich.

»Hallo. Danke für den Drink. Ich bin Tamsin.« Sie streckte ihm die Hand hin.

»Gern geschehen. Ich heiße Gunnar.«

»Hallo, Gunnar. Was führt Sie in diesen Teil Cornwalls?«, fragte Tamsin.

Maddie trat Tamsin unauffällig gegen das Schienbein und nahm einen Schluck Wein, während sie den Mann begutachtete. Mit dem kantigen Kinn, den weißblonden Haaren und dem gebräunten Gesicht sah er tatsächlich aus wie ein Wikinger.

»Ich drehe einen Dokumentarfilm über die Auswirkungen der globalen Erwärmung auf die Fischerei.«

»Faszinierend«, lautete Tamsins Kommentar.

Hoffentlich, dachte Maddie, machte Tamsin sich nicht noch aggressiver an den Typen ran.

»Sie beeinflusst die Fischerei weltweit, aber hier in Cornwall sind einzelne Fischer mit ihren kleinen Booten davon betroffen, nicht nur die großen Fabrikschiffe. Das macht die Geschichte interessanter.«

»Wie lange haben Sie vor hierzubleiben?«, fragte Tamsin.

»Den Sommer über. Im Moment recherchiere ich hauptsächlich und filme wenig. Für die Filmaufnahmen warten wir auf besseres Wetter.«

Wunderbar, dachte Maddie. Tamsins nächste Frage lautete sicher: »Und wo sind Sie untergebracht?«

»Wann sind Sie angekommen?«, setzte Tamsin die Befragung fort.

»Vor einer Woche.«

»Erst? Und wo sind Sie untergebracht?«, erkundigte sie sich.

Maddie verschlug es ob der Unverfrorenheit ihrer Freundin den Atem.

»Ich habe hier in Manaccan ein Cottage gemietet.«

»Willkommen in unserer kleinen Welt, Gunnar.« Tamsin strahlte.

»Danke.« Er hob sein Glas und sah Maddie in die Augen. Sie musste zugeben, dass der Wikinger mit den weißen Zähnen, die im gedämpften Licht schimmerten, ziemlich attraktiv war.

6

Wann hast du das letzte Mal mit jemandem geschlafen?«

Tamsins Worte schienen zu hallen, und die Konturen der Küche verschwammen wie Tamsins schelmisches Grinsen. Maddie lehnte sich auf ihrem Stuhl zurück und nahm noch einen Schluck Wein. Es war weit nach Mitternacht, sie hatten die dritte Flasche geöffnet. Maddie wusste, dass sie es am nächsten Morgen bereuen würde, aber im Moment machte es Spaß.

»Was hast du gerade gefragt?«

»Du hast mich schon verstanden«, antwortete Tamsin.

»Das ist keine faire Frage.«

»Warum nicht?«

»Keine Ahnung. Wann hast du das letzte Mal Sex gehabt?«

»Vergangene Nacht.« Tamsin grinste.

»Mit deinem Mann, hoffe ich.«

»Das verrate ich dir nicht.«

Maddie beugte sich vor. »Dann sage ich auch nichts.«

»Ist es so lange her, dass du dich nicht mehr dran erinnerst?«

»Nein, ich erinnere mich sogar sehr gut. Wir wussten, dass es das letzte Mal sein würde. Es war ziemlich schlimm.« Maddie blinzelte die Tränen weg.

»Tut mir leid für dich.« Tamsin legte ihre Hand auf die von Maddie. »Und seitdem nichts mehr?«

»Gott, nein. Wer würde eine alte Kuh wie mich schon wollen?« Maddie rang sich ein Lächeln ab.

»Du bist keine alte Kuh, und Gunnar wollte deine Telefonnummer haben. Außerdem wäre da noch Mark. Der schwirrt um dich rum, seit du da bist.«

»Ihm ist gar keine andere Wahl geblieben. Ich bin ja praktisch auf seiner Türschwelle gelandet.«

»Er hat sich nicht drüber beklagt.«

Maddie lächelte. Mark war attraktiv und flirtete mit allen Frauen. Das war es nicht, was sie sich vorstellte, egal, wie verlockend das Angebot sein mochte. Doch vielleicht würde sie ihn bitten, ihr für einen Akt Modell zu stehen, denn sein gut proportionierter Körper war ihr nicht entgangen. Sie wurde rot.

»Du magst ihn, das merke ich doch.«

»Wie könnte man Mark nicht mögen?«

»Hallo, ihr Hübschen.« Das Objekt der Begierde kam mit Tamsins Mann Anthony, der diese abholen wollte, zur Küchentür herein. Maddie rutschte unruhig auf ihrem Stuhl herum. Hatte Mark ihr Gespräch belauscht?

»Hallo, Jungs.« Tamsin stand auf und holte zwei Gläser. Als sie sie füllte, verschüttete sie etwas Rotwein.

Anthonys Blick wanderte zu den leeren Flaschen beim Abfall. »Scheint ein guter Abend gewesen zu sein.«

»Ja.« Tamsin sah ihn mit einem schiefen Grinsen an.

Mark zog den Stuhl neben Maddie heraus. Er roch nach Meer.

»Was habt ihr getrieben?« Maddie trank einen großen Schluck Wein.

»Wir waren zur Race Night im Segelklub. Euch ist ein lustiger Abend entgangen.« Mark streckte die langen Beine unter dem Tisch aus.

»Das glaube ich nicht. Maddie hat nach dem Pub noch was Feines gekocht.«

»Daher die vielen Gefallenen.« Anthony deutete auf die Flaschen.

Tamsin schob seinen Arm weg. Maddie musste über seinen beleidigten Blick lachen. Die beiden gingen so locker miteinander um. Waren sie und John je so gewesen? Hatten sie überhaupt Gelegenheit dazu gehabt? Sie waren gerade erst aus der ersten Verliebtheitsphase heraus gewesen, als der Krebs alles verändert hatte.

»Dann erzählt mal, über was ihr euch unterhalten habt«, forderte Anthony sie auf.

»Denkste!« Tamsin schlug mit der flachen Hand auf den Tisch.

»Aha, also über Sex.« Er lachte.

Mark sah Maddie an. »Wo ist Hannah?«

»Direkt über uns. Sie kriegt wahrscheinlich jedes Wort mit.« Maddie lächelte spöttisch.

»Wie geht's ihrem Knöchel?«, erkundigte sich Mark.

»Scheint in Ordnung zu sein. Bei jungen Leuten heilt so was schnell«, antwortete Maddie.

»Hübsches Mädchen. Hat ganz andere Haare und Haut als du«, bemerkte Anthony.

»Sie ist meine Stieftochter.« Wie hätte ihr leibliches Kind wohl ausgesehen? Blond wie John oder dunkel wie sie?

»Was ist mit ihrer Mutter?«, fragte Anthony.

Maddie fuhr sich mit der Hand durch die Haare. »Sie ist gegangen, als Hannah drei war.«

»Gegangen?«

»Sie hat John gesagt, dass sie ihn und Hannah verlässt und die beiden nie mehr wiedersehen möchte. John wollte das schriftlich von ihr.«

»Wow«, sagte Tamsin.

»Ja«, pflichtete Maddie ihr bei.

»Wie kann eine Frau nur ihr Kind im Stich lassen?«, fragte Tamsin mit leiser Stimme.

Maddie schnürte sich die Kehle zu. Sie würde Hannah nie im Stich lassen, egal, wie diese sich aufführte, aber auch Hannahs Mutter keine Vorwürfe dafür machen, dass sie gegangen war. Was hatte Susan dazu gebracht? Eine postnatale Depression? John? Hatte er Hannahs Mutter genauso viel abverlangt wie ihr? Maddie klopfte sich innerlich auf die Finger. Das war John gegenüber nicht fair.

Anthony wandte sich seiner Frau zu. »Du kannst verstehen, dass eine Frau ihren Mann verlässt?«

»Klar. Als ich neulich den Typen gesehen habe, der dir hilft, ist mir der Gedanke gekommen. Wie heißt er noch gleich? Michael?«

»Für den wärst du zu stressig. Er ist noch jung.« Anthony lachte. »Dann ist Hannah jetzt deine Tochter?«

»Ja. Vor ein paar Monaten hat das Gericht es offiziell bestätigt. Hannah war nicht sonderlich erfreut darüber.« Maddie seufzte.

»Ist schon schrecklich, wenn die eigene Mutter einen nicht will«, bemerkte Tamsin.

Maddie nickte. Nun hatten sie nur noch einander, und Maddie musste dafür sorgen, dass es funktionierte. Das hatte sie versprochen.

Hannah ging in ihrem Zimmer auf und ab. Es waren genau dreizehn Schritte vom einen Ende zum anderen, das hatte sie zwanzigmal gezählt. Langeweile war scheiße. Sie holte das Buch aus ihrem Rucksack. Die vergilbten Seiten sahen nicht gerade verlockend aus, aber ihr Lehrer hatte gesagt, es würde ihr eine Menge über Cornwall im sechzehnten Jahrhundert verraten. Merkwürdigerweise hatte er nicht wissen wollen, warum die Epoche sie interessierte, was bedeutete, dass er sie für einen Geschichtsfreak hielt. Oje.

Momentan versuchte sie, ein Dokument zu entziffern, das 1570 verfasst worden war. Sie hatte Ewigkeiten gebraucht, die Jahreszahl zu entschlüsseln, weil sie die römischen Ziffern nicht mehr beherrschte. Die Schrift war wunderschön und das Papier brüchig.

Hannah nahm die Taubenfeder in die Hand, die sie im Garten gefunden hatte, und stellte sich die kunstvollen Bewegungen vor, die nötig waren, um so schön zu schreiben. Sie warf einen Blick auf das Gekrakel in ihrem Schulheft. Jämmerlich. Sie fetzte die Buchstaben hektisch und ohne Rücksicht auf den Leser, in diesem Fall ihre Englischlehrerin, aufs Papier. Früher hatte sie Englisch ganz gern gemocht, aber die Lehrerin hier war eine blöde Kuh. Man konnte ihr nichts recht machen, also gab Hannah sich überhaupt keine Mühe mehr. Ihre letzte Prüfungsarbeit war mit roten Korrekturen übersät gewesen. Die Hexe ahnte nicht, was sie noch alles liefern konnte.

Hannah legte die Feder weg. Sie fand es frustrierend, dass sie es nicht schaffte, den Text zu entziffern, und warf einen Blick auf den Brief und die anderen Papiere. Alles böhmische Dörfer.

Als es in der Küche endlich ruhig wurde, schlich sie zur Treppe. In dem Raum, den sie insgeheim das Spinnzimmer nannte, warf das Mondlicht gespenstische Schatten auf den Boden. Sie trat ein. Hier hatte Maddie noch gar nichts gemacht.

Hannah ging zu dem Schreibtisch in der Fensternische. Auf dem Tisch befand sich ein rissiger Lederschonbezug, und die Schubladen hatten aufwendig gearbeitete Griffe, die sich kühl anfühlten. Als sie die mittlere herauszog, fand sie darin ein verstaubtes Fotoalbum. Sie nahm es heraus und schlug es auf. Von der Zugluft, die durch die undichten Fenster drang, bekam sie eine Gänsehaut.

Hannah blätterte die grauen Seiten durch. In Schwarz und Weiß wirkte das Haus ganz anders als in der Realität. Der Schweinestall hatte auf den Fotos noch ein Dach, und die Frauen auf den Bildern waren groß gewachsen wie Maddie, was Sinn ergab, weil Maddie irgendwie mit ihnen verwandt war.

Hannah stockte der Atem. Auf einem der Bilder stand Maddie am Fuß des großen Baums vor dem Haus. Hannah zog das Album näher heran. Das war definitiv Maddie im Teenageralter. Die Nase war dieselbe, das Haar, alles, was sie auf dem Bild erkennen konnte. Nur die Bluse, die sie trug, kam Hannah merkwürdig vor. Sie sah nach den siebziger Jahren aus.

Komisch. Maddie hatte behauptet, im April das erste Mal in Trevenen gewesen zu sein, aber das Bild sagte etwas anderes. Hannah klappte das Album zu und stellte sich Maddies Reaktion vor, wenn sie es ihr am folgenden Tag zeigte.

Es war mindestens Mittag. Hannah tat der Kopf weh. Als Erstes brauchte sie eine Tasse Tee und etwas gegen die Kopfschmerzen. Maddie würde es ähnlich gehen, denn sie hatte sich am Abend die Kante gegeben. Und sie würde noch mehr leiden, wenn Hannah sie fragte, warum sie sie angelogen hatte. Hannah lächelte. Heute würde ein guter Tag werden. Sie sprang aus dem Bett.

In der Küche schaltete Hannah das Radio ein, öffnete

das Fenster und winkte der Sonne zu. Die Kopfschmerzen ließen sicher nach, wenn sie etwas aß. Während sie Eier in eine Schale schlug, lief im Radio ihr Lieblingssong. Sie begann zu singen und herumzutanzen.

»Guten Morgen, Hannah. Du hast eine schöne Stimme.« Mark lehnte unrasiert und mit zerzausten Haaren im Türrahmen.

Hannah erschrak. »Was, zum Teufel, machen Sie hier?«

Er betrat den Raum. »Bin gerade aufgewacht.«

»Sie sind zum Frühstück gekommen?«

»Nein.«

Hannah knallte die Pfanne auf den Tisch. Ihr schönster Tag entwickelte sich rasant zu ihrem schlimmsten. Mark hatte hier geschlafen. Mit Maddie.

Er streckte sich. »Was ist aus der Schatulle geworden?«

»Sie waren in meinem Zimmer?« Hannah hörte auf, die Eier zu schlagen.

»Ja, im Halbschlaf dachte ich, es ist das Klo.«

»Sie haben in mein Zimmer gepinkelt?«, fragte Hannah entsetzt.

»Nein. Aber ich habe die Wandfarbe bewundert.«

Er war in ihrem Zimmer gewesen! Schlimm genug, dass er mit Maddie geschlafen hatte. Nicht dass ihr das viel Spaß gemacht haben konnte. Auf dem Tisch standen drei leere und eine halb leere Flasche. Moment, wieso hatte er das Klo in ihrem Zimmer vermutet? Maddie hatte ein eigenes. Offenbar war er in dem Zimmer neben dem von Hannah gewesen und in die falsche Richtung gegangen.

»Verrätst du mir, wie's passiert ist?«, fragte er.

»Ach, ein Missgeschick.«

Mark nahm eine Kaffeetasse in die Hand. »Mit dem Hammer?«

Hannah hob den Blick.

»Willst du's mir nicht sagen?«

Sie biss sich auf die Lippe. »Moment.« Sie holte die Schatulle von oben und stellte sie auf den Tisch.

Mark begutachtete sie. »Hast du Maddie davon erzählt?«

»Nein.«

»Hab ich mir fast gedacht.«

»Warum?«, fragte Hannah.

»Du erzählst ihr nie viel.«

»Warum sollte ich?« Hannah sah ihre Füße an.

»Tja, warum?« Er lächelte.

»Was für eine Arroganz!« Hannah rümpfte die Nase.

Mark musste lachen.

»Was ist so lustig?«, fragte sie.

»Arrogant hat mich noch niemand genannt.«

»Dann wurde es Zeit«, sagte Hannah.

»Möglich.«

»Ja. Glauben Sie, man kann die Schatulle reparieren?«

»Keine Ahnung. Das Holz ist auf dieser Seite ziemlich stark beschädigt. Und sie ist alt.«

»Ja, ich glaube, aus dem sechzehnten Jahrhundert.«

Mark hob den Blick. »Woher weißt du das?«

»Von den Papieren, die drin waren.«

»Papiere?«, wiederholte er.

»Ja.« Sie zuckte mit den Achseln.

»Hast du diese Papiere irgendjemandem gezeigt?« Er setzte sich auf einen Stuhl.

»Nein.«

»Dein Geheimnis?«

»Ja. Ich hab sie entdeckt. Mich würde nur interessieren, ob man die Schatulle reparieren kann.« Sie klopfte mit dem Fuß auf den Boden.

»Möglicherweise schon. Der Mann, der dir das sagen kann, wohnt ungefähr anderthalb Kilometer von hier weg. Old Tom Martin. Er kann vieles, Möbelrestaurieren ist seine Spezialität.«

»Aha. Kann ich ihn anrufen?«

»Ja, oder du gehst einfach hin. Er ist nicht mehr der Jüngste und verlässt seine Werkstatt nicht so gern, also vermute ich mal, dass er da ist.«

»Und wie komme ich hin?«

»Bieg nach der Auffahrt rechts ab und folge der Straße, bis du links ein Schild nach Martin's Field siehst. Da wohnt er. Die Werkstatt ist hinterm Haus. Sag ihm, dass ich dich geschickt habe.«

»Wie alt ist er? Wie Sie?«

»Älter.« Mark schmunzelte. Hannah schüttelte den Kopf. Würde sie je begreifen, was in diesem Mark vorging?

Als Erstes sah Hannah das reetgedeckte Dach des Cottage; das kunstvolle Muster am unteren Ende erinnerte sie an ein Lebkuchenhaus. Aus dem Schuppen erklang klassische Musik. Die großen Türen standen weit offen, so dass Hannah die Neonröhre an den Deckenbalken erkennen konnte, unter der ein groß gewachsener, hagerer Mann über eine Werkbank gebeugt die Hand über ein Stück Holz gleiten ließ.

»Hallo?« Hannah bahnte sich vorsichtig einen Weg durch die Holz- und Möbelstücke, die auf dem Boden lagen. Leuchtend blaue Augen blickten sie an. Unheimlich.

»Sind Sie Tom Martin?« Hannah musterte sein wettergegerbtes Gesicht. Er war viel älter als Mark.

»Ja.« Er legte den Beitel weg und streckte ihr die Hand hin. »Und wer bist du?«

»Ich bin Hannah Hollis.«

»Aus Trevenen?«

»Ja. Woher wissen Sie das?«

»Ist ein kleiner Ort, Meneage.«

»Stimmt.« Hannah verdrehte die Augen. Tamsin und die anderen schienen wirklich alles zu wissen.

»Was kann ich für dich tun?« Sein Blick wanderte zu der Schatulle in ihren Händen.

»Mark sagt, Sie könnten sie vielleicht richten.«

»Mark Triggs?«

Hannah nickte.

»Lass mal sehen.« Seine Finger strichen über das Holz. »Verrätst du mir, was passiert ist?« Er musterte sie eindringlich.

Hannah kam sich vor wie in der Schule. Sie straffte die Schultern und erwiderte seinen Blick.

»Ist kaputtgegangen.«

»Das sehe ich. Wie?«

Sie trat von einem Fuß auf den anderen. »Ist das wichtig?«

»Schon. Wenn ich weiß, wie das Holz beschädigt wurde, hilft mir das zu überlegen, wie ich es am besten repariere.«

»Versteh ich nicht.« Sie holte tief Luft. »Der Hammer ist mir aus der Hand gerutscht.«

»Mit Schwung?«, fragte er.

»Ja. Ich wusste ja nicht, wo er landen würde, oder?« Sie zuckte mit den Achseln.

»Nein. Nun, junge Frau, ich glaube, ich kann dir helfen.« Er lächelte.

»Prima.«

»Reichst du mir bitte mal die Zange hinter dir?«

»Und was wird das kosten?«

»Gehört die Schatulle jemand anders?« Er entfernte mit der Zange die Splitter aus dem Kästchen und legte sie auf die Werkbank.

»Die hab ich gefunden.«

»Aha. Sie gehört also dir?«

»Ja.« Hannah senkte den Blick. Sie wusste, dass sie von Rechts wegen Maddies Eigentum war, aber ihr Gefühl sagte ihr, dass alles in ihrem Zimmer ihr gehörte.

»Wahrscheinlich hast du nicht viel Geld.«

Hannah bestätigte das mit einem Nicken.

»Gut, dann kannst du mir hier zur Hand gehen.«

»Okay.«

»In der Ecke steht ein Besen.« Old Tom wandte sich der Schatulle zu. Hannah hasste Saubermachen. Ihr Zimmer in Trevenen zu putzen machte ihr nichts aus, weil das ihr Bereich war, aber bei der Werkstatt war es etwas anderes. Sie holte widerwillig den Besen. An den Wänden hingen Metallsachen, die aussahen wie Folterwerkzeuge. Stand der alte Mann auf so was? Konnte sie sich bei ihm sicher fühlen?

»Würdest du bitte den Wasserkessel einschalten, wenn du schon mal da drüben bist? Ich weiß ja nicht, wie's dir geht, aber ich habe Durst.« Er klang wie einer dieser schnieken Männer in den Schwarzweißfilmen, nicht kornisch und sah auch nicht so aus. Als er noch Haare gehabt hatte, war er vermutlich blond gewesen.

Sie schaltete den Kessel ein, der einen Höllenlärm machte, und schob mit dem Besen das Sägemehl zu einem Haufen zusammen. Ein Windstoß wehte ihn gleich wieder weg. Es war besser, wenn sie kleine Haufen bildete und diese sofort in den Abfalleimer kehrte.

Als der Wasserkessel sich mit einem lauten Klicken abschaltete, stieß sie vor Schreck mit dem Kopf gegen die Werkbank.

»Scheiße.«

»Wie bitte? Ich hab dich nicht verstanden.«

Hannah sah ihn an. Obwohl seine Miene nichts verriet, hätte sie schwören mögen, dass er sich über sie lustig machte. Der Mistkerl!

»Der Tee ist in dem Behälter hinter dem Kessel, Milch im Krug. Wenn die nicht mehr gut ist, musst du in die Küche.«

Hannah ging, mit der einen Hand ihren Kopf reibend, in der anderen die Schaufel, hinüber.

Sie nahm zwei Tassen vom Regal. Dabei fiel ihr Blick auf eine Teekanne mit Blümchenmuster, die zu den Tassen passte. Es gab auch Untertassen, aber die würde sie nicht verwenden, weil sie alles spülen musste. Zwei Tassen und eine Teekanne genügten.

In dem Behälter mit dem Tee fand sie einen reich verzierten Silberlöffel mit geschwungenem Griff. Sie schnupperte.

»Was ist das für Zeug?«

Tom hob den Kopf. »Du möchtest wissen, was für ein Tee das ist?«

»Ja.«

»Lapsang Souchong.«

»Lapsang ist scheiße«, murmelte Hannah.

»Ein erfrischender Tee aus China, im Rauch veredelt.«

»Toll. Was ist bloß aus der guten alten Friesenmischung geworden?«

»Bist du denn aus Friesland?«

Hannah gab einen Löffel voll Tee in die Kanne und goss

Wasser darüber. Das Zeug würde sie nicht trinken. Sie beobachtete, wie die Blätter im heißen Wasser trudelten.

»Irgendwo müssten noch Kekse sein.« Der alte Mann sah zur Tür. »Meinst du, es ist zu kalt zum Draußensitzen?«

Hannah blickte hinaus. »Nein, sollte gehen.«

»Hinter dem Mülleimer lehnt ein Tablett.«

Als Hannah es hervorholte, musste sie über das fröhliche Siebziger-Jahre-Gesicht darauf schmunzeln. Es passte überhaupt nicht zu den Bone-China-Tassen und der Teekanne, aber egal – die Sachen gehörten schließlich nicht ihr. Sie stellte Milch, Teekanne, Tassen und die Packung Kekse darauf. Er gab Untertassen, ein Teesieb und einen Teller dazu. Dann nahm er die Kekse aus der Verpackung und legte sie auf den Teller.

Unverschämtheit! Hannah verkniff sich eine bissige Bemerkung und folgte ihm in den Garten, wo sie durch eine Lücke in der Hecke zu einem hübschen sonnigen Fleck mit Bäumen voller Obst gingen.

»Nun, Miss Hollis, würden Sie so freundlich sein, uns den Tee einzuschenken?«

»Soll das ein Witz sein?«

»Warum sollte ich scherzen?« Tom saß mit übereinandergeschlagenen Beinen da.

»Woher wissen Sie, dass ich das kann?« Hannah sah in seine blauen Augen.

»Ich dachte, das ist eine Grundfertigkeit, die jeder ab einem gewissen Alter beherrscht. Täusche ich mich da etwa?«

Hannah biss sich auf die Lippe, als sie das zarte Porzellan hochhob. Obwohl ihre Finger ihr plump vorkamen, gelang es ihr, das kleine Teesieb weder zu verfehlen noch zum Überlaufen zu bringen. Sie hielt ihm die Tasse hin, doch er nahm sie nicht.

»Hallo, Ihr Tee«, sagte sie.

»Nein, nicht mein Tee.«

»Nicht Ihr Tee? Wieso nicht?«

»Ich mag den Tee nur komplett mit Tasse, Untertasse und Löffel.«

»Sie sind verrückt. Wir haben doch nicht mal Zucker. Wozu brauchen Sie da einen Löffel?«

»Zum Umrühren«, antwortete er.

Hannah blinzelte. Na schön, auch gut. Sie stellte die Tasse auf die Untertasse und ging in die Werkstatt, um Löffel zu holen. Sie waren wie der in dem Teebehälter aus Silber und reich verziert. Hübsch.

Sie eilte in den Garten, nein, Obstgarten nannte Old Tom ihn wohl, weil es hier keine Blumen, nur Obstbäume gab, zurück, stolperte über eine Baumwurzel und fiel hin.

»Immer mit der Ruhe, Miss Hollis.«

»Hannah.« Sie wischte sich das Gras von der Jeans und trat an den Tisch. Der Tee, den sie zuvor eingeschenkt hatte, war inzwischen kalt. Würde er schimpfen, wenn sie ihn ausschüttete? Sie hasste kalten Tee, also kippte sie ihn mit angehaltenem Atem ins Gras. Keine Klage, gut. Sie begann noch einmal von vorn.

»Milch?«, fragte Hannah und sah ihn unter ihren Haaren hervor an.

»Ja, bitte, aber nur wenig. Lapsang ist ein sehr feiner Tee, zu viel Milch ruiniert den Geschmack.«

»Dann werde ich viel Milch brauchen.« Sie reichte ihm Tasse, Untertasse und Löffel.

»Danke, Miss Hollis.«

»Hannah.« Ob der Tee wie der Aschenbecher schmeckte, nach dem er roch? Die Tasse in der Hand, lehnte sie sich zurück und schwang ein Bein über die Armlehne ihres Stuhls.

»Nun, Miss Hollis, was führt Sie nach Cornwall?«

»Sagen Sie Hannah zu mir. Miss Hollis klingt nach einer alten Schullehrerin.«

»Ist das ein Problem? Die meisten alten Schullehrerinnen in meinem Bekanntenkreis sind ganz reizende Menschen.«

»Aber sicher langweilig.«

»Überhaupt nicht.«

»Für Sie vielleicht nicht.« Hannah nahm einen Schluck Tee und verzog das Gesicht.

»Zurück zur Ursprungsfrage: Was hat dich nach Cornwall geführt?«

»Scheißpech.«

»Kein Grund zum Fluchen«, ermahnte er sie.

»Ich hab nicht geflucht.«

»Doch«, widersprach er.

»Meinen Sie das ›Scheiß‹?«, fragte sie.

»Ja. Das ist ein Fluch.«

»Nein.«

»Doch.«

»Vielleicht im finsteren Mittelalter, aber jetzt nicht mehr.« Sie begann sich zu fragen, ob sie in eine Zeitmaschine geraten war. In eine, die ihr gar nicht so schlecht gefiel. Der Obstgarten war hübsch angelegt, und der verwitterte Tisch und die Stühle glänzten blau.

»Wer hat dir den Bären aufgebunden?«, erkundigte er sich.

Hannah setzte sich auf und stellte ihre Tasse auf den

Tisch. Sie hatte gar nicht gemerkt, dass sie leer war. »Das sagt man die ganze Zeit.«

»Ja, doch verändert das die Bedeutung des Wortes?«

»Nein, aber heute versteht es niemand mehr als Fluch.«

»Und wer ist niemand?«, fragte er.

»Niemand, der nicht aus dem finsteren Mittelalter kommt.« Sie betrachtete seine faltige Haut und versuchte, sein Alter zu schätzen.

»Du meinst Leute über, sagen wir mal, sechzig?«

»Ja.«

»Könntest du dir das Wort dann bitte verkneifen, da ich in diese Kategorie falle?«

»Okay. Wenn Sie's so sehr stört.«

»Danke. Und wärst du jetzt so freundlich, mir noch eine Tasse Tee einzuschenken?« Old Tom lehnte sich auf seinem Stuhl zurück.

Als Maddie an jenem Tag das zweite Mal die Augen öffnete, stand Mark mit einem Tablett am Fußende des Betts.

Bei ihrem letzten Blick auf den Wecker war es acht Uhr morgens gewesen, und sie hatte gedacht, wenn sie noch eine Stunde schliefe, würde sie sich wieder wie ein Mensch fühlen. Was für ein vergeudeter Tag! War Hannah bei ihr im Zimmer gewesen und hatte sie so gesehen? Oje.

Das Ende des vergangenen Abends war mehr als verschwommen; sie erinnerte sich nicht einmal mehr, wie sie in ihr Zimmer gekommen war, nur noch an den Abschied von Tamsin und Anthony. Danach waren sie und Mark zurück in die Küche gegangen und hatten noch ein oder zwei Gläser Wein getrunken.

»Guten Abend«, begrüßte er sie.

»Ist es schon so spät?«

»Fast Zeit für einen Drink.« Er schmunzelte.

Sie verzog das Gesicht. »O nein.«

»Würden Toast und Tee helfen?«

»Möglich.« Maddie richtete sich auf und sank gleich wieder in die Kissen zurück. Sie trug nur einen Schlüpfer.

»Würdest du mir bitte die Bluse da drüben geben?«, bat sie.

»Aber sicher.«

Sie zog sie unter der Bettdecke an.

»Sorry. Ich konnte gestern Abend deinen Pyjama nicht finden.«

»Wie bitte?« Maddie setzte sich kerzengerade auf. »Du hast mich ins Bett gebracht?«

Er grinste.

Sie spürte, wie sie blass wurde.

»O Gott, was hab ich gemacht?«

Sein Grinsen wurde breiter.

»Nein, was hab ich gesagt?« Maddie rieb sich die Stirn.

Mark setzte sich aufs Bett und reichte ihr das Tablett.

»Dir scheint das Spaß zu machen«, stellte sie fest. »Bitte sag's mir, falls ich mich vergessen habe und nackt im Garten herumgetanzt bin, damit ich mich in Selbsthass suhlen kann.«

Er lachte so laut, dass Maddie einfach mit einfallen musste.

»War's so schlimm?«, brachte sie schließlich heraus.

»Noch schlimmer.«

»Gütiger Himmel, hab ich dir einen unsittlichen Antrag gemacht?« Sie nahm einen Schluck Tee.

Er hüstelte.

»O nein. Wir haben doch nicht? Habe ich? Nein, das ist nicht wahr. Haben wir?«

»Nein.«

»Puh.«

»Ist der Gedanke, mit mir zu schlafen, so abschreckend?«, fragte er.

»Darüber habe ich noch nicht nachgedacht.« Maddie sah ihn von der Seite an. Sie spielte mit dem Gedanken, mit jemandem auszugehen und möglicherweise mit diesem Jemand zu schlafen. Hatte sie sich wirklich auf die Essenseinladung von Gunnar eingelassen?

»Mein Benehmen tut mir leid, egal, was ich gemacht habe.«

»Willst du's wirklich wissen?«, fragte er.

»Offen gestanden: keine Ahnung.« Maddie schluckte.

»Wie du meinst. Nur zu deiner Information: Ich habe in einem der freien Zimmer im anderen Teil des Hauses geschlafen.«

Sie rieb sich die Schläfen. »Bist du vor meinen Avancen geflohen?«

»Dazu gebe ich mal lieber keinen Kommentar ab, weil alles, was ich sage, falsch verstanden wird.«

Maddie starrte in ihre Teetasse. »Hmm.«

»Jetzt bitte nicht schweigen.«

»Hat Hannah was mitgekriegt?«, fragte sie.

»Nein.«

»Gott sei Dank.« Maddie schüttelte ihre Haare aus und sah sich im Zimmer um. Sie konnte ihre Kleidung nirgends entdecken. Panik stieg in ihr auf. »Mark, ich möchte doch wissen, was passiert ist.«

Er hob eine Augenbraue. »Wenn du darauf bestehst.«

»Ja.«

Da erklang Hannahs Stimme von der Treppe. »Hey, Mark. Handy.«

»Komme schon.« Er blickte Maddie in die Augen. »Bin gleich wieder da.« Als seine Hand ihren Knöchel durch die Bettdecke streichelte, überlief sie ein wohliger Schauer.

Die Welt hörte auf, sich zu drehen, als Maddie sich an den Küchentisch setzte. Nie wieder würde sie so viel trinken, schwor sie sich. Sie sah Mark an.

»Wie ist Hannahs Laune heute?«

»Bestens.«

»Gut. Ich hab immer noch ein schrecklich schlechtes Gewissen ihr gegenüber.«

»Es war nicht deine Schuld.«

»Wenn ich ihr zugehört hätte, statt mir Gedanken über die Polizei zu machen ...«

»Vorbei ist vorbei, und ihr geht's wieder gut.«

»Das hoffe ich.«

Hannah betrat die Küche.

»Auch schon auf?«, fragte Hannah.

Maddie schaute sie über den Rand ihrer Tasse hinweg an.

»Vorher hat diese Galerie angerufen.«

Maddie hob den Kopf. »Ja?«

»Ja. Ich hab ihnen gesagt, du kannst nicht ans Telefon, weil du mit dem Kopf über der Kloschüssel hängst.«

»Du hast was?« Maddie sprang auf und warf dabei fast ihre Teetasse um.

Mark wich an die Spüle zurück.

»So hat sich's zu dem Zeitpunkt jedenfalls angehört.«

Maddie sank auf ihren Stuhl und legte den Kopf in die Hände. »Danke für deine umwerfende Ehrlichkeit. Könnte sein, dass du mir damit ein Geschäft verdorben hast.«

»Ich hab nicht gesagt, dass du kotzt, weil du gestern drei Liter Rotwein in dich reingekippt hast.«

»Das ist ja schon mal was.«

»Sondern vier.« Hannah tänzelte aus dem Raum.

Maddie schwirrte der Kopf. Wie sollte sie das, was Hannah angerichtet hatte, wieder ins Lot bringen? Sie konnte nur hoffen, dass die Leute von der Galerie Hannah nicht ernst genommen hatten.

Hannah kam mit einem alten Fotoalbum zurück und knallte es auf den Tisch.

»Du hast mich angelogen.«

»Wie bitte?« Maddie rieb sich die Nasenwurzel. Zuerst die Sache mit der Galerie, und nun hatte Hannah auch noch einen ihrer Tobsuchtsanfälle.

»Du hast behauptet, du wärst im April das erste Mal in Trevenen gewesen.«

»Stimmt ja auch.« Maddie runzelte die Stirn.

»Quatsch. Schau.« Hannah schlug das Album auf und deutete auf ein Bild.

Maddie schluckte. Das war sie vor dem großen Baum. Aber das konnte nicht sie sein.

»Hier ist der Beweis.« Hannah legte den Finger darauf.

Das Blut wich aus Maddies Gehirn, und der Boden begann zu schwanken.

»Hey, nicht umkippen.«

Maddie zog das Album auf ihren Schoß. Als sie zu weinen begann, wich Hannah zurück. Mark ging zu ihr. Maddie versuchte sich zusammenzureißen.

»Das bin nicht ich.«

»Was, zum Teufel, redest du da? Blätter um, dann siehst du, dass du das bist. Du als Teenager. Mit ziemlich dämlichen Klamotten.«

Maddie putzte sich die Nase. »Wo hast du das gefunden?«

»In dem Schreibtisch im Zimmer mit den Büchern. Erinnerst du dich jetzt, dass du schon mal hier gewesen bist?«

»Vor April bin ich noch nie hier gewesen. Das ist meine Mutter.«

»Das ist nicht deine Mutter. Die war klein und dick.«

»Meine Adoptivmutter. Das da ist Nancy Penventon, meine leibliche Mutter.«

»Du bist adoptiert?«, fragte Hannah erstaunt. »Das hast du mir nie erzählt.«

»Ich dachte, das hätte ich.«

»Nein, das wüsste ich.« Hannah klang enttäuscht.

»Tut mir leid.«

Hannah zuckte mit den Achseln. »Wolltest du nie was über deine leibliche Mutter herausfinden?«

»Doch, aber ich habe erst mit sechzehn erfahren, dass ich adoptiert bin.« Maddie hörte die Sehnsucht in Hannahs Stimme. Dass ihre Mutter sie im Stich gelassen hatte, musste sie zutiefst verletzt haben. Maddies Adoptivmutter war wunderbar gewesen, und ihr hatte es nie an Liebe gemangelt.

»Hast du nach ihr gesucht? Sie kennengelernt? Wo ist sie?«

»Auf einem Friedhof im nördlichen Cornwall. Sie ist mit sechzehn Jahren bei meiner Geburt gestorben.«

»Puh, nur ein bisschen älter als ich.«

Maddie nickte.

»Hast du vorher schon mal Fotos von ihr gesehen?«

»Nein.«

Hannah schluckte und legte Maddie zu deren Überraschung eine Hand auf den Arm. Seit Johns Tod hatte Hannah sie nicht mehr freiwillig berührt. Maddie begann zu schluchzen.

Hannah wich zurück. »Ich geh dann mal.«

»Soll ich bleiben?« Marks Stimme klang sehr weit weg, als er Maddie eine Packung Papiertaschentücher reichte. Sie schüttelte den Kopf. Sie musste jetzt allein sein.

Im Zimmer war es dunkel. Maddie wusste nicht, wie lange sie das Foto schon angestarrt hatte. Darauf war die schlaksige Daphne mit Latzhose und Schaufel im Garten zu sehen. Ihr Gesicht, obwohl viel älter als das faltenlose, an dem Maddie tagtäglich im Flur vorbeiging, war ihr inzwischen sehr vertraut. Auf dem undatierten Bild musste Daphne zwischen fünfundvierzig und fünfzig sein.

Maddie blätterte mit zitternden Fingern weiter. Ihre Mutter war hier gewesen. Maddies Geburtsort war auf der Geburtsurkunde mit Plymouth angegeben, und bisher hatte sie angenommen, dass ihre Mutter in der Nähe gelebt hatte. Sie hatte ihre Verbindung zu Trevenen für locker gehalten, doch diese Fotos erzählten eine andere Geschichte.

Auf einem Bild, das Nancy am Strand zeigte, sah sie ein wenig verlegen und wunderschön aus. Obwohl es sich um ein Schwarzweißfoto handelte, konnte Maddie den Sonnenbrand auf ihren Schultern erkennen. Sie hob das Bild vorsichtig an und drehte es um. 1970. Maddie rechnete nach. War ihre Mutter da schon mit ihr schwanger gewesen? Sie konnte nichts erkennen.

Wer war ihr Vater? Hatte er ihre Mutter geliebt? Vielleicht war es gar nicht Liebe gewesen? Maddie ging das Album Seite für Seite durch. Auf jedem Bild wurde Nancys Lächeln strahlender. Keine dunklen Schatten trübten ihre wachen Augen. Nancy sah verliebt aus, aber in wen?

Als Maddie über ihre Adoption und den Tod ihrer Mutter informiert worden war, hatte sie sich Gedanken über ihren Vater gemacht. Auf der Geburtsurkunde stand: »Vater unbekannt.« Mehr hatten ihre Adoptiveltern auch nicht gewusst. Maddies Leben war gut gewesen, die Kunstschule hatte gelockt, und sie hatte nicht weiter nachgefragt. Sie hatte sich eingeredet, dass sie nicht über ihre Vergangenheit Bescheid wissen musste; einzig und allein die Zukunft zählte.

Die Zukunft? Worauf konnte sie sich jetzt noch freuen? Auf ihr Witwendasein in Gesellschaft eines mürrischen Teenagers? Maddie legte das Album auf den Tisch und streckte sich. Dabei berührten ihre Fingerspitzen die Balken an der Decke, und sie spürte die alten Wurmlöcher und Schrammen darin. Alles hier zeugte von der Vergangenheit. Irgendwie musste sie es hinkriegen. Das Leben musste nicht vorbei sein, weil sie allein war. Vielleicht half es, etwas über ihre Mutter in Erfahrung zu bringen, und möglicherweise konnte sie, indem sie etwas über die Vergangenheit herausfand, leichter nach vorn blicken.

Vor Trevenen war ihre Vergangenheit unkompliziert gewesen. Zerstörte sie das nun? Verriet sie ihre Adoptiveltern, indem sie über ihre leiblichen Eltern nachforschte? Maddie rieb sich die Schläfen. Charles und Grace Smith hatten sie geliebt und von ihr lediglich verlangt, dass sie ihrem Glauben treu blieb. Maddie musste lachen. In diesem Punkt hatte sie versagt, also konnten Recherchen über ihre leiblichen Eltern nicht viel mehr Schaden anrichten.

»Trevenen, welche Geheimnisse birgst du noch für mich?« Schaudernd blickte sie durchs Fenster zu dem Baum hinaus. Ihre Mutter Nancy hatte genau dort für den Fotografen gelächelt und hier mindestens einen Sommer mit Daphne verbracht. Wie war ihr Verhältnis zu Daphne gewesen? Und wer kannte die Antworten auf diese Fragen?

7

Maddie sah sich das Foto ihrer Mutter immer wieder an, sie konnte gar nicht genug davon bekommen. Sie hatte sogar ein Bild aus dem Album herausgenommen und in ihren Skizzenblock gelegt. An diesem wunderschönen Tag, der sie eigentlich kreativ inspirieren sollte, beschäftigten sie Fragen über ihre Herkunft. Was war damals passiert? Wer war ihr Vater? Wo steckte er?

Es war Anfang Oktober, fühlte sich aber an wie August. Die Sonne brannte heiß auf Maddie herunter, als sie, gegen ihren Rucksack gelehnt, die Schafe beim Grasen auf dem Nare Head beobachtete. Es war windstill, und das sanfte Plätschern der Wellen unter ihr schläferte sie fast ein.

»Hallo, wen haben wir denn da?«, hörte sie Marks Stimme.

Sie lächelte mit geschlossenen Augen.

»Würde ein Kuss unser Dornröschen wohl wecken?«

Als sie die Augen aufschlug, war sein Gesicht so nah, dass sie seine langen Wimpern erkennen konnte. Eine kleine Bewegung ihrerseits, und ihre Lippen würden sich berühren. Was wollte sie? Mark flirtete praktisch immer, er konnte nicht anders, aber sie war normalerweise nicht so.

»Hi.« Maddie bemühte sich, obwohl von der Hitze träge, um Vernunft.

Mark richtete sich auf. »Sieh da, sie erwacht.«

Maddie blinzelte. »Ich muss in Zukunft vorsichtiger

sein. Man kann nie wissen, wer hier rumschleicht und mich mit einem Kuss aus meinem Schönheitsschlaf zu wecken droht.«

»Ja, zum Beispiel Nelly, das Schaf da drüben.«

Maddie musste lachen. »Was führt dich hierher?«

»Die Küstenwache.«

Maddie legte den Kopf ein wenig schief.

»Bei denen funktioniert das Telefon nicht, weil auf der Straße neue Masten aufgestellt werden. Man hat mir das vergessene Lunchpaket anvertraut.«

»Du rettest wieder mal jemanden?«

»Du kennst mich doch.«

»Ja«, sagte sie, obwohl sie das Gefühl hatte, ihn überhaupt nicht zu kennen.

»Bin gleich wieder da.« Er entfernte sich mit langen Schritten.

Als Maddie ihm nachblickte, stellte sie überrascht fest, dass sich Begierde in ihr regte. Warum auch nicht?, dachte sie. Man musste sich nicht alles versagen. Sie verglich die Skizze von Falmouth Bay auf ihrem Schoß mit dem Ausblick. Ein Tanker mit rotem Rumpf lag dort vor Anker, ein prächtiges Motiv. Ihr erster Versuch, es festzuhalten, war leider kläglich gescheitert.

Maddie nahm ihre Wachsmalstifte und ein leeres Blatt Papier aus ihrem Rucksack. Einige Minuten lang konzentrierten sich ihre Gedanken ausschließlich auf die Farben und Formen. Glückseligkeit und Erlösung.

Als Mark zurück war, begutachtete er ihr Werk. »Das ging aber schnell.«

Maddie hob den Blick. Sie hatte ihn gar nicht bemerkt. Solche Momente der kreativen Vertiefung waren in letzter Zeit sehr selten gewesen.

»Manchmal ist das so.«

Sie legte das Blatt Papier weg und griff zum Block, um mit einem Kohlestift grob die Konturen von Marks Gesicht zu skizzieren. Als sie zu seinem Mund kam, verrieb sie mit dem Daumen den Schatten unter seiner Lippe, hielt inne und schaute ihn an. Er erwiderte ihren Blick. Sie schluckte.

Diesmal hatte das Zeichnen sie nicht aus der Welt entrückt, sondern wieder in sie zurückgeholt. Ihre Hand wanderte zu ihrem Mund. Mark beobachtete sie. Plötzlich fing er zu grinsen an.

»Auf dem Papier sieht die Holzkohle deutlich besser aus, aber du trägst sie mit Würde.«

Maddie lachte. Ihre Finger waren schwarz.

Er nahm das Foto aus dem Skizzenblock in die Hand. »Sie war sehr schön. Du hast große Ähnlichkeit mit ihr.«

Maddie brachte ihre Beine in eine bequemere Position. »Danke.«

»Ist es ein gutes Gefühl, endlich ein Bild von ihr zu haben?«

Maddie zögerte. »Ich weiß es nicht.« Sie blickte aufs Meer hinaus, wo ein Segelboot in dem leichten Wind nur langsam vorankam. »Die Fotos sind wunderbar, aber …« Maddie rang um Worte. »Ich frage mich, ob es nicht besser gewesen wäre, nichts zu wissen.« Sie lachte trocken. »Klingt schrecklich, oder?«

»Nein. Das kann ich verstehen. Manche Dinge lässt man besser ruhen, weil sich nichts ändert, wenn man die Antwort auf seine Fragen kennt.«

»Stimmt.« Maddie stand auf. »Bist du mit dem Wagen da?«

Er nickte.

»Nimmst du mich mit?«

»Klar.«

»Du siehst glücklich aus«, bemerkte Tamsin lächelnd.

»Hmm.« Hannah spielte mit dem Herzchen an ihrer Halskette.

»Das Leben hier ist gar nicht so übel, was?«

»Kein Kommentar.«

»Könnte deine gute Laune damit zusammenhängen, dass bald ein gewisser Jemand nach Hause kommt?«

Hannah betrachtete ihre Hände. »Keine Ahnung, was du meinst.«

»Natürlich. Wie dumm von mir. Du bist so euphorisch, weil du für eine Matheprüfung büffelst«, erklärte Tamsin mit ernstem Gesicht, und Hannah musste lachen.

»Genau.« Hannah nahm ihre Schuhe und verließ Tamsins Haus durch die hintere Tür. Sie wusste nicht, warum die Aussicht, Will wiederzusehen, sie in solche Aufregung versetzte. Er kam am Freitag zurück, und am Samstagabend fand eine Veranstaltung im Segelklub statt. Zwar hatte er sie nur über Tamsins Jungs gefragt, ob sie ihn begleiten wolle, aber sie wäre auf jeden Fall hingegangen. Weil sonst nichts, aber auch gar nichts los war.

Nicht einmal das Internet bot Ablenkung, denn Maddie hatte sich noch nicht darum gekümmert. Sie gab dem Haus die Schuld oder besser gesagt den Leitungen im Haus. So konnte Hannah nur über die Schulcomputer mit dem Rest der Welt kommunizieren. Hier lebte sie verdammt noch mal im finstersten Mittelalter.

Hannah legte ihren Rucksack auf die Hecke und nahm ihr Handy heraus, um Abis SMS noch einmal zu lesen.

Hab gestern Abend mit Andrew geknutscht. Toll. Weiß, dass du auf ihn stehst, aber du bist ja nicht da. Hoffe, du hasst mich jetzt nicht. X

Hannah kaute auf ihrer Unterlippe. Wie fühlte sie sich? Sie gab ihre Antwort ein.

Hasse dich nicht. Fühle mich ein bisschen außen vor. Nicht dass ich flotte Dreier mögen würde. Wann kommst du mich besuchen? X

Bevor sie auf »Senden« drückte, genoss sie kurz den Ausblick. Hier war sie hoch genug oben, um die Senke, die Felder, die Bäume und das Meer sehen zu können. Die Schönheit dieses Ortes, das merkwürdige Zusammenwirken von Natur und Mensch, ließ ihr Herz jedes Mal höher schlagen. Heute war die Luft so klar, dass sie trotz der Entfernung fast meinte, das Wasser berühren zu können.

Sie musste zugeben, dass sie in Fulham nie etwas auch nur annähernd Schönes gesehen hatte. Die Themse war ganz okay, aber die Dreckbrühe raubte einem nicht gerade den Atem.

Sie drückte auf »Senden«, nahm ihren Rucksack und machte sich auf den Weg nach Hause. Halt. War Trevenen ihr Zuhause? Nein, aber sie hatte kein anderes mehr. Trevenen war der Ort, an dem sie momentan lebte. Das Dach über dem Kopf, das den Regen abhielt – halbwegs. Nein, das war nicht fair. Trevenen war interessant; sie durfte dem Haus gegenüber nicht ungerecht sein. Das würde sie sich für Maddie aufsparen, die sie hierhergeschleift hatte. Ja, Maddie war an allem schuld, auch daran, dass Abi mit Andrew geknutscht hatte.

Maddie warf ein paar Röcke auf ihr Bett. Sie wusste nicht, was sie anziehen sollte und warum sie sich auf Gunnars Essenseinladung eingelassen hatte. Nein, das stimmte nicht. Er sah toll aus, und das reichte als Grund. Aber sie war so lange mit niemandem mehr verabredet gewesen. Sie durfte sich nicht in die Sache hineinsteigern. Es war nur ein Abendessen. Ein bisschen Small Talk, mehr wurde nicht von ihr erwartet.

Maddie ließ das Badewasser ein und gab den letzten Rest von dem Badeöl hinein, das John ihr geschenkt hatte. Sie glaubte, seinen Segen zu haben. Er hatte sie nur um drei Dinge gebeten. Erstens, dass sie sich um Hannah kümmerte – was sie im Moment nicht allzu gut tat. Zweitens, dass sie weiter Spaß am Leben hatte. Das war ihr bisher auch nicht sonderlich gut gelungen. Nur seinen letzten Wunsch hatte sie ihm erfüllen können.

In der Wanne genoss sie trotz ihrer Tränen den Duft der Gardenien. Sie ließ die Finger über ihren Arm gleiten und erinnerte sich an das letzte Mal, dass sie sich geliebt hatten. Fast hätte es komisch sein können, wenn es nicht so traurig gewesen wäre. John war eigentlich zu schwach gewesen. Trotzdem hatten sie es sich nicht nehmen lassen und dabei gelacht und geweint. Danach war der Verfall sehr schnell fortgeschritten. Das war vor wenig mehr als einem Jahr gewesen.

Wie hatte er sie so sehr lieben und trotzdem allein lassen, sie um diesen letzten Gefallen bitten können? Obwohl er wusste, wie und was sie glaubte, hatte er sie um das gebeten, was sie nie hatte tun wollen.

Der Luffa-Schwamm rubbelte ihre alte Haut ab. Hätte sie doch nur die schmerzlichen Erinnerungen auch so leicht loswerden können!

Das Soufflé zerging auf der Zunge. Maddie hätte interessiert, wie es dem Koch gelungen war, das Krebsfleisch, die Zitrone und den Käse auf so himmlische Art miteinander zu verbinden.

»Schmeckt die Vorspeise?«, erkundigte sich Gunnar lächelnd.

»Sehr. So leicht und doch so voll im Geschmack. Möchten Sie kosten?«

»Gern.« Er reichte ihr seine Gabel.

Als sie etwas von dem Soufflé daraufgab, wunderte sie sich, wie sie sich den Kopf über diesen Abend hatte zerbrechen können. Gunnars fast schon altmodische Art machte alles sehr leicht. Er nahm die Gabel lächelnd und mit strahlenden Augen entgegen. Maddie war es ein Rätsel, wie so kaltes Blau so warm wirken konnte.

Da sah Maddie Mark mit einer ihr Unbekannten ins Lokal kommen. Sie schmunzelte. Würde er es je schaffen, sich auf eine einzige Frau zu konzentrieren? Sie bezweifelte es. Ob ihn das traurig machte?

Die Berührung von Gunnars Fingern führte ihre Gedanken zu ihrem Tisch zurück. Gunnars Hand, die über ihre blasse Haut strich, fühlte sich glatt und weich an. Angenehm.

»Erzählen Sie mir von Ihrer Kunst?«, fragte er.

»Dass ich in letzter Zeit nichts anderes zustande gebracht habe als Skizzen?« Sie lachte.

»Wann haben Sie herausgefunden, dass das Ihre Berufung ist?«

»Das wusste ich von Anfang an. Meine Mutter hat behauptet, ich hätte immer schon gezeichnet und gemalt.«

»Sie haben nie mit dem Gedanken gespielt, etwas anderes zu machen?«

»Nein.«

Der Kellner brachte den Hauptgang. Sie hatten sich beide für das Wolfsbarschfilet mit Selleriepüree entschieden.

»Ich liebe das Essen hier. Der Koch verwendet ausschließlich Zutaten aus der Gegend. Man schmeckt richtig die Landschaft.«

Maddie blinzelte. Sie glaubte zu verstehen, was er meinte. »Ja.«

»Dieser Fisch wurde wahrscheinlich gleich vor der Küste bei den Manacles gefangen.«

»Bei den Manacles?«

»Ein gefährliches Riff. Daran sind schon viele Schiffe zerschellt.«

Maddie machte große Augen.

»Die Namen stehen auf einer Liste in der St.-Keverne-Kirche. Traurig, aber das Riff eignet sich gut zum Fischen. Ich war vor ein paar Wochen draußen.«

Zerschellte Schiffe erinnerten sie daran, dass auch Hannah sich gestrandet fühlen musste.

»Bereitet Ihnen etwas Kummer?«

Sie blinzelte wieder. Die Schuldgefühle durften ihr den Abend nicht verderben. »Eigentlich nur die Frage, ob in meinem Magen noch Platz für einen Nachtisch ist.«

»Wir könnten uns einen teilen.«

»Gute Idee.«

Maddie ließ sich von seinem Ausflug zu den Manacles erzählen.

»Ich habe das Gefühl, dass Sie müde sind«, sagte er nach einer Weile.

»Tut mir leid.«

»Kein Problem. Sollen wir gehen?«

Sie nickte.

Gunnar zahlte, er wollte nichts davon hören, dass sie sich die Rechnung teilten. Als er ihr in den Mantel half, blickte Mark zu ihnen herüber. Sie bedankte sich bei Gunnar und winkte Mark zu.

Mark stand auf. »Maddie, wie schön, dich hier zu sehen.«

»Wir haben gerade toll gegessen. Ich hoffe, euch schmeckt's auch.«

»Kennst du Natalie?«, fragte Mark.

»Nein.« Maddie gab der zierlichen Blondine die Hand.

»Hi«, sagte Natalie.

»Mark, kennst du Gunnar? Er wohnt in Manaccan.«

»Hallo, Mark.«

Sie beobachtete, wie Mark Gunnar taxierte. Dabei fiel ihr auf, dass der Wikinger größer war als Mark, jedoch keine so breiten Schultern hatte.

»Wie geht's Hannah?«, erkundigte sich Mark.

»Gut.« Sie machte dem Kellner Platz. »Da kommt euer Essen. Lasst es euch schmecken.« Maddie lächelte Mark und Natalie zu, bevor sie Gunnar, die Hand auf seinem Rücken, zur Tür schob. Sie hatte vollkommen vergessen, wie ein Mann sich anfühlte. Auf dem Weg zum Wagen kühlte die kalte Luft ihre heißen Wangen.

»Danke fürs Essen.«

»Es war mir ein Vergnügen.« Er hielt ihr die Wagentür auf. Seit dem Tod ihres Vaters hatte das niemand mehr für Maddie getan. Sie war dankbar für die Dunkelheit, in der Gunnar ihre Reaktion nicht sehen konnte. Ihre Kehle schnürte sich zu. Ihr Vater war schon lange tot. Warum machte der Gedanke sie ausgerechnet jetzt so traurig? Große Regentropfen prasselten gegen die Windschutzscheibe. Nur langsam gelang es ihr, ihre sentimentalen

Gefühle in den Griff zu bekommen. Es war ein schöner Abend gewesen, und daran sollte sie jetzt denken.

»Maddie, würden Sie mir den Weg zu Ihrem Haus erklären?«

»Natürlich.«

Wenig später tauchte Trevenen vor ihnen auf. Das Gebäude war bis auf das Licht über der Tür dunkel. Hannah hatte ihr gesagt, dass sie mit Tamsins Jungs ausgehen würde. Maddie sah auf ihre Uhr: zehn. Noch früh am Abend.

Gunnar hielt den Wagen an. Was nun? Sollte sie ihn hereinbitten? War das zu forsch?

Er stieg aus und öffnete die Autotür für sie. »Kommen Sie noch auf einen Kaffee mit rein?«

»Liebend gern, wenn ich mich nicht morgen früh um fünf mit ein paar Fischern treffen müsste.«

»Oh.«

»Maddie, glauben Sie mir, wirklich gern, aber die Nacht würde dann schrecklich kurz.«

»Stimmt.«

Sie gingen zur Tür. Der Regen hatte nachgelassen, trotzdem liefen ihr Tropfen über das Gesicht.

»Noch mal danke für den Abend.« Sie stellte sich auf die Zehenspitzen, um ihn auf die Wange zu küssen. Dabei streifte ihr Mund seine Bartstoppeln. Er drehte den Kopf und berührte mit seinen Lippen die ihren.

»Gehst du nächste Woche noch mal mit mir essen, wenn ich mich am nächsten Tag nicht mit Fischern treffen muss?«, flüsterte er ihr ins Ohr.

»Ja, das wäre schön.«

»Am Dienstag?«

»Ja, warum nicht?«

»Ruf mich an, falls was dazwischenkommen sollte.«

Sie schaute ihm von der Tür aus nach, wie er in den Wagen stieg. Als er außer Sichtweite war, ließ sie die Finger über ihre Lippen gleiten. Wie konnte ein unschuldiger Kuss sie so aus der Fassung bringen? Sie war zu alt für solchen Unsinn. Trotzdem lehnte sie sich, nachdem sie die Tür geschlossen hatte, von innen dagegen und stellte sich einen leidenschaftlichen Kuss des Wikingers vor.

»Hallo?« Jemand streckte den Kopf zur Stalltür herein.

»Hi.« Maddie legte den Pinsel weg, und eine beleibte Frau trat ein.

»Hübscher Himmel, den Sie da malen.« Die Frau deutete auf die Leinwand.

Maddie rümpfte die Nase. Sie hatte den Vormittag damit zugebracht, die Skizze von dem Tag auf dem Nare Head in ein Gemälde zu verwandeln, das leider eher schwach ausfiel.

»Ich bin Helen Williams. Man hat mir gesagt, Sie wollten mit mir über Daphne reden.«

»Ja«, bestätigte Maddie.

»Sie haben große Ähnlichkeit mit ihr und ihrer Nichte.« Helen musterte sie von oben bis unten.

»Ihre Nichte?«

»Nancy«, erklärte Helen.

»Haben Sie sie gekannt?«, wollte Maddie wissen.

»Ja, oberflächlich. Wir waren ungefähr gleich alt. Sie hat den Sommer immer bei Daphne verbracht.«

Maddie konnte ihr Glück kaum fassen: zuerst die Fotos und nun noch jemand, der ihre Mutter persönlich gekannt hatte. Helen blickte sich im Atelier um. Ob sie sich von früher daran erinnerte?, fragte sich Maddie.

»Haben Sie Nancys Eltern gekannt?«, erkundigte sich Maddie.

»Diggory, ihr Vater, war Daphnes Bruder und ist hier aufgewachsen, aber weggegangen, um anderswo sein Glück zu machen. Hat irgendeine Frau in London geheiratet. Sie sind nicht oft hergekommen. Aber seine Tochter war jedes Jahr hier.« Helen seufzte. »Traurig für Daphne.«

»Was war traurig?«

»Dass sie den Kontakt zu Nancy und dann auch noch den zu ihrem Bruder verloren hat.«

Maddie schüttelte den Kopf. »Wie meinen Sie das?«

»Diggory hat Daphne die Schuld für den tiefen Fall seiner geliebten Tochter gegeben. Unter diesen Umständen kann man verstehen, dass er nie wieder ein Wort mit Daphne gewechselt hat.«

»Ihr tiefer Fall?«

»Sie sind doch die Frucht von Nancys Sommerliebe, oder?«

Maddie nickte.

»Nun, Nancys Fehltritt ist bekannt geworden. So etwas spricht sich schnell herum.« Helen lachte.

»Wissen Sie, wer mein Vater war?«, fragte Maddie.

»Ich wünschte, ich könnte es Ihnen sagen. Nancy war eine schöne Frau wie Sie. Alle Jungs waren hinter ihr her, aber ich kann mich nicht erinnern, dass sie irgendeinen erhört hätte.« Sie holte tief Luft. »Nur mit Petroc hat sie viel Zeit verbracht.«

»Petroc?« Maddie bekam einen trockenen Mund.

»Petroc Trevillion.«

»Kennen Sie ihn?« Maddie zwang sich, langsam zu atmen.

»Ja, ich kannte ihn ziemlich gut. Ich war seine Haushälterin.«

»Waren?«

»Er ist diesen Sommer gestorben.«

»Tut mir leid.«

Helen nickte.

»Könnte er mein Vater gewesen sein?«

Helen sah Maddie an. »Möglich.«

Maddie seufzte. »Egal. Jetzt ist es zu spät, das herauszufinden.«

»Ich habe Petroc mein ganzes Leben lang gekannt.« Helen trat näher an das Bild auf der Staffelei heran.

»Er hat nie ein Wort darüber verloren?«

»Nein, aber das war auch kein Thema, über das er überhaupt gesprochen hätte.« Helen lächelte. »Dann wären Sie Tristans Schwester.«

»Tristan?« Maddie dachte an den Mann, den sie im Pub kennengelernt hatte. Er war groß und dunkel wie sie.

»Petrocs Sohn. Sie könnten ihn um einen DNS-Test bitten. Das würde Ihre Frage beantworten.«

Maddie kaute auf ihrer Lippe. »Gab's noch jemand anders? Bevor ich einen Mann, den ich kaum kenne, frage, ob er einen DNS-Test machen lässt, würde ich gern wissen, wie wahrscheinlich es ist, dass Petroc mein Vater war.«

»Ich denke weiter drüber nach und frage ein paar Leute, woran sie sich erinnern.«

»Danke, Helen.« Maddie beobachtete, wie die Frau die Gemälde und Skizzen betrachtete, die überall im Atelier herumlagen. Maddie musste es wirklich freundlicher gestalten.

»Wie hat Daphne das alles aufgenommen?«, fragte Maddie.

»Schlecht. Sie hat Nancy geliebt wie ihr eigenes Kind. Ich glaube, ihr Tod hat ihr das Herz gebrochen.« Helen legte eine Hand auf Maddies Arm. »Das wussten Sie alles nicht?«

»Nein.«

»Schön, dass das alte Gemäuer wieder bewohnt wird. Genau das braucht es. So ein hübsches Haus. Die Penventons haben im Lauf der Jahre allerlei Höhen und Tiefen hier erlebt.« Helen blieb vor einem von Maddies älteren Bildern von der northumbrischen Küste stehen, einem ihrer Lieblingswerke. Es schien nicht Helens Geschmack zu treffen. Maddie verkniff es sich, sie zu fragen, wie es ihr gefiel. Egal, wie dick die Haut war, die Maddie sich zugelegt hatte: Es schmerzte sie immer noch, wenn jemand ihre Arbeiten nicht mochte.

»Haben Sie das gemalt?«, fragte Helen.

Maddie nickte. »Wissen Sie viel über die Penventons?«

»Ich nicht, nein. Nur dass sie schon lange in dieser Gegend lebten und wie alle Familien so manche Probleme zu bewältigen hatten. Wenn Sie mehr über Daphne erfahren wollen: Keziah Bates kannte sie gut. Sie lebt in St. Martin. Aber ich muss jetzt los. Ich lasse es Sie wissen, wenn mir noch was einfällt.«

»Danke.« Maddie winkte ihr zum Abschied zu, bevor sie den Pinsel wieder in die Hand nahm. Ihr war klar, dass sie zu den Familienproblemen der Penventons gehörte. Allerdings hatte sie nicht geahnt, dass ihr Umzug nach Cornwall ihr Informationen über das kurze Leben ihrer Mutter offenbaren würde.

8

Das Pling-pling der Regentropfen, die in die Eimer platschten, lenkte Maddie von der Arbeit ab. Ihre Hände und Füße fühlten sich eisig an. Normalerweise war es Ende Oktober nicht so kalt; in der Wettervorhersage hieß es, dass es noch drei Tage dauern würde, ehe sich für diese Jahreszeit normale Temperaturen einstellten. Hoffentlich.

Im August war es ihr wie eine gute Idee erschienen, das Atelier im großen Stall unterzubringen, doch jetzt, da der Nordwind heulte, nahm sie sich vor, schnell Geld für die Renovierung des Schweinestalls aufzutreiben. Zuerst mussten allerdings die Heizung und die Stromkabel im Haus in Ordnung gebracht werden. Geld. Konzentrier dich und werd endlich fertig mit dem verdammten Bild.

Anfangs war sie gut vorangekommen, doch eine Woche vor dem versprochenen Liefertermin hatte die Inspiration sie verlassen. Die hellen Tage auf dem Nare Head, an denen die Luft so klar und die Farben so intensiv gewesen waren, dass sie sie fast schmecken konnte, waren längst Vergangenheit. Die Skizzen waren ihr geglückt, aber das Gemälde hatte etwas Schlammartiges. Wo war ihre Leidenschaft? Wie hatte sie zwischen Skizze und Leinwand verloren gehen können?

Als sie den Pinsel ins Terpentin tauchte, überlegte sie, ob sie möglicherweise mit falschem Material arbeitete. Vielleicht funktionierte Acryl besser als Öl. Sie rieb sich den

Nacken, während sie ihre Skizzen durchblätterte. Die Situation gestaltete sich so heikel, dass sie bereit war, fast alles für die Rückkehr der Inspiration zu tun. Nur beten würde sie nicht. Bei Gott würde sie nie wieder Trost suchen.

»Maddie?« Tamsin schüttelte ihren Schirm am Eingang aus.

»Was führt dich an diesem grässlichen Tag zu mir?«

»Die Aussicht auf Kaffee und einen Plausch.«

Tamsin begutachtete das Bild.

»Interessant.«

»Soll heißen: scheußliches Schlammloch, oder?«

»So deutlich hätte ich das nicht gesagt …« Tamsin schmunzelte.

»Gut. Kümmer du dich um den Kaffee. Ich mache hier noch Klarschiff.«

»Okay.« Tamsin entfernte sich.

Maddie öffnete eine Tube mit leuchtend roter Farbe und spritzte den gesamten Inhalt auf die Leinwand. Dann trat sie einen Schritt zurück, wischte sich die Hände ab und verließ den Stall. Draußen peitschte ihr der Regen ins Gesicht. Sie musste zugeben, dass tagelanger Regen einem nachhaltig die Laune verderben konnte.

»Raus mit der Sprache«, forderte Tamsin Maddie auf, als diese das Haus betrat.

»Sobald ich mich ein bisschen aufgewärmt habe.« Maddie rieb die Hände aneinander.

»So kalt ist es auch wieder nicht.«

»Aber feucht, und im Stall zieht's wie Hechtsuppe.« Maddies Fingerknöchel und Nase waren rot. Die Wärme aus dem Herd schien keinerlei Wirkung auf sie zu haben.

»Das Haus ist groß. Könntest du nicht bis zum Frühjahr hier drin arbeiten?«

»Nein. Erstens ist es auch nicht viel besser als der Stall, und zweitens gibt es keinen Raum, der groß genug wäre für die Leinwände.«

»Okay. Wie wär's, wenn du einen Raum anmietest?«

»Denkbar, aber ich möchte hier arbeiten.« Sie wollte Trevenen nicht verlassen. Maddie sank auf einen Stuhl. Was sollte sie machen? Dass sie nicht malen konnte, war eine Katastrophe. Mit achtunddreißig konnte sie schlecht etwas völlig Neues anfangen.

»Heute scheint dir nichts zu passen.« Tamsin stellte ihr eine Tasse mit dampfendem Tee hin. Maddie wölbte lächelnd die Hände darum.

»Verrätst du mir, was los ist? Gibt's Probleme mit Hannah?«

»Immer.«

»Mehr als sonst?«, hakte Tamsin nach.

»Nein.«

»Das ist ja schon mal was.«

Maddie nickte. »Wie läuft's mit deinen Jungs?«

»Kleines Ablenkungsmanöver? Denen geht's gut wie immer. Also: Was ist los? Dich beschäftigt doch mehr als nur die Kälte im Stall. Ich kenne deine anderen Bilder, und keins davon ist so düster wie das, an dem du gerade arbeitest. Raus mit der Sprache.«

»Ich wünschte, ich könnte dir sagen, was los ist. Ich weiß es selbst nicht so genau.« Doch Maddie wusste es sehr wohl. Sie konnte nur nicht in Worte fassen, was in ihrem Kopf vorging. Jede Nacht lag sie wach, und wenn sie endlich einschlief, plagten sie im Traum Bilder von Johns ausgemergeltem Körper. Diese Bilder wurden immer schlimmer, und jeden Morgen stand sie erschöpft und mit Gewissensbissen auf.

»Maddie, hörst du mir zu?«

Sie riss sich von den Bildern in ihrem Gehirn los.

»Vielleicht sollten wir uns wieder eine durchzechte Nacht gönnen«, schlug Tamsin vor.

»Gütiger Himmel, nein. Ich hab mich grade erst von der letzten erholt.«

Tamsin rückte schmunzelnd einen Stuhl heran. »Geht's ums Geld? Wenn man keins hat, kann einen das ganz schön fertigmachen.«

Maddie nickte. Die Sorge bestand in der Tat. Der letzte Kontoauszug war eine deutliche Erinnerung daran, dass sie sich keine Auszeiten von der Arbeit mehr erlauben konnte. Wenn die Inspiration nicht bald wiederkehrte, musste sie sich einen Job suchen – irgendeinen Job.

»Hat Daphne dir kein Geld hinterlassen?«

»Als ich die Steuern gezahlt hatte, war keins mehr übrig.«

Tamsin nickte. »Du vergräbst dich zu sehr hier. Du solltest öfter raus.«

»Ich muss arbeiten.«

Tamsin blinzelte.

»Ich weiß ja nicht, ob du mit dem Ding auf der Staffelei zufrieden bist, aber meiner Ansicht nach würdest du deine Zeit besser darauf verwenden, mehr über dich selbst rauszufinden.« Tamsin nahm einen Schluck Kaffee.

»Das versuche ich ja, aber es ist ein Drahtseilakt.«

So viele Fragen quälten Maddie. War Nancy allein gewesen bei der Geburt ihrer Tochter? Hatten ihre Eltern sie verstoßen? Warum hatte sie sich dafür entschieden, das Baby zur Welt zu bringen?

Tamsin legte ihre Hand auf die von Maddie. »Wie waren deine Adoptiveltern?«

»Alt, reizend, tiefgläubig. Für sie war ich die Antwort auf all ihre Gebete, weil sie selbst keine Kinder haben konnten.«

»Gläubig? Bibelfanatiker?«

»Nein, gläubige Katholiken.« In einem der Zimmer stand eine Kiste mit den Büchern, Kruzifixen und anderen Sachen ihrer Eltern. Bisher hatte sie es nicht übers Herz gebracht, sie wegzuwerfen, weil sie nur so wenige Dinge von ihnen besaß.

»Und du?«

»Nicht mehr.« Maddie lachte trocken. Es war sehr schmerzlich für sie gewesen, ihren Glauben aufzugeben. Sie wandte sich ab und blickte zum Fenster hinaus.

»Hat die Kunstschule dir den Glauben ausgetrieben?«

Maddie schluckte. Was machte eine weitere kleine Lüge jetzt noch aus? »Ja.«

Tamsin schmunzelte.

Da schlenderte Hannah in die Küche und warf ihren Rucksack auf den Tisch. »Was für ein Scheißwetter. Ich dachte, in Cornwall ist es warm.«

»Hallo.« Tamsin begrüßte sie mit einem Lächeln.

»Hey, Tamsin.«

»Cornwall ist bekannt für sein mildes Klima. Siehst du nicht die Palmen überall?«, fragte Tamsin.

»Die Scheißpalmen sind wirklich toll im Regen.«

»Guter Tag in der Schule?«, erkundigte sich Tamsin.

»Was denkst du?« Hannah nahm einen Keks und verließ den Raum.

»Was für ein Wonneproppen. Kein Wunder, dass du müde bist. Ich muss los, sonst stellen meine Jungs das Haus auf den Kopf.« Tamsin verabschiedete sich mit einem strahlenden Lächeln von Maddie.

Maddie schloss die Augen. Am Ende war Johns Tod so schnell gekommen. Er hatte einfach aufgegeben und es ihr überlassen, ihre Versprechen einzulösen und mit ihrem Kummer allein fertigzuwerden.

Ferien, und Hannah war langweilig. Maddie hatte von einem Ausflug nach London gesprochen, der dann doch nicht stattfand. Hannah hatte sich im Stall das Bild angeschaut, an dem Maddie gerade arbeitete, und gesehen, dass es sich deutlich von ihren anderen Arbeiten unterschied. Das einzig Interessante daran war ein leuchtend roter Schmierer in der Mitte. Wie ein aufgerissenes Herz ohne Blut. Irgendwie gut, aber ziemlich düster.

Warum war sie so verdammt früh, um halb sieben, aufgewacht? Im Haus hörte man keinen Laut. Wieder einmal versuchte Hannah erfolglos, die knarrende Bodendiele auf dem Treppenabsatz zu umgehen. Bevor sie ins Freie hinausrannte, nahm sie sich in der Küche einen Apfel. Draußen herrschte fast gespenstische Ruhe.

Old Tom arbeitete jetzt schon eine Stunde in der Werkstatt. Wenn Hannah Zeit mit ihm verbringen wollte, musste sie zeitig aufstehen. Das war scheiße, aber sie spürte so gern das Holz und verfolgte, wie die Maserung zu neuem Leben erwachte. Die Arbeit an der kaputten Schatulle ging voran, sie warteten nur noch auf ein Stück Eichenholz von einem anderen Restaurator. Das Geheimnis, behauptete Old Tom, lag darin, die Schatulle nicht wie neu aussehen zu lassen, sondern dafür zu sorgen, dass die reparierte Stelle sichtbar blieb. Seltsam. Das demonstrierte er ihr mit einem fertigen Stück, das seiner Ansicht nach gut geglückt war. Und sie musste ihm recht geben.

Obwohl Licht aus der Werkstatt drang, ging sie zuerst

in die Küche, um Kaffee zu kochen. Während sie darauf wartete, dass das Wasser heiß wurde, nahm sie die französischen Tassen mit dem Goldrand sowie die silberne Schale mit dem braunen Zucker aus dem Schrank und die Silberlöffel aus einer Schublade. Dann holte sie die Milch aus dem Kühlschrank und gab eine kleine Menge davon in das silberne Kännchen. Als sie den Kaffee mit dem kochenden Wasser aufbrühte, sog sie genüsslich den Duft ein, der ihr nie zuvor aufgefallen war. Dieses Ritual hatte sie von Old Tom übernommen. Am ersten Tag hatte er noch missbilligende Geräusche von sich gegeben; am zweiten hatte sie ihn schon in die Werkstatt gescheucht, so dass sie in Ruhe seine Küche erkunden konnte.

Das Tablett in einer Hand balancierend durchquerte sie den Garten.

»Guten Morgen, Miss Hollis.«

»Morgen.« Hannah stellte das Tablett auf die Werkbank. »Lust auf Kaffee?«

»Ja, danke.«

»Hier oder im Sommerhaus?«, fragte sie.

»Heute hier, wenn es dir nichts ausmacht.«

»Gern.« Hannah drückte den Kaffee durch die kleine Maschine. Old Tom wusch sich gründlich die Hände. Er tat nie etwas überstürzt. Hannah konnte verstehen, warum er Junggeselle geblieben war. Obwohl sie erst ein paar Tage mit ihm verbracht hatte, nervten seine Gewohnheiten sie schon hin und wieder.

»Wie geht's deiner Mutter heute?«, fragte er.

»Sie ist nicht meine Mutter, sondern meine Stiefmutter, und ihr geht's gut.«

Hannah schenkte den Kaffee ein. Tom nahm die Tasse und begann sein Zuckerritual. Er machte einen Löffel voll und klopfte ihn dann an der Seite der Schale ab, bis er genau halb voll war. Warum nahm er nicht gleich einen halben?

»Wie war das Essen gestern Abend im Lokal?«, erkundigte sie sich.

»Ausgezeichnet, danke. Und was hast du gemacht?«

»Ich habe mit Ihrem Buch über Cornwall in der Tudorzeit angefangen. Das gefällt mir besser als das aus der Schule.« Hannah schwieg kurz. »Wann haben Sie mit dem Unterrichten aufgehört?«

»Vor zwanzig Jahren.«

»Warum?«

»Das Schulleben hat sich verändert.«

»Ja, freie Liebe und Drogen. Klingt irgendwie gut.«

»Das hängt von der Perspektive ab, und außerdem hatte diese Veränderung schon früher stattgefunden.«

»Müssen Sie immer so genau sein?«

»Warum nicht, wenn es möglich ist?«, fragte Tom zurück.

»Könnte mir vorstellen, dass das irgendwann langweilig wird.«

»Nein, nie.«

»Wenn Sie meinen.«

Old Tom war Hannah ein Rätsel. Sie rechnete nach: Wenn er vor zwanzig Jahren aufgehört hatte zu unterrichten, war er jetzt fünfundachtzig. Er hatte sich ziemlich gut gehalten, aber bestimmt war er jünger, denn sonst hätte er nicht genug Kraft für die Arbeit hier gehabt, oder? Sie beobachtete, wie er ein Stück Holz in die Hand nahm und ganz langsam zu sägen begann. Dann überließ er es Hannah. Bei ihrem ersten Versuch war sie zu schnell gewesen und hatte das Holz gespalten. Jetzt wusste sie, dass man bei grobem Holz schnell sein konnte, bei feinem jedoch vorsichtiger ans Werk gehen musste.

Der Griff der Säge fühlte sich warm, glatt und vertraut an. Old Tom sah ihr eine Weile zu, bevor er sich einem anderen Stück zuwandte. Sobald er davon überzeugt war, dass er ihr vertrauen konnte, hatte er ihr nicht mehr dreingeredet und sie in ihrem Rhythmus arbeiten lassen.

»Maddie?« Als Hannah mit einem alten Buch in der Hand die Treppe herunterkam, stieß sie mit Maddie zusammen, die aus dem Wohnzimmer hastete.

»*Hallo*, wie siehst du denn aus?« Hannah blieb stehen. »Was hast du gemacht?«

»Nichts. Was liest du da?«

»Ein Buch über Schmuggler in Cornwall. Trevenen liegt am Anfang des Frenchman's Creek, eines bekannten Schmugglerpfads.«

»Tatsächlich?«

»Hast du das noch nicht mitgekriegt?« Hannah sah sie an. »Jedenfalls hat das Buch mich auf die Idee gebracht, dass wir hier im Haus geheime Räume haben könnten.«

»Seit wann interessierst du dich für Schmuggler?«

Fast hätte Hannah verächtlich geschnaubt. »Hier gibt's ja sonst nichts zu tun, oder?« Sie merkte, wie Maddies Mundwinkel zuckten. »Dir scheint jede natürliche Neugier zu fehlen. Du hast dich nicht über deine Eltern informiert, und jetzt hast du dieses tolle alte Haus ...«

»Das ist nicht fair. Ich habe Nachforschungen über meine Mutter angestellt und weiß nicht, wer mein Vater ist.«

»Hat es dich denn nicht stutzig gemacht, dass du so ganz anders aussiehst als deine Adoptivmutter?«

»Ich hatte Ähnlichkeit mit meinem Vater. Er war groß

und dunkel wie ich. Wieso hätte ich da neugierig werden sollen?«

Hannah runzelte die Stirn. »Ich verstehe das trotzdem nicht. Wie konntest du keinen Verdacht schöpfen?«

»Ich hatte keinen Grund, mein Leben infrage zu stellen.« Maddie schwieg kurz. »Möglicherweise hast du recht. Vielleicht mangelt es mir an Neugierde, oder wahrscheinlich vertiefe ich mich einfach zu sehr in andere Dinge. Machst du dir denn Gedanken über deine Mutter?«

»Stopp, genug von der Seelenschau.« Hannah hob die Hand. Mit Maddie wollte sie nicht über ihre Mutter sprechen. »Ich wollte dich nur fragen, ob dir im Haus irgendwas aufgefallen ist.«

»Nein.« Maddie schüttelte den Kopf. Dann stutzte sie. »Warte. Vor einiger Zeit habe ich im Wohnzimmer ein scharrendes Geräusch gehört.«

»Wir haben also Mäuse.«

»Ja, scheint so«, pflichtete Maddie ihr bei und ging ins Wohnzimmer. Hannah folgte ihr und beobachtete mit offenem Mund, wie Maddie an die Holzverkleidung am Kamin trat, dagegenklopfte und den Finger um den Rand einer Platte gleiten ließ. Plötzlich öffnete sich eine Tür.

9

Der Staub brachte Maddie zum Husten. Die Öffnung war klein, bestand nur aus zwei Paneelen, die Maddie gerade mal bis zur Brust reichten.

»Cool«, sagte Hannah, die neben Maddie stand.

»Ja.« Kalte Luft strich um Maddies Knöchel. »Mach dir mal keine allzu großen Hoffnungen auf was Spannendes; bis jetzt sind nur Spinnweben zu sehen.« Maddie wischte eine von ihrer Hand weg.

»Ich hol 'ne Taschenlampe.« Hannah klang aufgeregt.

Maddie trat einen Schritt zurück, um die Tür weiter zu öffnen. Das Licht aus dem Wohnzimmer reichte nicht sehr tief in die Nische hinein. Über den Schieferboden vor dem Kamin huschten ein paar Asseln.

Maddies Blick fiel auf eine Kerze. Sie zündete sie mit den Streichhölzern vom Kamin an und beugte sich, die Kerze vor sich ausgestreckt, in die Öffnung vor.

Die Flamme flackerte in der Luft, ein klagendes Geräusch drang an ihre Ohren. Ihre Nackenhaare stellten sich auf. Die Kerze ging aus, und sie spürte etwas an ihrer Haut. Als sie sich erschrocken aufrichtete und zurückwich, stieß sie mit dem Kopf an.

»Hey, warte auf mich«, sagte Hannah, die mit den Händen in den Hüften hinter ihr stand.

»Tut mir leid, du hast so lange gebraucht.«

»Ja, ja.«

Maddie rieb sich den Hinterkopf. »Ich konnte nicht viel erkennen.«

»Du bist ganz weiß.«

»Muss der Staub sein.«

»Nein, als hättest du ein Gespenst gesehen.«

Maddie zuckte mit den Achseln. »Kein Gespenst, aber …« Sie stellte die Kerze weg. »… aber ich hatte das Gefühl, als wäre ich grade in meinem Grab gewesen.«

»O Mann. Du bist gestorben, und ich hab's nicht gemerkt. Lass mich mal schauen.« Hannah schob sich an Maddie vorbei und stieß kurze Zeit später einen Pfiff aus. »Cool.«

»Was ist?« Maddie hoffte, nicht noch einmal in die Nische zu müssen.

»Schau.« Hannah kam mit einer Metallkugel in der Hand heraus.

»Was ist das?«, fragte Maddie.

Hannah reichte ihr die Kugel, die so schwer war, dass Maddie sie fast fallen ließ.

»Schätze, eine Kanonenkugel.«

»Meinst du?«

Hannah nickte.

»Warum sollte die da drin sein?«

»Keine Ahnung.«

»Hast du sonst noch was gefunden?« Maddie wog die Kugel in den Händen.

»Ja, so was Ähnliches wie einen Grabstein.«

»Einen was?«

»Sieh doch selber nach. Oder hast du zu viel Schiss?« Hannah lachte.

Maddie schluckte. »Nein, geh voraus.«

»Ne, da drin ist nicht genug Platz für zwei.«

»Auch gut.« Maddie streckte die Hand nach der Taschenlampe aus. Sie wusste, dass in der Nische abgesehen von Insekten, der einen oder anderen Kanonenkugel und möglicherweise einer Maus nichts sein konnte. Das Geräusch, das sie gehört hatte, war wahrscheinlich der Wind gewesen.

Sie bückte sich durch den Eingang und richtete sich dahinter wieder auf. Im Licht von Hannahs Taschenlampe konnte sie die großen Steine erkennen, aus denen die frühere Rückwand des Hauses und der Kamin gemauert waren. Von draußen drang kein Licht herein, was Maddie als gutes Zeichen deutete. Die Luft roch nach feuchter Erde und etwas anderem, das sie nicht identifizieren konnte. Vielleicht war das leichter Blumenduft. Die Mauern fühlten sich kalt wie in einer Gruft an. Der Raum, der, obwohl über einen halben Meter breit und drei Meter lang, um den Kamin herumführte, schien sie zu erdrücken.

Maddie schnappte nach Luft.

»Alles in Ordnung da drin?«, rief Hannah.

»Ja, ich komm wieder raus.« Maddie rieb über die Gänsehaut an ihren nackten Armen.

Maddie wand die Haare zu einem Knoten und steckte sie mit einem Pinsel fest in der Hoffnung, dass die Konstruktion diesmal hielt. Jedes Mal, wenn sie glaubte, ihre Gedanken gingen in die richtige Richtung, lenkten die Haare sie ab. Früher wäre ihr nicht einmal eine Elefantenherde im Atelier aufgefallen, doch jetzt reichte das leiseste Knarren der Dachsparren, um sie abzulenken.

Sie lächelte. John hatte behauptet, er könne sich, wenn sie arbeitete, splitternackt vor sie hinstellen, und sie würde es nur merken, wenn er ihr Modell stehe. Er hatte recht gehabt. Eines Tages hatte er eine ganze Weile an ihrem Nacken geknabbert und sie gestreichelt, bis sie aus ihrer Trance erwacht war.

Anschließend hatten sie sich auf dem Betonboden des Ateliers geliebt. Verrückt. Wunderbar. Aus und vorbei. Sie putzte sich die Nase mit dem Farbtuch. Oje, dachte sie. Ohne in den Spiegel sehen zu müssen, wusste sie, dass ihr Gesicht nun in hübschen Grüntönen erstrahlte.

»Seid gegrüßt, o Frau vom Mars.« Mark hob von der Stalltür aus die Hand zu einem Mr-Spock-ähnlichen Gruß.

Maddie musste lachen. »Ich wünsche Euch ein langes, gedeihliches Leben. Grün ist der Schlüssel zu allem, wusstet Ihr das nicht?«

»Verdammt, das war's also, was ich die ganzen Jahre falsch gemacht habe. Aber Scherz beiseite: Wie geht's?«

»Abgesehen von dem farbverschmierten Gesicht und der leeren Leinwand?«

Er nickte.

»Gut, danke. Stellst du den Wasserkessel auf, während ich mir das Gesicht wasche? Dann kannst du mir erklären, was mir die Ehre deines Besuchs verschafft.«

Er ging in Richtung Küche, während sie sich mit Terpentin ans Werk machte. Fast hätte sie entsetzt aufgeschrien, als sie sich im Spiegel sah – rot geränderte Augen, grüne Nase und grüner Mund. Ein Wunder, dass Mark bei ihrem Anblick nicht das Weite gesucht hatte.

Warum war ihr plötzlich einer der schönen Momente mit John eingefallen? Sie wollte nicht an ihn und die Vergangenheit denken. Maddie tupfte die Farbe ab, darunter kam fleckige Haut zum Vorschein. Da war das Grün noch schöner gewesen. Sie spritzte sich kaltes Wasser ins

Gesicht und zog den Pinsel aus den Haaren, damit sie wenigstens einen Teil des Fiaskos kaschierten.

Mark reichte ihr eine Tasse. »Na, erfolgreich entmarst?«

Maddie nickte. Ihr fiel auf, dass Mark trotz des wechselhaften Wetters der vergangenen Woche nach wie vor gebräunt aussah. Sie würde in Zukunft mehr an die frische Luft gehen, nahm sie sich vor.

Sie lächelte. »Wenn du schon mal da bist: Würdest du dir eine verborgene Kammer ansehen, die wir entdeckt haben?«

»Eine verborgene Kammer?«, wiederholte er.

»Na ja, es ist keine richtige Kammer, eher ein dunkles Loch hinter dem Kamin im Wohnzimmer.«

»Zeig's mir.« Er folgte ihr.

Maddie schluckte, als sie den Riegel an der Verkleidung öffnete.

»Taschenlampe«, bat er.

Maddie reichte ihm die, die sie auf dem Kaminsims abgelegt hatte, trat einen Schritt beiseite und sah ihn in der Öffnung verschwinden. Ihr Blick wanderte hinaus zu dem Baum, dessen Äste sich kein bisschen bewegten. Als Mark wieder aus der Nische herauskam, war er mit Staub bedeckt.

»Das ortsübliche Schmugglerversteck, würde ich sagen. Den Kamin müsste man neu verfugen.«

»Wegen der Geräusche?«

Er runzelte die Stirn. »Nein, wegen der Brandgefahr.«

»Oh.«

»Du hast Geräusche dahinter gehört?«

Sie nickte. »Ist er fürs Erste sicher?«

»Solange ihr ihn nicht benutzt.«

»Gott sei Dank.« Maddie sank aufs Sofa. »Was führt dich nach Trevenen?«

»Brauche ich dazu einen Grund?« Er schaute sie mit gespielt traurigem Hundeblick an.

»Ja.« Sie schmunzelte.

»Tja, dann: Ich wollte deinen Aufnahmeantrag für den Segelklub abholen.«

Maddie überlegte kurz. »Der liegt in der Küche. Ich möchte ihn zurückhalten, bis ich mir sicher bin, dass genug Geld auf dem Konto ist.«

»So knapp bei Kasse?«

»Ja. Ich warte, bis langfristig angelegte Gelder frei werden, dann sollte es ein bisschen leichter werden.«

»Das Selbstständigendasein hat seine Vorteile, aber der Nachteil dürften die Finanzen sein.«

»Wie wahr. Bei Architekten gehen die Geschäfte vermutlich besser.«

»Verglichen mit Künstlern? Definitiv. Auch wenn du im Moment nicht das nötige Geld hast: Reich den Antrag ein. Der Beratungsausschuss trifft sich am Freitag. Du willst doch nicht auf die nächste Sitzung warten, oder?«

»Okay.«

Er musterte sie genauer. »Du bist irgendwie nicht du selbst.«

»Stimmt. Ich habe immer noch Mühe, einen Rhythmus zu finden.« Sie blickte sich um. »Der fehlt mir jetzt schon so lange, und dann noch die neue Umgebung …«

»Sei nicht so streng mit dir selbst.«

Sie holte tief Luft. »Leichter gesagt als getan, aber ich versuche es.«

»Versprochen?«

»Ich verspreche nichts mehr, doch ich gebe mir Mühe.«

»Okay. Ich muss los. Nächstes Projekt: Renovierung eines Bungalows in St. Keverne.«

»Viel Spaß.«

»Danke. Bis bald.«

Als Maddie ihm nachsah, wurde sie das Gefühl nicht los, dass sie Mark irgendwie enttäuscht hatte. Sie konnte nichts mehr versprechen, weil sie ihre Versprechen immer hielt, und die letzten hatten sie einfach zu viel gekostet.

Maddie schmunzelte, als sie Hannah in der Küche aus voller Brust singen hörte. Vielleicht hatten sie ausnahmsweise beide gute Laune.

»Du hast eine schöne Stimme.«

»Ach was«, widersprach Hannah.

»Nein, im Ernst. Gibt's in der Schule einen Chor?«

Hannah sah Maddie ungläubig an. »Jetzt hast du komplett den Verstand verloren.«

»Nur weil ich deine Stimme lobe?«

»Ja. Geh mal zum Ohrenarzt.«

»Okay, in Zukunft werde ich mir Komplimente verkneifen.« Maddie holte einen Salatkopf aus dem Kühlschrank und entfernte die äußeren Blätter.

»Gut. Wenn wir nicht reden, können wir auch nicht streiten.«

»Wenn du meinst.« Maddie biss die Zähne zusammen.

»Ja, das meine ich.« Hannah trat an die Tür, wo sie sich noch einmal umdrehte. »Übrigens gehe ich heute Abend aus.«

»Mit wem?« Maddie machte zwei Schritte auf Hannah zu.

»Geht dich nichts an.«

Maddie holte tief Luft. »Doch. Ich bin für dich verantwortlich, ob dir das gefällt oder nicht.«

»Lass mich in Frieden. Ich bin dir doch sowieso egal.« Hannah reckte die Brust vor.

»Moment mal …« Maddie legte den Salatkopf weg.

»Nein.« Hannah verließ die Küche.

»Hannah, komm sofort zurück.«

Hannah wandte sich zu ihr um. »Verpiss dich.«

»Jetzt reicht's! Ich hab genug von deinem Benehmen!«, brüllte Maddie.

»Ist mir aber leider egal«, sagte Hannah und öffnete die Haustür.

Maddie rannte ihr nach.

»Was willst du?« Hannah wandte sich zu ihr um.

Maddie hob die Hand, um ihr eine Ohrfeige zu geben, ließ sie jedoch wieder sinken und lief in die Küche zurück, wo sie einen Topf packte und gegen die Wand schleuderte.

»Warum hasst du mich?«, fragte Hannah und verließ das Haus.

Maddie brachte kein Wort heraus und zitterte am ganzen Leib. Sie wusste nicht, was sie tun sollte, und auch nicht, was über sie gekommen war. Ihr war klar, dass sie mit jemandem reden musste, und Tamsin war die Einzige, die verstand, worum es ging.

»Ich war so wütend, dass ich ihr fast eine Ohrfeige gegeben hätte«, gestand Maddie Tamsin mit bebender Stimme am Telefon.

»Ganz ruhig. Ist ja nichts passiert«, tröstete Tamsin sie.

»Nein, ich hab meinen Lieblingstopf gegen die Wand gepfeffert. Dabei ist der Griff abgebrochen.« Die Teile lagen vor ihr. Wie hatte sie so ausrasten können?

»Das lässt sich reparieren. Bei einer Ohrfeige wär das nicht so leicht gewesen.«

»Ich weiß, ich weiß. Dabei hatte ich so gute Laune.«

Am Abend war sie mit Gunnar verabredet, und darauf freute sie sich.

»Was war los?«, erkundigte sich Tamsin.

»Ich hab ihr gesagt, dass sie gut singen kann«, schniefte Maddie.

»Siehst du: Du warst einfach zu nett.«

Maddie musste lachen und putzte sich die Nase. »Sorry.«

»Kein Problem. Komm doch auf einen Tee vorbei.«

»Geht nicht. Was, wenn sie zurückkommt?«, fragte Maddie.

»Meinst du nicht eher ›wann‹?«

»Ja, wahrscheinlich. Wo könnte sie hin sein? Was, wenn sie wegläuft?« Panik stieg in ihr auf.

»Ganz ruhig. Ihr habt euch gestritten. Du hast sie nicht rausgeschmissen.«

»Nein. Ich wollte doch bloß wissen, mit wem sie verabredet ist. War das zu viel verlangt?«

»Ja. Du hättest mich fragen sollen. Mit Matt, Will und Emma. Sie wollen nach Helston ins Kino.«

»Warum konnte sie mir das nicht einfach sagen?« Maddie rieb sich die Schläfe.

»Weil das uncool gewesen wäre.« Tamsin lachte.

»Das verstehe ich nicht.« Maddie hatte alles für Hannah getan, darunter vieles, von dem Hannah nie erfahren würde. Vielleicht sollte sie ihr erzählen, dass sie ihr gesamtes Erbe für Johns Medikamente ausgegeben und sogar noch den Schmuck ihrer Mutter dafür verkauft hatte. Würde Hannah es dann begreifen?

»Sie kriegt sich schon wieder ein. Sie will ausgehen, und ich bezweifle, dass sie die richtigen Klamotten anhat, also kommt sie noch mal heim zum Umziehen.«

»Oh.« Maddie spielte mit den Rändern einer Zeitung.

»Keine Panik. Solche Auseinandersetzungen sind normal. Ich hab mich als Teenager die ganze Zeit mit Mum gestritten.«

»Ich nicht. Meine Mutter war zu alt und zu schwach.«

»Du Arme. Streiten gehört zu den wichtigsten Dingen, die man als Teenager lernt.«

Maddie trat ans Fenster. Keine Spur von Hannah. Entsetzt stellte sie fest, dass sie froh war, Hannah nicht zu sehen. Wie konnte sie nur so empfinden? Warum war sie so wütend auf sie?

»Danke fürs Zuhören. Ich weiß immer noch nicht, was ich sagen soll, wenn sie zurückkommt.«

»Wiederhol einfach deine Frage.«

»Was, wenn sie dann wieder zu brüllen anfängt?«

»Ignorier's und sag ihr, dass du sowieso weißt, mit wem sie unterwegs ist. Wir leben hier in einer kleinen Welt.«

Maddie lachte. »Ich gönne mir jetzt ein Bad. Irgendwann wird sie schon wiederkommen.«

»Ja, schließlich hast du heute Abend ein heißes Date.«

»Unsinn. Gunnar und ich gehen essen. Ein heißes Date ist was anderes.« Maddie wand eine lose Haarsträhne um ihren Finger. Dies war ihre dritte Verabredung.

»Man wird sehen.«

»Du bist wirklich unverbesserlich.«

»Genau.« Tamsin legte auf.

Was hätte Maddie nur ohne Tamsin gemacht? Ihre Worte ergaben Sinn. Sie war eine verdammt gute Mutter. Allerdings hatte sie auch Zeit gehabt, sich die nötigen Fähigkeiten in Ruhe anzueignen, weil sie kein schwieriges Kind geerbt hatte. War das das Problem? John hatte Hannah abgöttisch geliebt und sein ganzes Tun auf sie ausgerichtet. Hätte er das Gleiche für ein gemeinsames Kind getan? Maddie wollte es glauben, bezweifelte es jedoch nach dem, was er von ihr verlangt hatte.

Draußen war es so kalt gewesen, dass Hannah trotz der Wärme im Pub noch immer fror. Fred stand an der Theke, Will spielte Billard mit Matt, und Emma war auf der Toilette. Hannah wusste, dass Matt und Emma schon eine Weile miteinander gingen, und fragte sich, wie es wäre, einen festen Freund zu haben.

Dass Will Marks Neffe und so oft weg war, sprach gegen ihn. Aber sie bekam jedes Mal, wenn er sie anlächelte, weiche Knie. War das bloß so eine Weihnachtsaffäre? Mistelzweige ließen die Menschen unwillkürlich ans Küssen denken. Und sie hatte Lust, Will zu küssen, sogar große.

»Hey, spielst du eine Partie?«, rief Matt ihr zu.

»Warum nicht?« Hannah trat an den Billardtisch, an dem Matt mit seinem Queue wartete, während Will sich auf den nächsten Stoß vorbereitete. Dabei erhaschte Hannah einen Blick auf Wills Hinterteil, das sogar in der weiten Jeans, die er anhatte, toll aussah.

Als er die letzten drei Kugeln versenkt hatte, reichte Matt Hannah das Queue.

»Viel Glück. Lass dir von ihm nicht zu viel Geld abknöpfen«, empfahl er ihr.

»Okay.« Während sie Kreide auf die Spitze des Queues gab, fragte sie Will: »Was ist der Einsatz?«

»Ich hab grade ein paar Pfund von Matt gewonnen, also brauch ich kein Geld. Wie wär's mit einem Kuss?« Will lächelte.

»Wenn ich verliere. Und wenn ich gewinne?« Hannah ermahnte sich, cool zu bleiben. Konnte er Gedanken lesen?

Ohne den Blick von ihr zu wenden, ging er bedächtig auf die andere Seite des Tischs. »Was hättest du gern?«

Ja, was wollte sie? Sie wollte verlieren. »Wie wär's mit dem Geld, das du Matt abgenommen hast?«

»Abgemacht. Du fängst an.«

Scheiße, sie wollte sich nicht zum Narren machen. Ihre Hände wurden feucht, so dass das Queue nicht richtig durch ihre Finger glitt. Verdammt, was für ein Albtraum! Sie sah Will lächelnd an, bevor sie den ersten Stoß wagte. Dann hielt sie den Atem an, bis alle Kugeln ausgerollt waren, und trat einen Schritt vom Tisch zurück.

»Gut gemacht.«

»Danke.« Hannah verfolgte, wie er die Lage beurteilte. Er war so ruhig und sie so nervös. Er wirkte ziemlich professionell. Hatte er das in der Schule gelernt?

»Du bist dran«, erklärte Will.

Hannah hatte keine Ahnung, welche Kugel sie wählen sollte. Egal. Sie stieß mit geschlossenen Augen zu und öffnete sie erst wieder, als sie das dumpfe Klacken der Kugeln hörte. Dann führte sie einen Freudentanz um den Tisch auf. Ein breites Grinsen trat auf Wills Gesicht.

»Toll«, lobte er sie.

»Ja. Wahrscheinlich hast du gedacht, du könntest mich ganz leicht fertigmachen.«

»Nein, aber ich würde dich gern mit offenen Augen spielen sehen.«

Scheiße, er hatte sie beobachtet. Hannah straffte die Schultern und ging auf die andere Seite des Tischs. Von dort aus war zu erkennen, dass jeder Stoß von ihr für ihn alles leichter machte. Sie wählte eine Kugel und hoffte das Beste.

»Du bist dran.« Sie entfernte sich vom Tisch. Er nickte und beugte sich darüber. Sollte sie ihn ablenken, um zu gewinnen? Nein, denn noch nie zuvor hatte sie sich so gewünscht, einen Jungen zu küssen. Er versenkte vier weitere Kugeln, bis wieder sie an der Reihe war.

Warum versuchte sie es überhaupt? Nein, so leicht würde sie sich nicht geschlagen geben. Sie nahm das Queue und sprach ein kurzes Gebet. Es gelang ihr, zwei Kugeln in die Taschen zu befördern; die nächste verfehlte sie. Es waren nicht mehr viele übrig. Will versenkte sie alle. Sie bekam Schmetterlinge im Bauch.

»Du hast gewonnen«, stellte sie fest.

Er verzog den Mund zu einem breiten Grinsen.

»Das hast du gleich gewusst.«

»Ja.« Er grinste frech.

»Scheiße.«

Will gesellte sich lachend zu den anderen, während Hannah die Queues aufräumte. Er wollte sie küssen. Das war gut. Sie wollte ihn küssen. Das war schlecht. Wann würde es passieren? Sie ging ebenfalls zu den anderen.

»Er scheint kurzen Prozess gemacht zu haben«, bemerkte Matt, dessen Arm um Emmas Schultern lag.

»Ihr kennt ihn ja.« Hannah sah Will an.

»Allerdings.« Matt lachte. »Ich will ja nicht ungemütlich sein, aber Emma muss in fünf Minuten zu Hause sein. Trinkt aus.«

Hannah beäugte ihre Cola. Sie hätte etwas Stärkeres gebraucht, um sich auf die Einlösung ihrer Spielschuld vorzubereiten. Als sie den Wagen erreichten, schlug ihr Herz wie wild. Es war nur ein Kuss, sagte sie sich, auf dem Rücksitz neben Will eingeklemmt.

Nachdem Emma ausgestiegen war, rutschte Hannah nach. Will streckte die Hand nach der ihren aus. Hannah versuchte, einen klaren Kopf zu behalten. Er war zum Anbeißen und nur in den Weihnachtsferien hier, dann erst wieder in den nächsten Ferien. Was hatte sie schon zu verlieren?

»Hey, Fred, du kannst mich hier bei Hannah rauslassen. Ich komme zu Fuß heim.« Will lächelte sie an.

»Sicher? Draußen ist's arschkalt«, gab Fred zu bedenken.

»Ja.«

»Okay. Dann bis morgen. Tschüs, Hannah.« Fred sah in den Rückspiegel.

Hannah hätte schwören mögen, dass Matt Will zuzwinkerte.

»Gott, ist das kalt.« Will trat näher zu ihr.

Hannah suchte in ihrer Tasche nach dem Schlüssel. Aus der Küche drang Licht. »Möchtest du noch mit reinkommen?« Sie hatte einen trockenen Mund, und die Worte klangen irgendwie komisch.

»Gern.«

»Okay.« Hannah öffnete die Tür und schlüpfte aus der Jacke. Keine Spur von Maddie. »Komm in die Küche. Willst du was trinken?«

»Ja.«

»Bier, Tee, Kakao?«, fragte Hannah bibbernd.

»Kakao. Du bist ja völlig durchgefroren.«

»Das gibt sich. Reichst du mir mal die Milch?« Sie nahm einen Topf und streckte sich, um die Trinkschokolade aus dem Schrank zu holen. Plötzlich spürte sie Wills Atem im Nacken. Als seine Hand die nackte Haut an ihrer Taille berührte, hätte sie fast den Kakao fallen lassen. Sie drehte sich um. Seine Finger glitten ihren Rücken hinauf.

»Hi«, flüsterte er.

Hannah sah die gelben Sprenkel in seinen Augen, als sein Mund näher kam. Ihre Hände umfassten seine Schultern. Endlich küsste er sie. Ihre Finger wanderten seinen Nacken entlang zu seinen Haaren. Als die seinen über ihre Haut strichen, überlief sie ein wohliger Schauer. So einen Kuss hatte sie noch nie bekommen.

10

Die Innenseite der Küchenfenster war mit einem feinen Eismuster bedeckt, und vor Maddies Mund bildeten sich im Licht des Morgens kleine Atemwolken. In die Bettdecke gehüllt, betrachtete sie die zwei Tassen auf dem Küchentisch. Mit wem hatte Hannah hier gesessen? In der Spüle fand Maddie einen noch warmen Topf. War Hannah um halb zehn schon auf und unterwegs?

Als Maddie nach ihren Hausschuhen suchte, überlegte sie, dass das mit der Wärme kein Problem gewesen wäre, wenn Gunnar die Nacht bei ihr verbracht hätte. Was waren das für Gedanken? Sie hatte noch nie mit einem Mann geschlafen, den sie kaum kannte. Aber vielleicht war jetzt der Zeitpunkt, es auszuprobieren.

Wegen der Heizung musste sie unbedingt etwas unternehmen, wenn sie und Hannah nicht erfrieren wollten. Ihre Füße waren trotz der Hausschuhe eiskalt, also holte sie ihre Wollsocken aus der Wäschetruhe. Und ihr schickes Nachthemd eignete sich einfach nicht für dieses zugige alte Haus.

Während sie die Socken anzog, versuchte sie, sich mit einem Weihnachtslied in festliche Stimmung zu bringen. Als sie den Blick hob, sah sie Mark in der Tür stehen. Sie richtete sich zu schnell auf, stolperte und fiel prompt hin. Mark half ihr auf.

»Danke.« Wie schaffte er es nur, immer so frisch und gelassen auszusehen? »Was führt dich in diese Eiswüste?«

»Die Kälte.«

»Ach.« Der Dampf aus dem Wasserkessel, den sie zuvor eingeschaltet hatte, stieg ihr in die Haare und kringelte sie.

»Ja. Mir ist eingefallen, dass ich ein paar übrige Heizlüfter habe. Die kannst du wahrscheinlich brauchen.«

»Wie kommst du nur auf die Idee?« Sie klapperte übertrieben mit den Zähnen.

Er musterte sie von oben bis unten. »Die neueste Bettdeckenmode.«

Sie zog die Decke enger um den Leib.

»Gefällt dir das Modell?« Maddie versuchte, eine Pirouette zu drehen. Dabei verfing sich ein Zipfel an einem der Küchenstühle, und Mark musste ihn auffangen, damit er nicht umfiel.

»Ja, aber nur auf dem Bett.«

Sein Blick und sein Tonfall verschlugen ihr den Atem. Sie blinzelte. Als sie ihn wieder ansah, war der vielsagende Blick verschwunden.

»In meinem Zimmer ist es so kalt, dass ich mich nicht drin anziehen wollte.«

»Ich stelle einen von den Heizlüftern hinein und einen in Hannahs Zimmer, und dann nehme ich die Tasse Kaffee an, die du mir gerade anbieten wolltest.«

Er verließ die Küche, und Maddie machte sich daran, den Kaffee zuzubereiten. Kurze Zeit später kam Mark zurück.

»Hoffentlich taut das Zimmer in den nächsten Stunden auf. Ich war so frei, dir ein paar Klamotten mitzubringen.«

»Danke.«

Er hielt ihr eine Jeans und einen dicken Pullover hin. Die und mehr würde sie brauchen, wenn der Tag so kalt wurde, wie der Morgen versprach.

»Ich gehe kurz in den Garten, damit du dich in Ruhe anziehen kannst.«

»Danke. Dauert nicht lange. Viel Spaß beim Bewundern des frostigen Ausblicks.«

Sobald er verschwunden war, legte Maddie widerwillig die Bettdecke weg und zog ihre kalten Sachen an.

»Alles klar«, rief sie.

»Warst du heute schon draußen?«

Sie schüttelte den Kopf.

»Dann komm.«

Die Bettdecke wieder um die Schultern, trat sie zu ihm auf die Schwelle. Die Sonne ließ den Frost auf den Blättern silbern schimmern, und die Hortensienblüten an der hinteren Tür waren wie kristallisiert.

»Atemberaubend«, murmelte Maddie.

»Ja.« Mark sah nicht zu den Blumen, als er das sagte, sondern zu ihr. Ihr Herz setzte einen Schlag aus.

»Du zitterst.«

»Ja.«

»Lass uns wieder reingehen.«

Sie nickte.

Er schob sie zum Herd und zog die Bettdecke enger um sie. Dann wölbte er die Hände um die ihren und hob sie an seinen Mund. Sein warmer Atem taute ihre eisigen Finger auf. Als ihre Blicke sich trafen, hätte sie so gern seine Lippen berührt. Ihr wurde wohlig warm. Besonders ihr Po fühlte sich unnatürlich heiß an.

»Mark, ich habe das Gefühl, dass mein Hintern in Flammen steht.« Maddie bewegte sich vom Herd weg.

»Schauen wir mal.« Er zog sie näher zu sich heran, so dass ihre Körper sich berührten. Ihre Pupillen weiteten sich, als sie seine Erektion spürte. Sie legte die Hände auf seine Taille, um sich abzustützen, aber das half nicht, sie innerlich ins Gleichgewicht zu bringen.

»Einen Frauenhintern habe ich noch nie in Brand gesteckt, jedenfalls nicht im wörtlichen Sinn«, gestand er lachend.

»So, so.« Als sie sich aus der Bettdecke wand, sah sie die Brandspuren darauf, und ein leicht beißender Geruch lag in der Luft.

»Das war knapp. Immerhin ist mir jetzt wärmer.« Maddie warf die Bettdecke über den Tisch.

»Aber mal im Ernst: Wann willst du die Heizung im Haus erneuern lassen?«, erkundigte er sich.

»Ich weiß nicht, wann das geht.«

»So schlimm, wie du denkst, wird das gar nicht. Die Renovierung des gesamten Hauses würde um die vierzigtausend Pfund kosten, Dach nicht eingeschlossen. Du könntest eine Hypothek aufnehmen.«

»Eine Hypothek auf dieses Gemäuer?« Sie sah sich in der Küche um.

»Das Haus ist eine gute halbe Million wert. Und dann wäre da noch der Grund.« Die Leidenschaft war aus seinem Blick gewichen; jetzt ging's ums Geschäft. Das fand Maddie schade.

»Banken mögen keine Kunden mit unregelmäßigem Einkommen.«

»Stimmt. Du könntest den Grund verkaufen.« Er setzte sich in einen der Sessel am Herd.

»Ich bezweifle, dass ein paar Hektar landwirtschaftlich genutzte Fläche vierzigtausend Pfund bringen würden.«

»Auf einem Teil steht ein Schuppen. Beantrage eine Baugenehmigung dafür, damit er in ein Haus umgewandelt werden kann. Dann ist der Boden mehr wert.«

Sie ließ die Schultern hängen. »Keine Ahnung, wie man so was anstellt.«

»Ich schon.«

Maddie ging zu dem anderen Sessel. »Wirklich?«

»Klar. Ich würde dir selbstverständlich helfen.«

»Danke.« Maddie trank einen Schluck Kaffee und schüttelte sich.

»Was verziehst du das Gesicht so?«, fragte er.

»Sorry. Der Kaffee schmeckt scheußlich.«

»Ja.« Er schmunzelte.

Sie runzelte die Stirn. »Warum hast du kein Wort gesagt?«

»Bin zu höflich.«

Maddie lachte schallend. »Ach nein.«

»Du scheinst eine sehr gute Meinung von mir zu haben.«

»Ach, Mark. Du darfst mich nicht so ernst nehmen. Meine Welt ist aus den Fugen, und ich weiß nicht mehr, was ich glauben soll.«

»Wirklich?« Er beugte sich ein wenig vor, um sie mit intensivem Blick zu mustern.

Sie wand eine Haarlocke um einen Finger. »Ja.«

»Wie das?«

»Ich dachte, mein Verhältnis zu Hannah würde sich im Lauf der Zeit bessern, aber da habe ich mich getäuscht. Als ich ihren Vater geheiratet habe, war ich der Überzeugung, das mit der Familie funktioniert, aber seit seinem Tod hat sie jede sich bietende Gelegenheit genutzt, sich von mir zu distanzieren.«

»Habt ihr's schon mal mit Reden versucht?«

»Ja, ich rede an die Wand. Gestern habe ich ihr ein Kompliment gemacht und mich erkundigt, mit wem sie ausgeht und wohin. Man hätte meinen können, ich frage sie nach ihren innersten Geheimnissen. Sie ist total ausgerastet, und ich auch.« Maddie ließ den Kopf hängen.

»Zu Old Tom Martin hat sie Vertrauen.«

»Wer ist das?«

»Ein pensionierter Lehrer, der ungefähr anderthalb Kilometer von hier wohnt.«

»Woher kennt sie den?«, fragte Maddie.

»Ich hab sie mit etwas, das repariert werden soll, zu ihm geschickt. Sie scheinen sich gleich verstanden zu haben.«

»Was soll denn repariert werden?«

»Eine alte Holzschatulle. Er restauriert alte Sachen.«

»Und Hannah geht jeden Tag zu ihm?« War das zu fassen?

»Ja.«

Maddie runzelte die Stirn. »Ist das ein Dealer oder so was?«

»Sei nicht so misstrauisch. Er ist ein Gentleman der alten Schule und trinkt am Abend mal zwei Gläser Whisky. Was Schlimmeres kann man ihm meines Wissens nicht nachsagen.«

»Ach.«

»Schau nicht so erstaunt. Es macht Spaß, mit Tom zusammen zu sein, und Hannah langweilt sich.«

»Das ist die Untertreibung des Jahres.«

»Du urteilst zu streng über sie.« Mark schmunzelte.

»Meinst du?« Maddie zuckte mit den Achseln.

»Ja. Sie hat eine schlimme Zeit hinter sich.«

»Die Arme. Immerhin hat sie ein Dach über dem Kopf, jemanden, der sie liebt, und was zu essen.«

»Das meine ich nicht.«

»Aber es stimmt. Viele Kinder müssen sich mit viel weniger zufriedengeben.« Maddie ballte die Hände zu Fäusten.

»Reg dich nicht auf. Du brauchst deine Energie für was anderes.«

»Ich habe dieses ständige Selbstmitleid satt. Ja, sie hatte es schwer. Ja, ihre Mutter hat sie im Stich gelassen. Ja, ihr Vater ist gestorben. Aber verdammt, sie hat immer noch mich. Wahrscheinlich ist genau das das Problem.«

»Das kann ich nicht beurteilen. Ich sage nur, dass du nicht so streng mit ihr sein sollst. So übel ist sie auch wieder nicht. Sie hat bloß ein loses Mundwerk.«

»Du musst sie ja nicht permanent ertragen.« Maddie seufzte. Sie hätte das Thema nicht anschneiden sollen.

»Stimmt. Immerhin vertraut sie jetzt jemandem.«

Maddie hob den Blick. »Tut sie das?«

»Ja. Tom und Hannah mögen ein komisches Paar sein, aber sie arbeiten friedlich miteinander.«

»Das freut mich. Sie braucht jemanden. Nur schade, dass das nicht ich bin.« Sie lachte trocken.

Mark legte eine Hand auf ihr Knie. Obwohl das eine freundliche Geste war, nicht mehr, erinnerte Maddie sich an die Leidenschaft in seinem Blick ein paar Minuten zuvor.

Das Haus erschien ihr leer, als Mark weg war. Um sich zu beschäftigen, begann Maddie, den einen Raum sauber zu machen, den sie bisher nicht angetastet hatte. Jetzt, da viele der anderen Zimmer gestrichen waren, wirkte dieser Raum mit den Bücherregalen traurig. Noch ein paar Monate zuvor war er ihrem Empfinden nach einer der ansehnlichsten gewesen. Schon merkwürdig, wie sich die Wahrnehmung veränderte, dachte Maddie.

Maddie nahm eine Ausgabe von *Stolz und Vorurteil* mit brüchigem Ledereinband aus dem Regal. Als sie den Band aufschlug, stellte sie fest, dass Daphne ihn bei einem Lyrikwettbewerb im Jahr 1937 gewonnen hatte. Damals war sie etwa so alt wie Hannah jetzt gewesen. Maddie fragte sich, ob Hannah das Buch kannte, und beschloss, es ihr kommentarlos aufs Nachtkästchen zu legen. Vielleicht brauchten sie beide mehr Zeit. John war noch nicht einmal ein Jahr tot, und niemand konnte sagen, wie lange Trauer dauerte oder wie sie die Menschen beeinflusste.

Maddie stand schon in Hannahs Zimmer, als ihr der Gedanke kam, dass es möglicherweise ein Fehler war, es zu betreten. Seit sie den Schrank hineingebracht hatten, war sie nicht mehr dort gewesen. Sie ging mit schnellen Schritten zum Bett und blieb verblüfft stehen, als sie auf dem Boden davor einen Stapel alter verblichener Dokumente entdeckte.

Wo hatte Hannah sie gefunden? Und warum hatte sie nichts davon erwähnt? In dem Stapel stieß Maddie auf ein altes Heft. Ihr stockte der Atem, als sie es durchblätterte und ihr Blick auf ein Datum fiel: 2. Juli 1970. Auf der ersten Seite stand, dass das Heft das persönliche Eigentum von Nancy Penventon sei. Maddie überflog den Text.

2. Juli 1970
Trevenen

Es ist so schön, wieder in Trevenen zu sein und meinen Geburtstag hier zu feiern. Tante Daphne hat einen köstlichen Kuchen für mich gebacken und sechzehn Kerzen draufgesteckt. Sie ist tiefbraun von der Gartenarbeit. P ist nach dem Essen vorbeigekommen, und wir sind zu den andern an den Strand gegangen. Er ist ungefähr dreißig Zentimeter gewachsen und sieht einfach toll aus.

Wer war P? Petroc? Maddie schloss kurz die Augen, bevor sie weiterlas.

Große Neuigkeiten in Trevenen! Jemand hat den Stall gemietet, ein Maler aus Amerika. Tante Daphne sagt, sie kann das Geld, das er ihr zahlt, gut gebrauchen. Ich habe ihn kurz gesehen. Sein Akzent gefällt mir sehr. Allerdings ist er mir noch nicht richtig vorgestellt worden.

Maddie hielt inne. Wollte sie das lesen? Was würde das Tagebuch ihr enthüllen? Wäre es besser, es nicht zu wissen? Hatte Hannah es gelesen und ihr nichts davon erzählt? Sie packte das Heft so fest, dass ihre Finger weiß wurden. Wie konnte Hannah nur so egoistisch sein?

»Was machst du in meinem Zimmer?«, hörte sie da Hannahs Stimme von der Tür her.

Maddie drehte sich um. »Wann wolltest du mir sagen, dass du das Tagebuch meiner Mutter hast?«

»Beantworte zuerst meine Frage. Das ist mein Zimmer. Du hast kein Recht, hier reinzukommen.«

»O doch. Es ist mein Haus, und ich bin für dich verantwortlich. Ich habe jedes Recht dazu.« Maddies Herz klopfte wie wild.

»Nur weil die verdammten Richter das so entschieden haben. Ich hätte in ein Heim gehen oder versuchen sollen, meine Mutter zu finden.«

»Vielleicht wäre das tatsächlich besser gewesen.« Maddie

biss sich auf die Zunge. Das war nicht ihr Ernst, oder? Welche Richtung nahm dieses unerfreuliche Gespräch? Warum schaffte Hannah es, ihr ein schlechtes Gewissen zu machen, obwohl sie Nancys Tagebuch vor ihr versteckt hatte?

»Stimmt, verdammt noch mal. Verlass sofort mein Zimmer.« Hannah deutete auf die Tür.

»Erst wenn du mir erklärst, warum du mir nichts über das Tagebuch meiner Mutter erzählt hast.«

Hannahs Gesicht wurde rot. Maddie wusste nicht, was sie tun sollte. Zurückrudern war jetzt nicht mehr möglich.

»Ich …«

»Ja?« Maddie hielt den Atem an.

»Ich hab nicht in das Heft geschaut.«

»Wie bitte?« Maddie sank in einen Sessel. Stimmte das?

»Ich hab's im Vergleich zu den anderen Sachen langweilig gefunden und deswegen nicht gelesen. Das Scheißtagebuch von deiner Mutter kannst du gern haben. Und jetzt raus aus meinem Zimmer.«

Maddie stand auf, machte einen Schritt in Richtung Tür, blieb stehen und drehte sich zu Hannah um, die aus dem Fenster blickte. Maddie hätte gern die Hand nach ihr ausgestreckt, konnte es jedoch nicht. Mit hängendem Kopf verließ sie den Raum.

In den Händen hielt sie das Tagebuch ihrer Mutter, und in ihrem Herzen trug sie das Wissen, dass Hannah sie hasste. Himmel, was für ein Chaos! So war das alles nicht gedacht gewesen. Sie hatte den Mann geheiratet, den sie liebte und der ihre Liebe erwiderte. Wieso war die Sache so schiefgegangen?

Hannah musste von der Hexe weg. Woher hätte sie wissen sollen, dass das vergammelte alte Heft das Tagebuch von

Maddies Mutter war? Wenn, hätte sie es Maddie gegeben. Für wen hielt Maddie sich eigentlich? Hannah knallte die Tür zu, stapfte nach unten und verließ das Haus.

Ihre Stiefmutter war nicht glücklich. Sie war zu einer richtigen Hexe geworden. Hannah wusste nicht so recht, wieso Maddie in ihr Zimmer gegangen und wegen des Tagebuchs so ausgeflippt war. Seit dem Umzug hatte sie sich sehr verändert. Dieser Ort stellte komische Dinge mit ihr an.

Die Sonne schien auf die mit Raureif überzogene Straße. Als Hannah an Will dachte, den sie am Abend sehen würde, verbesserte sich ihre Laune schlagartig.

Der gestrige Abend war toll gewesen. Jemand hatte Will beigebracht, richtig gut zu küssen, dachte Hannah ein wenig verärgert. Aber der Kuss war der Wahnsinn gewesen. Um wieder so geküsst zu werden, würde sie gern noch mal beim Billard verlieren. Wenn sie Glück hatte, passierte das heute Abend.

Das Tor zur Auffahrt von Old Tom klemmte wegen der Kälte ein wenig. Hannah musste mit der Hüfte dagegendrücken, damit das verdammte Ding sich bewegte. Aus dem Kamin des Hauses stieg Rauch, aber in der Werkstatt brannte kein Licht. Die Küchentür war wie üblich unverschlossen, doch sie konnte Old Tom nirgends entdecken.

»Hallooo!« Sie schaltete den Wasserkessel ein. »Hallooo!« Hannah ging ins hell erleuchtete Wohnzimmer.

»Mr Martin, sind Sie da?« Hannahs Blick fiel auf ein aufgeschlagenes Buch neben einem Sessel. Er konnte nicht weit sein.

»Ja. Ich bin gestürzt«, keuchte er.

Hannah hastete die Stufen hinauf. Old Tom lag auf dem Treppenabsatz.

»Alles in Ordnung?«

»Bin nicht in allerbester Verfassung. Die Hüfte tut ziemlich weh«, erklärte er mit schmerzverzerrtem Gesicht.

»Nicht bewegen. Ich hole Hilfe.« Hannah rannte die Stufen hinunter, wählte die Notrufnummer und wartete. Es dauerte Ewigkeiten, bis sich jemand meldete. Man sagte ihr, dass sie bei Old Tom bleiben und ihn warm halten solle.

Hannah legte auf und wählte Maddies Nummer. Die würde wissen, was zu tun war.

»Maddie, du musst kommen. OT ist gestürzt, und wir warten auf Hilfe.«

»OT? Langsam, Hannah.«

»Old Tom Martin. Du musst kommen.« Warum war Maddie so begriffsstutzig?

»Bin schon unterwegs.«

Hannah nahm den Überwurf vom Sofa und hastete zurück zu OT, der ziemlich blass aussah. »Sie kommen. Ich lege Ihnen die Decke um die Schulter.«

»Haben sie gesagt, wie lange sie brauchen?«, fragte er.

»Nein. Die Straßen sind vereist. Ich soll Sie warm halten und mit Ihnen reden.« Sie betete, dass es nicht so lange dauern würde.

»Gut.«

»Wie ist das passiert?«, erkundigte sie sich.

»Ich hab Tee verschüttet und bin drauf ausgerutscht.«

Hannah merkte, wie viel Mühe ihn das Sprechen kostete. Vielleicht war es besser, wenn er nur zuhörte. Das half doch sicher auch, ihn wach zu halten, oder?

»In Trevenen haben wir ein Schmugglerversteck.«

»Es ist ja auch ein altes Haus.« Er verzog das Gesicht.

Was sollte sie tun? Warum war Maddie noch nicht da?

»Ist ganz schön cool, wenn man weiß, wo der Riegel für die Paneele ist.«

»Paneele?« Er versuchte zu lächeln.

»Ja, die Holzverkleidung. Der Raum dahinter ist ziemlich groß und hat einen Schieferboden.« Als OT das Gesicht wieder verzog, schwieg sie. »Ich glaube, ich höre einen Wagen.« Hannah versuchte zu lauschen, aber OTs Atem war ziemlich laut. Hoffentlich kam der Notarzt bald.

»Hallo?«, rief Mark von unten herauf.

Hannah hob den Blick. Was machte Mark hier?

»Maddie kommt auch gleich.« Mark rannte die Treppe, immer zwei Stufen auf einmal nehmend, herauf. »Hallo, Tom. Sieht nicht gut aus.«

»Nein. Ich glaube, die Hüfte ist im Eimer«, erklärte OT mit schwacher Stimme.

»Wollen wir hoffen, dass sie nicht gebrochen ist. Da kommt Maddie.«

»Hallo, Mr Martin. Ich bin Maddie Hollis.« Sie schüttelte Old Tom die Hand.

»Freut mich.« Old Toms Atem ging schwerer.

»Haben Sie, abgesehen von der Hüfte, noch irgendwo sonst Schmerzen?«, erkundigte sich Maddie.

»An der Schulter, auf die bin ich auch gefallen«, antwortete Old Tom.

»Und sonst? Am Kopf vielleicht?«

»Nein.«

»Gut. Wenn Sie erlauben, hole ich Ihnen noch eine Decke. Der Schock wird sich bald bemerkbar machen, und dann frieren Sie.«

Old Tom lächelte matt.

Hannah hatte gewusst, dass Maddie mit der Situation fertigwerden würde. Bei Dad hatte sie es auch super gemacht. Hatte sie das gerade gedacht?, fragte sich Hannah. Maddie und irgendetwas gut machen? Scheiße, das war der Schock, sie konnte Maddie gegenüber nicht plötzlich weich werden.

Marks Gesicht wirkte ernst. Wusste er, dass sie letzte Nacht mit Will unterwegs gewesen war? Plötzlich schien ihr das sehr lange her zu sein.

Maddie kehrte mit einer alten Daunendecke zurück, die sie vorsichtig über Old Tom breitete.

Das Telefon klingelte. Mark ging ran. Maddie setzte sich neben Old Tom und fühlte seinen Puls.

»Hannah, könntest du mal schauen, ob du irgendwo Kissen findest? Wir sollten es Mr Martin ein bisschen bequemer machen.«

»Klar.« Mark war noch am Telefon, als Hannah an ihm vorbeiging. Es klang, als würde er den Weg beschreiben. Warum hatten die kein GPS? Sanitäter sollten so was wirklich haben, dachte sie. Gott sei Dank war Mark da. Allein hätte sie es nicht geschafft.

Maddie, die auf dem Plastiksitz herumrutschte, spürte Hannahs Unsicherheit im Krankenhaus. Sie war einer der Gründe gewesen, warum sie sich bei John für häusliche Pflege entschieden hatten.

Hannah sah sie mit großen Augen an. »Wie lange, haben sie gesagt, dauert's?«

»Nicht mehr lange. Allerdings bezweifle ich, dass sie uns zu ihm lassen.« Maddie schaute auf die Uhr an der Wand. Sie mochte Krankenhäuser auch nicht sonderlich, weil der Geruch unangenehme Erinnerungen weckte.

Hannah spielte nervös mit ihren Händen. »Er war schrecklich blass, als sie ihn in den Wagen geladen haben.«

»Er hatte starke Schmerzen.« Maddie wandte sich Mark zu. »Hat er Angehörige?«

»Nein. Jedenfalls keine nahen«, antwortete Mark.

»Wer kümmert sich um ihn?«, fragte Maddie.

»Ich vermute, sie werden ihn eine Weile hierbehalten und dann Hilfe organisieren.« Er nahm ihr gegenüber Platz.

»Schrecklich. Fremde Menschen im eigenen Haus«, murmelte Hannah.

»Besser, als nicht bei sich zu Hause zu sein«, sagte Maddie.

»Stimmt. Dad war wenigstens bei uns.«

Maddie legte ihre Hand auf die von Hannah. Hannah wollte sie ihr wegziehen, ließ es dann aber doch bleiben.

»Gehören Sie zu Mr Martin?«, fragte ein junger Mann in grüner Krankenhauskleidung.

»Ja.« Mark stand auf.

»Es geht ihm gut. Zum Glück war es ein glatter Bruch, und …«

»Ja«, fiel Mark dem Arzt ins Wort. »Was fehlt ihm sonst noch?«

»Schwere Prellungen auf der linken Seite.«

Warum, fragte sich Maddie, hatte Mark den Arzt nicht ausreden lassen?

»Wenn Sie ihn sehen wollen: Man hat ihn ins Aufwachzimmer gebracht. Er ist noch ein bisschen benommen. Bleiben Sie nicht zu lange; er braucht Ruhe.«

»Danke.« Maddie berührte Hannahs Schulter. Hannahs Augen waren feucht.

»Na, wollen wir uns den alten Kauz ansehen?«, fragte Mark.

»Er ist kein alter Kauz«, herrschte Hannah ihn an.

Mark musste lachen.

Obwohl Old Tom an alle möglichen Geräte angeschlossen war, sah er deutlich besser aus als zuvor.

»Hallo, Alter.« Mark trat an sein Bett.

»Hallo.« Old Toms Stimme war kaum zu hören.

»Wie geht's?«, erkundigte sich Mark.

»Ging schon mal besser.«

»Das glaub ich dir gern.« Mark schmunzelte.

Hannah, der die Tränen übers Gesicht liefen, schob Mark weg, um Old Toms Hand zu ergreifen, aus der eine Kanüle ragte.

»Werden Sie bald wieder gesund«, sagte sie.

»Ja.« Old Tom schloss die Augen.

»Ruhen Sie sich aus.« Hannah küsste ihn auf die runzlige Wange. »Ich hab Sie gern.«

Maddie traten ebenfalls Tränen in die Augen, als sie Hannahs Worte hörte.

Hannah war ins Bett gegangen, und Mark hatte sich gerade verabschiedet. Es war ein mörderischer Tag gewesen, dachte Maddie, als sie mit einem Whisky in einen der Küchensessel sank und das Tagebuch ihrer Mutter in die Hand nahm.

> Haben gestern Abend am Strand das Pfänderspiel gespielt. Durfte P küssen. Das war das erste Mal. Anfangs war's komisch, so einen guten Freund zu küssen, aber auf dem Heimweg haben wir's noch mal probiert. Da wurde es besser.

Der Mieter ist aus Kalifornien und sieht toll aus. Er ist sehr höflich und malt gern am Fluss. Ich hab mich in den Stall geschlichen, um mir seine Bilder anzusehen. Es sind bloß große Farbwirbel drauf, aber in denen konnte ich das Meer spüren.

Maddie fragte sich, ob Helen Williams etwas herausgefunden hatte. Möglicherweise erfuhr Maddie durch dieses alte Heft mehr. Durch die Fotos von Nancy wusste sie immerhin, wie ihre Mutter ausgesehen hatte. Maddie nahm einen Schluck Whisky. Ein Teil von ihr hätte die Seite des Tagebuchs am liebsten so schnell wie möglich gelesen, ein anderer wollte jedes Wort auskosten. Mit geschlossenen Augen stellte sie sich ihre Mutter in Penarvon Cove vor.

Bin stundenlang mit P auf dem Fluss gesegelt. Mit ihm gibt's immer was zu reden. Er liebt Cornwall genauso sehr wie ich, wenn nicht mehr. Vielleicht sollten wir in ein paar Jahren heiraten. Dann müssten wir nicht von hier weg.

Auf der nächsten Seite waren Wasserflecken, so dass Maddie die obere Hälfte nicht lesen konnte.

Ich habe den Tag mit ihm auf dem Denis Head verbracht. Er war so in seine Arbeit vertieft, dass er mich die meiste Zeit gar nicht bemerkt hat. Beim Lunch hat er mich über mein Leben ausgefragt und was ich später mal machen will. Außer Tante Daphne hat mir noch nie jemand zugehört. Wenn er lacht, funkeln seine haselnussbraunen Augen. Das war auch so, als ich ihm gestanden habe, dass ich

Schauspielerin werden möchte. Er hat gesagt, dann müsste ich nach Kalifornien ziehen und Filmstar werden. Ich habe ihm erklärt, dass ich nicht zum Film, sondern auf die Bühne möchte. Da ist er still geworden und hat mich angeschaut, als würde er mich zum ersten Mal sehen.

Maddie stand auf und ging in der Küche auf und ab. Ihre Mutter hatte Theaterschauspielerin werden wollen. Diesen Drang hatte Maddie nicht von ihr geerbt. Sie litt unter schrecklichem Lampenfieber, wenn sie vor Leuten sprechen musste. Maddie setzte sich wieder und wandte sich der nächsten lesbaren Passage zu.

Es war ein sehr heißer Tag, die Bucht menschenleer. Ich wollte so gern schwimmen, hatte aber keinen Badeanzug dabei. Er hatte schon sein Hemd ausgezogen und die Jeans hochgerollt. Ich hab über mein Buch hinweg immer wieder das Wasser angesehen. Irgendwann hat er mir dann versprochen, nicht zu schauen, wenn ich nackt schwimmen gehe. Ich wollte, dass er mitgeht. Mir war es egal, wenn er schaut. Ich wünschte es mir sogar.

Maddie war sich nicht sicher, ob sie diese sehr persönlichen Bekenntnisse lesen sollte. Sie schloss die Augen. Für heute Abend würde sie es gut sein lassen.

11

Der Kurator des Museums, dessen Ansicht nach die Kanonenkugel aus dem Bürgerkrieg stammte, war sehr hilfsbereit gewesen. Solche Kugeln, hatte er gesagt, würden immer wieder mal in Häusern am Helford River gefunden. Außerdem hatte er Maddie gezeigt, wo die Bücher über den Krieg standen, und ihr Tipps gegeben, wie sie mehr über Trevenen und die Penventons herausfinden konnte.

Sie legte den Stapel Bücher aus der Bibliothek auf den Fenstersitz und ging zum Kamin. In einem Band über die Geschichte des Helford River war die Rede von Schmugglern, und bei der Lektüre hatte Maddie an das Versteck denken müssen. Dieser Teil des Hauses war irgendwann Ende des achtzehnten Jahrhunderts angebaut und möglicherweise gar nicht von Schmugglern genutzt worden, sondern zur Lagerung von Holz. Gar keine schlechte Idee, dachte sie. Der Winter stand vor der Tür, und sie würden Vorräte anlegen müssen, um das Haus warm zu halten.

Ein leises Klicken, und die Tür öffnete sich einen kleinen Spalt. In dem dunklen, schmalen Eingang hing eine Spinne, die sich hastig ihren Faden hinaufhangelte. Als Maddie das Versteck betrat, funktionierte die Taschenlampe nicht. Sie erstarrte. Ihr brach der Schweiß aus. Sie hatte das Gefühl, dass etwas sie berührte, konnte jedoch nichts erkennen.

Sie bildete sich Dinge ein. Maddie wich zurück und ließ sich erneut auf dem Fenstersitz nieder. Dabei fielen die

Bücher herunter, und das Geräusch hallte in der Stille des Raums wider. Maddies Herz schlug wie wild.

In Trevenen gab es keine Gespenster. Das Haus fühlte sich gut an. Maddie versuchte, die Falten in dem abgewetzten Samt des Sitzkissens mit den Fingern zu glätten. Die alten Geschichten aus den Büchern hatten sie nervös gemacht, das war alles. Und was sie hörte, war der Wind, der durch die undichte Stelle im Kamin blies.

Maddie legte die Bücher wieder auf die Fensterbank und warf einen letzten Blick auf die Holzverkleidung am Kamin. Wenn die Maus nicht gewesen wäre, hätte sie die Öffnung nie bemerkt. Sie beschloss, nach draußen zu gehen und Luft zu schnappen.

Im Garten strich eine kalte Brise über ihr Gesicht. Ihre Fantasie ging mit ihr durch, und ihre Albträume schwappten in das Tagesgeschehen über. Zur Beruhigung machte sie einen kurzen Spaziergang.

Als sie in das Haus zurückkehrte, redete sie sich selbst zu: »Es gibt keine Gespenster.« Aber sie war nach wie vor nicht hundertprozentig überzeugt. Den Blick auf das Foto der Penventon-Frauen an der Wand gerichtet, fuhr sie fort: »Und keine bösen Geister, nur gute.«

Vor dem Restaurant in Manaccan wischte Maddie sich die feuchten Hände an ihrem Rock ab, bevor sie die Tür öffnete. Es bestand kein Grund nervös zu sein. Sie ließ den Blick über den Raum wandern. Gunnar war noch nicht da. »Hallo. Sie haben einen Tisch auf den Namen Gunnar Karlsson reserviert.«

»Ja. Möchten Sie zuerst etwas an der Bar trinken oder lieber gleich an den Tisch gehen?«, fragte die junge Frau.

»An den Tisch.« Maddie spielte an den Fransen ihres

Tuchs herum, während sie der Kellnerin durch den vollen Raum folgte. Als sie auf den Stuhl sank, spürte sie, wie müde sie war. In den vergangenen Tagen hatte sie viel über Gunnar, Mark und Old Tom nachgedacht und war tagtäglich mit Hannah im Krankenhaus gewesen. Tom ging es besser, und mit ein bisschen Glück war er an Weihnachten zu Hause.

Weihnachten. Sie betrachtete den Weihnachtsschmuck in dem Lokal. Ein Jahr zuvor hatte John um diese Zeit noch um sein Leben gekämpft. Weihnachten erinnerte Hannah sicher an alles. Wie sollte Maddie mit ihrem Leid umgehen? Wie konnten sie das Fest feiern, sich an John erinnern und trotzdem ihr Leben weiterführen?

Als sie gedankenverloren den Blick hob, sah sie Gunnar hereinkommen. Das flackernde Licht ließ seine Haare glänzen. Maddie konnte kaum glauben, dass sie mit diesem attraktiven Mann verabredet war.

»Schön, dich zu sehen.« Gunnar begrüßte sie mit einem Kuss.

»Danke.«

»Die letzten Tage waren hektisch. Und bei dir?«, erkundigte er sich.

»Genauso. Ich habe viel Zeit bei einem Freund im Krankenhaus verbracht.«

»Klingt nicht gut.«

»Nein, aber er hatte Glück im Unglück. Wie sind die Filmarbeiten letzte Woche gelaufen?«

Maddie, die im Kerzenlicht fasziniert die dunkelblauen Flecken in seinen Augen betrachtete, bekam kein Wort von dem mit, was er erzählte. Nach einer Weile bestellten sie. Maddie ließ das Tuch von ihren Schultern gleiten und beugte sich vor.

»Hast du gemalt?«

»Nein, im Moment würde ich im Stall erfrieren. Dort gibt es praktisch keinen Schutz gegen die Kälte. Im Haus ist es auch nicht viel besser. Ich habe nur an ein paar kleinen Aquarellen in der Küche gearbeitet.«

»Dem einzigen warmen Raum.«

»Ja. Mark hat uns Heizlüfter geliehen, damit Hannah und ich wenigstens in der Nacht nicht frieren.«

»Mark? Ist das der Mann, dem wir letztes Mal begegnet sind? Bist du gut mit ihm befreundet?«

»Ja.« Maddie richtete sich auf, als das Essen kam.

»Das ist nett von ihm.«

»Ja.« Mark war in der Tat zu allen nett, ohne sich auf einen einzelnen Menschen einzulassen.

»Dein Schlafzimmer ist also im Moment nicht zu kalt?«

Maddie wurde rot. Würde er mit zu ihr kommen? Wenn sie den Ausdruck in seinen Augen richtig deutete, würden sie möglicherweise den Heizlüfter abschalten müssen. War sie dazu schon bereit?

»Es ist erträglich.«

Er lächelte.

»Darf ich Ihnen die Dessertkarte bringen?«, fragte die Kellnerin, die wie aus dem Nichts aufgetaucht war.

»Nach dem wunderbaren Essen?« Maddie klopfte auf ihren Bauch. »Nein, danke. Hast du noch Platz für was Süßes?«

»Wollen wir uns ein Schokoladenfondant teilen?«, fragte er.

Wenn er weiter so lächelte, konnte er alles von ihr haben. »Ich probiere ein Löffelchen.«

»Ich hatte gehofft, dich in Versuchung führen zu können«, sagte er grinsend.

»Wirklich nur probieren.« Maddie trank einen Schluck Wein.

Sprach er vom Nachtisch oder von etwas anderem? Gunnar hielt Maddie einen Löffel von dem Dessert, das inzwischen serviert worden war, zum Kosten hin. Die Schokolade umschmeichelte verführerisch ihren Gaumen.

»Genug?«, fragte er.

Genug wovon? Vom Fondant oder von ihm? Maddie versuchte, ihre Gedanken zu ordnen.

»Ja.« Sie leckte sich lächelnd die Lippen.

»Bist du mit dem Auto da?«, erkundigte er sich.

»Nein, ich hab mich herbringen lassen. Würde es dir etwas ausmachen, mich heimzufahren?«

»Nein, gern.«

Draußen durchnässte der Regen Maddie bis auf die Haut, bevor sie den Wagen erreichte. Die Fenster beschlugen, so dass die Weihnachtslichter wie riesige glühende Bälle wirkten. Sie wusste nicht, wie sie den Aufruhr in ihrem Kopf und Körper deuten sollte, denn sie hatte einfach keine Übung mehr in der Kunst der Verführung.

»Ist deine Stieftochter zu Hause?«, erkundigte er sich, während er den Wagen vorsichtig durch die schmalen Straßen lenkte.

»Noch nicht, glaube ich. Diese Woche war sie jeden Abend unterwegs. Ferien. Fährst du Weihnachten nach Hause?«

»Ja. Meine Mutter ist allein, und meine Brüder schaffen's nicht, sie zu besuchen, also fahre ich am Freitag. Vorausgesetzt, das Wetter spielt mit.«

»Angeblich soll es stürmisch werden.« Maddie hielt Ausschau nach Hannah. Keine Spur von ihr. Sie konnte Gunnar also guten Gewissens hineinbitten.

»Kaffee?«

»Ja, gern.«

Maddie eilte durch den strömenden Regen zur Tür.

»Schrecklich, das Wetter. Noch ein bisschen kälter, und es schneit.« Sie schüttelte ihren Mantel aus und hängte ihn zum Trocknen an die Rückseite der Küchentür.

»Ich kann mir diese Landschaft hier nicht im Schnee vorstellen.« Sein Kopf reichte fast bis zu den Deckenbalken.

»Ist wahrscheinlich ganz anders als in Norwegen.« Sie trat an den warmen Herd. »Kaffee, Tee, Brandy?«

»Brandy klingt gut.«

»Ja.« Sie schlüpfte an ihm vorbei ins Wohnzimmer, wo die alkoholischen Getränke auf einem alten Butlertablett standen. Die Fenster trugen einen Frostschleier, und durch den Kamin zog es wie Hechtsuppe. Als ihr Blick auf die Holzverkleidung fiel, lief ihr unwillkürlich ein Schauer über den Rücken.

Sie schenkte den Brandy ein und kehrte nervös zu Gunnar zurück, der in dem Sessel beim Herd völlig entspannt in einem Country-Living-Magazin blätterte. Als er aufstand, fühlte sie sich neben seinen fast zwei Metern ziemlich klein. John war nur etwa drei Zentimeter größer als sie gewesen. Sie runzelte die Stirn. Warum musste sie ausgerechnet jetzt an John denken?

»Danke.« Gunnars Finger verweilten kurz auf den ihren, als sie ihm das Glas reichte. »Cheers!« Er blickte ihr tief in die Augen und prostete ihr zu. Ihr Herz setzte einen Schlag aus.

Jetzt hätte sie sich ein Sofa in der Küche gewünscht; das wäre bequemer gewesen. Eine Windbö erschütterte das Haus, und ein Blatt Papier wurde durch die Luft gewirbelt. Als Maddie es aufheben wollte, stieß sie mit Gunnar zusammen.

»Sorry.«

»Kein Problem.« Die Hand, mit der er sie aufgefangen hatte, blieb auf ihrem Arm.

Ihr Atem ging flacher. Sie waren nur noch wenige Zentimeter voneinander entfernt. Nein, es war zu früh. Johns Bild tauchte vor ihrem geistigen Auge auf. Doch während ihr Kopf sie zur Zurückhaltung ermahnte, bewegte sich ihr Körper näher an Gunnar heran, und sie schloss die Augen. Seine Lippen berührten ganz leicht die ihren. Verlockend! Gunnars Hände wanderten von ihren Armen zu ihrem Rücken. Sie lehnte sich an den Tisch. Seine Finger glitten über ihr Rückgrat, während sein Mund kleine Küsse auf ihre Wange hauchte.

»Was, zum Teufel, läuft hier?«, durchdrang Hannahs schrille Stimme den Nebel in Maddies Gehirn.

»Hannah!« Maddie versuchte, sich von Gunnar zu lösen, doch der Tisch in ihrem Rücken hinderte sie daran. »Das ist Gunnar Karlsson.«

Gunnar richtete sich zu seiner vollen Größe auf, so dass Hannah neben ihm aussah wie eine Siebenjährige, und streckte ihr die Hand hin.

»Soll das ein Scherz sein?« Hannah lachte.

»Hannah!«, herrschte Maddie sie an.

»Hallo, Hannah. Ich bin ein Freund deiner Mutter«, erklärte Gunnar.

Hannah verschränkte die Arme vor der Brust. »Sie ist nicht meine Mutter.«

Gunnar wandte sich zu Maddie um.

»Das ist Haarspalterei, Hannah.« Maddie versuchte, ruhig zu bleiben.

»Nein. Du bist nicht meine Mutter.«

»Gott sei Dank«, murmelte Maddie.

Hannah bedachte Gunnar mit einem finsteren Blick. »Sie ist meine Stiefmutter.«

»Verstehe, aber immer noch deine Mutter.« Gunnar trat näher an Hannah heran.

»Sie haben keine Ahnung.« Hannah drehte sich um und marschierte aus der Küche.

Maddie sank gegen den Tisch.

»Oh, là, là!«

Maddie, die spürte, wie ihre Energie schwand, nickte. »Allerdings.«

»Ist wahrscheinlich das Beste, wenn ich jetzt gehe. Ich ruf dich vor dem Abflug noch mal an.«

»Das wäre nett.« Sie fragte sich, wie aus heißer Leidenschaft so schnell kühle Distanz hatte werden können. Gunnar küsste sie auf die Stirn. Die Tränen zurückhaltend lächelte sie ihn an.

»Ich begleite dich zum Wagen«, sagte sie.

»Bei dem Wetter?« Er strich ihr sanft über die Wange. »Nein, ruh dich lieber aus, Madeline.«

»Ja.« Sie nickte. »Frohe Weihnachten.«

Und schon war er weg.

Maddie starrte die leere Küche an, nahm das Tagebuch ihrer Mutter, ging nach oben und legte sich damit ins Bett. Die Ränder des Papiers waren vergilbt und rochen modrig. Maddie zog die Bettdecke enger um sich und rückte das Kissen zurecht, bevor sie in die Welt ihrer Mutter eintauchte. Die Flüssigkeit war durch mehrere Seiten gesickert, so dass Maddie nicht allzu viel von dem nächsten Eintrag entziffern konnte.

Ich habe mich ausgezogen und bin zum Wasser gelaufen. Sein Blick war auf mir, das habe ich gespürt. Nie zuvor hab ich mich so lebendig gefühlt. Meine Haut prickelte, als ich mich ins kalte Wasser stürzte. Es dauerte nicht lange, bis ich ihn neben mir spürte. Er war mit langen, kräftigen Zügen zu mir, zu den Felsen herausgeschwommen. Er fand das Wasser zu kalt, mir war es gerade recht. Er ist perfekt.

Maddie blinzelte. Nach dem Pfänderspiel hatten sich die Dinge offenbar weiterentwickelt. Danach folgten fast eine Woche lang keine Einträge mehr.

Der Schulbus ließ sie am oberen Ende der Straße heraus, wo Will auf sie wartete. Hannah begrüßte ihn mit einem Lächeln, und er nahm ihr den Rucksack ab.

»Endlich frei«, sagte Hannah.

»Nicht lange.« Er lachte.

»Reib's mir nur unter die Nase, dass deine Ferien länger sind als meine.« Sie tippte auf seinen Arm.

»Schließlich geben meine Eltern ein Vermögen dafür aus, dass ich weniger in die Schule muss.«

Als er ihre Hand nahm, bekam Hannah weiche Knie, weil sie wusste, dass er, sobald sie den Schutz der kleinen Straße erreicht hätten, seine Tasche fallen lassen und sie küssen würde. Fast lohnte es sich, dafür in die Schule zu gehen.

»Redest du wieder mit Maddie?«, erkundigte er sich.

»Nein.« Musste er die Magie des Augenblicks zerstören, indem er ihren Namen erwähnte?

»Ich glaube, du gehst zu hart mit ihr ins Gericht.«

»Was weißt du schon? Sie ist eine Schlampe. Gestern Abend hat sie's mit dem blonden Typen praktisch auf dem Tisch getrieben.« Hannah verzog angewidert das Gesicht.

Seine Augen leuchteten. »Tatsächlich?«

»Hat jedenfalls so ausgeschaut.« Sie wollte sich von Will lösen, doch er hielt sie fest.

»Sollen wir's auch mal miteinander probieren?«, fragte er.

»Das hättest du wohl gern, was?« Sie stieß ihn in die Rippen.

»Ja, schon.«

»Träum weiter, mein Lieber.« Sie lachte.

»Okay, okay.« Will zog sie in seine Arme, küsste ihren Hals und drückte sie gegen eine Mauer. Als sie seine Erektion spürte, genoss sie das Gefühl der Macht über ihn, und als seine Zunge die ihre umspielte, begann die Welt sich zu drehen.

»Wenn du die Zunge aus ihrem Hals nimmst, Kumpel, könnt ihr bei mir mitfahren«, sagte Fred, der neben ihnen hielt, durch das geöffnete Wagenfenster.

Kalte Luft kühlte Hannahs erhitzten Körper, als Will sich aufrichtete. Sie zog ihr Top herunter, unter das er die Hand geschoben hatte. Will nahm ihren Rucksack, und Hannah kletterte ins Auto.

»Mum hat gesagt, ich soll euch mitnehmen, weil Maddie nach Truro gefahren ist, Old Tom abholen. Dein Handy war aus.« Fred fuhr los.

»Was ist Sache?« Hannah beugte sich so weit vor, wie der Sicherheitsgurt es erlaubte.

»Wir fahren zu Old Toms Haus und helfen Mum, alles für ihn herzurichten.«

»Prima.« Hannah streichelte geistesabwesend die Haare

in Wills Nacken, während sie die Landschaft betrachtete, die draußen vorbeizog. Leider herrschte kein Frost mehr. Weihnachten ohne richtige Kälte war kein richtiges Weihnachten, fand sie.

Als sie durch die Küchentür des Cottage traten, hörten sie Tamsins Stimme.

»Was hast du gesagt, Mum?«, fragte Fred und sah in den Kühlschrank.

»Komm mal her, Fred. Ich brauche deine Hilfe«, rief Tamsin.

Hannah eilte ins Wohnzimmer, wo Tamsin sich mit einem Baum abmühte. Hannah stellte ihn aufrecht hin.

»Danke. Fast wäre er umgefallen. Ist Will auch da?«, fragte Tamsin.

»Ja.«

»Was treiben die Jungs?«

»Sie jagen und sammeln«, antwortete Hannah.

»Typisch.« Tamsin richtete sich auf. »Jetzt müsste der Baum halten. Das Haus soll weihnachtlich aussehen für Old Tom.«

Hannah blickte sich um. »Super. War's eine Putzorgie?«

»Schon. Jetzt müssen die Jungs nur noch das Bett ins Esszimmer tragen und den Tisch in die Werkstatt.«

»Viel Glück.« Hannah hatte nicht das Gefühl, dass die beiden ihr den Gefallen tun würden.

»Hab ich mir schon gedacht, dass die keine große Lust haben anzupacken. Aber ich hab eine Geheimwaffe im Wagen, einen Schokoladenkuchen. Fred hat fast das Haus auseinandergenommen, weil er den finden wollte.«

Hannah folgte Tamsin in die Küche. Der Wasserkessel stand auf dem Herd, die Kekse lagen auf dem Tisch, und die Jungen lümmelten auf den Stühlen.

»Auf, ihr zwei. Glaubt ihr vielleicht, ich hätte euch zum Teetrinken herbestellt?« Tamsin hob eine Augenbraue.

»Muuum«, jammerte Fred.

»Ich brauche Hilfe. Los, an die Arbeit.«

»Ich brühe den Tee auf«, erbot sich Hannah, während Fred hinausschlurfte. Will drückte Hannah einen Kuss in den Nacken, bevor er sich ebenfalls auf den Weg machte. Hannah überlief ein wohliger Schauer. Er würde ihr fehlen, wenn er wieder in der Schule war.

Die Teekanne stand an ihrem üblichen Platz. Hannah ließ die Finger darübergleiten, bevor sie, ein Weihnachtslied summend, den Tee aus dem Schrank nahm. Dabei dachte sie an Will. Das, was sie für ihn empfand, war keine Liebe, sondern Lust. Liebe war etwas Wertvolles, damit spielte man nicht, aber bei der Lust ging das, und wow, das machte Spaß.

»Hey, Hannah, kommst du mal?«, riss Fred sie aus ihren Gedanken.

»Ja.« Der Esstisch stand jetzt im Wohnzimmer, gefährlich nahe bei dem Baum, den Tamsin ein Stück wegrückte.

»Schiebst du mal das Sofa zurück? Dann kann der Tisch hierbleiben«, erklärte Fred.

»Klar. Aber ich finde, es ist ein bisschen eng.« Hannah schob die Couch weg.

»Als wir das verdammte Ding aus dem Esszimmer gehievt haben, hätten wir fast Schrammen reingemacht. Wir wollen den Tisch nicht mehr rumtragen als unbedingt nötig.«

»Warum schraubt ihr nicht einfach den Fuß ab? Dann müsste es leichter gehen.« Sie schenkte Fred ein zuckersüßes Lächeln.

»Okay, Schlaumeier, dann schau dir das Scheißding mal von unten an«, brummte Fred.

»Fred, Ausdrucksweise«, ermahnte Tamsin ihn.

»Sorry, Mum.«

Hannah kroch unter den Tisch. Es würde keine zwei Minuten dauern, den oberen Teil zu lösen. Männer! Sie waren einfach zu nichts zu gebrauchen.

Will gesellte sich zu ihr. »Hab mir gedacht, du könntest Hilfe brauchen.«

»Ja?«

Er küsste sie. Vielleicht waren Männer doch nicht ganz so überflüssig.

»Könntet ihr zwei da unten mir, wenn ihr mit dem Knutschen fertig seid, sagen, was wir machen sollen?« Freds Füße tauchten auf der Seite des Tischs auf.

Hannah lachte, und Will schlüpfte hinaus.

»Sie braucht einen Schraubenzieher.«

»Ach, wirklich?«, fragte Fred.

»Kinder, genug jetzt.« Tamsin trat hinter dem Baum hervor.

Hannah wurde rot.

»Ich hol ihn«, sagte sie und kroch unter dem Tisch hervor.

»Soll ich dir helfen?«, erkundigte sich Will, der direkt hinter ihr stand.

»Ja, schenk den Tee ein«, sagte Hannah und ging in die Kälte hinaus.

Marks Wagen stand vor dem Cottage. Mark winkte ihr zu, während er Tüten mit Lebensmitteln aus dem Kofferraum holte. Hannah fragte sich, ob Will genauso groß werden würde wie er. Ihre Ähnlichkeit war bis auf die Augen frappierend. Die von Will waren blaugrün wie die von seinem Dad, der nicht aus Cornwall stammte. Hannah wusste, dass sie selbst überhaupt nicht kornisch aussah. Ihre blonden Haare und blauen Augen wirkten eher englisch als keltisch. Sie hatte Ähnlichkeit mit ihrem Dad. Glaubte sie zumindest, denn sie hatte keine Fotos von ihrer Mutter. Nach der Trennung hatte ihr Dad alle Bilder von ihr vernichtet. Leider, dachte sie.

Beim Betreten der Werkstatt stieg Hannah ein feuchter Geruch in die Nase, und sie entdeckte Staub auf der Werkbank. Morgen würde sie hier sauber machen. OT wäre sicher enttäuscht, wenn er den Raum so vernachlässigt vorfände.

Als sie die Werkstatt verließ, stieß sie mit Fred zusammen, der Tüten hineintrug.

»Du hast dir den leichtesten Job ausgesucht«, beklagte er sich.

»Ja, stimmt. Das passiert, wenn man Hirn, aber keine Muckis hat.«

»Blöde Kuh«, rief er ihr nach.

Hannah betrat lachend die Küche.

»Ist eine von Malcolms Kühen im Garten?«, fragte Tamsin, die den Kühlschrank einräumte.

»Nein.« Hannah stieß Fred den Ellbogen in die Rippen.

»War nur so eine Bemerkung, Mum«, erklärte Fred grinsend.

»Eine Beleidigung?«, erkundigte sich seine Mutter.

»Mum, du kennst mich wirklich gut. Noch zwei Tüten, dann hab ich's geschafft. Will Mark eine Armee füttern, oder was?«

»Wenn ihr Jungs da seid, reicht's grade mal so«, antwortete Tamsin.

Fred stapfte türenschlagend aus der Küche.

»Wie wird Old Tom das finden, wenn so viele Leute hier durchmarschieren?« Hannah nahm eine Teetasse.

»Ist besser als Fremde im Haus, das hast du selbst zu Maddie gesagt.«

Hannah tunkte einen Keks in den Tee und musterte Tamsin. Sie sah bis auf die modisch kurzen Haare aus, wie man sich eine Mutter vorstellte.

»Wie ernst ist das eigentlich mit dir und Will?«, wollte Tamsin wissen.

»Das ist aber ziemlich direkt.«

»So bin ich eben.« Tamsin zuckte mit den Achseln.

»Wir haben Spaß miteinander, das ist alles.«

»Ferienromanze?«

»Ja, könnte man so ausdrücken.« Hannah hatte sich selbst schon gefragt, was es war.

»Hat mich nur interessiert.«

Hannah stemmte die Hände in die Hüften. »Will Maddie das wissen?«

»Nein. Sie hat kein Wort darüber verloren. Ich höre nur das eine oder andere von den Jungs.«

»Und was sagen die?« Hannah lehnte sich an die Arbeitsfläche.

»Dass ihr miteinander geht und viel Zeit miteinander verbringt.«

»Und das ist schlecht?«

»Überhaupt nicht. Ich bin nur neugierig.«

»Dann ist's ja gut.« Hannah lächelte.

»Sie helfen ihm beim Anziehen. Es wird nicht lange dauern, Mrs Hollis. Nehmen Sie doch Platz. Ich rufe Sie dann.« Die Schwester deutete auf die leeren Stühle im Wartebereich. Als Maddie sich setzte, fiel ihr Blick auf das Tagebuch ihrer Mutter in ihrer Handtasche. Sie nahm das Handy heraus und wählte Helens Nummer.

»Hi, Helen, ich bin's, Maddie Hollis.«

»Ich hab gehört, Sie helfen Old Tom Martin.«

Maddie lächelte. »Ja, stimmt. Ich wollte fragen, ob es Ihnen gelungen ist, mehr über Nancy und Petroc herauszufinden.«

»Nicht allzu viel, meine Liebe. Das ist lange her; die Erinnerungen verblassen.«

»Wie wahr.«

»Tristan ist gerade hier. Sprechen Sie doch mit ihm.«

Maddie schluckte. »Das kann warten.«

»Was kann warten?«, fragte eine tiefe Männerstimme.

»Sorry, Tristan, das ist mir jetzt peinlich.«

»Was?«

»Es könnte sein, dass Ihr Vater Petroc …« Maddie schwieg.

»Dass mein Vater was …?«, hakte er nach.

»Es ist nur eine Vermutung, aber meine Mutter ist bei der Geburt gestorben, und Ihr Vater und meine Mutter …« Maddie schwieg.

»Wollen Sie andeuten, dass Petroc Ihr Vater sein könnte?«

Maddie verkrampfte sich. »Ich weiß es nicht, aber die Theorie erscheint mir plausibel.«

Schweigen am anderen Ende der Leitung. Maddie hielt den Atem an. Sie hatte sich informiert. Ein DNS-Test war teuer und garantierte keine eindeutigen Resultate für Geschwister.

»Ich verstehe nicht, was das mit mir zu tun hat.«

»Letztlich nicht viel.« Maddie kaute auf ihrer Unterlippe. »Nach all den Jahren würde ich nur gern wissen, wer ich bin.«

Er lachte trocken. »Würde uns das nicht alle interessieren?«

12

Die Lichter spiegelten sich in dem Weihnachtsflitter im Pub, in dem es von Leuten wimmelte. Maddie sank auf die Bank beim Kamin. Noch ein Tag bis Heiligabend. Trotz der Weihnachtslieder überall hatte sie gar nicht richtig wahrgenommen, dass das Fest nahte, und bei all den Aufregungen nicht die Energie zum Fröhlichsein gehabt. Nicht einmal die erstaunliche Verwandlung von Toms Haus durch Tamsin und die Jungs hatte sie in Weihnachtsstimmung versetzt.

»Euer Wein, meine Lieben. Den habt ihr euch verdient.« Anthony stellte eine Flasche auf den Tisch und entfernte sich.

»Allerdings.« Tamsin zog die Flasche näher heran.

Maddie sah zu Mark hinüber, der an der Bar lehnte. Unwillkürlich wanderte ihr Blick von seinen Beinen über seinen Po zu seinen Schultern hinauf. Seine starken Hände, die Old Tom so sanft ins Haus geholfen hatten, wölbten sich nun um ein Bierglas. Eine Frau gesellte sich zu ihm.

»Na, was geht in deinem Kopf vor?«, fragte Tamsin.

Maddie wurde rot. »Ach, nichts Wichtiges.«

»Du hast Marks Arsch angestarrt, also kann's nichts Wichtiges gewesen sein.«

»Tamsin, du bist wirklich unmöglich.« Maddie schaute wieder zur Bar hinüber. Die Frau war in der Menge verschwunden, Mark mit seinem Bier allein.

»Ist nur eine Feststellung. Er hat einen tollen Hintern«, sagte Tamsin.

»Hat Anthony eigentlich was dagegen, wenn du die Hintern anderer Männer anschaust?«

»Ich habe nichts dagegen, wenn er anderen Frauen nachguckt, also sind wir quitt.«

Maddie nahm lachend einen Schluck Wein. Bei ihrem letzten Pubbesuch hatte sie Gunnar aus Norwegen kennengelernt. Mark hingegen gehörte hierher, die Gegend hatte ihn geformt. Und gar nicht schlecht.

»Du starrst ihn schon wieder an«, stellte Tamsin fest.

»Nein, ich versuche die Speisekarte hinter ihm zu lesen.«

»Unsinn.« Tamsin schmunzelte.

Anthony trat zu ihnen und verstellte Maddie den Blick. »Meine Damen, haben Sie gewählt?«

»Maddie weiß, was sie will.« Tamsin verkniff sich ein Lachen.

»Wieso habe ich das Gefühl, dass ihr Geheimnisse vor mir habt?«, fragte er.

»Meine Bestellung wäre kein Geheimnis«, sagte Tamsin grinsend.

Anthony legte den Kopf ein wenig schief. »Was möchtest du, meine Liebe?«

»Abgesehen von dir? Das Steak.« Tamsin ließ die Hand über Anthonys Oberschenkel gleiten.

»Gut, und du, Maddie?«, fragte er.

»Den Fisch, danke«, antwortete Maddie.

»Will keiner den Truthahn?« Anthony wartete.

»Von dem kriegen wir an Weihnachten noch genug«, sagte Tamsin.

»Truthahn kann man nie genug bekommen.«

»Am fünften Weihnachtstag bist du anderer Meinung, das prophezeie ich dir.« Tamsin sah ihm nach. »Männer ...«

Maddie musterte ihre Freundin. »So angriffslustig heute?«

»Bin ich das?«

»Ja.«

»Das muss an der Weihnachtszeit mit den ganzen Lichtern und Mistelzweigen liegen.« Tamsin ließ den Blick schweifen.

»Oder am Rotwein?« Maddie strich über ihr Glas.

»Möglich. Aber was für einen Grund hast du? Warst du schon mit dem Wikinger im Bett?«

»Tamsin!«

»Also nein.«

»Hannah ist zu früh heimgekommen.«

Mark wandte sich ihnen zu. Maddie gefielen die Lachfältchen um seine Augen.

»Hat dir die Jugend wieder mal einen Strich durch die Rechnung gemacht«, stellte Tamsin schmunzelnd fest.

»Ja. Sie ist völlig ausgerastet. Dabei haben wir uns nur geküsst.«

»Nur geküsst? Du hattest mehr vor?«

Maddie überlegte. War dem so?

»Vergiss es. Ich mache mir Gedanken über sie. Könnte sein, dass ich mich täusche, aber ich glaube, sie denkt, ich bin ihrem Vater untreu.«

»Du meinst seinem Geist.« Tamsin nahm einen Schluck Wein.

»Darüber bitte keine Witze. Vor dem Kuss mit dem Wikinger habe ich klar und deutlich sein Gesicht vor mir gesehen.«

»Hat er gelächelt oder die Stirn gerunzelt?«, wollte Tamsin wissen.

»Gelächelt.«

Tamsin lehnte sich zurück. »Siehst du; der Geist des verstorbenen Gatten heißt es gut.«

»Was?« Maddie runzelte die Stirn. Dieses Gerede von Geistern ging ihr auf die Nerven. Es erinnerte sie an das gruselige Gefühl, das sie anfangs in Trevenen gehabt hatte. Sie bekam eine Gänsehaut.

»Er möchte, dass du dich küssen lässt. Du könntest es auch mit Mark probieren. Angeblich küsst er sehr gut. Übung genug dürfte er haben.«

»Weißt du das aus persönlicher Erfahrung, oder hat es sich einfach herumgesprochen?«, erkundigte sich Maddie.

»Keine persönliche Erfahrung. Nur hin und wieder ein Küsschen auf die Wange.« Tamsin verdrehte die Augen.

»Klingt, als wärst du darüber traurig.«

»Könnte sein, dass mir was entgangen ist. Ich habe Anthony einfach zu jung kennengelernt.«

»Wenn man euch zwei ein paar Minuten allein lässt, redet ihr gleich wieder über Sex.« Anthony schlüpfte neben seine Frau in die Nische.

»Ach was. Wir haben uns angeregt über Schlammwrestling unterhalten«, erklärte Tamsin.

»Toll. Macht ihr zwei mir das mal vor?«, erkundigte sich Anthony.

Maddie verschluckte sich. »Betreibt das irgendjemand ernsthaft?«

»Wir würden es sogar sehr ernst nehmen«, sagte Mark und setzte sich auf einen Barhocker neben sie.

»Und ihr würdet uns dabei selbstverständlich in knappen Bikinis sehen wollen, oder?«, fragte Maddie Mark.

»Selbstverständlich.« Seine Augen funkelten schelmisch. Er befand sich wieder mal im Flirtmodus, und diesmal war sie auch in Stimmung.

»Je knapper, desto besser«, fügte Anthony hinzu.

»Du mit deiner schmutzigen Fantasie.« Tamsin gab Anthony einen Klaps auf den Arm. »Da kommt das Essen. Ich habe einen Mordshunger.«

»Ich auch«, pflichtete Mark ihr bei, ohne den Blick von Maddie zu wenden.

OTs Schnarchen drang in die Küche, wo Hannah die Pizza in den Ofen schob und überlegte, ob sie einen Salat richten sollte. Wollte sie sich die Mühe machen? Hatte Will überhaupt Lust auf Salat? Er schaute mit einem Bier in der Hand irgendeinen dämlichen Jahresrückblick im Fernsehen. Sie hasste diesen Quatsch. Wer will sich schon an das vergangene Jahr erinnern? Das einzig gute Neue für sie waren Will und OT.

Wills Lachen übertönte fast OTs Schnarchen. Vielleicht hatte OT deshalb nie geheiratet. Wer hielt einen solchen Lärm aus? Gott sei Dank hatte sie nicht die Nachtschicht. Bei dem Lärm würde sie kein Auge zutun. Mark verbrachte über Weihnachten jede Nacht hier. Maddie hatte vorgeschlagen, dass sie und Hannah vorübergehend zu OT zogen, aber wahrscheinlich hatte der Plan mit der Kälte in Trevenen zu tun.

»Brauchst du Hilfe?«, rief Will.

»Nein. Möchtest du einen Salat?«, rief sie zurück.

»Nur dich und die Pizza.«

Hannah lächelte. Ja, genau so sollte das Leben sein. Sie machte es sich auf dem Sofa bequem und kuschelte sich in Wills Arm. »Wann kommt Mark zurück?«

»Hoffentlich noch nicht so bald, damit ich dich länger für mich habe.« Will knabberte an ihrem Ohr.

»Vergiss nicht, dass wir nicht allein sind.«

»Old Tom schläft tief und fest. So wie sich's anhört, kriegt der nichts mit.« Er streichelte ihre Schulter und arbeitete sich nach unten vor.

»Stimmt, aber es könnte peinlich werden, wenn die andern zurückkommen.«

»Meinst du?«

»Ja, sogar sehr peinlich. Hast du deine Eltern je dabei erwischt?«

»Nein, Gott sei Dank nicht. Einmal war's knapp. Und du?«

»Ja. Dad und Maddie haben gebumst wie die Karnickel und gar nicht gemerkt, wie ich ins Zimmer gekommen bin.« Sie verzog das Gesicht.

»Du Arme.«

»Es war krass.«

»Das glaube ich dir gern. Hast du Maddie seitdem noch mal ertappt?«, fragte er.

Hannah zögerte. Mark und Maddie verbrachten wegen OT viel Zeit miteinander. Vielleicht sollte sie ein bisschen Bewegung in die Sache bringen.

»Ja, ich hab dir doch von diesem Gunnar erzählt.«

»Das wird Mark nicht gefallen.« Will nahm einen Schluck Bier.

»Warum sollte den das interessieren?«, fragte Hannah mit Unschuldsmiene. Es lief alles nach Plan.

»Weil er auf sie steht.«

»Ach, tatsächlich?« Hannah spielte mit der Bierflasche in ihrer Hand.

»Ja.«

»Schade. Ich hatte grade angefangen, ihn zu mögen.«

Will sah sie an. »Wieso stört's dich, dass er sich für sie interessiert?«

»Sie ist in Trauer. Es ist noch nicht mal ein Jahr her.« Ihre Hand schloss sich fester um den Hals der Flasche, als sie an ihren Vater dachte und daran, dass Maddie zwei Männern schöne Augen machte.

»Was hast du?« Will runzelte die Stirn.

»Es ist noch nicht genug Zeit vergangen. Vielleicht hat sie Dad auch nie geliebt. Sie sollte noch nichts mit einem andern anfangen. Und Mark sollte die Finger von ihr lassen. Sie zieht die Männer an wie das Licht die Motten.«

Will spielte mit einer Strähne von Hannahs Haaren. »Muss er sowieso, wenn sie was mit dem andern Typ angefangen hat. Ich kann mir nicht vorstellen, dass er gern teilt. Aber er ist eh nicht dafür bekannt, dass er Leute nahe an sich ranlässt. Also würde ich mir keine Sorgen machen.«

»Interessant. Hast du eine Ahnung, warum?«

»Tja ...« Er trank einen Schluck Bier.

»Raus mit der Sprache.« Sie küsste seine Hand.

»Ich weiß auch nicht viel.«

»Sag schon.« Sie ließ ihre Hand über seinen Oberschenkel gleiten.

»Mark war mal verheiratet.«

»Und?« Ihre Finger streichelten ihn ein wenig höher.

»Das war nicht das Problem, sondern das, was danach passiert ist.«

»Erzähl schon.« Ihre Hand verharrte kurz vor seinem Schritt.

Will schluckte. »Er musste zu einem wichtigen Architekturprogramm in die Staaten, und Claire konnte nicht mit.«

»Und?«

»Sie war krank und ist in seiner Abwesenheit gestorben. Und er ist nicht nach Hause gekommen.«

»Puh. Sonderlich bindungsfähig scheint er nicht zu sein, was?«

Will zuckte mit den Achseln. »Wahrscheinlich nicht.«

»Und mit Krankheiten kann er auch nicht so gut umgehen, oder?«

»Keine Ahnung.« Will zupfte am Etikett seiner Bierflasche.

»Und?«

»Mehr weiß ich nicht. Er ist lange mit niemandem mehr zusammen gewesen und hat sich Ewigkeiten von Cornwall ferngehalten.« Will sank in die Kissen zurück.

»Das wundert mich nicht. Warum haben sie ihn überhaupt wiederkommen lassen? Stammte sie aus der Gegend?« Hannahs Hand streichelte weiter seinen Oberschenkel.

»Ja.«

»Aha, er hat seinen Ruf ruiniert.« Sie lachte.

»Könnte man so sagen.« Will sah ihr tief in die Augen.

Hannah lächelte.

»Warum lächelst du?« Er stellte die Flasche weg.

Sie schob ihre Hand ein Stück weiter nach oben und küsste ihn.

»Sch, Kleines, nicht weinen, Mama bringt dir …« Maddie wachte von ihrer eigenen Stimme auf. Ihre Arme waren um ein Kissen geschlungen. Sie setzte sich auf. Halb drei Uhr morgens. Maddie schüttelte den Kopf, um die verstörenden Bilder aus ihren Träumen loszuwerden, doch die wollten nicht weichen. Plötzlich hörte sie das Weinen eines Neugeborenen.

Maddie schlüpfte in ihren Morgenrock und trat ans

Fenster, das innen mit einer dicken Eisschicht überzogen war. Sie hielt den Atem an. Woher kam das Geräusch? Konnte das der Wind sein? Nein, es war eine ruhige Nacht. Sie schluckte.

Gern hätte sie sich im Bett verkrochen und die Decke über den Kopf gezogen, aber ihr war klar, dass das Geräusch ihr keine Ruhe lassen würde.

Die Kälte drang durch den Stoff ihres Morgenrocks, als sie mit einer Taschenlampe ins Wohnzimmer hinunterging. Der Weihnachtsbaum sah aus wie ein großer, im Schatten lauernder Mensch. Maddie knipste das Licht an, schaltete die Lichterkette ein und ließ den Finger über den Lieblingschristbaumschmuck ihrer Mutter gleiten, eine kleine Krippe. Als Maddie das Gesicht der heiligen Maria betrachtete, hörte sie wieder das Weinen. Kein Zweifel: Das war ein Neugeborenes, keine Katze.

Träumte sie? Nein, vor ihrem Mund bildeten sich in der Kälte kleine Atemwolken. Dies war kein Traum und kein Albtraum. Sie war an diesem frühen Morgen des Heiligen Abends aufgewacht, und ein Baby weinte. Entweder das war real, oder sie hatte den Verstand verloren. Mit zitternder Hand schaltete sie die Taschenlampe ein und ging zum Kamin.

Alles in ihr sehnte sich danach, das Baby zu trösten. Mit jedem Schritt wurde das Weinen lauter. Obwohl Maddie wusste, dass in der Nische hinter dem Kamin kein kleines Kind sein konnte, zitterte sie. Wovor hatte sie Angst? Vor ihren eigenen Gedanken? Vor Spinnen? Einer eingeschlossenen Katze? Was meinte sie, dort zu finden? Einen Geist? Ihr Baby?

Sie nahm allen Mut zusammen, betätigte den Riegel und bekreuzigte sich.

Ihre Nackenhaare stellten sich auf, als sie die Taschenlampe durch die Öffnung hielt. Ihre Kehle schnürte sich zu, sie bekam kaum noch Luft. Hier war es kälter als im Wohnzimmer. Obwohl Reif ihre Haut zu bedecken schien, als sie die Nische betrat, brach ihr der Schweiß aus.

Sie zwang sich, mit dem Lichtstrahl die dunklen Ecken auszuleuchten. Nichts. Der Raum schien sich um den Kamin herum auszudehnen. Das Weinen klang fast so, als würde das Baby nach Luft schnappen. Maddie griff sich an den Hals.

Stroh ragte aus den Mauern heraus, und sie konnte die Deckenbalken über sich erkennen. Der Boden bestand aus großen Platten, nicht wie die in der Diele und der Küche, sondern sie erinnerten eher, wie Hannah gesagt hatte, an alte Grabsteine. Maddie ergriff die Flucht.

Und fiel schreiend hin.

13

»Tu mal lieber was aufs Auge«, riet Hannah ihr.

»Ja.« Maddie tastete vorsichtig über die Beule, die sich über ihrem linken Auge bildete.

»Du bist reif für die Klapse. Glaubst du wirklich, du wärst gestolpert, weil du ein Baby weinen gehört hast?« Hannah verdrehte die Augen, nahm eine Packung gefrorener Erbsen aus der Tiefkühltruhe und gab sie Maddie. Maddie war klar, dass es Hannah nicht gefreut hatte, um drei Uhr morgens durch ihren Schrei geweckt zu werden. »Danke, Hannah.«

»Schon okay.« Hannah verließ den Raum vor Kälte zitternd.

Maddie ging, die Packung Erbsen auf dem Auge, in der kalten Küche herum. Ihr Blick fiel auf den Wasserkessel. Kaffee? Warum nicht? Sie war ohnehin hellwach und würde im Tagebuch ihrer Mutter weiterlesen.

> Tante Daphne hat mich im Stall beim Nacktposieren auf einem alten Stuhl erwischt. Sie hat die Stirn gerunzelt und nichts gesagt. Daraufhin wollte er aufhören, aber ich wollte nicht. Mir hat's gefallen, wie er mich anschaut, auch wenn er dabei nicht mich, sondern das Modell sieht. Seine Skizzen sind wie eine Liebkosung.

Was war geschehen? Hatte Nancy sich in den Künstler verliebt? Mehrere Seiten waren aus dem Buch herausgerissen, der Vergilbung nach zu urteilen, nicht erst in neuerer Zeit. Maddie vermutete, dass ihre Mutter für den Künstler Modell gestanden hatte und nicht für Petroc. Mit ihren langen Gliedern und den klaren Zügen war Nancy das perfekte Modell gewesen.

Ich will ihn. Er ist so schön mit seinen Ringellocken und den von der Sonne gebräunten Armen. Ich möchte seine Muskeln spüren, die ich im Wasser gesehen habe. Wie soll ich ihn dazu bringen? Ich liebe ihn und möchte, dass er meine Liebe erwidert.

War hier von Petroc die Rede? Maddie rieb sich die Stirn. Tristan hatte keine Locken, und von Petroc kannte sie nur Altersfotos. Ihre Nachforschungen hatten sie zu seinen Büchern über Gartengeschichte geführt, in denen sie in der hinteren Umschlagklappe das Bild eines gepflegten grauhaarigen Gentlemans entdeckt hatte. Über sein Aussehen in der Jugend wusste sie nichts. Zu Beginn des Sommers hatte Nancy an Petroc gedacht, und jetzt?

Ich hab eine Flasche Wein aus dem Schrank genommen und bin raus zu ihm an den Fluss. Die Sonne ging schon über den Hügeln unter. Ich wollte, dass alles perfekt war, und wusste, was ich tun musste. Von einem älteren Mädchen kannte ich die Einzelheiten. Er ist der Richtige für mich, ich liebe ihn. Er ist nicht wie diese pickeligen Jungs in London.

Maddie schluckte. War sie bei einer Flasche Wein am Fluss gezeugt worden? Sie drückte die Packung Erbsen an ihr Auge.

> Ich hätte nicht gedacht, dass es wehtut. Beim zweiten Mal war's nicht mehr so schlimm. Sein Körper ist so schön. Ich möchte ihm sagen, wie sehr ich ihn liebe, weiß aber noch nicht, wie. Vielleicht kann ich mich heute Abend, wenn Tante Daphne schläft, zu ihm schleichen.

Maddie schloss die Augen. Das war der letzte Eintrag in dem Tagebuch.

Maddie hätte nicht auf Tamsin hören sollen. Ein Kirchenbesuch war nicht das, was sie am Heiligabend brauchte. Beim Klang der Orgel schlüpfte sie zur Tür hinaus und holte tief Luft. In der Kälte zog sich ihre Brust zusammen, und ihre Hände ballten sich unwillkürlich zu Fäusten. Seit Johns Beisetzung war sie in keiner Kirche mehr gewesen.

Bilder der kleinen gestrickten Schafe aus der Krippe verschwammen vor ihren Augen; sie musste sich an einem Grabstein abstützen. Warum war der Schmerz fast ein Jahr nach Johns Tod immer noch so stark? Das Kreischen der Kinder in der Kirche ging ihr durch Mark und Bein.

»Alles in Ordnung?«, erkundigte sich Mark. Wie lange stand er schon bei ihr?

»Ja, danke.« Sie schluckte.

»Sicher? Du siehst blass aus und hast ein ganz schönes Veilchen.«

Der Sturz vom Morgen … »Alles okay, danke. Hast du

Hannah gesehen?« Maddie bemühte sich, ruhig zu klingen.

»Ja, sie redet mit meiner Schwester.«

Maddie hob fragend eine Augenbraue.

»Wills Mutter.« Mark nahm sie am Ellbogen und schob sie von den Leuten weg, die die Kirche verließen. »Soll ich dich zu Tamsin mitnehmen?«, erkundigte er sich.

»Ich bin selber mit dem Wagen da.« Sie wandte sich von ihm ab. »Ich muss sehen, was Hannah macht. Keine Ahnung, was sie vorhat.«

»Weißt du das denn je?« Er legte eine warme Hand auf ihren Arm.

»Nein.« Maddie ließ seufzend den Blick über die Gläubigen schweifen. »Sie sammelt da drüben die Liedtexte ein. Wer hätte das gedacht?«

Er nahm die Hand von ihrem Arm, und sie ging gegen den Strom in die Kirche. Als sich ihre Brust wieder zuschnürte, zwang sie sich, tief durchzuatmen und sich ins Gedächtnis zu rufen, dass die Kirche von Manaccan völlig anders aussah als das schlichte moderne Gotteshaus in London. Nur nicht reinsteigern, dachte sie. Gott würde sie schon nicht gleich mit einem Blitz niederstrecken. Obwohl ihr das gar nicht so unrecht gewesen wäre.

»Hannah.«

Hannah hob den Blick von den Liedtexten.

»Alles in Ordnung?«, fragte Maddie sie. Hannah starrte sie an, als hätte sie den Verstand verloren. »Soll ich dich mitnehmen?«

»Nein.« Hannah wandte sich einer grauhaarigen Frau zu.

Maddie hastete mit gesenktem Kopf aus der Kirche, um ihre Tränen zu verbergen. Der Klang fröhlicher Stimmen erfüllte die Luft, als sie an der Autotür rüttelte. Verdammt. Verdammte Hannah Hollis.

Im Wagen ließ sie den Tränen freien Lauf. Keiner sollte mitbekommen, wie Hannah an ihrem Nervenkostüm kratzte. Es war Hannahs und Johns Schuld. Für sie hatte sie genau das gemacht, was niemals zu tun sie geschworen hatte, und nun musste sie sich von Hannah auslachen lassen. Ihrer Mutter Nancy hatte diese Möglichkeit ebenfalls freigestanden, aber sie hatte sie nicht ergriffen.

Ihr Handy gab einen Piepston von sich. In der Kirche hatte sie einen Anruf von Gunnar verpasst. Weil sie im Moment nicht mit ihm reden wollte, schickte sie ihm eine SMS.

> Wünsch dir fröhliche Weihnachten. Freu mich schon auf ein Wiedersehen.

Kinder zogen »We Wish You a Merry Christmas« singend an ihr vorbei. Maddie versuchte laut schluchzend ihren Schmerz zu verdrängen. Bei der Heirat mit John hatte sie gedacht, sie würde irgendwann einmal selbst Kinder haben. Jetzt hatte sie eine Stieftochter, die sie hasste. Was war falsch gelaufen? Es gelang ihr nicht mehr, das überwältigende Gefühl der Abneigung gegenüber dem Teenager in den Griff zu bekommen. Hatte Hannah ihren Hass von Anfang an gespürt? Maddie schlug mit der flachen Hand gegen das Lenkrad. Sie musste loslassen und sich mit ihrem jetzigen Leben anfreunden.

Tamsins Gäste amüsierten sich bei funkelnden Lichtern hinter angelaufenen Fenstern. Maddie straffte die Schultern und trat ein. Mit ein bisschen Glück konnte sie sich in eine dunkle Ecke verziehen. Weihnachtslieder dröhnten aus den Lautsprechern, und jemand drückte ihr ein Glas in die Hand. Entspann dich, Maddie, dachte sie. Hier drin war so viel los, dass sie überhaupt nicht auffiel. Sie zog den Mantel aus und trank einen Schluck. Mark nahm ihr den Mantel ab.

»Nicht, was du erwartet hattest?«, fragte er.

»Nicht ganz. Wie viele Leute sind da?« Maddie ließ den Blick über die Menge schweifen.

»Viele. Manche schauen nur kurz vorbei. Das ist so Brauch hier.«

»Das sehe ich. Genauso viele junge wie alte Leute.«

»Stimmt. Hannah war schon vor uns da.« Mit einem Blick auf ihren Mantel sagte er: »Den bringe ich nach oben.«

»Danke.« Während Maddie auf der Suche nach Tamsin in die Menge eintauchte, überlegte sie, wie lange sie bleiben musste, bevor sie sich unauffällig wieder davonmachen konnte. Ihre Freundin hatte sich viel Mühe gegeben, und sie wollte sie, obwohl sie nicht in Feierlaune war, nicht enttäuschen. Warum war sie nicht einfach bei Tom geblieben? Das hätte eher ihrer Stimmung entsprochen.

Maddie schob sich in die Küche, wo auf allen verfügbaren Oberflächen Häppchen standen. Tamsin zog gerade den Kopf aus dem Ofen.

»Könntest du das Tablett rausbringen und irgendwo einen Platz dafür suchen?«, fragte Tamsin.

»Klar. Frohe Weihnachten übrigens.« Maddie küsste Tamsin auf die Wange.

»Was ist denn mit deinem Auge passiert?«

»Das erzähl ich dir später.« Maddie brachte das Tablett ins andere Zimmer, wo sie einen freien Tisch fand. Dann zog sie sich an eine Tür zurück, von wo aus sie das Treiben im Raum ungestört verfolgen konnte. Hier war es dunkel, und solange nicht jemand auf die Toilette musste, fiel sie niemandem auf.

Auf der anderen Seite des Zimmers war Mark ins Gespräch mit einer hübschen Frau vertieft. Als er Maddies Blick bemerkte, lächelte er. Sie erwiderte sein Lächeln und wandte ihre Aufmerksamkeit einem Bild an der Wand zu, einem fein gearbeiteten Aquarell von Trelowarren House aus dem neunzehnten Jahrhundert.

»Versteckst du dich?«, fragte Mark, der zu ihr getreten war.

Maddie hob erschrocken den Kopf. Er stand sehr nahe bei ihr.

»Wie bitte?« Sie schob eine Haarsträhne hinters Ohr.

»Du bist irgendwie merkwürdig.«

»Findest du?«

»Ja. Willst du darüber sprechen?«

Maddie verzog das Gesicht.

»Kein Problem. Ich bin da, wenn du mich brauchst.«

»Danke.«

»Los, Mann, sonst mach ich's für dich. Die schöne Frau steht direkt drunter«, forderte ein ziemlich korpulenter Mann, der hinter Mark stand, ihn auf. Maddie sah zuerst ihn, dann Mark an.

»Nicht nötig, das erledige ich schon.«

Mark beugte seinen Kopf belustigt zu ihr herunter. Maddie öffnete überrascht den Mund. Bevor sie etwas sagen konnte, berührten seine Lippen die ihren.

»Und jetzt bitte ein Stück näher zusammenrücken, damit ich aufs Klo kann.«

Marks Körper wurde gegen den ihren gedrückt, und

sie spürte seine Brust an ihrem Busen. Sein Kuss wurde leidenschaftlicher; sie schmeckte Zimt und Glühwein. Alle Gedanken daran, wo sie sich befanden, verflüchtigten sich.

»Bravo. Die Altvorderen wissen also auch noch, wie's geht«, erscholl Freds Stimme. »Könntet ihr zwei vielleicht woanders knutschen? Oben gibt's ein paar freie Zimmer, aber wir haben nur den einen Mistelzweig, und ich hätte da ein Mädchen, das auf einen Kuss wartet.«

Mark löste sich so von Maddie, dass sein Körper den Blick auf sie verdeckte. Als sie das Lachen im Raum hörte, wäre sie am liebsten im Erdboden versunken.

»Na, Mark, du alter Schwerenöter?«, scherzte eine Frau, die Maddie nicht kannte.

»Tja, ich lasse keine Gelegenheit aus.«

Maddie spürte jede Bewegung von Marks Brust, obwohl sich ihre Körper nicht mehr berührten. Ihr Atem ging flach, sie hatte weiche Knie und kam sich ziemlich albern vor. Mark hatte sie unter dem Mistelzweig geküsst, und sie stellte sich an, als wäre die Welt aus den Fugen geraten. Sie schaute ihn an. Er wirkte gelassen wie immer.

Der korpulente Mann, der sie beiseitegeschoben hatte, kam zurück. Maddie tauchte hastig in die Menge ein und stieß mit Hannah zusammen.

»Hat's Spaß gemacht, du blöde Kuh?«

»Hannah!«

»Was hast du bloß für ein Problem?« Hannah schwankte.

»Zum Beispiel, dass du betrunken bist.« Maddie trat einen Schritt zurück.

»Na und?«, lallte Hannah. »Wenigstens hör ich keine Gespenster.«

Maddie ging wortlos in die Küche. Jetzt war weder die richtige Zeit noch der richtige Ort für einen Streit mit Hannah. Es war Heiligabend, Friede auf Erden und so weiter. Tamsin hielt sich nicht in der Küche auf. Dafür stand Anthony mit einem großen Glas Wein an der hinteren Tür.

»Frohe Weihnachten. Wo ist deine schöne Frau?«, fragte Maddie.

»Mit Margaret draußen beim Rauchen.«

Maddie rang sich ein Lächeln ab und machte sich auf den Weg zur Tür.

»Das Auge sieht übel aus. Wo bleibt mein Weihnachtskuss?«, fragte Anthony und verstellte ihr den Weg.

»Der ist schon erledigt. Sie hat grade im Wohnzimmer ziemlich heiß mit Mark geknutscht.« Anthonys jüngster Sohn Hugo holte sich einen Teller mit Wurstsemmeln.

»Ach.«

»Der Mistelzweig entwickelt merkwürdige Kräfte«, murmelte Maddie.

Anthony legte sanft eine Hand auf ihren Arm. »Stimmt. Alles in Ordnung mit dir?«

Maddie nickte und floh in den Garten, wo Helen Williams sie aufhielt. »Maddie, freut mich, Sie zu treffen.«

»Frohe Weihnachten«, wünschte Maddie, erleichtert darüber, dass es draußen dunkel war.

»Ich habe etwas gefunden, das Sie interessieren dürfte.«

Maddie runzelte die Stirn.

»Wir haben ein paar Räume in Pengarrock entrümpelt, und da ist mir ein Gemälde in die Hände gefallen, das ich Jahre nicht mehr gesehen hatte.«

Maddie bekam einen trockenen Mund.

»Bei meinem Besuch in Trevenen hat mich Ihr Bild an etwas erinnert, ich wusste damals nicht mehr, an was.«

»Ja?«

»Und jetzt habe ich dieses Gemälde gefunden, das dem Ihren sehr ähnelt. Auf der Rückseite steht die Jahreszahl 1970.«

14

Der kalte Stein der kleinen Mauer drückte gegen Hannahs Rippen. Will hielt ihr mit der Hand die Haare aus dem Gesicht. Der beißende Geschmack von Galle, vermischt mit dem Geruch von Gewürznelken, ließ sie wieder würgen. Hannah wartete noch ein wenig, bis sie sich aufrichtete.

Will reichte ihr ein Taschentuch.

»Danke.« Hannah wischte sich den Mund damit ab. Dabei verschmierte sie ihre Wimperntusche. Sie sah sicher toll aus.

»Kannst du gehen?«, fragte Will.

»Ich glaub schon.«

»Wir könnten Maddie anrufen und sie bitten, uns abzuholen.«

»Bist du von allen guten Geistern verlassen? Lieber sterbe ich.«

Achselzuckend schlang Will seine Jacke enger um den Körper. »Wie du meinst.«

»Ja.« Hannah versuchte aufrecht zu gehen. Er hakte sie bei sich unter. Besser.

Der Himmel war klar, es würde Frost geben. In der Ferne flackerten die Lichter eines Farmhauses. Wenn ihr nicht so übel gewesen wäre, hätte alles verdammt romantisch sein können. Vielleicht musste sie noch mal kotzen. Was für ein Weihnachten!

»Könnten wir ein bisschen schneller gehen? Ich muss nach Hause.«

Hannah löste sich von ihm. »Sorry.«

»Nein, ich will schon mit dir zusammen sein, aber es ist nach Mitternacht, und Mum erwartet mich daheim. Wenn ich zu spät komme, kriege ich Ärger.«

»Okay.« Hannah senkte den Blick.

»Herrgott, Hannah. Du warst doch so versessen drauf, dir heute Abend die Kante zu geben.« Er zog sie mit.

»Danke, dass du mich dran erinnerst.«

»Es ist nicht mehr weit. Ich kann Trevenen schon erkennen.«

»Gut.« Hannah erkannte die dunkle Silhouette des Gebäudes. In Maddies Zimmer und in der Küche brannte Licht. Durch das Wohnzimmerfenster schimmerten die Lichter des Christbaums. Auf den ersten Blick wirkte alles so perfekt, aber es war eine verdammte Lüge. Dad war tot, Maddie hasste sie, und Will mochte sie nicht mehr, weil sie ein verdammter Idiot war. Fröhliche Weihnachten!

»Du zitterst.« Will legte den Arm um sie.

»Ja. Macht nichts.« Hannah klapperte mit den Zähnen.

»Frohe Weihnachten, Hannah«, sagte Will, als sie Trevenen erreichten, küsste sie auf die Stirn und schob sie zur Tür hinein. Von der Auffahrt aus winkte er ihr noch einmal zu.

In der Küche füllte Hannah ein Glas mit Wasser und setzte sich in den Sessel beim Herd, um sich zu wärmen. Obwohl sie einen Bärenhunger hatte, beschloss sie, mit dem Essen bis zum Morgen zu warten. Ihr Magen brauchte Zeit zum Erholen. Sie ging ins eisig kalte Wohnzimmer, um die Lichter am Weihnachtsbaum auszuschalten. Als ihr Blick auf die Geschenke darunter fiel, musste sie lachen. Wem wollte Maddie etwas vormachen?

Da entdeckte sie den vollen Strumpf am Kamin. Der Weihnachtsmann war zu der unartigen Hannah gekommen. Sie wischte sich die Tränen aus den Augen und rannte in ihr Zimmer, wo sie sich aufs Bett warf.

Hannahs Kopf dröhnte. Sie brauchte Wasser und eine Kopfschmerztablette. Die vergangene Nacht lag im Nebel. Wie hatte Maddie Mark vor allen Leuten küssen können? Das war peinlich und einfach krass. Jetzt zeigte Maddie ihr wahres Gesicht. Zwei Männer in ein und derselben Woche. Loyalität schien ein Fremdwort für sie zu sein.

Hannah musste dringend aufs Klo, also konnte sie auch runtergehen. Es war der erste Weihnachtstag, und da unten warteten die Geschenke und der Strumpf. Sie mussten alle für sie sein, weil sie nichts für Maddie besorgt hatte. Kurz meldete sich das schlechte Gewissen, aber das schob sie beiseite.

Als Hannah in die Küche tappte, saß Maddie bereits mit einer Tasse Tee am Herd und las.

»Frohe Weihnachten.« Maddie wirkte ausgeruht und hatte zum ersten Mal rote Wangen.

»Ja, was auch immer.«

»Möchtest du zuerst frühstücken oder zuerst die Geschenke auspacken?«

»Egal. Hab keine große Lust auf Frühstück. Toast reicht.«

»Gut.« Maddie schloss das Buch und erhob sich von ihrem Stuhl. Neben ihr kam Hannah sich sehr klein vor. Ihr Dad war groß gewesen, ihre Mum offenbar nicht. Verdammt, jetzt dachte sie schon wieder an ihre Mum. Ob sie Maddie fragen sollte, wie man sie aufspüren könnte? Jetzt war vermutlich nicht der richtige Zeitpunkt für so was.

Sie überlegte, was gewesen wäre, wenn Maddie und Dad Kinder gehabt hätten. Wären sie Riesen geworden wie Maddie? Zum Glück war das nicht passiert.

Hannah gab Wasser in ihren Tee, weil sie ihn zu stark fand. Sie wartete auf eine Bemerkung Maddies darüber, wie betrunken sie gewesen war, doch Maddie steckte das Brot schweigend in den Toaster. Herrgott, war die Frau ruhig! Die friedliche Atmosphäre und die Weihnachtslieder im Radio machten Hannah aggressiv.

Als Maddie ihr den Toast hinstellte, hätte Hannah ihn ihr am liebsten ins Gesicht geschleudert. Wann würde sie endlich mit dem Lächeln aufhören? Wusste sie denn nicht, dass Weihnachten scheiße war? Hatte sie Dad vergessen? Silvester jährte sich sein Tod zum ersten Mal. Die Feiertage waren scheiße, und Maddie summte leise »God Rest Ye Merry Gentlemen« vor sich hin.

»Ich fahre in einer halben Stunde zu Old Tom. Möchtest du mitkommen?«

Hannahs Blick fiel auf Maddies blaues Auge. Sie verstand immer noch nicht, was Maddie da neulich vor sich hin gebrabbelt hatte. Ein weinendes Baby? Total durchgeknallt. Hannah war mehrmals in der Nische gewesen, ohne irgendetwas zu sehen oder zu hören. Doch, einmal, als Maddie früh ins Bett gegangen war, fiel ihr ein, hatte sie merkwürdige Geräusche gehört, wahrscheinlich von einer Katze.

»Hast du Schicht bei ihm?«

»Nein, aber ich dachte mir, vielleicht freut er sich.« Maddie summte weiter vor sich hin.

»Ich könnte den Tag bei ihm verbringen.« Bei OT würde sie Maddies jämmerlichen Versuchen, Weihnachtsstimmung zu verbreiten, entgehen.

»Klar, aber dann wäre Tamsin enttäuscht.«

»Wie kann sie uns heute schon wieder zum Mittagessen einladen, wenn gestern so viele Leute bei ihr waren?« Hannah knabberte an ihrem Toast.

Maddie wischte die Arbeitsfläche sauber und hängte das Tuch auf. »Wahrscheinlich hat sie Zauberkräfte.«

»Möglich.« Hannah lachte. »Und sie scheint über alles Bescheid zu wissen, was die Jungs treiben.«

»Ja, stimmt.« Maddie sah Hannah an. »Begleitest du mich nun?«

»Vielleicht.«

»Okay. Ich zieh mich jetzt an. Bis in zehn Minuten, falls du mitkommen möchtest.«

»Was ist mit den Geschenken?«, fragte Hannah.

»Die könntest du zu Old Tom mitnehmen.« Maddie verließ die Küche.

Hannah schleuderte die Serviette an die Tür. Die Geschenke würde sie bestimmt nicht mitnehmen, weil dann klar wäre, dass sie nichts für Maddie besorgt hatte. Sie stand auf, warf den Toast in den Mülleimer und ging ins Wohnzimmer. Auch hier spielte Weihnachtsmusik. Die Lichter am Baum funkelten. Manche der alten Kugeln daran hatten Maddies Eltern gehört, ein paar ziemlich alberne hatte Hannah mit Maddie für das erste gemeinsame Weihnachten gebastelt. Hannah warf einen Blick auf die Päckchen. Fünf Stück für sie und kein einziges für Maddie. Hannah brachte sie und den Strumpf hinauf in ihr Zimmer.

Sie betraten OTs Cottage durch die Hintertür.

»Mrs Bates?«, rief Mark aus dem Wohnzimmer.

»Nein«, antwortete Maddie und legte ihre Sachen auf die Arbeitsfläche.

Hannah knallte die Tür hinter sich zu und marschierte an Maddie vorbei zu Old Tom.

»Dir auch frohe Weihnachten, Hannah«, sagte Mark, als sie ihn in ihrer Eile fast umstieß.

»Freut mich zu sehen, dass sie nicht bloß mir die kalte Schulter zeigt.« Maddie begrüßte Mark mit einem Kuss auf die Wange. Sie hatte den Kuss vom Vorabend noch sehr deutlich im Gedächtnis. Der verdammte Mistelzweig! »Frohe Weihnachten.« Sie hielt ihm ein großes buntes Paket hin.

»Für mich?«, fragte Mark.

»Ja. Nichts Besonderes.«

»Du machst mich neugierig.« Er lächelte.

»Das kann ich mir denken.« Maddie ging lachend zu Tom. »Frohe Weihnachten.« Sie drückte ihm einen Kuss auf die Wange, während sie aus dem Mantel schlüpfte. »Was ist das da in der Tasse? Tee? Ich hätte Sekt dabei. Der könnte diesen trüben Morgen ein wenig aufhellen.« *Und Hannahs Kater mit dem Beelzebub austreiben*, fügte sie für sich hinzu.

»Klingt gut. Hannah, wärst du so nett, Gläser für uns alle zu bringen?« Old Tom strahlte.

Hannah verschwand in der Küche.

»Hast du schon gefrühstückt?«, fragte Maddie Mark.

»Nein, noch nicht«, antwortete Mark.

»Gut. Wie wär's mit Rührei und Räucherlachs?«

»Toll.« Old Tom klatschte in die Hände.

Mark legte sein Geschenk unter den Baum. Maddie hoffte, dass es ihm gefallen würde. Es war das Aquarell von dem Tag auf dem Nare Head, weil sie sich für alles bedanken wollte, was er für Hannah und sie getan hatte. Ohne ihn und Tamsin wäre so vieles schwieriger gewesen.

»Sieht interessant aus.« Tom beugte sich vor.

»Ja, nicht? Soll ich's nach dem Frühstück aufmachen?«, fragte Mark.

»Erwarte dir nicht zu viel. Ist bloß eins von Maddies Bildern.« Hannah stellte die Gläser auf das Beistelltischchen.

»Hannah, du Spielverderberin«, rügte Old Tom sie. Hannah wurde rot.

Maddie staunte. Tom konnte ihr sagen, was alle dachten, ohne dass sie ihn gleich anbrüllte. Es war das reinste Wunder.

Mark folgte Maddie in die Küche. Obwohl ihr der Kuss am Vorabend peinlich gewesen war, hatte er ihr gefallen. Leider hatte sie überreagiert; zu viele Gefühle und nicht genug Platz und Zeit, um sie zu verarbeiten.

»Ich wollte mich für Hannah entschuldigen. Sie würde natürlich nie zugeben, dass sie einen Höllenkater hat und sich mies fühlt.« Maddie wusste nicht so genau, warum sie ihm das erklärte. Mark kannte Hannah gut genug.

»Das ist keine Entschuldigung.«

»Ich weiß. Aber diese Zeit des Jahres ist für uns beide schwierig, weil sich Johns Tod zum ersten Mal jährt.«

Mark legte eine Hand auf ihre Schulter. Sie schmiegte sich kurz an ihn.

»Wann erzählst du mir, was mit deinem Auge passiert ist?«

Maddie löste sich lachend von ihm. »Ein andermal. Würdest du mir bitte die Eier geben? Wir wollen doch einen schönen Weihnachtsmorgen miteinander verbringen, oder?«

»Was machen wir hier? Ich dachte, wir fahren zu Tamsin.« Hannah schlug die Augen auf. Sie war eingeschlafen, gleich nachdem sie sich in den Wagen gesetzt hatte.

»Helen Williams hat mich gebeten, kurz bei ihr vorbeizukommen und mir was anzuschauen.«

»Helen wer? Und was ist so wichtig, dass du an Weihnachten in einen verdammten Palast musst?«

»Du kannst im Wagen bleiben. Es dauert nicht lange.«

Hannah setzte sich auf. »Nein, ich komme mit. Wo sind wir hier eigentlich?«

»In Pengarrock.« Maddie stieg aus und ging zu der riesigen Tür. Dieses Gebäude, von dem aus in der Ferne die Mündung des Helford River im hellen Mittagslicht zu erkennen war, ließ Trevenen fast winzig wirken.

Eine beleibte Frau öffnete die Tür mit einem strahlenden Lächeln. »Schön, dass Sie kommen konnten. Hallo, Hannah, wir kennen uns noch nicht.« Die Frau streckte ihr die Hand hin.

Hannah ergriff sie. »Hi.«

»Kommt rein.«

Als Hannah den sechs Meter hohen Christbaum entdeckte, machte sie große Augen. Was für ein Haus!

»Ich will Sie nicht vom Essen abhalten«, sagte Maddie.

»Ach was. Ich weiß doch, wie wichtig Ihnen das ist.«

Was, fragte Hannah sich, redeten die Weiber da?

»Danke.« Maddie lächelte.

»Es ist im Wohnzimmer. Hier durch.«

Maddie und Hannah folgten ihr. Als Hannah das Wohnzimmer betrat, war sie froh, mitgekommen zu sein. Der Raum hatte riesige Terrassentüren, durch die sich ein spektakulärer Ausblick bot. Wow!

Als Hannah sich von dem Anblick losriss, bemerkte sie,

dass Maddie und Helen die Rückseite einer Leinwand betrachteten. Vielleicht fragte Helen Maddie um Rat bei der Restaurierung eines Bildes. Hannah glaubte zwar nicht, dass Maddie die richtige Adresse für so etwas war, aber möglicherweise brauchte sie so dringend Geld, dass sie alles machte.

Sie beobachtete, wie sie das Bild vorsichtig umdrehten.

»Den Nachnamen kann ich nicht entziffern, aber ich bin mir ziemlich sicher, dass der Vorname Peter lautet. Können Sie den Nachnamen lesen?«

Maddie nickte. »Johnson oder so ähnlich.«

Hannah betrachtete das Gemälde. Wer war Peter Johnson? Sollte das ein Weihnachtsgeschenk für ihn von Maddie sein? Ein cooles Bild und ein bisschen anders als das, was Maddie sonst malte, aber im Moment schien sowieso nichts normal zu sein.

15

Die Recherchen über den Maler Peter Johnson hatten sich erstaunlich umkompliziert gestaltet. Er war 1948 in Santa Monica, Kalifornien, geboren, verheiratet, hatte drei Söhne und war erfolgreich. Maddie erschienen seine Werke auf gespenstische Weise vertraut.

Was sollte sie jetzt tun? Es gab keinerlei Beweis dafür, dass es sich bei diesem Mann um ihren Vater oder auch nur um den Künstler handelte, der in jenem Sommer im Stall logiert und gearbeitet hatte. Sicher war nur, dass er 1970 den Blick von Pengarrock gemalt hatte und dass er damals zweiundzwanzig, Maddies Mutter sechzehn und Petroc siebzehn gewesen war.

Maddie besaß die Telefonnummer der Galerie, in der die letzte Ausstellung von Peters Werken stattgefunden hatte. Sollte sie sich mit ihm in Verbindung setzen? Ihr war klar, dass sie nicht mit der Tür ins Haus fallen konnte. Sie hatte den ganzen Vormittag überlegt, wie sie es angehen sollte. Die Lösung war ihr bei einem Blick in die Zeitung gekommen.

Maddie wählte die kalifornische Nummer und hielt den Atem an.

»Hallo, Farnsworth Gallery«, meldete sich eine Frauenstimme.

»Hi, ich bin Madeline Hollis vom *Helston Packet* in Cornwall, England, und wollte fragen, ob Sie mir helfen können.« Maddie hörte ein Geräusch hinter sich. Oje, Hannah. Die konnte sie jetzt nicht gebrauchen.

»Wenn Sie mir sagen, worum es geht.«

»Ich recherchiere gerade für einen Artikel über Künstler, die hier in der Gegend gewesen sind und von ihr inspiriert wurden. Dabei bin ich auf den Namen Peter Johnson gestoßen. Ich weiß, dass Sie vor Kurzem Werke von ihm ausgestellt haben.« Maddie schwieg kurz. »Und ich wollte fragen, ob Sie für mich den Kontakt zu ihm herstellen würden.«

»Peter in Cornwall, England? Das kann ich mir nicht vorstellen.«

»1970.«

»Lange bevor ich ihn kennengelernt habe«, erklärte die Stimme fast ein wenig erleichtert.

»Halten Sie das für möglich?« Maddie bekam einen trockenen Mund.

»Warum nicht? Wie heißt die Zeitung noch mal?«

»Helston Packet.« Maddie konnte nur hoffen, dass die Frau keine Nachforschungen anstellte. Wieder hörte sie ein Geräusch hinter sich. Sie versuchte, sich beim Notieren der E-Mail-Adresse zu konzentrieren, die die Frau ihr durchgab.

Als Maddie mit zitternden Fingern auflegte, sah sie, dass Hannah sie wütend anstarrte.

»Was sollte das denn wieder? Du bist nicht Reporterin beim *Packet.*«

»Nein.«

»Du lügst wie gedruckt. Endlich habe ich den Beweis.« Hannah schob sich die Haare aus der Stirn. »Wer ist dieser Peter Johnson, mit dem du unbedingt Kontakt aufnehmen möchtest?«

Maddie runzelte die Stirn. Wie sollte sie das erklären? »Ich glaube, mein Vater.«

Hannah erstarrte. »Dein was?«

»Mein Vater. Helen wusste, dass ich meinen Vater finden will, und hat bei sich das Gemälde entdeckt, das wir am Weihnachtstag angeschaut haben. Ihr war klar, dass es große Ähnlichkeit mit meinen Arbeiten hat.«

»Ich dachte, das Bild wär von dir.«

»Ja, es sieht so aus. Mich hat es auch erstaunt.«

»Puh. Und, wirst du dich jetzt mit ihm in Verbindung setzen?«, fragte Hannah.

»Offen gestanden: Ich weiß es nicht.«

»Ich an deiner Stelle würde es machen.« Hannah sah sie an. »Ich würde gern mal mit meiner Mutter reden.«

Maddie hatte das Gefühl, als hätte ihr jemand einen Stich ins Herz versetzt.

»Aber ich weiß nicht, wie das gehen soll.« Hannah ließ die Schultern hängen.

»Es gibt bestimmt eine Möglichkeit.« Maddie berührte Hannahs Hand. Ihr war klar, dass dieser Weg durch Minenfelder führen würde. John hatte sicherzustellen versucht, dass Hannah keinen Kontakt mit Susan hatte.

»Und wie?«

»Ich habe nicht die geringste Ahnung, aber ich denk drüber nach.«

»Danke.« Hannah nickte und verließ das Zimmer.

Noch ein Punkt auf der Liste der zu erledigenden Dinge: die Mutter finden, die ihr Kind im Stich gelassen hatte. Maddie seufzte. Wie sollte Maddie Susan aufspüren? Sie hatte nicht die geringste Vorstellung, was sie machte und wie sie jetzt hieß. Vielleicht war sie wieder verheiratet. Maddie schloss die Augen und bemühte sich, nicht über die Probleme und den Schmerz nachzudenken, die sich aus ihren Nachforschungen ergeben konnten.

Die Adresse in ihren Händen war vielleicht der Schlüssel zu ihrer wahren Identität, und sie konnte, wenn sie wollte, mit ihrem Vater Verbindung aufnehmen. Unterschied sich ihr Wunsch so sehr von der Sehnsucht Hannahs?

Der Geruch gelöschter Kerzen stieg Maddie in die Nase, als sie die Kirche betrat. Sie wusste nicht, warum sie gekommen war, fand aber die Stille beruhigend, als sie von der letzten Bank aus die wunderschönen Blumengestecke bewunderte. Jetzt tat ihr der Besuch hier nicht so weh wie an Weihnachten. Es war Silvester, genau ein Jahr nach Johns Tod. Sie musste in die Zukunft blicken und sich ein neues Leben aufbauen, wie das auch immer aussehen mochte.

Nein, sie würde nicht die Schar Kinder haben, die sie sich gewünscht hatte, aber trotzdem konnte sie in Cornwall glücklich werden. Hier hatte sie gute Freunde gefunden, und wenn sie eine Baugenehmigung für den alten Schuppen bekam, war sie in der Lage, ihn zu verkaufen. Dann verfügte sie über Geld für die Renovierung von Trevenen und die Umwandlung des Schweinestalls in ein richtiges Atelier. Das neue Jahr eröffnete viele Perspektiven.

Maddie nahm den Zettel mit Peter Johnsons E-Mail-Adresse aus der Tasche. Sie hatte drei Mails an ihn verfasst, ohne eine abzuschicken. Wahrscheinlich ahnte er nichts von ihrer Existenz.

Sie schob den Zettel zurück in die Tasche. Bisher war ihre Google- und Facebook-Suche nach Hannahs Mutter erfolglos verlaufen. Was, wenn Susan nach wie vor nichts mit Hannah zu tun haben wollte? Würde eine Kontaktaufnahme mehr schaden als nutzen? Hatte Hannah die Trennung damals überhaupt richtig mitgekriegt? Was, wenn sie an einer zweiten Zurückweisung durch die Mutter vollends zerbrach?

Maddie verließ die Kirche ohne Antworten. Gott war nicht mehr Teil ihres Lebens, doch ohne ihn gestaltete es sich schwieriger als gedacht. Dies war das härteste Jahr ihres bisherigen Daseins gewesen, alles hatte sich geändert. Sie kickte einen kleinen Stein vom Weg, der vor einem heruntergefallenen Zweig zu liegen kam. Ihn und die anderen auf dem Pfad hatte der heftige Nordwind der vergangenen Nacht herabgerissen.

Der Sturm hatte auch die Wolken weggefegt, die zwischen Weihnachten und Neujahr den Himmel bedeckt hatten. Jetzt war er so leuchtend blau und die Luft so klar und kalt, dass es beim Atmen schmerzte.

Sie hörte, wie die Kirchentür hinter ihr aufging. »Hallo.«

Maddie wandte sich um.

»Frohe Weihnachten«, begrüßte der Geistliche sie.

»Danke.« Er gesellte sich zu ihr. »Ohne mich aufdrängen zu wollen: Haben Sie Probleme? Möchten Sie reden?« Er schwieg kurz. »Ich weiß, dass dies für viele eine schwierige Jahreszeit ist.«

Maddie unterdrückte ein hysterisches Lachen. »Danke, mir geht's gut.« Das war die größte Lüge, die in letzter Zeit über ihre Lippen gekommen war. Sie trauerte nach wie vor um ihren Mann, stritt sich ständig mit ihrer Stieftochter, die sie hasste, und in ihrem Haus spukte es. Ihr ging es alles andere als gut.

»Freut mich zu hören. Ich weiß, dass Sie neu sind in der Gegend. Da kann alles sehr schwierig sein. Ich bin für Sie da, wenn Sie mich brauchen.«

Woher wusste er, dass sie neu in der Gegend war? An Weihnachten war sie das erste Mal in der Kirche gewesen, und heute hatte sie sie das zweite Mal betreten. Sie glaubte nicht, dass sie ihm sonst schon einmal begegnet war.

»Danke.« Als er sich entfernen wollte, rief sie ihm nach: »Ich hätte da doch noch eine Frage …« Sie wich seinem Blick aus. »Haben Sie Erfahrungen mit Gespenstern?«

»Trevenen ist ein altes Haus.« Er blieb stehen.

Sie nickte. Welcher Teufel hatte sie geritten, ausgerechnet einen Geistlichen über Gespenster zu befragen?

»Ich persönlich glaube nicht daran, aber ganz abtun möchte ich die Möglichkeit, dass es welche gibt, auch nicht. Und da ich aus Cornwall stamme, habe ich, sagen wir mal, einen Hang zum Mystischen.«

Als sie erkannte, dass er sie nicht für verrückt zu halten schien, lächelte sie.

»Sie meinen also, in Trevenen gibt es ein Gespenst?«

»Ich fürchte, ja.« Ihre Füße waren wie gefroren. Das Thema am kältesten Tag des Jahres auf einem Friedhof zu diskutieren war vielleicht nicht die allerintelligenteste Idee gewesen.

»Haben Sie es mit eigenen Augen gesehen, oder hat Ihnen jemand davon erzählt?«

»Ich habe es gehört.« Sie schluckte. Das klang albern, das wusste sie.

»Gehört. Interessant.« Er blickte über die Dächer des Ortes zu den Feldern auf der anderen Seite des Tals hinüber. »Nur Sie?«

»Ja.«

»Von Hannah weiß ich, dass Sie Ihren Mann vor einem Jahr verloren haben.«

Sie nickte. Wann hatte Hannah mit dem Geistlichen gesprochen? »Darf ich fragen, warum das so wichtig ist?«

»Nun, in Zeiten der Trauer sehen oder hören wir oft Dinge.« Er blieb stehen, als eine Frau sich ihnen näherte. »Hallo, Mrs Bates. Ja, ich komme gleich.«

Die Frau entfernte sich. Maddie fragte sich, ob das Keziah Bates war, die sie wegen Daphne kontaktieren sollte.

»Mrs Hollis, ich habe das Gefühl, dass wir für dieses Gespräch ein bisschen mehr Zeit brauchen, und leider werde ich zum Kaffee im Ort erwartet. Möchten Sie mich anrufen?«

Da vibrierte ihr Handy. Maddie nickte. Wollte er andeuten, dass das Gespenst nur in ihrem Kopf existierte? Der Geistliche entfernte sich.

»Hallo?« Sie stampfte mit den Füßen auf den frostharten Boden, um die Blutzirkulation in Gang zu bringen.

»Gutes neues Jahr«, meldete sich Gunnar.

»War Weihnachten schön?«

»Ja. Ich bin gerade zurückgekommen und freue mich über das gute Wetter. Hättest du Lust auf einen Spaziergang am Loe Bar?«

Maddie zögerte. Es war höllisch kalt. »Ja.«

Das lange Stück Strand unter dem Parkplatz war menschenleer. Offenbar bereiteten sich alle auf den bevorstehenden Abend vor und blieben zu Hause im Warmen. Maddie hatte vor, sich im Segelklub mit Tamsin und Anthony zu treffen. Sie wusste nicht, wie Hannahs Pläne aussahen, und konnte nur hoffen, dass sie nicht wieder so viel trinken würde.

»Bist du schon mal hier gewesen?« Sie sah Gunnar an.

»Ja, auf der Suche nach besonders schönen Gegenden für den Film. Du nicht?«

»Nein. Bis jetzt hab ich mich auf den Lizard beschränkt. Bei mir in der Nähe gibt's so viele Motive, dass ich nicht mal bis nach Helston muss. Ich bin ein bisschen faul. Und du? Bist du mit deinen Recherchen vorangekommen?«, erkundigte sich Maddie.

»Ja. Es läuft gut. Mir gefällt Cornwall. Die Gegend hat etwas Magisches.«

»Stimmt.« Sie strich sich die Haare aus der Stirn. Als sie aus dem Wagen stieg, blies der Wind sie fast um. »Sollen wir wirklich spazieren gehen?«

»Ja, es ist schön hier, findest du nicht?« Breit grinsend nahm er den Picknickkorb vom Rücksitz und ergriff ihre Hand.

Maddie spürte die Gewalt des Meeres und kämpfte mit halb geschlossenen Augen gegen den Wind an. Obwohl eine Unterhaltung kaum möglich war, ließ sie sich von ihm über die Hügel mitziehen.

»Da wären wir«, verkündete Gunnar schließlich.

Ein langer Sandstrand teilte das Meer. Auf der einen Seite donnerten die Wellen dagegen, auf der anderen sah es friedlich aus. »Schön, aber ein bisschen windig.«

»Ich glaube, dort drüben finden wir ein windgeschütztes Plätzchen.«

Maddie hoffte, dass in dem Picknickkorb eine Thermosflasche mit etwas Heißem auf sie wartete. Obwohl es hier sehr romantisch war, spürte sie den Hunger und die Kälte. Immerhin fühlte sich Gunnars Hand warm an. Nach weiteren zehn Minuten blieb er endlich an einer sonnigen Stelle stehen.

»Du zitterst ja, Maddie.«

»Ja.« Sie klapperte mit den Zähnen.

»Weil du so dünn bist.« Er musterte sie von oben bis unten.

Nach Weihnachten hatte Maddie überhaupt nicht das Gefühl, dünn zu sein.

Er legte schützend die Arme um sie. »Besser. Hast du Hunger?«

»Riesigen.«

»Prima.« Er öffnete den Picknickkorb, nahm eine Decke heraus und breitete sie aus. Als sie saß, spürte sie die Sonne auf ihren Wangen, und er reichte ihr einen Becher mit dampfender Flüssigkeit. Der Geruch von Gewürzen stieg ihr in die Nase. Das Getränk war warm und süß.

»Sag, was du möchtest. Ich habe Räucherlachs, Schinken, Rindfleisch und Käse.«

»Ich mag alles. Wähl du aus.« Sie schlug die Beine unter, während er ihr eine Scheibe Brot mit Lachs reichte, die sie aß, ohne auf ihn zu warten.

»Du zitterst ja immer noch«, bemerkte er.

»Ja, stimmt.«

»Komm näher zu mir.«

Maddie rutschte zu ihm. Er legte einen Arm um ihre Schulter, gab ihr eine weitere Scheibe Brot und küsste sie auf die Nasenspitze.

Sie kuschelte sich lächelnd an ihn.

»Besser?«, fragte er.

»Ja, ein bisschen. Danke.«

»Schau mal, die Wolken da drüben.« Er deutete in Richtung Westen.

Maddie nickte.

»Die bedeuten, dass das Wetter umschlägt.«

»Tatsächlich? Warum?«

»Der Himmel verrät nicht, warum. Er kündet nur vom Wechsel.« Er sah ihr tief in die Augen.

Sie wandte lachend den Blick ab. »Solange die Sonne nicht sofort verschwindet, ist mir alles recht.«

»Schön.« Er zog sie auf seinen Schoß und schloss die Arme um sie. Seine Beine wärmten ihren Po. Sie kam sich vor wie ein kleines Kind, doch dieses Gefühl wich schnell einem anderen, sehr erwachsenen.

Seine Lippen berührten ihre Schläfe so zärtlich, dass Maddie erstaunt den Kopf drehte. Sein Mund legte sich auf den ihren, und sie erwiderte seinen Kuss. Anders als bei Marks Weihnachtskuss bekam sie keine Gänsehaut, aber das hier war auch nicht schlecht, denn sie fühlte sich sicher und beschützt.

»Besser?«

»Definitiv.«

»Lust auf etwas Süßes?«, fragte er und reichte ihr ein Stück Schokolade. Was konnte es Besseres geben als Schokolade und Küsse?

16

Hannah hielt das Foto ihres Vaters ins flackernde Licht der Kerze am Fenster und wischte sich die Tränen mit dem Handrücken ab.

»Dad, warum bist du gegangen? Ich bin so verdammt einsam. Maddie ist nicht meine Mutter. Sie lässt mich bestimmt allein, sobald sich die Chance ergibt. Ich weiß nicht, was sie dir versprochen hat, aber sie wird es nicht halten.« Hannah putzte sich die Nase. »Die Männer umschwärmen sie; sie haut mit einem ab, da bin ich mir sicher. Du hast mich auch alleingelassen, warum sollte sie bleiben? Es ist bloß eine Frage der Zeit.«

Sie löschte die Kerze. Ihr Vater konnte sie nicht hören. Ihm war sie genauso egal wie Maddie und ihrer Mutter, wo auch immer die stecken mochte. Das Leben war scheiße. Hannah putzte sich noch einmal die Nase und schaute in den Spiegel. Unter ihren Augen waren große rote Flecken. Toller Look für den Abend.

Will und die Jungs wollten sie in einer Stunde abholen. Maddie war nicht daheim. Hannah hatte keine Ahnung, wo sie sich rumtrieb; bestimmt war sie mit irgendeinem Mann unterwegs.

Das Wasser in der Dusche war halbwegs warm. Je eher Maddie Geld in dieses alte Gemäuer steckte, desto besser. OT hatte gehört, dass Mark und Maddie in der nächsten Woche die Pläne für den Schuppen besprechen wollten, damit Maddie eine Baugenehmigung beantragen und das Ding zu einem ordentlichen Preis verkaufen konnte. Dann hatten sie am Ende vielleicht doch noch warmes Wasser! Als Hannah den Fuß auf das kalte Linoleum setzte, gestand sie sich ein, dass sie Trevenen mochte. Da kam eine SMS von Abi herein.

> Hab mich von Andrew getrennt. Scheiße. Bist du noch mit Will zusammen? X

Hannah antwortete:

> Umarmung. Warum? Ja. X

Während sie ihrerseits auf eine Antwort wartete, überlegte sie, ob auf ihrer Karte noch genug Guthaben für einen Anruf war. Maddie machte immer ein Riesentheater, wenn Hannah zu oft mit dem Handy telefonierte, und kontrollierte alle Nummern.

> Er hat bei Tims Party mit Karen geknutscht. X

> Hast du's selber gesehen? Das Schwein. X

> Ja, volle Scheiße. Du fehlst mir. X

Hannah bekam ein flaues Gefühl im Magen. Was, wenn Will in der Schule mit einer anderen knutschte?

> Du fehlst mir auch. Komm mich bald besuchen. X

> Ich versuch's. X

Als sie das Handtuch weglegte, hörte sie einen Wagen in der Auffahrt. Ein Blick durchs Fenster sagte ihr, dass es Maddie war und nicht Fred mit den Jungs. Hannah hatte keine Ahnung, was sie anziehen sollte. Es war Silvester, und eigentlich sollte sie sich aufstylen, aber sie fühlte sich nicht danach. Ein kurzer Jeansrock musste reichen.

»Hannah, bist du noch da?«, rief Maddie von der Treppe aus.

Hannah schlüpfte in ihre Sachen. »Ja.«

»Gut. Wann machst du dich auf den Weg?«

»Bald. Warum?« Hannah kam aus ihrem Zimmer.

»Ich wollte fragen, ob ihr mich zu Tamsin mitnehmen könntet. Dann müsste ich Mark nicht herbitten.«

»Fred kommt in vierzig Minuten, aber wir wollen nicht zu Tamsin, sondern ins Prince.« Warum hatte sie Maddie das verraten? Schließlich musste sie nicht alles wissen.

»Ihr könntet mich ja unterwegs rauslassen.«

»Warum fährst du nicht selber?«

»Weil ich ein paar Gläser Wein trinken möchte.«

»Dann soll Mark dich hinbringen.« Das war ein Trick von Maddie gewesen, um rauszufinden, was Hannah vorhatte. Hannah kickte eine Wollmaus vom Boden weg.

»Okay. Ich hatte nur gedacht, es wäre für alle Beteiligten das Einfachste. Aber egal.«

Maddie ging nach unten. Hannah freute sich: Wenn Maddie auf die Idee kam, sich ein Bad einzulassen, würde sie eine unangenehme Überraschung erleben – Hannah hatte das ganze heiße Wasser aufgebraucht.

Kurz vor Mitternacht versammelten sich alle, um den Countdown nicht zu verpassen. Maddie, die vom vielen Tanzen und Trinken rote Wangen hatte, verließ den Raum, weil ihr die Fröhlichkeit auf die Nerven ging. John war tot, und obwohl sich ihr Leben unwiederbringlich verändert hatte, war sie den ganzen Abend über bemüht gewesen, so zu tun, als ginge es ihr gut und als würde nichts sie belasten.

Als sie zum Wasser hinunterschlenderte und auf der anderen Seite die festlichen Lichter des Ferryboat Inn sah, hellte sich ihre Stimmung ein wenig auf. Da hörte sie Schritte, und das kurze Gefühl der Freiheit verflüchtigte sich. Jetzt würde sie wieder die Fröhliche spielen müssen. Sie drehte sich um. »Hallo.«

»Ist dir drin zu viel los?«, fragte Mark.

Sie nickte. Ihn hatte sie nicht erwartet. Als sie in der Kälte zu zittern begann, legte Mark einen Arm um ihre Schulter, und sie schmiegte sich an ihn, obwohl eine innere Stimme sie davor warnte, das zu tun.

Die ersten Raketen des Feuerwerks stiegen über dem Fluss auf.

»Gutes neues Jahr«, flüsterte Mark ihr ins Ohr.

»Ja, gutes Neues.«

Die Melodie von »Auld Lang Syne« klang zu ihnen herunter. Mark schloss Maddie fester in die Arme, und seine Lippen berührten leicht die ihren. Sie erwiderte seinen Kuss leidenschaftlich, ohne zu wissen, woher diese Leidenschaft kam.

Ihre Finger wanderten seinen Oberkörper hinauf zu seinem Hals und vergruben sich in seinen Haaren. Sie spürte seine Erektion. Maddie hatte völlig vergessen, wie sich Begierde anfühlte.

»Maddie?« Seine Hand glitt um ihre Taille.

»Ja.«

»Bist du dir sicher?«

»Ja und nein, aber bitte hör nicht auf.«

Seine Finger verharrten knapp unterhalb ihrer Brust, und sein Mund suchte wieder den ihren.

»Hallo, ihr zwei. Wie ich sehe, läutet ihr das neue Jahr auf eure Weise ein.«

Marks Hand zog sich zurück.

»Hi, Ben. Rauchpause?«, fragte Mark.

»Ja. Dummerweise hab ich meiner Frau versprochen, es aufzugeben. Lasst euch von mir nicht stören.« Er ging schmunzelnd weiter.

Mark küsste sie auf die Schläfe. »Du zitterst. Wir sollten reingehen.«

Sie nickte. Es erstaunte sie, wie stark die Anziehung zwischen ihnen war. Leider, denn nach allem, was sie wusste, gehörte Mark nicht zu den treuesten Männern der Gegend. Machte ihr das etwas aus? War es wichtig? Konnte sie es sich leisten, ihn als Freund zu verlieren, weil sie ihn begehrte? War nicht Gunnar die bessere Wahl für eine unkomplizierte Affäre?

Sie gingen Händchen haltend den Hügel zum Klub hoch, aus dem irgendein Discosong aus den Achzigern dröhnte, an den Maddie sich vage erinnerte. Als sie den Klub betrat, sah sie als Erstes Hannahs wütendes Gesicht. In dem Gewühl entglitt Maddie Marks Hand, und sie fühlte sich nackt.

»Hallo, wo hast du gesteckt?«, fragte Tamsin und reichte ihr ein Glas Sekt.

»Ich hab ein bisschen frische Luft geschnappt.« Maddie trank einen Schluck. »Seit wann ist Hannah hier?« Maddie bemerkte, dass Will den Arm um ihre Stieftochter gelegt hatte.

»Seit kurz vor Mitternacht.«

Maddie wäre eigentlich gern gegangen, aber Tamsin war in Partylaune. »Wann wirst du dich hier verabschieden?«

»Wir wollen noch zu Paul. Komm doch mit«, schlug Tamsin vor.

»Ich bin zu müde, um bis in die frühen Morgenstunden zu feiern. Wie du das machst, weiß ich nicht.«

»Vitamine«, antwortete Tamsin und leerte ihr Glas, bevor sie mit Anthony auf die Tanzfläche ging.

»Wollen wir tanzen?«, fragte Mark.

Maddies Blick fiel auf Hannah und Will, die sich am anderen Ende der Tanzfläche sehr nahe kamen.

»Ja, warum nicht?« Sie waren beide ungebunden, und sie musste nicht alles unnötig kompliziert machen. Maddie trank einen letzten Schluck Sekt, bevor sie in Marks Arme schlüpfte, den Kopf an seine Schulter legte, die Augen schloss und seinen Geruch nach Seife und Meer einatmete.

»Wo ist eigentlich Gunnar?«, hörte sie Hannahs Stimme ganz in der Nähe.

Maddie hob erschrocken den Kopf. »Keine Ahnung.«

»Warst du nicht heute Nachmittag mit ihm unterwegs?«

Maddie blinzelte. »Ja.«

Mark löste sich von ihr.

»Du solltest schon wissen, wo sich dein Freund rumtreibt. Es ist ziemlich schlechter Stil, mit zwei Männern gleichzeitig zu turteln.« In dem Moment gesellte sich Will zu ihnen.

Marks Muskeln verkrampften sich. Was ging in seinem Kopf vor? Seine Miene verriet nichts. Wie sollte Maddie ihm ihre Beziehung zu Gunnar erklären?

»Du hättest ihn für heute Abend einladen können«, stellte Mark höflich distanziert fest.

»Ja, aber das wollte ich nicht.« Maddie schwieg kurz. »Ich möchte nach Hause. Weißt du, ob jemand in meine Richtung und nicht zu Paul fährt?« Aus den Augenwinkeln nahm sie Hannahs Lächeln wahr.

»Ich habe Tom versprochen, dass ich zu ihm komme, wenn die Party hier zu Ende ist. Ich bringe dich heim«, erbot sich Mark.

»Danke.« Maddie senkte den Blick.

»Können wir?«, fragte Mark.

»Ja. Ich verabschiede mich nur noch von Tamsin und Anthony.«

»Gut. Ich warte am Wagen.«

17

Maddies Hände verkrampften sich ums Lenkrad und lösten sich wieder, während sie sich innerlich auf ihr Treffen mit Mark vorbereitete. Seit dem Silversterabend hatten sie nur kurz miteinander telefoniert. Sie öffnete die Wagentür und holte tief Luft.

Mit Gunnar ging es ihr auch nicht viel besser. Sie hielt ihn auf Distanz, weil sie sich darüber klar zu werden versuchte, was sie wollte. Am Ende würde sie vielleicht keinen von beiden bekommen. Sie hätte nicht gedacht, dass sie je in eine solche Situation geraten könnte.

Als sie an der Tür klingelte, erinnerte sie sich an die Autopanne ganz am Anfang. Damals hatte sie nicht geahnt, dass sie sich in den Mann in diesem Haus verlieben würde. Maddie wusste, was wahre Liebe bedeutete: Freude, Schmerz und Verlust. War das mit Mark tatsächlich Liebe?

Ja. Mit seinem Lächeln brachte er ihr Herz zum Klingen, und bei seinen Küssen bekam sie weiche Knie, aber am wichtigsten war ihr seine Liebenswürdigkeit, sogar Hannah gegenüber. Die grenzte an ein Wunder. Für ihn würde sie durch die Hölle gehen, wie sie es für John getan hatte.

»Hallo.« Maddie begrüßte Mark mit einem Lächeln.

»Hi.« Er trat einen Schritt beiseite, um sie hereinzulassen.

»Danke, dass du mir mit dem Antrag für die Baugenehmigung hilfst. Das würde ich allein nicht schaffen.«

»Du könntest das auch mit einem anderen Architekten machen.«

»Ja, aber ich kenne keinen anderen.«

»Dann bleibt's wohl an mir hängen.« Er nahm ihr den Mantel ab.

»Ja.«

Hannah hatte für Chaos gesorgt, und Maddie wusste nicht, wie sie das wieder in Ordnung bringen sollte. Hatte Hannah ihr am Ende einen Gefallen getan? Oder zumindest Mark?

»Kann ich dich zu einem Glas Wein überreden?« Mark ging in Richtung Küche.

»Klar.«

»Rot?«

»Ja, gern.« Sie blickte sich in seinem Haus um, in dem durch die großen Glasscheiben auf der einen Seite viel von der Landschaft draußen zu sehen war.

»Geh schon mal ins Arbeitszimmer. Die Sachen liegen auf dem Schreibtisch. Ich bin gleich wieder da.«

Das Bild, das sie ihm zu Weihnachten geschenkt hatte, hing im Arbeitszimmer an der Wand gegenüber von seinem Schreibtisch. Verachten konnte er sie eigentlich nicht, wenn er es sich jeden Tag anschaute, dachte sie. Sie betrachtete die Pläne auf dem Tisch, die schlicht gehalten waren und genau zu Trevenen passten.

Er gesellte sich mit dem Wein zu ihr. »Und, wie findest du die Vorschläge?«

»Wunderbar. Das wird mal ein tolles Haus für jemanden.«

»Von dort aus hat man einen sehr schönen Blick.«

»Bitte stell mir eine Rechnung für deine Arbeit, ja?« Sie bemühte sich, geschäftsmäßig zu klingen.

»Erst nach dem Verkauf.«

»Bist du sicher?«, fragte sie.

»Ja.«

Sie musterte ihn über den Rand ihres Glases hinweg, um sich die Linien seines Gesichts einprägen, zu Hause eine Skizze von ihm anfertigen und ihn so immerzu ansehen zu können.

»Ich reiche die Pläne morgen ein. Die Bearbeitung dürfte ungefähr sechs Wochen dauern.«

»Gut.« Maddie schlenderte in die Küche und stellte ihr Glas ab.

»Mark, ich wollte noch etwas zum Silvesterabend sagen.«

»Ja?«

»Normalerweise verhalte ich mich nicht so.«

»Wie?«, fragte er.

»Du weißt, was ich meine: was draußen passiert ist.« Sie ging auf die andere Seite der Kücheninsel, weg von ihm, und legte die Hände auf die Holzoberfläche.

»Erklär es mir«, forderte er sie auf.

Sie senkte den Blick. »Mark, ich wollte mich dafür entschuldigen, dass ich die Kontrolle verloren habe.«

»Nicht nötig.«

»Okay.« Sie richtete sich auf. Wie grässlich! Ihr war gerade bewusst geworden, dass sie ihn liebte, und er gab sich distanziert höflich.

Mark trat näher zu ihr. »Ich habe jede Sekunde genossen. Schade, dass wir wieder reingegangen sind.«

Maddies Atem ging flacher. »Mark?«

»Ja?«

»Wir sind gute Freunde.«

Er nickte.

»Und es wäre dumm, das aufs Spiel zu setzen.«

»Meinst du?«

Sie spürte seinen Atem auf ihrer Haut. »Ja«, antwortete sie mit rauer Stimme.

Er ließ einen Finger über ihren Mund gleiten und legte ihn schließlich auf ihre Unterlippe.

»Mark.«

»Ja?«

»Das ist verrückt.«

Seine Finger wanderten weiter zu ihrem Hals. »Ja.«

Er küsste sie. Genau das wollte sie.

Maddie schaute durchs Küchenfenster in den dunklen Himmel hinaus, während sie Gunnars enthusiastischen Ausführungen am Telefon lauschte. Konnte oder sollte sie ihn wieder zurückweisen? Wollte sie wirklich die Esseneinladung bei ihm annehmen – mit allen Möglichkeiten, die das eröffnete?

»Ich weiß nicht, was Hannah vorhat. Kann ich dich noch mal anrufen?«

»Du machst ein komisches Gesicht.« Tamsin hob den Blick von den Plänen auf dem Tisch.

»Ja?«

»Ja. Was will der Wikinger?«

Maddie runzelte die Stirn. »Er möchte mich zum Essen bei sich einladen.«

»Klingt doch gut.«

»Ja.« Maddie nestelte an einem Zipfel der Tischdecke.

»Allzu begeistert klingst du nicht.«

»Nein.« Maddie sah ihre Freundin an, die immer alles

im Griff zu haben schien. Sie war ja auch nicht wieder in die Welt der Singles zurückkatapultiert worden, sondern mit dem Mann verheiratet, den sie liebte.

»Hat das was mit Mark zu tun?«, fragte Tamsin.

Maddie hob den Kopf.

»Als ich gestern Abend zu ihm gekommen bin, hatte ich den deutlichen Eindruck, dass ich euch störe. Möglicherweise lag's an den zerzausten Haaren oder den geweiteten Pupillen.« Sie sah Maddie an. »War da was im Gange? Ich bin mir vorgekommen wie das fünfte Rad am Wagen.«

Maddie wurde rot.

»Aha, ich täusche mich also nicht.« Tamsin hob die linke Augenbraue.

»Kein Kommentar.«

»Dein Schweigen spricht Bände. Wurde ja auch langsam Zeit. Ihr zwei schleicht schon eine ganze Weile umeinander rum. So zurückhaltend habe ich Mark noch nie erlebt.«

»Warum?«

»Warum was?«

»Warum er bei mir so zurückhaltend ist. Was stimmt mit mir nicht?« Maddie spielte mit einem Knopf an ihrer Strickjacke.

»Wie kommst du auf die Idee?«

»Keine Ahnung. Alle reden von Marks Ruf als Frauenheld. Allmählich hatte ich schon Angst, keine Wirkung auf ihn zu haben.«

Tamsin lachte schallend. »Ich glaube, er hat sich zurückgehalten, weil er sich ernsthaft was aus dir macht. Du bist mit ihm befreundet, und er weiß, was die Leute reden.«

»Das tröstet mich nicht gerade.«

»Nun stell dich nicht so an. Er mag dich. Sonst hätte er nicht so lange gewartet mit seinem Annäherungsversuch.«

»Hat er den überhaupt gemacht?« Maddie betrachtete die Maserung des Holztischs.

»Wie bitte?«

»Ich glaube, das war ich.«

Tamsin lachte. »Umso besser.« Sie warf einen Blick auf ihre Uhr. »Es ist nach sechs. Schenk mir ein Glas Wein ein.«

Maddie tat ihr den Gefallen. »Glaubst du, der Wein bringt mich dazu, dir mehr zu verraten?«

»Ja. Was machst du nun mit der Essenseinladung des Wikingers?«

»Ich hab gesagt, ich ruf ihn noch mal an.«

»Warum willst du nicht hingehen?«

»Ich denke, ich will schon.« Sie schwenkte den Wein in ihrem Glas.

»Traust du dir nicht zu, mit zwei Männern zu jonglieren?«

»Das klingt furchtbar.« Maddie erinnerte sich an das letzte Treffen mit Gunnar, das abgesehen von der Kälte wunderbar romantisch gewesen war.

»Ich finde, es klingt ziemlich gut.« Tamsin saß in dem tiefen Sessel, in dem sie fast verschwand.

»Du bist schrecklich.«

»Ich weiß. Aber zurück zu dir.«

»Zu mir?« Maddie blickte zum Fenster hinaus.

»Ja, zu dir und den zwei Männern.«

»Vielleicht wäre das doch eine Idee.« Maddie lachte.

»Luder.« Tamsin nahm einen Schluck Wein. »So was hätte ich dir gar nicht zugetraut.«

»Ich auch nicht. Jedenfalls bis jetzt.« Maddie sank in

einen Sessel. »Nein, ich schaffe das nicht. Zwei Männer sind mir zu viel.«

»Schaffst du es nicht, oder willst du es nicht?«, erkundigte sich Tamsin.

»Beides.« Sie konnte Gunnar nicht an der Nase herumführen, wenn ihr Herz etwas anderes sagte. Das war nicht sie oder zumindest nicht die Maddie, die sie kannte.

»Okay. Für welchen entscheidest du dich?«

»Keine Ahnung.« Sie wusste es sehr wohl, wollte es im Moment aber weder Tamsin noch irgendjemandem sonst gestehen.

»Wer törnt dich mehr an?«, fragte Tamsin grinsend.

Maddie errötete.

»Raus mit der Sprache.«

Maddie erinnerte sich sehr wohl, wie frustriert sie gewesen war, als Tamsin mit Anthonys Kostenvoranschlägen für Marks Pläne bei Mark geklingelt hatte.

»Du willst es mir nicht verraten?« Tamsin wartete. »Ich glaube, ich weiß es auch so.«

»Ach.«

»Ja. Ruf den Wikinger lieber an und sag ihm, dass du's nicht schaffst.«

»Tamsin.« Maddie sah sie mit großen Augen an.

»Maddie, ich bin nicht auf den Kopf gefallen. Ich merke doch, wie du Mark anschaust. Der Wikinger ist ziemlich appetitlich, aber du willst Mark.«

»Ist es so deutlich?«, fragte Maddie.

»Für mich schon. Ob der Rest der örtlichen Bevölkerung das schon spitzgekriegt hat, weiß ich nicht …« Tamsin zuckte mit den Schultern.

»Kein Wort mehr, sonst überlege ich ernsthaft, ins Kloster zu gehen.« Maddie trank einen Schluck Wein.

»Wolltest du nicht genau das, als du nach Cornwall gekommen bist?«

»Schon möglich. Ich wusste ja nicht, was mich hier erwartet. Ich war verzweifelt.«

»Das Leben hier ist gut.«

»Ja, und ich will es nicht durcheinanderbringen. Affären waren nie was für mich. Das bin einfach nicht ich. Mark scheint mir nicht gerade ein guter Kandidat für eine ernsthafte Beziehung zu sein. Was meinst du?«

Bevor Tamsin ihr eine Antwort geben konnte, war von draußen das Quietschen von Autoreifen zu hören.

»Wer ist das?« Tamsin spurtete zum Fenster, vor dem ein Wagen wegfuhr. »Immerhin sitzt keiner von meinen Jungs am Steuer. Hannah ist da.«

»Na toll.« Maddie nahm einen großen Schluck Wein. »Freitagabend mit meiner reizenden Stieftochter. Vielleicht sollte ich die Einladung des Wikingers doch annehmen.«

»Ja, das solltest du.« Tamsin kehrte zum Sessel zurück.

»Wie bitte?«

»Ich weiß, dass du mehr auf Mark stehst, aber der Wikinger ist toll, interessiert und frei.«

»Versuchst du, mich vor Mark zu warnen?«, fragte Maddie.

»Nein, ich sage bloß, dass er komplizierter ist.«

»Danke für den Hinweis.«

»Wozu hat man Freunde?«

Als das Telefon klingelte, zuckte Maddie zusammen. Tamsin ging ran. »Hallo?«

Maddie glaubte zwar nicht, dass das Gunnar war, aber wenn ja, musste sie sich schnell eine Ausrede einfallen lassen.

»Hi, Mark. Wie war's in Penzance? Du wolltest sicher

nicht mich sprechen, sondern Maddie.« Tamsin grinste und reichte Maddie den Hörer.

Maddie verzog das Gesicht. »Hi.«

»Wie geht's?«, fragte Mark.

»Gut, danke.« Maddie schluckte.

Bestimmt hörte Mark, wie Tamsin im Hintergrund vor sich hin kicherte. Maddie signalisierte ihrer Freundin, dass sie still sein solle, doch Tamsin schenkte ihr keine Beachtung.

»Hättest du heute Abend auf einen Drink oder was zu essen Lust?«

»Abendessen klingt gut. Tamsin sagt, sie wollen ins Shipwrights.« In Gesellschaft hoffte Maddie, sicher zu sein vor ihren eigenen Begierden.

»Wollen wir uns dort treffen, oder soll ich dich abholen?«, fragte er.

Komm hierher, dann müssen wir nirgendwohin, dachte sie, sagte aber: »Treffen wir uns doch um halb acht dort.«

»Bis dann.«

Sie legte auf und wandte sich zu Tamsin.

»So schlimm können die Dinge nicht stehen, wenn man für den Freitagabend gleich zwei Angebote hat, oder?«, fragte Tamsin schmunzelnd.

Maddie lächelte. »Nicht schlimm, nur kompliziert.«

Hannah rannte, ohne Maddie und Tamsin zu begrüßen, in ihr Zimmer und boxte in ihr Kissen. Will würde die nächsten Ferien nicht nach Hause kommen. Seine Familie wollte zum Schifahren. Scheiße. Warum hatte sie sich ausgerechnet einen Freund ausgesucht, der nicht hier zur Schule ging?

In seiner E-Mail hatte er sich vielmals entschuldigt. Bestimmt hatte er in der Schule eine andere. Warum auch nicht? Schließlich saß sie hier in der Einöde fest.

Sie schickte Abi eine SMS.

Glaube, ich mache Schluss mit Will. X

Sie marschierte im Zimmer auf und ab, bis Abis Antwort kam.

Warum? Dachte, du magst ihn. X

Stimmt, aber er ist nicht da. Brauche jemanden hier. X

Vielleicht sollte sie sich einen Jungen aus der Schule suchen. Ein paar waren gar nicht so schlecht. Aber was passierte dann, wenn Will nach Hause kam? Ha, geschah ihm recht, wenn er nicht öfter da war!

»Hannah, Telefon!«, rief Maddie herauf.

Hannah trottete nach unten. Wann würden sie sich endlich einen zweiten Apparat anschaffen?

Hannah riss Maddie den Hörer aus der Hand und lächelte Tamsin zu. Warum konnte Maddie nicht so wie Tamsin sein? Die war cool, so wie eine Mum sein sollte, nicht wie diese Hippie-Künstlerin, auf die alle Männer flogen.

Am anderen Ende der Leitung hörte sie Emma. Sie würden am Abend ausgehen; wollte sie mitkommen? JA! Ein Abend zu Hause mit Maddie war das Letzte, was sie sich jetzt wünschte.

»War das Emma?«, erkundigte sich Tamsin.

Manchmal fragte sich Hannah, ob Tamsin Gedanken lesen konnte. »Ja.«

»Sie will was mit dir unternehmen?«

»Ja. Kino.«

»Schön. Wer hat dich heute nach Hause gebracht?«, erkundigte sich Tamsin.

»Ted.«

»Ted Dunne?«

»Ja, warum?« Hannah runzelte die Stirn.

»Wollte nur wissen, wessen Wagen da so gequält wurde.«

»Sehr komisch.« Hannah nahm einen Apfel und verließ die Küche. Als sie die Treppe hinaufging, hörte sie sie lachen. Sie würde nie kapieren, wie zwei alte Frauen an einem Freitagabend daheim herumsitzen konnten. Wie langweilig!

Sollte sie zu ihrer Röhrenjeans die Ballerinas oder die Converse Sneakers anziehen? Hannah probierte beide an und kickte die Schuhe gegen den Schrank. Das erinnerte sie an den Abend, an dem der Hammer in den Schrank gekracht war. Ohne dieses Missgeschick hätte sie OT nicht kennengelernt, und das wäre schrecklich gewesen. Es ging ihm schon viel besser. Sie hatte den gestrigen Abend mit ihm verbracht und kaum glauben können, welche Fortschritte er gemacht hatte. Tagsüber brauchte er niemanden mehr, und die Nächte übernahm meistens Mark. Die beiden schienen sich ziemlich nahezustehen.

Hannah schlüpfte in die Ballerinas und schlang ein leuchtend lilafarbenes Tuch um den Hals. Was nun? Sie wollte nicht bei Maddie in der Küche warten; mit Tamsin allein wäre es etwas anderes gewesen. Mit Tamsin fiel ihr das Reden leicht, weil die einfach bloß zuhörte und nicht wegen allem ein Riesentrara machte. Maddie war in letzter Zeit ziemlich durch den Wind. Hannah hätte gern gewusst, warum. Früher hatte Maddie nie ihre Gefühle gezeigt, jetzt war sie plötzlich hypersensibel.

Hannah warf einen Blick auf ihre Bücher, hatte aber keine Lust auf Hausaufgaben. OT drängte sie, in der Schule fleißiger zu sein, und sie gab sich Mühe, aber irgendwann reichte es. Warum konnte er sie nicht unterrichten? Er war als Lehrer sicher cool gewesen.

Sie musste die Sache mit Will regeln. Hannah griff zum Handy. Es funktionierte einfach nicht, wenn er so selten da war. Sie begann gerade eine SMS zu tippen, als eine Nachricht von Abi eintraf.

Hast du nicht gesagt, er küsst gut? X

Ja. X

Nein, eigentlich wollte sie nicht mit Will Schluss machen. Hannah las seine E-Mail noch einmal.

Hannah,
ich dachte, ich hätte dir das mit dem Urlaub gesagt. Wir gehen jedes Jahr Skifahren. Ich würde mir wirklich wünschen, dass du uns begleitest, und hab meine Eltern gefragt, ob es geht. Mum hätte nichts dagegen, aber im Chalet ist nicht genug Platz.

Wenn du möchtest, könntest du nächstes Jahr mitkommen.

Ich finde es schrecklich, dass wir uns Ewigkeiten nicht sehen, aber an Ostern haben wir einen ganzen Monat miteinander.

W

Hannah spielte an ihrer Halskette herum. Würde er sie einladen, nächstes Jahr mitzukommen, wenn er eine andere hätte? Sie löschte ihre SMS.

Dann trat sie an den Schrank und holte die reparierte Schatulle heraus. Der Schaden war jetzt Teil ihrer Geschichte, sichtbar, aber keine Katastrophe. Hannah öffnete sie und nahm die Tasse und die Untertasse mit dem Wappen der Penventons heraus. Sie hatte sich im Internet schlaugemacht. Es passte zu dem in der Mauer über dem Küchenfenster. OT hatte ihr das lateinische Motto übersetzt. Es lautete »Kraft durch Gott«, was sie ziemlich dämlich fand, aber es war ja auch nicht ihr Wahlspruch. Wie konnte ihrer lauten? Sie hatte keine Ahnung. Der von OT wäre sicher so etwas wie »Handle immer mit Respekt«.

Sie nahm den nächsten Gegenstand, ein mehrmals gefaltetes Dokument, das aufgrund des schweren Siegels sehr offiziell aussah und das gleiche Wappen trug wie die Untertasse, heraus. Eigentlich, dachte Hannah, sollte sie es Maddie geben, weil die eine Penventon war. Als sie einen Wagen in der Auffahrt hörte, legte Hannah es vorsichtig auf ihren Schreibtisch. Die Jungs kamen, um sie abzuholen. Mit der Geschichte von Trevenen würde sie sich später befassen.

18

Warum konnte nicht jemand wie Tamsin auf sie warten und sich anhören, wie der Abend gewesen war?, dachte Hannah, als sie die Haustür öffnete und das Licht anmachte. In der Küche schaltete sie den Fernseher und den Wasserkessel ein. Wie öde, wenn man sich selber den Tee kochen musste! Mit der Tasse in der Hand setzte sie sich vor die Glotze und sah sich einen Horrorfilm an. Es war fast Mitternacht und weit und breit keine Maddie. Maddie hatte sich mit Tamsin treffen wollen, das war der letzte Stand gewesen. Vielleicht waren sie bei Tamsin, dachte Hannah.

Um halb zwei war der Film zu Ende und noch immer keine Spur von der bösen Stiefmutter. Hannah wählte Maddies Handynummer, keine Antwort. Sollte sie Tamsin anrufen und fragen, ob Maddie bei ihr war? Das würde dämlich ausschauen. Sie machte sich eine Tasse grässlichen Instantkaffee und gab drei Löffel Zucker hinein, damit er nach irgendwas schmeckte.

Dann ging sie in ihr Zimmer, wo ihr Blick auf das Dokument auf ihrem Schreibtisch fiel. Sie wog es in der Hand, drehte es um und ließ den Finger unter der Klappe zu dem unversehrten Siegel gleiten. Warum war es nicht erbrochen worden? Hatte es nie jemand gefunden, oder war es neu versiegelt worden?

Sollte sie es weglegen und auf Maddie warten? Hannah holte ein Messer aus der Küche. Wer würde schon merken, dass sie es geöffnet hatte? Sie schaute durchs Fenster auf die Auffahrt und schob, bevor sie es sich anders überlegen konnte, die Klinge unter das Siegel.

Ihre Hände zitterten, als sie das Dokument entfaltete. Trotz der verschnörkelten Schrift gelang es ihr, Trevenen, Penventon und die Jahreszahl 1570 zu entziffern. Die Sprache war gedrechselt; sie hielt das Dokument für ein Testament. Die Namen Catherine, Mary, Philip und Thomas las sie ohne Mühe, der Rest konnte alles Mögliche heißen. OT würde ihr sicher helfen, es zu entschlüsseln.

Sie ging wieder in die Küche hinunter und schaltete den Fernseher noch einmal ein, fand jedoch keine interessante Sendung. Um zwei Uhr machte sie ihn gähnend wieder aus. Wo, zum Teufel, blieb Maddie? Hannah lief auf und ab und wählte Maddies Handynummer; es ging nur die Mailbox ran. Scheiß-Cornwall. Kein Empfang, wenn man ihn brauchte. Bestimmt waren sie auf einem Fest, möglicherweise mit dem blonden Typen, der aussah, als wäre er einem schlechten Pornofilm entsprungen. Vielleicht bumsten sie gerade bei ihm daheim. Die Schlampe.

Hannah ging vor Kälte bibbernd die Treppe hinauf. Wärmflasche? Ja, das war eine gute Idee. Sie kehrte in die Küche zurück. Während sie wartete, dass das Wasser warm wurde, wählte sie noch einmal Maddies Nummer. Es war fast halb drei. Wenn Maddie die Nacht nicht daheim verbringen wollte, hätte sie das Hannah wenigstens sagen können. Das war eine Frage des Stils. Wieder ging sofort die Mailbox ran. Wo steckte sie bloß? Hannah stellte sich Maddie im Krankenhaus vor. Sie nahm den Hörer von der Gabel des Festnetzanschlusses, um sich zu vergewissern, dass das Telefon funktionierte, und hörte klar und deutlich den Wählton.

Egal. Wenn Maddie im Sterben lag oder tot war, würden sie es ihr schon sagen. Sie legte sich mit der Wärmflasche ins Bett. Der starke Wind draußen bog die Äste des großen Baums und peitschte den Regen gegen das Fenster. Tolle Nacht zum Alleinsein, dachte Hannah, drückte die Wärmflasche enger an sich und versuchte zu schlafen.

Als Maddies Blick beim Betreten des Shipwrights auf Tristan fiel, ahnte sie, dass Mark nervös sein würde. Maddie wusste, was es bedeutete, mit den eigenen Fehlern zu leben: Es war die Hölle. Tamsin dirigierte sie zu ihrem Tisch.

»Soll ich mal nachsehen, was auf der Essenstafel steht, während Anthony sich um den Wein kümmert?« Tamsin ließ Mark und Maddie allein am Tisch zurück.

»Alles in Ordnung?«, fragte Maddie Mark mit einem Blick auf Tristan und Judith.

»Ja.«

»Gut. Ich geh nur kurz rüber und begrüße sie.«

»Okay.«

Sie bahnte sich einen Weg zur Theke.

»Hallo.«

»Könnte gut sein, dass Sie tatsächlich Petrocs Tochter sind«, bemerkte Judith.

Maddie sah sie fragend an.

»Amerikaner«, erklärte Tristan mit einem breiten Grinsen.

»Verstehe. Hat Helen Ihnen von dem Bild erzählt?«, erkundigte sich Maddie.

»Ja, aber nicht, was es bedeutet«, antwortete Judith.

»Das weiß ich auch nicht so genau. Es gab da mal einen amerikanischen Künstler, der im Stall von Trevenen logiert hat.«

»Ach.« Judith beugte sich ein wenig vor.

»Helens Gemälde sieht aus wie eins von meinen. Natürlich könnte das alles Zufall sein, aber ich habe den Namen Peter Johnson im Internet gefunden, und seine Werke kommen mir irgendwie vertraut vor.«

»Cool«, sagte Judith und lehnte sich wieder zurück.

»Dann sind wir also nicht verwandt?«, fragte Tristan.

»Wer weiß.« Maddie zuckte mit den Achseln.

»Mach doch einfach den DNS-Test«, schlug Judith vor.

Maddie, der klar war, wie viel so ein Test kostete, biss sich auf die Lippe.

»Haben Sie schon Kontakt zu dem Künstler aufgenommen?«, erkundigte sich Tristan.

»Noch nicht.« Maddie lachte. »Ich weiß nach wie vor nicht so recht, wie ich es anpacken soll.«

»Schwierige Situation.«

Maddie nickte.

»Hallo, alle.« Nate Barton gesellte sich zu ihnen. Maddie erinnerte sich vage, dass sie ihn bei einem Besuch im Pub kennengelernt hatte. »Tristan, schade, dass die Baugenehmigung für deine Scheune nicht erteilt wurde. Versuchst du's noch mal?«

Tamsin tippte Maddie auf den Arm. »Hallo. Tut mir leid, ich muss euch Maddie entführen. Sie soll sich ihr Essen aussuchen.«

»Sagen Sie Bescheid, ob Sie den Test machen wollen«, bat Tristan lächelnd.

»Okay.« Maddie folgte Tamsin zu der Tafel mit den Speisen.

»Was für einen Test?«, fragte Tamsin.

»Lange Geschichte.« Maddie warf einen Blick auf die Tafel.

»Vergiss das Essen. Da spaziert grade was viel Interessanteres ins Pub.« Tamsin wandte sich der Tür zu. Als Maddie ihrem Blick folgte, sah sie Gunnar auf sich zukommen.

»Hi«, begrüßte Tamsin ihn strahlend. »Wir haben Maddie zum Essen hergeschleppt. Setzt du dich zu uns?«

»Gern.« Er schenkte Tamsin ein Lächeln und sah Maddie fragend an. Maddie zuckte mit den Achseln.

Dass sie Gunnar hier begegnete, war ausgesprochen schlechtes Timing und einfach nicht fair. Maddie hatte die beiden Männer getrennt halten wollen, aber am Ende hatten sie nebeneinander an der Theke gestanden, der eine blond und lässig, der andere dunkel und mürrisch. Und die verdammte Tamsin hatte ausgesehen, als hätte sie den Hauptpreis im Lotto gewonnen.

Maddie beobachtete vom Fenster in Tamsins Küche aus, wie die drei Männer versuchten, den Motor von Freds Wagen anzuwerfen, der ihm in der Auffahrt abgestorben war. Maddie hörte Tamsin vor sich hin summen, während sie die Reste des Nachtischs wegräumte, den sie nach dem Pubbesuch gezaubert hatte. Maddie wusste immer noch nicht so genau, wie es dazu gekommen war, dass sie plötzlich alle Scharade gespielt hatten, aber es war ein Mordsspaß gewesen. Das Spiel erschien ihr wie ein Symbol für ihr gegenwärtiges Leben.

Als Maddie merkte, dass die Männer zu ihr hochsahen, trat sie einen Schritt zurück. Mark hatte Maddie eingeladen, und nun verbrachte er den Abend mit seinem Rivalen. Recht war ihm das sicher nicht.

Es war zwei Uhr morgens, Maddie gähnte.

»Dein Glas ist leer.« Tamsin trat zu ihr. »War dir nicht recht, dass die zwei zusammenkommen, was?«

»Könnte man so sagen.« Maddie hielt die Hand über ihr Glas. »Wasser, bitte. Ich muss einen klaren Kopf behalten.«

»Und welcher von beiden ist dir jetzt, wo du sie nebeneinander gesehen hast, lieber?«

»Tamsin!«

»Hab ich was Schlimmes gesagt?«, fragte Tamsin mit Unschuldsmiene.

»Allerdings. Sie könnten jeden Moment reinkommen.« Maddie blickte noch einmal zum Fenster hinaus.

»Wo ist das Problem? Sie stehen beide auf dich.«

»Ich weiß, genau das gefällt mir nicht.« Maddie knabberte an ihrer Unterlippe.

»Und warum nicht?«

»Du kennst mich, wie ich jetzt bin, aber früher war alles anders, und ich glaube, diese Veränderungen verwirren mich.«

»Wie warst du denn früher?« Tamsin lehnte sich gegen die Arbeitsfläche.

»Vor John habe ich nur mit einem Mann geschlafen. Ich war ein artiges katholisches Mädchen – wahrscheinlich ein kleiner Freak.«

»Was genau willst du mir damit sagen?« Tamsin hob fragend eine Augenbraue.

»Nur, dass ich bisher ein gesittetes Leben geführt habe und dieses Chaos mir völlig neu ist.«

»Versteh's doch einfach als Neuanfang. Es ist nie zu spät für Veränderungen. Gönn dir zwei Männer, amüsier dich ein bisschen.«

»Leichter gesagt als getan. Alte Gewohnheiten lassen sich nur schwer ablegen.«

»Du bist schön und frei. Lass los, genieße das Leben.«

»Ich fühle mich überhaupt nicht frei.«

»Warum nicht?«

»Gute Frage. Mir wird allmählich klar, dass meine Trauer um John schon vor seinem Tod begonnen hat. Egal, wie oft ich mir damals einzureden versucht habe, dass die Medikamente wirken würden: Tief in meinem Innern wusste ich, dass sie nicht helfen.«

»Dann ist Hannah der Grund?«, fragte Tamsin.

»Meinst du?« Maddie leerte ihr Wasserglas.

»Ja. Sie will nicht, dass du ein neues Leben beginnst, weil das eine Bedrohung für sie wäre.«

»Ich bezweifle, dass Hannah sich von irgendetwas bedroht fühlt.« Maddie strich sich die Haare aus der Stirn.

»Ich glaube, du schätzt sie falsch ein. Sie ist schrecklich unsicher.«

»Mag sein, aber was ist mit mir?«

»Hältst du dich denn für unsicher?« Tamsin nahm einen Schluck Wein.

»Das habe ich nicht gemeint.«

»Dann erklär's mir.«

»Vielleicht brauche ich doch noch ein Glas Wein.«

»Gern.« Tamsin schenkte ihr ein.

»Hannah denkt nie an mich. Ich bin für sie die Wurzel allen Übels. Fast könnte man meinen, dass ich ihren Vater umgebracht habe. Dabei habe ich mein eigenes Leben vernachlässigt, um ihn zu pflegen. Ich habe meine Karriere aufgegeben und mein Geld und meine Seele verloren. Damit will ich nicht sagen, dass ich etwas bedaure, aber so hatte ich mir meine Ehe mit John nicht vorgestellt.«

»War's eine Hochzeit mit weißem Brautkleid und allem Drum und Dran?«, fragte Tamsin.

Maddie schüttelte den Kopf. »Nein. Aber immerhin

habe ich geglaubt, ich hätte meinen Seelenverwandten gefunden, und ich bin mit offenen Armen auf Hannah zugegangen. Ich wollte eine Familie und ein Zuhause. Stattdessen habe ich ein Jahr Ehe mit einem wunderbaren Mann bekommen, und dann hat sich alles in nichts aufgelöst.«

Tamsin legte ihre Hand auf die von Maddie.

»Ich weiß, das ist egoistisch, aber durch Johns Diagnose ist mir mein Leben genommen worden. Mit einem Schlag habe ich alles verloren, auch die Zuneigung, die Hannah vielleicht einmal für mich empfunden hat. Aus mir unerfindlichen Gründen macht sie mich verantwortlich für die Krankheit ihres Vaters. Es war meine Schuld, dass wir das Haus in London verkaufen mussten, und es ist meine Schuld, dass ich noch lebe.«

»Ach, Maddie.«

»Lass gut sein. Ich weiß, dass ich sentimental bin, aber ich habe wirklich alles für John und seine Tochter geopfert, und was habe ich dafür gekriegt? Nichts als Kummer.« Maddie nahm einen weiteren Schluck Wein. Sie hätte sich nichts sehnlicher gewünscht, als ihren Schmerz über das Baby, der immer stärker wurde, laut herauszuschreien. Diese Wunde hatte die Zeit nicht geheilt.

»Ich weiß, wie ich mich anhöre. Ich weiß, dass Hannah niemanden hat, aber ich habe auch niemanden. Für sie bin ich die Stiefmutter aus der Hölle, und das habe ich allmählich satt. Ich gebe ihr ein Dach über dem Kopf und was zu essen; sie sollte dankbar sein.« Maddie traten Tränen in die Augen.

»Diese Gefühle sind völlig in Ordnung.« Tamsin trat näher zu ihr.

Maddie lachte. »Nein, sind sie nicht.«

»Keiner erwartet von dir, dass du eine Heilige bist.«

»Nur ich.«

»Da kann ich dir auch nicht helfen. Ich kann dir nur sagen, dass du völlig normal bist.«

»Danke.« Maddies Mundwinkel zuckten. »Ich bin genau wie die unzähligen anderen alleinstehenden Frauen, die sich eigene Kinder wünschen und merken, dass ihnen das Leben zwischen den Fingern zerrinnt. Mit dem einzigen Unterschied, dass ich einen Drachen daheim habe, der mich hasst.«

»Du bist noch nicht zu alt, um selbst eine Familie zu gründen«, erklärte Tamsin.

»Und wie soll ich das dem Monster in meinem Leben verklickern?«

»Wie lange empfindest du dein Verhältnis zu Hannah schon so?« Tamsin füllte Maddies Glas nach.

»Keine Ahnung. Seit dem Umzug hierher ist es jedenfalls eindeutig schlechter geworden.«

»Wie das?«

»So genau weiß ich das auch nicht. Irgendwie stimmt nichts mehr. Die letzte nette Geste von ihr war, als sie das Foto meiner Mutter gefunden hat. An Weihnachten hat sie sich nicht mal die Mühe gemacht, mir eine Karte zu schreiben, geschweige denn ein Geschenk für mich zu besorgen.«

»Tja, tut weh, aber sie ist ein Teenager und hat ihren Schmerz noch nicht verarbeitet. Ihre Mutter hat sie doch verlassen, oder?«

»Ja, was ich heute verstehen kann.« Maddie blinzelte; das war ihr so herausgerutscht.

»Das stimmt nicht. Du würdest sie niemals im Stich lassen, nicht einmal jetzt. Ich weiß, dass sie ziemlich schwierig ist, aber versuch mal, dich in ihre Lage zu versetzen. Zuerst hat ihre Mum sie verlassen, und dann ist auch noch ihr Vater gestorben.«

»Im Moment weiß ich nicht mehr so recht, warum ich hier bin.«

»Weil du sie liebst«, erklärte Tamsin.

»Tue ich das? Wenn von ihr nur Bitterkeit zu erwarten ist, bin ich mir nicht sicher, ob es sich lohnt, so weiterzumachen wie bisher. Ich sollte Trevenen verkaufen, sie ins Internat stecken, und aus. Vielleicht mache ich das sogar.« Maddie drehte das Glas zwischen ihren Händen. Das Frühjahr stand vor der Tür, die beste Zeit, Trevenen zu verkaufen.

»Bist du wirklich an dem Punkt angelangt?«

»Ich glaube schon. Letztlich hält mich nur meine Loyalität diesem alten Gemäuer gegenüber zurück. Meine Mutter hat es geliebt, und es ist schon so lange im Besitz der Penventons.« Maddie schluckte. »Wenn ich es verkaufe, ist es damit vorbei, aber mit mir hört die Linie sowieso auf. Ich bin die Letzte in der Familie, also kann ich genauso gut das Handtuch werfen und Hannah und Trevenen loswerden, die beide deutlich mehr brauchen, als ich zu geben in der Lage bin.«

»Sobald die Scheune verkauft ist, hast du genug Geld.«

»Falls.« Maddie zuckte mit den Achseln. Alles hing am seidenen Faden. Sie nahm einen Schluck Wein und beobachtete, wie Mark und Gunnar die Küche betraten. Was wollte sie wirklich?

19

Mark wartete, bis Maddie die Tür von Trevenen aufschloss. Abgesehen von ein paar Abschiedsworten an Gunnar, der sie an der Kreuzung verlassen hatte, waren sie schweigend von Tamsin hierhergegangen. Maddie war hundemüde und wollte nur noch ins Bett.

»Danke fürs Heimbringen.«

»Gern geschehen«, sagte er.

»Möchtest du im Gästezimmer schlafen? Dann müsstest du nicht mehr nach Hause.«

»Gute Idee.«

»Aber bitte mach schnell. Ich kann vor Müdigkeit die Augen kaum noch aufhalten.« Maddie lehnte sich an die Wand.

»Das sehe ich.« Mark gab ihr einen Kuss. Sie hätte ihn gern erwidert, doch ihr Körper machte nicht mit. Mark schob sie durch die Tür und schloss sie hinter ihnen. Maddie blinzelte, weil das Licht aus der Küche sie blendete.

»Wo, zum Teufel, bist du gewesen?«, brüllte Hannah sie an.

»Was?« Plötzlich war Maddie hellwach.

»Du hast mich verstanden. Wo hast du dich rumgetrieben? Es ist verdammt noch mal halb vier.«

»Ja, stimmt«, pflichtete Mark ihr mit ruhiger Stimme bei. »Hast du dir Sorgen gemacht?«

»Nein.« Hannah stand mit gespreizten Beinen und verschränkten Armen da.

»Warum sitzt du dann um diese nachtschlafende Zeit mit einer Decke in der Küche?«

»Ich konnte nicht schlafen.«

»Hast du's schon mit heißer Milch probiert?«, fragte Mark.

»Sehr komisch«, zischte Hannah.

Maddie sank auf einen Stuhl und beobachtete geistesabwesend, wie Mark einen Topf mit Milch auf den Herd stellte. Hannah blieb der Mund offen stehen. Maddie hätte gelacht, wenn sie noch die Energie dazu besessen hätte.

»Hannah, du wolltest mir gerade erklären, dass du dir Sorgen um Maddie gemacht hast. So große, dass du nicht schlafen konntest.« Er nahm Tassen aus dem Schrank.

»Blödmann. Ich konnte nicht schlafen, Punkt.«

»Warum wolltest du dann wissen, wo sie war?«

»Das geht Sie verdammt noch mal nichts an.«

»Hannah, Ausdrucksweise.« Maddie versuchte sich aufzusetzen.

»Halt den Mund. Du treibst dich bis in die Puppen mit Mark rum und glaubst, ich wüsste nicht, was Sache ist. Der will dir doch bloß an die Wäsche wie den ganzen andern Weibern, die er schon hatte, und hinterher lässt er dich fallen wie eine heiße Kartoffel.«

»Ich hab genug von deinem Gezetere.« Maddie stand auf und gab Hannah eine schallende Ohrfeige. Auf Hannahs Wange war deutlich der rote Abdruck ihrer Hand zu sehen.

Hannah erstarrte, und Maddies Beine begannen zu zittern. Sie war gleichermaßen entsetzt und erleichtert über diese Aktion.

»Herrgott, Maddie!«, herrschte Mark sie an. »Setz dich hin.«

Maddie sank in einen Sessel und starrte Hannah an, die Anstalten machte zu gehen.

»Hannah, bleib da. Ihr zwei müsst miteinander reden.« Er goss die heiße Milch in die Tassen. »Es ist mein Ernst.«

»Nehmen Sie sie jetzt wieder in Schutz, Mark? Das hier ist ein Fall fürs Jugendamt.«

»Natürlich könntest du dich ans Jugendamt wenden, aber was würde das bringen?« Mark nahm einen gehäuften Löffel Kakaopulver aus einer Dose.

Hannah marschierte aus der Küche. Dabei stieß sie die Dose um, so dass der gesamte Inhalt auf dem Boden landete.

»Scheiße.« Maddie sprang auf, um das Pulver aufzukehren.

»Bleib sitzen. Ich mach das schon.«

Doch Maddie holte bereits Besen und Schaufel unter der Spüle hervor. Wieder einmal hatte Hannah eine Schneise der Verwüstung hinterlassen, diesmal allerdings zu Recht. Als Maddie das klar wurde, sank sie auf die Knie.

»Lass. Das kann warten.« Mark nahm ihr die Schaufel aus der Hand, zog sie hoch, drückte sie in den Sessel und gab ihr eine Tasse.

»Mark.« Sie versuchte, wieder aufzustehen.

»Bleib sitzen. Fürs Erste ist hier genug passiert.«

Maddie verzog das Gesicht. Sie hatte ihre Stieftochter geschlagen. Früher hatte sie alles im Griff gehabt, jetzt klappte nichts mehr. Der Himmel allein wusste, was Mark nun von ihr dachte.

Die Haustür schlug zu.

»Ich muss ihr nach.« Maddie stand auf.

»Bleib sitzen. Du bist nicht in der Verfassung, irgendwohin zu gehen.« Er legte ihr die Hand auf die Schulter und schob sie zurück in den Sessel. »Sie kriegt sich schon wieder ein.« Er schaute zum Fenster hinaus und ging in die Diele.

Kurze Zeit später kehrte er in die Küche zurück. »Sie geht zu Old Tom.«

»Um diese Uhrzeit kann sie ihn doch nicht aufwecken.« Maddie gähnte.

»Er ist Frühaufsteher, und im Moment könnte ich mir keinen besseren Gesprächspartner für sie vorstellen. Er ist fair und mag dich.«

»Danke.«

»Kannst du mir erklären, was hier gerade abgelaufen ist?«, fragte er.

Sie schüttelte den Kopf. Sie wusste es selbst nicht.

»Dann lass uns am Anfang beginnen. Ist euer Verhältnis immer so gewesen, oder bringe ich sie so in Rage?«

Maddie musste lachen. »Du hast damit nichts zu tun.«

»Wirklich nicht?« Er setzte sich.

»Seit dem Tod ihres Vaters hat Hannah sich sehr von mir distanziert. Jetzt hasst sie mich.«

»Hass war das nicht, dass sie deinetwegen aufgeblieben ist.«

»Was dann?«

»Sorge. Sie wusste nicht, wo du bist, und konnte dich nicht erreichen.«

»Woher weißt du das?« Sie stellte die Tasse weg.

»In der Diele habe ich gesehen, dass dein Handy mehrere Mailbox-Nachrichten anzeigt. In Tamsins Haus ist der Empfang sehr schlecht, das wissen alle.«

»Warum hat sie nicht einfach Tamsin angerufen?«, fragte Maddie.

»Das wäre ein Zeichen von Schwäche gewesen.«

»Und durch die Ohrfeige bin ich nun tatsächlich zu der blöden Kuh geworden, für die sie mich immer schon gehalten hat.«

»Das habe ich nicht gesagt.«

»Doch.«

»Maddie, du siehst das, glaube ich, nicht so klar. Sie musste mal in die Schranken gewiesen werden. Ich erkläre dir nur, dass sie sich Sorgen um dich gemacht hat.«

»Und das hat ihr das Recht gegeben, so ausfallend zu werden?« Maddie runzelte die Stirn.

»Nein, doch sie ist ein Teenager und weiß noch nicht, wie man mit intensiven Gefühlen umgeht.«

»Ich offenbar auch nicht.«

»Das habe ich nicht gesagt.«

»Nein, aber gedacht.« Maddie seufzte.

»Nein. Das ist deine Interpretation. Ich hätte ihr auch eine gescheuert. Ich war sogar nahe dran.«

»Echt?« Maddie stützte den Kopf in die Hände.

»Ja, wahrscheinlich hätte ich mich eher für einen Tritt in den Hintern entschieden.« Er legte eine Hand auf die ihre.

»Wäre passender gewesen. Wahrscheinlich ruft sie beim Jugendamt an.«

»Nein, tut sie nicht. Dass sie zu Old Tom geht, ist die vernünftigste Lösung. Er wird sich anhören, was sie zu sagen hat, und ihr dann seine Sicht der Dinge erklären. Er tut ihr gut.«

»Das weiß ich. Anders als ich.«

»Das stimmt nicht. Du liebst sie.«

Die Welt stand Kopf. Hannah hatte auf Maddie gewartet, weil Maddie bis in die Puppen unterwegs war. »Ja, wahrscheinlich hast du recht. Doch momentan verliere ich das leicht aus dem Blick.«

»Wenn sie dir nicht wichtig wäre, würden ihre Worte dir nicht so wehtun.«

Maddie lächelte dankbar.

»Und jetzt leg dich ins Bett und versuch zu schlafen. Später wirst du die Energie brauchen.«

Maddie stand auf. »Möchtest du immer noch im Gästezimmer übernachten?«

»Es sei denn, du bietest mir was anderes an.« Mark hob fragend eine Augenbraue.

»Damit Hannah endlich einen Grund hat, mich anzubrüllen? Lieber nicht.«

Mark lachte und küsste sie auf die Stirn. Als Maddie das Wohnzimmer durchquerte, bedauerte sie fast, ihn ins Gästezimmer geschickt zu haben, denn die Vorstellung, sich an ihn zu kuscheln, war verführerisch.

Das Kissen über den Ohren verhinderte nicht, dass sie das Weinen hörte. Nachdem Maddie sich eine Weile schlaflos hin und her gewälzt hatte, setzte sie sich auf. Sie hatte leichte Kopfschmerzen. Eigentlich, dachte sie, hätte sie es verdient gehabt, sich schlechter zu fühlen. Ihr Ausrasten in der vergangenen Nacht war unverzeihlich, der zweite unverzeihliche Akt ihres Lebens.

Vor ihrem Mund bildeten sich Atemwolken. Marks Heißlüfter richtete nicht viel gegen die Kälte aus. Seufzend akzeptierte sie, dass die Geräusche nicht verschwanden, wenn sie sich unter der Bettdecke verkroch.

Sie zog ihre wärmsten Kleider an, schlich sich nach unten und schaltete das Licht im Wohnzimmer ein. Die Geräusche waren verstummt, stellte sie erleichtert fest. Es musste also eine streunende Katze, vielleicht auch ein Fuchs gewesen sein. Maddie hatte weder mit dem Geistlichen noch mit jemand anders über diese Geräusche gesprochen. Sie beschloss, sich einen Tee zu kochen und in der Nische hinter dem Kamin nachzusehen.

Ein Blick auf ihre Uhr sagte ihr jedoch, dass es sieben war, viel später als erwartet. Am Morgen blieb es um diese Jahreszeit lange dunkel. Sie ging in die Küche.

»Guten Morgen.« Mark saß mit Papier und Bleistift am Tisch.

»Morgen.« Maddie begrüßte ihn mit einem Lächeln.

»Hast du gut geschlafen?«, erkundigte er sich.

»Nein. Und du?«

»Nein.«

»Was hat dich gestört?« Sie stellte den Kessel auf den Herd und nahm die Teekanne und zwei Tassen aus dem Schrank.

»Ich glaube, eine Katze.«

Maddie blieb wie angewurzelt stehen. »Du hast es auch gehört?«

»Ja. Ich habe mich umgeschaut, aber nichts gesehen.« Er stand auf und streckte sich. »Es schien aus dem Schmugglerversteck zu kommen, doch Geräusche werden manchmal auf merkwürdige Weise übertragen.«

Maddie nickte und holte tief Luft. »Bist du in den Raum gegangen?«

»Ja, ohne etwas zu entdecken. Die Platten darin sind toll. So große findet man heute nicht mehr, jedenfalls nicht für den Boden.«

»Sie erinnern mich an Grabsteine.«

Er lachte. »Die Größe könnte hinkommen. Vielleicht sind das tatsächlich ausrangierte Grabsteine.«

Maddie fröstelte. Sie beschloss, das Thema zu wechseln. »Wozu brauchst du Papier und Stift?«

»Für meine Liste zu erledigender Dinge.«

»Würdest du was für mich dazuschreiben?«, fragte sie.

Er nickte.

»Eine Zusammenstellung guter Immobilienmakler.«

»Ist es schon so weit?«

»Offen gestanden, weiß ich das nicht so genau, aber …« Maddie sah zum Fenster hinaus.

»Aber was?«, hakte er nach.

»Ich würde gern wissen, welche Optionen ich habe.« *Falls ich überhaupt welche habe*, fügte sie für sich hinzu.

»Möchtest du Trevenen verkaufen?«

»Nein.« Maddie seufzte. »Doch manchmal haben unsere Wünsche wenig mit der Realität zu tun.«

Hannah rieb sich die Augen, als sie in der Küche Mark mit OT reden hörte. Wann war der gekommen?

»Ich hab dich schon erwartet.« OTs Stimme war leise, aber deutlich.

»Ist sie noch da?«, fragte Mark.

»Ja, sie schläft auf dem Sofa. Die Arme ist ganz erschöpft.«

»Das wundert mich nicht. Was hat sie erzählt?«

Hannah hasste es, wenn andere Leute über sie redeten, war jedoch zu müde zum Aufstehen.

»Zwischen den Tränen? Dass Maddie ihr eine Ohrfeige gegeben hat. Dass du mit Maddie schläfst und ihr Leben in Trümmern liegt. Dass Maddie sie im Stich lässt oder, besser gesagt, dass du ihr Maddie wegnimmst.«

»Für dieses Problem gibt es eine einfache Lösung: Wenn ich mich zurückziehe, beruhigt sich Hannah.«

Mark war wirklich ein schlaues Kerlchen. Hannah drehte sich um.

»Nein. Der Nächste, der sich für die schöne Maddie interessiert, erleidet das gleiche Schicksal, und Hannah schiebt Maddie nur noch weiter weg, um sich selbst zu schützen.«

»Was willst du mir damit sagen?«, fragte Mark.

»Dass Hannah Angst davor hat, wieder im Stich gelassen zu werden.«

Hannah setzte sich auf.

»Ach.«

»Ja. Ich glaube, hinter ihrem Zorn verbirgt sich Angst, dass Maddie sie verlässt wie ihre leibliche Mutter. Sie fürchtet, dass Maddie mit irgendeinem Mann abhaut und sie vergisst«, erklärte OT.

Hannah schwang die Füße über den Rand des Sofas.

»Dann ist es meine Schuld«, sagte Mark.

»Nein, so würde ich das nicht ausdrücken, mein Junge. Hannah ist von den Ereignissen ihres Lebens traumatisiert und macht deshalb oft Theater. Aber es ist noch nicht alles verloren. Maddie liebt Hannah. Und du magst Hannah und liebst Maddie.« OT hüstelte.

»So sieht deine Theorie aus?«

»Ja.«

»Du meinst wirklich, dass das alles so simpel ist?«, fragte Mark.

»Es ist alles andere als simpel. Wie du weißt, habe ich nie geheiratet. Mir ist nur zu klar, dass auch Dinge, die auf den ersten Blick einfach erscheinen, sich als sehr schwierig erweisen können. Wie geht's Maddie?«

»Sie ist erledigt, und sie macht sich Sorgen.«

Geschieht ihr recht, der blöden Kuh. Hannah streckte sich.

»Ruf sie an und sag ihr, dass mit Hannah alles in Ordnung ist«, schlug OT vor.

In Ordnung? Von wegen. Hannah rieb sich die Augen.

»Ja, Sir.« Mark lachte.

Hannah hörte, wie Mark die Nummer wählte. »Maddie? Sie ist hier und schläft. Tom sagt, es geht ihr gut.«

Hannah lauschte in die Stille hinein.

»Nicht nötig. Möchtest du mit Tom reden?«, fragte Mark.

Nein, das war keine gute Idee, dachte Hannah. OT durfte Maddie ihre Gedanken nicht verraten. Sie fühlte sich schon entblößt genug durch das, was er Mark erzählt hatte. Aber in einer Hinsicht täuschte sich OT gewaltig: Ihr würde es gelingen, Maddie und Mark auseinanderzubringen.

Hannah stand vom Sofa auf und ging in die Küche. »Was machen Sie hier?«

»Ich wollte gerade mit Tom Tee trinken. Und du?« Mark begrüßte sie mit einem Lächeln.

Lügner. Hannah ließ sich auf einen Stuhl plumpsen. »Sie wissen verdammt noch mal ganz genau, wieso ich da bin.«

»Ausdrucksweise, Hannah«, ermahnte OT sie.

»Sorry.« Sie ließ die Schultern hängen.

»Hannah, wärst du so freundlich, für uns alle Tee zu kochen?« OT erhob sich von seinem Stuhl und ging ins Wohnzimmer.

»Klar.« Hannah warf Mark einen bösen Blick zu. Bestimmt hatte Maddie ihn geschickt. Das traute sie ihr zu, der blöden Kuh. Selber hatte sie nicht den Mut; sie schickte immer den Mann vor.

Hannah stellte die Teesachen aufs Tablett. OT war so

eingefahren in seinen Gewohnheiten, aber immer dankbar für ihre Gesellschaft. Sie schwenkte das kochende Wasser in der Kanne und beobachtete, wie einige alte Teeblätter im Abfluss verschwanden. In den frühen Morgenstunden hatten sie drei Kannen voll getrunken. Er hatte am Kamin gelesen, als sie gekommen war.

Hannah sah Mark an, der mit nachdenklichem Blick in dem kleinen Sessel beim Kamin saß, als sie das Tablett ins Zimmer trug. Bei dem nächtlichen Streit zwischen ihr und Maddie war er erstaunlich ruhig geblieben.

»Danke, Hannah.« OT schenkte ihr ein Lächeln, das ihr sagte, dass sie in Ordnung war.

»Gern geschehen.« Als sie sich aufs Sofa setzte, wusste sie, dass die nächsten Worte aus OTs Mund lauten würden: »Bitte schenk den Tee ein.« Er folgte immer den gleichen Ritualen.

»Würdest du bitte den Tee einschenken, Hannah?«, fragte OT.

»Ja.« Sie tat das, was sie bei ihrem ersten Besuch gelernt hatte. Ihre Arbeit in der Werkstatt fehlte ihr, aber ihr war klar, dass OT fürs Erste nicht so lange stehen konnte.

Hannah reichte Mark eine Tasse und betrachtete dabei seine großen Hände, die sie daran erinnerten, wie er vergangene Nacht die Milch heiß gemacht hatte. So übel war Wills Onkel gar nicht, aber er würde nicht mit Maddie zusammenkommen, dafür musste Hannah sorgen.

»Danke, Hannah«, sagte Mark.

Hannah widerstand der Versuchung, ihm den Stinkefinger zu zeigen, und rang sich ein Lächeln ab. Dann gab sie OT eine Tasse. Er sah schon viel besser aus und hatte wieder Farbe. Um Neujahr hatte es ziemlich übel um ihn gestanden. Die Zeit im Krankenhaus hatte nicht gerade geholfen. Gott sei Dank, dachte Hannah, hatte ihr Vater kaum Zeit in Kliniken verbracht. Vor ihrem geistigen Auge sah sie ihn auf seinem Bett im Wohnzimmer liegen. Ihre Freunde hatten nicht verstanden, warum er dort, mitten im Geschehen, sein wollte, weil sie nicht mit seiner Krankheit umgehen konnten. Dass er krank war, bedeutete noch lange nicht, dass er nicht mehr am Leben teilnehmen wollte.

Warum musste sie gerade jetzt an ihren Dad denken? Die beiden Männer hier hatten keinerlei Ähnlichkeit mit ihm. Mark war vom Aussehen her sogar das genaue Gegenteil von ihm. Dad war kleiner, schmaler und heller gewesen. Und OT sah aus wie ein altmodischer englischer Gentleman.

»Hannah, würdest du bitte mal nachsehen, ob noch Kuchen da ist? Mark hätte bestimmt gern ein Stück, und ich möchte auch eins.«

Hannah schenkte OT ein Lächeln und bedachte Mark mit einem scharfen Blick, als sie in die Küche ging. Wie konnte OT Mark gegenüber nur so aufmerksam sein? Natürlich hatte Mark OT in höchster Not geholfen und Hannah vor dem Ertrinken gerettet, aber er liebte Maddie. Das hatte OT jedenfalls behauptet, und Mark hatte ihm nicht widersprochen.

Von der Küche aus konnte sie ihre Stimmen hören, jedoch nicht verstehen, was sie sagten. Hannah war schon fast wieder bei ihnen, als ihr einfiel, dass sie Teller, Servietten, ein Messer und Kuchengabeln brauchte. Manchmal ging ihr das ganze Brimborium auf die Nerven, aber weil sie OT mochte, nahm sie seine Schrullen in Kauf.

»Ah, du hast welchen gefunden. Prima. Danke. Mark, können wir dich zu einem Stück überreden?« OTs Hand verharrte über dem Kuchen, als würde er ihn segnen. Warum sorgte er dafür, dass Mark hierblieb, obwohl er wusste, dass Mark so ziemlich der letzte Mensch war, den Hannah jetzt sehen wollte? OT tat nie etwas ohne Grund, was also hatte er vor? Mark nickte lächelnd. Fast hätte Hannah sich gewünscht, ihn mögen zu können, aber das war unmöglich, solange er sich für Maddie interessierte.

20

Maddie gab ihre Notizen in den Computer ein:

> Lieber Peter,
> mein Name ist Madeline Hollis, ich bin die Tochter von Nancy Penventon.

Sie hielt inne. Das war klar und deutlich, aber wie sollte es weitergehen?

> Ich schreibe Ihnen, weil ich kürzlich ein Haus geerbt habe, Trevenen in Cornwall, und …

Und was? Erinnern Sie sich daran, mit meiner Mutter geschlafen zu haben? Nein, so funktionierte das nicht.

> … gewisse Dinge ans Licht gekommen sind.

Maddies Finger verharrten über den Tasten. Das war vage genug.

> Ich wollte fragen, ob Sie sich an den Sommer 1970 und Ihren Aufenthalt in Trevenen erinnern, denn ich versuche, die Teile eines Puzzles zusammenzufügen …

Eine ganz schöne Untertreibung, dachte Maddie.

> ... Vielleicht können Sie mir dabei helfen. Wenn es Ihnen nichts ausmacht, würde ich Sie gern anrufen.

Maddie verzog das Gesicht. Es klang alles schrecklich plump. Trotzdem war dieser Versuch immer noch besser als die fünf vorangegangenen. Sie hatte es satt, weiter nachzudenken, gab ihre Kontaktdaten ein und drückte auf »Senden«, bevor sie es sich anders überlegen konnte.

Maddie nahm die Papiere aus ihrer Tasche. Sie hatte den Nachmittag in der Bibliothek von Helston mit Internetrecherchen über Hannahs Mutter zugebracht. Allzu viel hatte sie nicht herausgefunden, aber wenigstens mehr als bei ihren früheren Nachforschungen. Ob Johns alte Freunde mit Susan in Kontakt geblieben waren? Morgen würde sie ein paar von ihnen anrufen; möglicherweise wären sie in der Lage, sie über die Geschehnisse damals aufzuklären.

Maddie sah auf die Uhr. Es war halb sieben, Hannah noch nicht zu Hause. Maddie hatte sich für ein Abendessen mit Gunnar herausgeputzt; Hannah sollte schon seit einer Stunde daheim sein. Maddie versuchte sich einzureden, dass sie sich keine Sorgen zu machen brauchte.

Seit dem vergangengen Samstag hatte Maddie Hannah behandelt wie ein rohes Ei. Sie hatten kaum miteinander gesprochen. Maddie hätte sich gern entschuldigt, und je mehr sie über den Vorfall nachdachte, desto klarer wurde ihr, wie falsch die Ohrfeige gewesen war. Natürlich hatte Hannah sie provoziert, aber das war keine Rechtfertigung. Maddie wusste nicht, wie sie verhindern sollte, dass die Kluft zwischen ihnen unüberwindlich wurde, und das anhaltende Schweigen half da auch nicht.

Als das Telefon klingelte, zuckte sie vor Schreck zusammen.

»Maddie, ich bin's, Tom.«

»Wie geht's?«, erkundigte sie sich.

»Sehr gut, danke. Hannah ist bei mir. Sie hilft mir mit meinen Büchern. Mach dir keine Sorgen.«

Maddie stieß einen Seufzer der Erleichterung aus. »Danke, Tom.«

»Die Jugend ahnt nichts von unseren Sorgen. Sie erkennt das Problem nicht.«

»Das habe ich auch schon gemerkt.«

»Hast du morgen Abend schon etwas vor? Darf ich dich zum Essen einladen?«, fragte er.

»Gern. Soll ich was mitbringen?«

»Eine Nachspeise. Ich liebe Süßes, bin aber leider in puncto Zubereitung ein hoffnungsloser Fall.«

»Klar. Um wie viel Uhr?«

»So gegen halb acht.«

»Wunderbar. Danke.«

Maddie legte auf. Wäre Hannah ein Zacken aus der Krone gefallen, wenn sie sie selbst angerufen hätte?, fragte sich Maddie. Nein, so durfte sie nicht denken, denn das schürte nur wieder ihre Wut. Hannah war ein Teenager und musste noch viel lernen. Wenn Maddie ihr doch nur hätte helfen dürfen …

Maddie schaute noch einmal auf die Uhr. Gunnar kam zu spät. Momentan brauchte sie eine unkomplizierte, hauptsächlich sexuelle Beziehung, um nicht zu vergessen, dass sie keine vertrocknete alte Jungfer war. Sollte sie also alle Vorsicht über Bord werfen? Sie ahnte, dass ihr das nicht gelingen würde, weil sie einfach nicht so gestrickt war. Aber versuchen konnte sie es wenigstens. Vielleicht würde Gunnar eine interessante Nacht erleben …

Wieder klingelte das Telefon. Maddie stand von ihrem Sessel auf. »Hallo.«

»Ich bin's, Gunnar.«

»Hi.«

»Schlechte Nachrichten: Leider muss ich dir absagen. Mein Produzent möchte das Skript bis morgen. Ich werde die ganze Nacht durcharbeiten.«

»Ist schon okay.« Maddie versuchte, sich ihre Enttäuschung nicht anmerken zu lassen. Wenn Gunnar geahnt hätte, was für eine Gelegenheit ihm entging!

»Darf ich dich in ein paar Tagen noch mal anrufen, damit wir einen anderen Termin ausmachen?«, fragte er.

»Gern.« Konnte sie die Begierde, die sie vor ein paar Minuten empfunden hatte, bis dahin aufrechterhalten, oder würde der gesunde Menschenverstand die Oberhand gewinnen?

»Ich muss zurück an die Arbeit. Tschüs.« Er legte auf.

Tja, so viel zum Thema ausschweifendes Leben. Hallo, Freitagabend vor der Glotze … Sie warf einen Blick in den Kühlschrank.

Tamsin hatte recht: Sie durfte nicht zu hart mit sich selbst ins Gericht gehen. Aber die Aussicht, den Freitagabend allein zu Hause zu verbringen, verbesserte ihre Laune nicht gerade.

»Tja, Trevenen, dann sind wir zwei heute wohl allein.« Das Prasseln des Regens war die einzige Antwort, die sie bekam.

»Du willst auch nicht mit mir reden? Was habe ich dir getan?« Wieder Stille, abgesehen vom Brummen des

Kühlschranks. »Nichts, sagst du. Ich würde gern so viel mehr machen, kann es aber noch nicht.« Sie hoffte, dass die Sache mit der Scheune klappte.

Maddie wandte sich dem Fenster zu. Wieso dachte sie jetzt an Mark? Nicht er hatte sie für den Abend zum Essen eingeladen. Sie hatte ihn seit vergangenem Samstag nicht mehr zu Gesicht bekommen, und er fehlte ihr. Lag das an seinen Lachfältchen oder daran, wie ihr Körper reagierte, wenn er sich in der Nähe befand? Hör auf damit, schalt sie sich, nahm die Hühnersuppe vom Vortag aus dem Kühlschrank und knallte die Tür zu. Dabei landete ein Spritzer auf ihrer Bluse.

»Scheiße.«

Maddie stellte die Schüssel auf den Tisch und machte sich auf den Weg durchs Haus. Trevenen brauchte jede Menge Liebe, und sie hatte sich wirklich Mühe gegeben, dem alten Gemäuer so viel zu geben, wie sie konnte. Aber die frische Wandfarbe kaschierte nur die Oberfläche und erreichte nicht die eigentlichen Bedürfnisse des Hauses. Maddie blieb im Wohnzimmer stehen.

Als Erstes wanderte ihr Blick wie immer zum Kamin. Mark hatte ihr bestätigt, dass die Schieferplatten wie Grabsteine aussahen. Maddie seufzte. Das Weinen verfolgte sie jede Nacht. Sie versuchte weiter, sich einzureden, dass das eine Katze war, doch ihr Herz sagte etwas anderes. Sie kannte das Weinen von Neugeborenen. Aber natürlich war das verrückt.

Sie sah sich in dem Raum um. Er hatte eine hohe Decke, in den Ecken bröckelte der Putz, und feuchte Flecken verunzierten die Wände. Sie wusste in etwa, wie sich der Stuck restaurieren ließ, hatte jedoch keine Zeit dazu, weil sie versuchen musste, Geld zu verdienen. Früher war sie mit ihrer

Zeit sehr viel besser ausgekommen als jetzt. Sowohl ihre Kunst als auch Trevenen verdienten mehr, als sie ihnen gab.

Im Schlafzimmer schlüpfte sie aus ihrem hübschen Seidentop und in einen weichen Kaschmirpullover, der ein paar Mottenlöcher aufwies, aber mollig warm war. Dazu zog sie ihre Lieblingsjeans und dicke Socken an, bevor sie in die Küche zurücktappte.

Nachdem sie die Suppe auf den Herd gestellt hatte, nahm sie einen Laib Brot aus der Tiefkühltruhe. Sie beäugte gerade eine Flasche Wein, als sie das Knirschen von Rädern auf dem Kies der Auffahrt hörte. Durchs Fenster konnte sie des prasselnden Regens wegen keinen Wagen erkennen. Es war eine scheußliche Nacht, und sie fragte sich, wie Hannah nach Hause kommen würde.

Maddie ging zur Tür und öffnete sie. Davor stand der völlig durchnässte Mark.

»Komm schnell rein.« Maddie wich ihm aus, um nicht nass zu werden.

»Dir auch einen schönen Abend.«

»Sorry, das war unhöflich.« Sie küsste ihn zur Begrüßung auf die Wange, holte ein Handtuch aus der Küche und reichte es ihm. Er rubbelte sich die Haare trocken, die anschließend so zerzaust waren, dass sie kichern musste.

»So komisch?«, fragte er.

»Ja. Was ist passiert?«

»Ich hatte einen Platten.«

»Keine Pannenhilfe?«

»Kein Empfang, und den Reifen könnte ich auch selber wechseln.«

»Klar«, spottete Maddie.

Mark warf mit dem feuchten Handtuch nach ihr.

»Hey«, beklagte sie sich.

Er trat zu ihr. »Ich war die ganze Woche in Tresco auf den Scillys. Bei dem schlechten Wetter haben die Telefone nicht funktioniert.«

»Aha.« Maddie stützte sich an der Rückenlehne des Stuhls hinter ihr ab.

»Ich habe mir Sorgen um dich gemacht«, gestand er.

»Danke.«

»Alles in Ordnung?«

»Ja, jedenfalls bin ich trockener als du.« Sie lachte.

»Dazu gehört nicht viel.« Er verzog die Mundwinkel zu einem Grinsen.

»Wie wahr. Du solltest deine nassen Sachen ausziehen und dich zum Trocknen an den Herd stellen.«

Er trat so nahe an sie heran, dass ihre Jeans nass wurden.

»Zieh dich aus«, flüsterte Maddie.

»Bist du sicher?«, fragte er, sein Mund nur wenige Zentimeter von dem ihren entfernt.

»Ja, sonst holst du dir eine Erkältung.«

»Mir ist gar nicht kalt«, sagte er.

»Mir auch nicht.« Als sie einen Schritt zurücktrat, stieß sie gegen den Tisch. »Ich hol dir meinen alten Morgenrock.«

»In dem sehe ich sicher toll aus.«

»Bestimmt.« Als Maddie in ihr Zimmer hinaufging, stellte sie sich Mark in ihrem Morgenmantel mit den rosa- und lilafarbenen Blumen vor. Sie wusste nicht, warum sie das scheußliche Ding, das sie einmal von ihrer Mutter bekommen hatte, noch nicht entsorgt hatte. Die arme Frau wäre entsetzt gewesen, wenn sie gewusst hätte, dass bald ein nackter Mann es tragen würde. Maddie kehrte in die Küche zurück, wo Mark, nur das Handtuch um die Hüften, auf sie wartete.

»Willst du mich malen?«, fragte er mit einem breiten Grinsen.

»Gar keine schlechte Idee. Würdest du mir für einen Akt Modell stehen?«

»Das tue ich doch fast schon. Aber hier drin ist es ein bisschen frisch.«

»Stimmt.« Sie ging zu ihm und hielt ihm den Morgenmantel hin. Dabei wünschte sie sich nichts sehnlicher, als seinen Körper zu berühren.

»Ich wusste gar nicht, dass du voyeuristische Neigungen hast«, stellte er fest.

»Sorry, Berufskrankheit.« Sie wandte ihm errötend den Rücken zu.

»Jetzt kannst du dich ohne Gefahr umdrehen«, verkündete er.

»War's denn vorher gefährlich?«, fragte sie.

»Kommt drauf an.«

»Ach.« Maddie biss sich auf die Lippe.

»Deine Augen senden ziemlich interessante Signale aus.«

»Tatsächlich?«

»Ja.«

»Leider muss ich dir sagen, dass Rosa und Lila nicht deine Farben sind.« Sie schaltete den Herd aus.

»Dann werde ich in dem Aufzug wahrscheinlich kein Glück bei Frauen haben«, seufzte er.

»Nein.« Sie lächelte. »Bleibst du zum Essen?«

»Wenn du möchtest. Der Ersatzreifen von meinem Wagen hat auch einen Platten. Ich hab's gerade noch bis hierher geschafft.«

»Willst du jemanden anrufen?« Maddie schnitt das Brot auf.

»Könntest du mir deinen Wagen bis morgen leihen? Bei dem Wetter muss man niemanden unnötig aus dem Haus hetzen. Wo steckt übrigens Hannah?«

»Bei Old Tom. Soweit ich weiß, hat sie einen großen Teil der Woche bei ihm verbracht. Er hat mich für morgen Abend zum Essen eingeladen.«

»Mich auch.«

»Ich wette, das ist ein Dankeschönessen, was bedeutet, dass Tamsin und Anthony und noch ein paar andere da sein werden.«

»Schätze, da hast du recht.«

Sie holte tief Luft. Wenn sie Mark nicht ansah und einfach ein ganz normales Gespräch mit ihm führte, vergaß sie vielleicht, dass er unter dem geblümten Monstrum splitterfasernackt war.

»Soll ich den Tisch decken?«, fragte er.

»Ja, danke.« Maddie konzentrierte sich auf den Toaster.

»Suppe?«, erkundigte er sich.

»Leider hab ich nichts anderes. Ich hatte keinen Besuch erwartet.« Maddie goss die Suppe in Schalen und legte den Toast auf einen Teller, während Mark ganz entspannt in ihrem alten Morgenrock, unter dem seine nackte Brust zu erkennen war, am Tisch saß. Als sie sich setzte, versuchte sie sich vorzustellen, was sich unter dem Tisch verbarg.

»Wie ist es diese Woche mit Hannah gelaufen?« Er nahm einen Löffel Suppe.

»Keine Ahnung.«

»Wieso nicht?«, fragte er.

»Die meiste Zeit war sie bei Old Tom, und wenn sie hier ist, redet sie kaum mit mir.« Maddie legte ihren Löffel weg.

»Steht es so schlimm?«

»Ja.« Sie runzelte die Stirn. »Noch Suppe?«

»Nein, danke, das war wunderbar.«

Sie musste lachen. »Hühnersuppe von gestern und wunderbar? Das ist ja mal was Neues.«

»Doch. Hühnersuppe kocht man nicht für einen Menschen allein.«

»Stimmt, so hatte ich das noch gar nicht betrachtet.« Sie legte den Kopf ein wenig schief.

»Hast du dir denn Hühnersuppe gemacht, als du noch allein warst?«, erkundigte sich Mark.

»Nein.« Warum war Mark Single? Er sah gut aus, besaß viele Fähigkeiten und war ein liebenswerter Mensch. Es ergab keinen Sinn. »Mark?«

»Oje, das klingt ernst.«

Maddie biss sich auf die Lippe. »Warum hast du nicht wieder geheiratet?«

»Die Buschtrommeln sind also schon bis zu dir vorgedrungen.«

»Tamsin sagt, du hättest deine Frau vor einiger Zeit verloren … Aber egal. Das geht mich nichts an.« Hätte sie dieses Thema doch nicht angeschnitten!

»Lass es mich so ausdrücken: Ich tue mich schwer mit Bindungen.«

»Ach.« Sie hatte gehofft, dass er etwas sagen würde wie: »Ich habe einfach noch nicht die Richtige gefunden.« Sie räumte, ohne ihn anzusehen, das Geschirr ab. »Käse?«

»Nein, danke.«

Weil sie nicht hörte, wie er auf bloßen Füßen hinter sie getreten war, stieß sie an der Spüle mit ihm zusammen.

»'tschuldigung.« Maddie trat einen Schritt beiseite.

»Den Abwasch übernehme ich«, erbot er sich.

»Danke, aber setz dich mal lieber. Der Boden ist zu kalt ohne Socken.«

»Das halte ich schon aus.«

Er war ihr so nahe, dass sie seinen Geruch wahrnahm. Sie starrte seine Brustbehaarung an und hob die Hand, um darüberzustreichen, hielt jedoch inne.

»Was möchtest du, Maddie?«

Maddie schluckte. »Dich.«

»In dem Ding? Ist das dein Ernst?« Er deutete auf den geblümten Morgenrock.

»Wenn's sein muss, auch darin, aber lieber wärst du mir ohne.« Sie zog ihn zu sich heran.

Hannah nahm das Dokument vorsichtig aus ihrem Rucksack. OT saß mit gefalteten Händen ihr gegenüber am Küchentisch. Sie entfernte das rosafarbene Seidenpapier. Das war das Einzige, was sie zum Schutz hatte finden können. Gott sei Dank schien das Schriftstück den Schultag unbeschadet überstanden zu haben. Hannah gab es OT. Er nahm es mit zitternder Hand. Das Zittern machte ihr Kummer; es war ihr schon beim Tee aufgefallen.

Er ließ die Finger darübergleiten und entfaltete es vorsichtig. Als sie ihn dabei beobachtete, kam ihr das Wort »Ehrfurcht« in den Sinn. OT behandelte das Dokument mit Ehrfurcht. Vielleicht hätte sie es nicht in ihrem Rucksack herumtragen sollen.

»Du hast das Schriftstück in der Schatulle gefunden, die wir repariert haben?«

Hannah nickte. OTs Finger glitten über den Text, als würde er Blindenschrift lesen.

»Ich hab versucht, es zu entziffern, bin aber nicht weit gekommen«, gestand Hannah.

»Verständlich. War das Siegel schon erbrochen, als du es entdeckt hast?«, erkundigte er sich.

Hannah schluckte. Jeden anderen hätte sie angelogen, aber bei ihm konnte sie das nicht. »Nein.«

»Interessant.« Er beugte sich noch einmal darüber. »Es handelt sich tatsächlich um eine Art Testament.«

»Von wem?«, fragte Hannah.

»Von einer Catherine Penventon.«

Hannah trommelte mit den Fingern auf den Tisch. Sie wusste, dass OT sich nicht drängen ließ. Also stand sie auf und schaute ihm über die Schulter in der Hoffnung, plötzlich doch die Wörter lesen zu können, aber es gelang ihr wieder nicht. Frustriert wandte sie sich ab und blickte durchs Fenster in den nicht enden wollenden Regen hinaus.

»Sehr interessant«, sagte OT und lehnte sich auf seinem Stuhl zurück.

»Was?«

»Sag mir, was du sonst noch über die Penventons weißt.«

»Nicht viel.«

»Verstehe.« Er legte die Fingerspitzen aneinander. Hannah erschien es, als würde er beten.

»Auf den ersten Blick ist das einfach das Testament von Catherine Penventon, in dem sie Trevenen ihrem Sohn Thomas vermacht, zu dessen Vormund Catherine ihren Bruder James Penventon bestimmt. Ihrer Schwester Mary räumt sie darin ein Wohnrecht für das Haus ein, solange sie unverheiratet bleibt.«

»Auf den ersten Blick?«

»Ja. Ich habe das Gefühl, dass mehr hinter der Sache steckt. Hast du sonst noch Dokumente aus der Zeit gefunden?«

»Nein, warum?«

»Vielleicht täusche ich mich, aber falls sie keine Witwe war und einen Cousin namens Penventon geheiratet hatte, ist etwas nicht so, wie es auf den ersten Blick erscheint.«

»Ein uneheliches Kind?«

»Mit letzter Sicherheit kann ich das nicht sagen, doch es ist interessant, dass dieses Testament nie geöffnet wurde.«

Hannah nickte.

»Hast du im Haus eine Familienbibel oder irgendwelche anderen Familiendokumente gesehen?«

»Ja, ich glaube schon.« Hannah erinnerte sich vage an etwas Großes, Dickes, Verstaubtes, wusste aber nicht mehr, wo es lag. »Was ist so schlimm an einem unehelichen Kind?«

»Was bringen sie dir in der Schule über Sozialgeschichte und Kultur bei?«, fragte er.

»Nicht viel, oder ich hab nicht aufgepasst, weil's kein Prüfungsstoff war.« Hannah begann in der Küche auf und ab zu gehen.

OT schüttelte den Kopf. »Könntest du dir, wenn du diese Bibel findest, die erste und die letzte Seite anschauen?«

»Klar, warum?« Hannah setzte sich auf die Kante eines Stuhls.

»In der Familienbibel wurde oft der Stammbaum dokumentiert mit sämtlichen Geburten, Todesfällen, Hochzeiten und so weiter.«

»Ach. Glauben Sie denn, dass so eine alte Bibel im Haus sein könnte?«

»Wahrscheinlich nicht, aber in einer neueren ist möglicherweise verzeichnet, was über die Vergangenheit bekannt war.«

»Cool. Ich weiß, dass Maddie über die Familiengeschichte nachgeforscht hat, weil ihre Notizen auf dem Küchentisch lagen.«

»Wunderbar. Frag sie, was sie herausgefunden hat. Aber noch etwas ganz anderes: Hast du etwas von Will gehört?«

»Ja. Er hat mir eine Mail geschickt. In ein paar Wochen fährt er in Skiurlaub, der Mistkerl.«

»Warum ist er ein Mistkerl, wenn er Ski fahren geht?«, fragte OT.

»Weil er deswegen in den nächsten Ferien nicht da ist.« Hannah verdrehte die Augen.

»Ah, verstehe.« OT schlug das Testament vorsichtig in das rosafarbene Seidenpapier ein. »Hast du denn etwas Besonderes vor in den Ferien?«

»Nein.« Sie betrachtete ihre Fingernägel. »Ich glaube nicht. Allerdings hab ich seit letzter Woche kaum mit Maddie geredet.«

»Findest du das klug?«

»Nein, aber so fühle ich mich eben.«

»Hat sie versucht, mit dir zu sprechen?«

»Ja.« Hannah spielte, den Blick auf den Boden gesenkt, mit ihrer Halskette.

»Und du hast sie abblitzen lassen.«

»Ja. Sie ist eine blöde Kuh.« Hannah hob die Hand, als sie sah, dass OT sie wegen ihrer Ausdrucksweise rügen wollte. »Ich muss mit ihr zusammenleben, aber das ist auch schon alles.«

»Mehr möchtest du nicht?«

»Nein.« Sie spürte, wie ihre Augen feucht wurden. »Sie sorgt dafür, dass ich was zwischen die Zähne kriege. Obwohl ich sie mir nicht ausgesucht habe, muss ich noch ein paar Jahre bei ihr bleiben.«

»Und wie sieht sie das deiner Ansicht nach?«

»Sie hat sich dafür entschieden.« Hannah wandte sich ab.

»Was schließt du daraus?«, fragte er.

»Dass Dad ihr ein schlechtes Gewissen gemacht hat«, presste Hannah hervor.

»Sie hätte Nein sagen können. Zuvor hatte sie dich ja nicht adoptiert, oder?«

»Nein, aber sie ist zu dumm zum Neinsagen.«

»Ist dumm deiner Meinung nach das richtige Wort? Das würde bedeuten, dass ihr euch beide unter Wert verkauft.«

»Mag sein. Möchten Sie Tee?« Hannah ging zur Spüle und krallte die Hände um den weißen Keramikrand.

»Nein, danke, aber nimm dir ruhig einen.«

»Danke. Ich glaube, ich mache einen Spaziergang.« Sie schaute zum Fenster hinaus.

»Bei dem Wetter? Wenn Maddie dich nicht holen kommen kann, solltest du die Nacht hier verbringen. Leider bin ich noch nicht wieder in der Verfassung zu fahren.«

Hannah blickte in die Dunkelheit des Gartens hinaus, ohne etwas zu erkennen. Sie hörte nur, wie der Regen gegen das Fenster schlug. OT hatte recht: Bei dem Wetter konnte sie nicht hinaus.

»Hannah, möchtest du darüber reden?«

»Ich dachte, Sie waren Geschichtslehrer, kein Psychologe?«

»Zum Unterrichten ist auch ein bisschen Psychologie nötig, findest du nicht?«, fragte er schmunzelnd.

»Nein, Lehrer kauen immer nur Prüfungsstoff wieder.«

»Dann hast du mit deinen Lehrern großes Pech. Und wenn das das Einzige ist, was du von ihnen erwartest, bringst du dich um vieles. Hannah, du bist ein sehr intelligentes Kind.«

»Ich bin kein Kind.« Sie drehte sich tränenüberströmt zu ihm um. Für OT war alles so einfach.

»Dann, junge Frau, solltest du mehr von dir selbst, von deinen Lehrern und von Maddie verlangen.«

»Was hat sie mit meiner Erziehung zu tun?«, fragte Hannah.

»Viel. Sie lebt mit dir zusammen, und zu Hause lernt man am meisten über das Leben.«

»Ich lebe, was anderes muss ich nicht lernen. Maddie hat mir bis jetzt nichts beigebracht, und ich werde auch in Zukunft nichts von ihr lernen.«

»Tatsächlich? Wie wär's mit der Lektion, dass man etwas weitermacht, weil man es für das Richtige hält, auch wenn das nicht ganz einfach ist?«

»So sehen Sie das? Nun nehmen Sie Maddie in Schutz.«

»Ich nehme niemanden in Schutz, ich versuche dir nur zu zeigen, dass es auch eine andere Sichtweise gibt. Wie findest du es, wenn jemand das eigene Leben aufgibt für jemanden, den er liebt?«

»Auf was hat sie denn schon verzichtet? Sie hat mich von London weg- und hierhergebracht.« Hannah wischte sich die Nase mit dem Handrücken ab.

OT reichte ihr sein Taschentuch. »Und davor hat sie sich um deinen sterbenden Vater gekümmert, oder?«

»Sie war seine Frau.«

»Er hätte seine letzten Monate in einem Krankenhaus oder Hospiz verbringen können, aber sie hat ihre eigene Arbeit hintangestellt, um ihn zu pflegen.«

»Woher wissen Sie das alles?«

»Ich habe Ohren, interessiere mich für Menschen, stelle Fragen und gebe mich nicht mit vorgekauten Informationen zufrieden.«

»Danke.« Hannah ging ins Wohnzimmer, wo sie mit dem Gedanken liebäugelte, die Kissen gegen das Sofa zu schleudern, doch das war nicht ihr Zimmer. In OTs Haus hatte alles seinen Platz. Die Bücher standen genauso geordnet in den Regalen, wie die Kissen auf der Couch lagen. Und hinaus konnte sie wegen des Sturms nicht. Scheiße, dachte sie, sie musste sich abreagieren.

»Möchtest du ein Glas Wein oder Sherry?«, rief OT.

Hannah ließ sich laut lachend aufs Sofa fallen. OT hatte ihr einen Drink angeboten, wow!

»Wein, danke.« Hannah zog ein Kissen von dem ordentlichen Stapel und schlang die Arme darum. Sie saß in OTs Haus und in Cornwall fest, und ihr wurde Rotwein in einem Bleikristallglas gereicht. Sie war dabei, den Verstand zu verlieren.

»Besser?«, erkundigte er sich.

»Nein. Wie stellen Sie sich das verdammt noch mal vor?«

»Ausdrucksweise.«

»Scheiß auf die Ausdrucksweise.« Sie nahm einen Schluck. »Danke. Der schmeckt wirklich gut.«

»Ja, ist einer meiner Lieblingstropfen. Leider kann ich ihn nicht mehr trinken. Freut mich, dass er dir schmeckt.«

Die Bleikristallgläser waren Hannah bisher nicht aufgefallen, aber hier hatte sie ja auch selten etwas anderes getrunken als Tee.

»Fehlt Ihnen der Wein?«, erkundigte sie sich und schwenkte das Glas.

»Ja, doch so ist das Leben nun mal. Diesen Wein wird's auch morgen Abend geben.«

»Was ist morgen Abend?«

»Ich habe ein paar Leute zum Essen eingeladen, als Dankeschön. Hast du Zeit?«, fragte er.

»Ich denke schon. Kann ich irgendwas helfen?«

»Ja, das wäre sehr nett. Leider werden wir in der Küche essen müssen, weil ich das Esszimmer nach wie vor zum Schlafen nutze.«

»Ich mag die Küche.« Sie lächelte.

»Ja.«

»Aber das sind nicht Sie, oder?«

»Nein, nicht so ganz.«

Hannah betrachtete schmunzelnd das Glas in ihrer Hand. Sie stellte sich die glänzende Oberfläche des Esstischs mit Kristallgläsern und Silberbesteck eingedeckt vor. So viel Stil besaß die Küche natürlich nicht.

21

Maddies Absatz verfing sich im Zwickel ihres Slips, so dass sie aufs Bett fiel und von dort aus auf den Boden rutschte.

Mark kam besorgt ins Zimmer gelaufen. »Alles in Ordnung?«

Maddie entfernte den schwarzen Spitzenslip von ihrem Schuh, um eine damenhaftere Stellung einzunehmen.

»Sieht's denn so aus?«, fragte sie lachend.

»Für mich schon, aber andere könnten meinen, du befändest dich in einer ziemlich kompromittierenden Lage.«

Maddie warf mit einem Schuh nach Mark.

»Ich fasse das als Aufforderung zu gehen auf.«

»Genau.«

Sobald Mark das Zimmer verlassen hatte, stand Maddie auf. Hatte er sie wirklich gerade auf dem Boden liegend, den Slip an den Hacken, gesehen? Warum hatte sie nur zuerst die Schuhe angezogen?

Maddie strich ihr Kleid glatt und warf einen letzten Blick in den Spiegel. Was sie darin sah, gefiel ihr. Sie ging nach unten.

»Ist Hannah schon weg?«, fragte Maddie Mark, der in der Küche wartete. Bei seinem Anblick setzte ihr Herz einen Schlag aus. Sie hatte ihn noch nie im Anzug gesehen; er war sehr attraktiv. Viel attraktiver als in dem Morgenrock mit den rosa- und lilafarbenen Blumen.

»Nein, sie kommt gleich«, antwortete er.

»Du siehst toll aus.« Maddie ließ eine Hand über sein Revers gleiten und rückte seine Krawatte zurecht.

»Du auch. Und das, was sich unter dem Kleid verbirgt, gefällt mir auch«, sagte er schmunzelnd.

Als sie Hannah auf der Treppe hörte, löste sie sich von ihm. Maddie nahm die Crème, die sie zubereitet hatte.

»Fertig?« Hannah streckte den Kopf zur Tür herein.

Maddie hätte fast der Schlag getroffen. Hannah trug ein elegantes rotes Etuikleid, das ihre hübsche, nur leider meist unter mehreren Schichten Pullover verborgene Figur sehr gut zur Geltung brachte. Lediglich das dicke schwarze Augen-Make-up verdarb den Gesamteindruck. War das dasselbe Kind, das heute mit Old Tom geredet hatte?

»Du siehst hübsch aus«, bemerkte Maddie vorsichtig.

»Danke. Du auch.«

»Danke«, antwortete Maddie verblüfft.

»Wollen wir gehen?« Mark hielt ihnen die Haustür auf. Der Boden war noch nass, aber endlich hatte es zu regnen aufgehört, stellte Maddie erleichtert fest.

»Wie viele Leute erwartet Tom?«, fragte Maddie Hannah im Wagen.

»Acht, dazu OT selber.«

»Ganz schön viele. Toll, dass du ihm geholfen hast.«

»Ja.«

Als sie sich Old Toms Haus näherten, sahen sie, dass alle Lichter brannten. Es parkten bereits drei Autos.

»Wir scheinen die Letzten zu sein.« Mark schaltete den Motor aus.

»Ich muss gleich rein.« Hannah stieg aus und lief zur Tür, so schnell ihre hohen Absätze es erlaubten. Maddie sah ihren wippenden blonden Haaren nach.

»Sie hat sich hübsch gemacht«, bemerkte Mark, als er Maddie die Tür aufhielt und ihr die Crème abnahm.

»Ja, was für eine Überraschung. Bis jetzt habe ich sie nur bei der Beerdigung ihres Vaters so fein gesehen.«

»Old Tom übt einen guten Einfluss auf sie aus.«

»Ja.« Maddie wich auf dem Weg zum Haus den Pfützen aus, weil sie wusste, dass Tom es nicht mochte, wenn seine Gäste die Küche mit nassen Schuhen betraten.

»Willkommen, Maddie. Du siehst hübsch aus, sogar sehr hübsch.« Tom, der Smoking trug, begrüßte sie mit Wangenküsschen.

Maddie ging hinein. So unbeschwert hatte sie sich lange nicht gefühlt, nicht mehr seit den Anfängen ihrer Ehe mit John. Auch Mark schien glücklich zu sein. Sie beobachtete, wie er dem alten Mann die Hand gab und Hannah die Nachspeise in die Küche trug.

Da kam Will hereinspaziert. Er sah seinem Onkel so ähnlich, dass es Maddie fast einen Stich versetzte. Wusste Hannah, dass Will da sein würde? Vielleicht hatte sie sich deshalb so herausgeputzt.

»Hi.« Tamsin drückte ihr ein Glas Sekt in die Hand. »Du siehst toll aus. Liegt's daran, dass Hannah die vergangene Nacht hier verbringen musste?«

»Nein, ich fühle mich nur einfach gut.«

»Dann hat dein Strahlen sicher damit zu tun, dass gestern Abend und heute Morgen niemand da war, als ich bei Mark geklingelt habe. Er grinst auch ziemlich breit.«

»Tamsin!« Maddie verschluckte sich fast an ihrem Drink.

»Mach mir nichts vor. Ich weiß, was Sache ist. War's wenigstens gut?«, fragte Tamsin mit funkelnden Augen. Maddie spürte, wie ihr die Röte ins Gesicht schoss. Sie hätte wissen müssen, dass Tamsin sie durchschaute.

»Hallo, Maddie.« Anthony gab ihr einen Kuss. »Wie hübsch du bist.«

»Danke.« Maddie schaute zu Tamsin, die schmunzelte.

Da hörten sie plötzlich einen Schrei, und ein Topf fiel klappernd auf den Boden. Maddie sah, wie Hannah Will die Arme um den Hals schlang. Nun, das beantwortete ihre Frage, dachte sie. Hannah hatte sich also für Old Tom, vielleicht auch für sich selbst in Schale geworfen, und das war etwas Neues.

Als Maddie sich vom Kamin aus umblickte, erkannte sie Mrs Bates. Mark, der sich mit jemand anders unterhielt, zwinkerte ihr zu.

»Tom, was für eine nette Idee. Aber findest du den Aufwand nicht ein bisschen übertrieben?« Maddie ließ sich von Tom Sekt nachschenken.

»Das meiste hat Hannah gemacht. Ich wollte mit dir über sie reden.«

Maddie nickte.

»Nicht heute Abend«, sagte er.

»Gut. Sie sieht wirklich hübsch aus.«

»Allerdings. Jetzt, wo Will da ist, strahlt sie wieder. Ein bisschen wie du mit Mark.«

»Tom.« Maddie versuchte, schockiert zu wirken.

»Vergiss nie, hier gibt es keine Geheimnisse.« Er wandte sich den Gläsern der anderen Gäste zu.

Mark lächelte Maddie über den Kopf von Mrs Bates hinweg an. Eigentlich wäre sie lieber mit ihm allein gewesen, in Trevenen.

Hannah ging mit einem fröhlichen Lächeln, ein Silbertablett in der Hand, herum. Maddie fragte sich, wie es Tom gelungen war, Wills Überraschungsbesuch vor Hannah geheim zu halten. Aus der Ferne beobachtete sie, wie

Hannah sich höflich mit einer Frau übers Essen unterhielt. Keine Spur von ihrer sonstigen Rotzigkeit. Gab es doch noch Hoffnung?

Mark gesellte sich zu ihr. »Was für eine Verwandlung.« Er schaute zu Hannah hinüber.

»Ja.«

»Habe ich dir schon gesagt, wie schön du heute bist?«, fragte er lächelnd.

»Mark, bitte hör auf damit. Es scheinen sowieso schon alle Bescheid zu wissen«, sagte sie, doch er legte ihr den Finger auf die Lippen.

»Ach. Wie das?«

»Wahrscheinlich, weil du so zufrieden grinst.«

»Am liebsten würde ich dich in die Arme nehmen und küssen.« Seine Stimme senkte sich zu einem Flüstern. »Und noch ein paar Dinge mehr.«

»Mrs Bates, wie schön, Sie zu sehen.« Maddie streckte ihr die Hand in der Hoffnung hin, dass sie Marks Worte nicht gehört hatte.

»Und mich freut es, dass Sie so strahlen.«

»Danke.« Maddie beobachtete, wie Mark sein Lachen mit einem Schluck Sekt kaschierte. »Ich wollte Ihnen ein paar Fragen über Daphne stellen. Kannten Sie sie näher?«

»Ja. Sie war ein guter Mensch«, antwortete Mrs Bates.

»Und wer war Arthur Tripconey?«, wollte Maddie wissen.

»Daphnes Verlobter. Er ist nicht aus dem Krieg zurückgekommen.« Mrs Bates schüttelte den Kopf. »Sie hat keinen anderen Mann mehr angeschaut.«

»Wie schade.«

Mrs Bates legte Maddie die Hand auf den Arm. »Gratuliere zur Baugenehmigung für die alte Scheune. Bedeutet das, dass Sie bleiben?«

Maddie machte große Augen. Davon wusste sie nichts. »Ja, das habe ich vor. Trevenen braucht mich.«

»Stimmt. Hauchen Sie dem Haus neues Leben ein. Jetzt fehlen nur noch Kinder.«

Mark entfernte sich hüstelnd. Maddie verdrehte die Augen. »Ich habe doch Hannah.«

»Stimmt, aber anders als bei Ihnen fließt in ihren Adern kein kornisches Blut, oder?« Mrs Bates blickte zu Hannah.

»Nein, trotzdem ist sie meine Tochter.«

»Trevenen gehört seit Generationen derselben Familie. Und Daphne hat sich sehr gewünscht, dass das so bleibt.«

»Tatsächlich?« Maddie sah sich hastig in dem Raum um. »Sie wussten also, dass ich Nancys Tochter bin?«

»Ja, meine Liebe.«

»Wissen Sie zufälligerweise auch, warum Daphne, obwohl sie von meiner Existenz wusste, sich nicht mit mir in Verbindung gesetzt hat?«, fragte Maddie.

Mrs Bates schaute ins Kaminfeuer. »Wahrscheinlich macht es jetzt nichts mehr, wenn ich über diese Dinge rede.«

»Nein.« Maddie bekam einen trockenen Mund.

»Daphne war am Boden zerstört, als Nancys Schwangerschaft sich allmählich nicht mehr verbergen ließ. Ihr Bruder Diggory hat ihr gedroht, sie umzubringen.« Mrs Bates' Hand wanderte zu ihrem Hals. »Er wollte Nancy zum Schwangerschaftsabbruch überreden und hat ihr gesagt, ihr Leben wäre für immer zerstört, wenn sie das Kind austrägt.«

Maddie stützte sich am Kaminsims ab.

»Daphne hielt nichts von Abtreibungen. Sie wusste, dass Nancy einen Fehler gemacht hatte, aber deswegen ein Leben auszulöschen war für sie keine Lösung.« Mrs Bates winkte Tamsin auf der anderen Seite des Raums zu. »Daphne hatte schreckliche Schuldgefühle, weil es während Nancys Aufenthalt bei ihr passiert war. Eigentlich hätte sie es vorhersehen müssen, aber die arme Daphne hatte nicht erwartet, dass Nancy sich so etwas trauen würde. Ich persönlich glaube ja, dass die feine Schule in London, die das Mädchen damals besuchte, schuld war, doch davon wollte Daphne nichts wissen.« Mrs Bates gab ein missbilligendes Geräusch von sich.

Maddie schluckte.

»Am Ende hat Nancy ihr gesagt, dass sie das Baby behalten möchte. Und Diggory stimmte zu, aber Daphne musste den Kontakt abbrechen.«

Als Hannah ihre Gläser nachfüllte, bedachte sie Maddie mit einem seltsamen Blick. Maddie ahnte, dass sie sehr blass war.

»Daphne ist erst wieder durch die Todesanzeige im *Telegraph* auf die Geschichte aufmerksam geworden. Sie hat erfahren, dass Nancy weggelaufen war, um Sie auf die Welt zu bringen. Diggory hatte darauf bestanden, dass sie das Kind zur Adoption freigibt. Mit Nancy ist ein Teil von Daphne gestorben. Sie hatte das Gefühl, dass ihr Glaube Nancy dazu gebracht hat, das Kind zu bekommen, und dass sie deswegen für ihren Tod verantwortlich war.«

»Wie schrecklich.« Maddie schloss die Augen. Sie spürte Daphnes Schmerz, den ihrer Mutter und ihren eigenen.

»Nancy war für Daphne wie das Kind, das sie selbst nie hatte. Sie wusste nur, dass es Ihnen gut ging, und meinte, sie hätte kein Recht auf Kontakt zu Ihnen, weil Diggory seine Meinung zu dem Thema ziemlich klargemacht hatte.«

Maddie schluckte.

»Tut mir leid, meine Liebe.« Mrs Bates tätschelte Maddies Hand. »Daphne hätte Sie gemocht. Sie sind Nancy sehr ähnlich. Es ist wirklich eine traurige Geschichte.«

Maddie versuchte, sich nicht allzu sehr auf Daphnes und Nancys Schmerz einzulassen. Ihre Mutter hätte sie abtreiben sollen. Daphne hatte in dem Gefühl gelebt, dass Nancys Tod ihre Schuld war. Mrs Bates täuschte sich: Daphne hätte Maddie gehasst, weil Nancy bei ihrer Geburt gestorben war.

»Danke, Mrs Bates. Das beantwortet viele Fragen. Wissen Sie zufällig, was aus meinen Großeltern geworden ist?«

»Ich glaube, sie sind nach Nancys Tod nach Australien ausgewandert.«

Ob ihre Großmutter noch am Leben war? Eher nicht, denn Daphne war bei ihrem Tod schon über neunzig gewesen. Warum hatten sie sie nicht gewollt?

»Ach, da fällt mir noch etwas ein. Meines Wissens hat Nancys Mutter einen Nervenzusammenbruch erlitten.« Mrs Bates trank einen Schluck Sekt. »Ja, genau. Wenn Sie mich fragen, war sie immer schon ein bisschen seltsam gewesen.«

Maddie nahm gähnend den Telefonhörer auf. »Hallo?«

»Hi, Maddie, ich bin's, Geoff.«

»Lange nichts von dir gehört.« Maddie stützte sich an der Tischkante ab. Warum meldete sich Johns Freund jetzt?

»So erstaunlich ist das auch wieder nicht, jetzt, wo du so weit weg bist.«

»Stimmt.« Maddie lachte. »Wann kommst du uns besuchen?«

»Bald, das verspreche ich.« Er schwieg kurz. »Maddie, bist du dir sicher, dass du Susan kontaktieren willst?«

»Ja, nein. Hannah möchte es.«

»John wollte das verhindern.«

Maddie biss sich auf die Lippe. »Ich weiß, aber er lebt nicht mehr, und sie sucht nach ihrer Mutter.«

»Sie hat dich«, sagte er.

»Ich muss dir vermutlich nicht erklären, dass das im Moment nicht genügt.« Maddie erinnerte sich an die Auseinandersetzungen, deren Zeuge er in den Tagen nach der Beisetzung geworden war.

»Die Dinge haben sich nicht beruhigt?«

Maddie zögerte. »Ein bisschen.«

»Gut.«

»Hast du die Telefonnummer?«

»Nein, aber ein alter Freund kennt ihre Adresse in Neuseeland.«

»Neuseeland?« Weiter weg hätte Susan nun wirklich nicht ziehen können.

»Ja.«

»Okay, dann gib mir die mal.«

Als sie einige Zeit später die zerknüllten Blätter Papier betrachtete, die um sie herumlagen, wurde ihr bewusst, dass dieser Brief ihr fast schwererfiel als der an Peter Johnson. Maddie las die Endversion noch einmal durch.

Liebe Susan,
leider weiß ich nicht, ob Sie erfahren haben, dass John Hollis vergangenes Jahr am 31. Dezember

gestorben ist. Ich bin seine Witwe und die Stiefmutter Ihrer Tochter Hannah.

Mir ist klar, dass John jeglichen Kontakt zwischen Ihnen und Hannah unterbinden wollte. Deshalb schreibe ich Ihnen mit gemischten Gefühlen. Hannah ist mittlerweile fast sechzehn, trauert nach wie vor um ihren Vater und fühlt sich verloren in der Welt. Sie hat mich gebeten, ihr bei der Suche nach ihrer Mutter zu helfen.

Ich weiß nicht, was damals passiert ist, und auch nicht, wie Ihre Einstellung heute aussieht, aber Ihre Tochter würde gern mit Ihnen in Kontakt treten. Ich wäre Ihnen dankbar, wenn Sie sich bei mir melden und mir mitteilen könnten, was Sie von ihrem Wunsch halten.

Mit freundlichen Grüßen
Maddie Hollis

Besonders zufrieden war sie mit dem Text nicht, aber eine bessere Lösung fiel ihr nicht ein. Sie steckte den Brief in einen Umschlag und klebte ihn zu.

22

Im Schutz eines Torbogens blickte Maddie auf den Hafen von Falmouth hinaus. Wolken türmten sich über St. Mawes, das aufgewühlte Wasser leckte an den Rümpfen der Boote. Der März war ein trister Monat, heute erschien er ihr sogar bedrohlich. Doch davon wollte sie sich die Laune nicht verderben lassen, denn in ihrem Kopf wimmelte es von aufregenden Ideen. Auf Tamsins Drängen hin hatte sie einen sehr produktiven Vormittag mit einem Besuch in der Universität und einigen Galerien verbracht. Tamsin hatte recht: Sie musste sich hier Kontakte aufbauen.

Als sie sich umdrehte, stieß sie mit jemandem zusammen. Sie kannte die Hände, die sie auffingen: Gunnar. Er begrüßte sie mit einem Lächeln.

»Hallo, Maddie.«

»Gunnar.« Damit, ihm in Falmouth zu begegnen, hatte sie nun wirklich nicht gerechnet.

»Perfektes Timing. Ich wollte gerade essen gehen. Leistest du mir Gesellschaft?«

In dem Moment begann Maddies Magen wie aufs Stichwort laut und vernehmlich zu knurren.

Sie lächelte. »Gern.«

»Wunderbar. Ich kenne da ein hübsches Plätzchen.«

Sie begleitete ihn durch enge Gassen zum Kai. Von außen machte das Lokal nicht viel her, doch Maddie wusste, dass sie sich auf Gunnars Geschmack verlassen konnte.

Sie bekamen einen Tisch am Fenster mit Blick auf einen kleinen Innenhof. Als Gunnar sich kurz entschuldigte, verschränkte Maddie die Hände auf der Speisekarte. Wie, fragte sie sich, sollte sie mit der Situation umgehen? Sie studierte ihre Fingernägel. Unter einem entdeckte sie einen leuchtend roten Farbrest. Den hatte sie in ihrem Glücksnebel offenbar übersehen. Die Erinnerung an Mark beruhigte sie. Das Gespräch mit Gunnar musste nicht unbedingt unangenehm werden. Sie hatte Gunnar nicht an der Nase herumgeführt, hätte ihm nur früher gestehen sollen, dass sie mit Mark zusammen war. Als sie den Blick hob, sah sie Gunnars fröhliches Gesicht.

»Bei meinen Recherchen komme ich immer gern hierher.«

»Ich hätte Falmouth nicht gerade für einen Fischerort gehalten«, sagte Maddie.

»Verglichen mit, sagen wir mal, Newlyn ist es das auch nicht, aber hier spürt man die Geschichte an allen Ecken und Enden.«

Sie nickte. Wie Gunnar die Welt sah, gefiel ihr.

Bei einem köstlichen Meeresfrüchtesalat erzählte sie ihm von ihrem Vormittag.

»Hat sich eine Galerie gefunden, die bereit ist, deine Werke zu verkaufen?«, erkundigte er sich.

Maddie lachte. »So einfach ist das nicht, aber mit einer könnte es funktionieren. Viel aufregender fand ich die Uni.«

»Hast du denn keinen Abschluss?«, fragte er stirnrunzelnd.

»Doch, den Master. Nein, spannend ist die Chance, mit Studenten zu arbeiten.«

»Du willst unterrichten?«

»Nicht richtig.« Maddie betrachtete die dunkle Farbe der Miesmuschel in ihrer Hand. »Es handelt sich um eine Tutorentätigkeit.«

»Ah, das ist etwas anderes. Da kommen die Studenten schon mit einem gewissen Vorwissen zu dir.«

Sie nickte.

»Das würde dir helfen, hier Wurzeln zu schlagen«, sagte er.

»Ja, aber dass mir das gelingen würde, habe ich nie bezweifelt.« Sie holte tief Luft. »Gut, dass du mir über den Weg gelaufen bist. Ich wollte dir sagen, dass Mark und ich zusammen sind.« Sie lehnte sich zurück. Jetzt war es heraus.

»Das überrascht mich nicht. Ich habe das Knistern zwischen euch gespürt. Trotzdem stimmt es mich traurig.« Er griff nach ihrer Hand.

»Tut mir leid.«

»Ja, es hätte schön werden können.« Er drückte ihre Finger. »Können wir trotzdem Freunde sein?«

»Natürlich«, antwortete Maddie lächelnd, die sah, wie warmes gelbes Licht das graue Kopfsteinpflaster im Hof erhellte.

Regen prasselte auf Hannah hernieder, als sie entlang der kleinen Straße nach Frühlingsboten Ausschau hielt. Maddie sang die ganze Zeit im Haus vor sich hin. Hannah wusste nicht, was lief, konnte es sich aber denken. In der vergangenen Woche hatte Mark jede Nacht in Trevenen verbracht, angeblich, um Pläne und Maklerinformationen zu besprechen.

Nach der Abendeinladung war OT tagelang völlig erledigt gewesen. Hannah und Will hatten sich früh verabschiedet, doch Maddie und Mark waren geblieben, um das Haus wieder auf Vordermann zu bringen. Hannah konnte nur hoffen, dass OT sich inzwischen erholt hatte. Sie überlegte, ob sie ihre Zeit mit ihm oder mit Maddie verbringen sollte, und die Entscheidung lag auf der Hand.

Hannah sprang über die Pfützen, die den Weg nach Trevenen säumten. Das alte Haus schien den Regen gar nicht zu bemerken. Wie viele Jahre stand es wohl schon in Wind und Wetter? Sogar das Schloss an der Tür zeugte von der Vergangenheit, und die dicken Bretter stammten möglicherweise von einem Schiff. Als sie über die Geschichte von Trevenen nachdachte, fiel ihr ein, dass sie die Bibel noch nicht gefunden hatte. Vielleicht sollte sie Maddie danach fragen.

Hannah betrat das Haus und legte ihren Rucksack auf den Tisch.

»Nass draußen?«, erkundigte sich Maddie und hob kurz den Blick von ihrem Skizzenblock.

»Ja. Was gibt's zu essen?«, wollte Hannah wissen.

»Keine Ahnung. Damit hab ich mich noch nicht beschäftigt.«

Hannah machte die Kühlschranktür auf: bloß ein verschimmelter Joghurt und eine schlaffe Selleriestaude.

»Wann warst du das letzte Mal einkaufen?«, fragte Hannah.

»Ich glaub, am Montag. Warum?« Maddies Hände waren voller Holzkohle.

»Weil nichts im Kühlschrank ist.«

»Oh.« Maddie zeichnete weiter.

Hannahs Blick fiel auf die Pläne für Trevenen, die auf dem Tisch lagen. »Wann sollen die Renovierungsarbeiten beginnen?«

»Die Baugenehmigung für den Schuppen ist noch nicht durch. Aber wir haben schon mal die Pläne für das Hauptgebäude eingereicht.«

»Glaubst du, du kriegst die Genehmigung?«

»Mrs Bates hält sie für beschlossene Sache, und …« Maddie verstummte.

»Was?«

»Obwohl der Schuppen noch nicht auf dem Markt ist, habe ich schon ein Angebot dafür.«

»Entspricht das den Vorschriften?«

»Jedenfalls verstößt es nicht dagegen.«

»Aha.« Auf dem Tisch lagen keine Fotos, nach denen Maddie hätte arbeiten können. Hannah trat näher heran. Auf dem Skizzenblock war ein ziemlich gut gebauter nackter Mann ohne Kopf zu sehen. Wer auch immer das sein mochte – Maddie zeichnete ihn aus dem Gedächtnis.

»Wer ist das? Der hat einen ganz schön großen Schwanz.« Hannah rümpfte die Nase.

»Ja, stimmt wohl.« Maddie wurde rot.

»Wer ist das?«, wiederholte Hannah und betrachtete die fertigen Zeichnungen auf dem Tisch.

»Ach, niemand.«

»Dein Traumprinz?« Hannah betrachtete die muskulösen Oberschenkel genauer.

»Ja.«

»Krass.«

Maddie hüstelte. »Der nackte Männerkörper ist nicht krass, sondern sehr schön. Manche Künstler finden ihn sogar schöner als den der Frau.«

»Das hab ich nicht gemeint. Es ist krass, dass du Schwänze zeichnest, auch wenn sie nur in deiner Fantasie existieren. Das könnte Dad sein.« Hannah verzog das Gesicht.

»Dein Vater war nicht so gebaut.«

»Das interessiert mich nicht. Themawechsel: Könntest du mal ans Essen denken?«

Maddie lachte. »Okay.«

Maddie wusch sich die Hände. Die Skizze ließ sie auf dem Tisch liegen. Irgendwie kam Hannah die Haltung des Mannes darauf bekannt vor. Scheiße, das war Mark. Maddie zeichnete Akte von Mark. Herr im Himmel.

»Hast du Lust auf Pasta mit Pesto?«, fragte Maddie, den Kopf halb im Vorratsschrank.

Jetzt kapierte Hannah endlich, warum Maddie so strahlte. Sie vögelte Mark. Die Pläne waren ihnen scheißegal. Hannah verließ die Küche, marschierte in ihr Zimmer, knallte die Tür hinter sich zu und ging in die Ecke, in der sie Handyempfang hatte, um Will eine SMS zu schicken.

Maddie schläft jetzt mit Mark. X

Sie wartete auf Wills Antwort.

Maddie wählte den Sender Radio One, weil Hannah halbwegs gute Laune hatte und die Musik möglicherweise dazu beitrug, dass das so blieb. Am Abend wollte Maddie zum Essen zu Mark gehen; Hannahs Pläne kannte sie nicht. Es war Samstag, Tamsins Jungs hatten sicher etwas vor. Mit ein bisschen Glück nahmen sie Hannah mit.

Als das Telefon klingelte, zuckte Maddie zusammen. »Hallo?«

»Ich hab an dich gedacht«, erklärte Mark.

»Ich studiere dich gerade«, sagte sie lächelnd.

»Wie das?«

»Als du weg warst, habe ich eine Skizze von dir angefertigt.«

»Hoffentlich ist die jugendfrei.«

»Keineswegs.« Maddie verrieb mit dem Daumen die Schatten am Oberschenkel des gezeichneten Körpers.

Er lachte. »Wann kommst du rüber?«

»So gegen sieben, denke ich. Kommen Tamsin und Anthony auch?«

»Ja.« Mark seufzte.

»Nun tu nicht so enttäuscht.« Sie räumte die Skizze weg.

»Ich wär lieber mit dir allein.«

»Vor einer Stunde hattest du mich allein.« Sie rührte die Nudeln um und schaute zur Tür.

»Ich kann aber nicht genug von dir kriegen«, sagte er.

»Ich von dir auch nicht.« Wieder ein Blick in Richtung Tür. »Bis nachher.«

»Die Skizze macht mir Sorgen.«

»Nicht nötig. Keiner weiß, dass du das bist. Ich hab dich ohne Kopf gezeichnet.«

»Und was ist mit dem Leberfleck auf meinem Oberschenkel? Einige Leute könnten mich auf diese Weise identifizieren.«

»Genug geredet. Bis später.« Maddie legte grinsend auf. Sie war sich unsicher gewesen, wie sich ihr Verhältnis gestalten würde, sobald es über das Freundschaftliche hinausging, und nun übertraf es alle ihre Erwartungen. Wie sie es Hannah sagen sollte, wusste sie allerdings noch nicht.

Sie stellte die Nudeln auf den Tisch und rief Hannah. Bei dem Gedanken daran, den Abend mit Mark zu verbringen, wurde Maddie warm ums Herz. Plötzlich erschien ihr alles rosig, sogar das Wohnzimmer. Das Weinen hatte sie schon eine ganze Weile nicht mehr gehört. Vielleicht lag es daran, dass sie endlich besser schlafen konnte.

Maddie ging hinauf. Was sollte sie anziehen? Obwohl es sich um ein einfaches Abendessen handelte, wollte sie für Mark gut aussehen. Sie öffnete ihren Schrank und ließ die Finger über ihre Sachen gleiten. Sie blieben an einem grünen Seidenrock hängen, der ihr bis zu den Knöcheln reichte. Dazu ein schwarzer Pullover, schwarze Schuhe und ein breiter Gürtel. Am Ende steckte sie die Haare hoch und eilte nach unten. Hannah war immer noch nicht in der Küche. Maddie ging zu ihrem Zimmer. »Alles in Ordnung, Hannah? Das Abendessen steht auf dem Tisch«, sagte Maddie durch die geschlossene Tür. Seit dem Vorfall neulich achtete sie die Privatsphäre ihrer Stieftochter. »Bist du da drin?« Maddie klopfte und öffnete die Tür.

Hannah lag zusammengerollt auf dem Bett.

»Hannah? Was ist los?«

»Verschwinde, du Miststück.« Hannah hob den Blick. Ihr Gesicht war mit Wimperntusche verschmiert.

»Hannah?« Maddie trat ein.

»Ich hab gesagt, verschwinde. Raus!«

Maddie konnte gerade noch rechtzeitig einem Buch ausweichen, das in ihre Richtung flog.

»Wann wolltest du es mir sagen?«, fragte Hannah vorwurfsvoll.

Maddie schluckte.

»Hat's dir die Sprache verschlagen? Du vögelst Mark, und ich erfahr's als Letzte. Sogar Will hat's gewusst, obwohl der nicht hier ist. Ich lebe schließlich im selben Haus wie du.«

»Hannah …«, begann Maddie.

»Erspar dir deine Erklärungsversuche. Das beweist nur, was mir immer schon klar war. Du bist eine Schlampe. Raus! Verschwinde!« Hannah wandte sich ab.

»Das ist nicht fair. Wie sollte ich dir sagen, dass Mark und ich zusammen sind, wenn du kaum ein Wort mit mir sprichst?« Maddie wusste, dass das eine faule Ausrede war. Sie hatte ihr Glück für sich behalten wollen.

»Das hättest du schon geschafft. Du wolltest es nicht. Ich bin dir nicht wichtig. So viel steht fest.« Hannahs Stimme war kaum zu vernehmen.

»Das stimmt nicht.«

»Eins sage ich dir: Ich werde nicht da sein, wenn er dir den Laufpass gibt. Das ist nämlich so sicher wie das Amen in der Kirche.«

Maddie straffte die Schultern. »Danke für die Warnung.«

»Ich freu mich schon, wenn er dich verlässt.« Hannah wischte sich die Nase am Ärmel ab. »Der würde dich sowieso nie heiraten. Er war schon mal verheiratet.«

»Ich auch.«

»Ja, aber du hast deinen Mann nicht allein sterben lassen.«

»Nein.«

»Du weißt also nicht Bescheid.« Hannah lächelte triumphierend.

»Worüber?«

»Dass dein Lover zu einem Architekturprogramm in den Staaten abgedampft ist und seine frisch Angetraute hier in Cornwall hat krepieren lassen.«

»Doch, das weiß ich.« Natürlich hatte Hannah ihre Telefonate mit Mark belauscht. Wie unbedacht von Maddie, solche Dinge zu besprechen, wenn Hannah im Haus war!

»Tut mir leid, dass du's so rausgefunden hast«, sagte Maddie.

Hannah drehte sich weg.

23

Maddie fuhr zum Segelklub, stellte den Wagen ab und ging hinunter zum Ponton. So viele Dinge beschäftigten sie; am Wasser hoffte sie, einen klareren Kopf zu bekommen. Hannah hatte ihr nichts Neues gesagt: Mark war ein notorischer Frauenheld.

Maddie hatte nichts aus dem Schmerz der vergangenen Jahre gelernt und stürzte sich immer noch Hals über Kopf in Dinge, auch wenn die Vernunft ihr zur Zurückhaltung riet. Bei John und Hannah hatte sie genau das Gleiche getan, und was hatte es ihr gebracht?

Der frische Wind vom Fluss drang durch den dünnen Stoff ihrer Jacke. Fröstelnd schlang sie die Arme um den Körper und lief, um sich aufzuwärmen, den Hügel zum Wagen hinauf. Als sie ihn erreichte, klingelte ihr Handy. Auf dem Display erschien eine ausländische Nummer. »Hallo, hier Maddie Hollis.«

»Hallo, Maddie. Peter Johnson. Sie haben mir geschrieben.«

Sie erstarrte, den Schlüssel im Schloss der Wagentür. »Ja, stimmt. Danke, dass Sie mich anrufen.« Peter hatte sie in dem Chaos der letzten Tage völlig vergessen.

»Ich denke, wir haben etliches zu besprechen.«

»Ja.« Maddie stützte sich am Wagen ab.

»Sie sind also Nancy Penventons Tochter? 1971 geboren, sagt Google.«

»Ja.«

»Dann bin ich Ihr Vater.«

Maddie schluckte. Er bestritt es nicht. Was jetzt?

»Maddie, sind Sie noch dran?«

»Entschuldigung, ich hatte nicht damit gerechnet, dass Sie das gleich zugeben würden.«

»Wieso nicht? Ihr Geburtsdatum ist doch der Beweis.«

»Und wie stehen Sie dazu?« Maddie versuchte, sich Peter vorzustellen. Sie hatte online einige Fotos von ihm gesehen.

»Ich muss zugeben, dass Ihre E-Mail mich ganz schön aus der Fassung gebracht hat. Das ist ein halbes Leben her. Ich habe es mir reiflich überlegt, Sie anzurufen. Danke, dass Sie die Entscheidung, mich bei Ihnen zu melden, mir überlassen haben.«

»Sie haben Familie. Ich wollte nicht …«

»Ich habe es meiner Frau und meinen Söhnen gesagt. Die Sache ist lange her. Wann hat Ihre Mutter Ihnen von mir erzählt?«

Oje, das hatte sie in der E-Mail nicht erwähnt. Maddie leckte sich über die Lippen. »Sie konnte mir nichts sagen, weil sie bei meiner Geburt gestorben ist.«

»Oh, das tut mir leid. Das erklärt vieles.«

»Zum Beispiel?«

»Dass die Briefe, die ich nach Trevenen geschickt habe, zurückgekommen sind.«

Maddie konnte sich gut vorstellen, dass Daphne den Kontakt zwischen Peter und Nancy hatte unterbinden wollen.

»Vielleicht sollten wir ein andermal weiterreden.«

»Ja.« Maddie holte tief Luft. »Sie haben recht. Danke für den Anruf.«

»Ich melde mich wieder. Meine Nummer sehen Sie ja bestimmt auf dem Display. Sie können mich jederzeit anrufen.«

Sie verabschiedeten sich voneinander, und Maddie steckte das Handy zitternd in die Tasche. Sie sehnte sich nach ihrem einfachen Leben von früher zurück. Was hatte sie nur mit der Mail an ihren Vater in Gang gesetzt? Und all die anderen Entscheidungen! Sie hatte John geheiratet, obwohl sie wusste, dass Hannah ihm das Wichtigste im Leben war. Bedauerte sie die Ehe mit ihm? Nein, sie hatten ein wunderbares Jahr miteinander gehabt. Hätte sie ihn nicht geheiratet, wenn sie geahnt hätte, wie alles enden würde? Maddie ging um den Wagen herum. Möglicherweise hätte sie einen anderen Mann kennengelernt und mit ihm ihre Träume von einer Familie verwirklicht, doch dann hätte sie auch niemals diese Liebe mit John erlebt. Und wie würde es nun mit Mark weitergehen?

Maddie klingelte an Marks Tür. Warum war er keine feste Beziehung mehr eingegangen? Wenn er nicht dazu in der Lage war, konnte sie die Sache gleich beenden, um sich weiteren Schmerz zu ersparen.

»Ich hab mich schon gefragt, wo du bleibst.« Mark nahm sie in seine Arme.

»Tut mir leid, dass ich so spät komme«, sagte sie und löste sich von ihm.

»Alles in Ordnung?«, fragte er.

Sie senkte den Blick. »Das Übliche mit Hannah.«

»Scheint übel gewesen zu sein.« Er nahm ihr die Jacke ab. »Die anderen sind in der Küche.« Er sah sie an. »Maddie, verschweigst du mir etwas?«

Sie erwiderte seinen Blick. Jetzt war nicht der richtige

Zeitpunkt, darüber zu sprechen. In ihrem Kopf herrschte zu große Verwirrung. »Später.« Sie ging hinein, um Tamsin und Anthony zu begrüßen. Ihre Vertrautheit wünschte sie sich, und sie war dumm genug gewesen, diesen Traum auf ihre Beziehung mit Mark zu projizieren.

»Hi. Wieso kommst du so spät?«, fragte Anthony.

»Streit mit Hannah. Nichts Neues.«

Anthony schenkte ihr ein Glas Wein ein. »Du siehst aus, als könntest du was zu trinken vertragen.«

»Ja.« Maddie lächelte. »Prost. Hier riecht's aber fein.«

»Ja, der Junge macht ein höllisch gutes Curry.« Tamsin streckte Maddie die Wange zu einem Küsschen hin.

»Der Junge?«, fragte Mark, der gerade die Küche betrat.

»Was anderes sind Männer doch nicht.« Tamsin gab Anthony einen Kuss.

»Sie kennt uns ziemlich gut. Aber sie lebt ja auch in einem richtigen Testosteronhaushalt«, erklärte Anthony.

»Und es gefällt ihr.« Mark rührte den Reis um.

»Maddie, könntest du für mich das Fladenbrot in den Ofen schieben?«, fragte Mark lächelnd.

Maddie bemühte sich, sein Lächeln zu erwidern. Es hatte keinen Sinn; sie wollte nach Hause, sich ausweinen.

»Klar.« Sie riss die Verpackung auf.

»Was hat Hannah heute Abend vor?«, erkundigte sich Tamsin.

»Nichts. Sie schmollt.«

»Sie hat also einen Streit vom Zaun gebrochen«, sagte Tamsin.

»Ja, eigentlich sollte ich allmählich dran gewöhnt sein. Sie hat ja niemand anders, den sie anbrüllen könnte.«

»Genau, und außerdem hast du ein breites Kreuz. Du hältst das schon aus.« Tamsin lachte.

»In letzter Zeit ist sie ein bisschen umgänglicher gewesen. Das schreibe ich Toms gutem Einfluss zu.«

»Ja, ich muss immer noch dran denken, wie hübsch sie an dem Abend bei ihm war und wie sie sich gefreut hat, Will zu sehen. Erinnerst du dich noch, wie das in unserer Jugend war?« Tamsin nahm Teller aus einem Schrank. »Klar, du erlebst es ja gerade neu.« Tamsin zwinkerte Maddie zu.

Gegen die Tränen ankämpfend deckte Maddie zusammen mit Tamsin den Tisch. Die Männer unterhielten sich währenddessen über ein gemeinsames Projekt.

»Du bist blass. Alles in Ordnung?« Tamsin verteilte die Teller auf dem Tisch.

»Der Streit mit Hannah lässt mir keine Ruhe. Manchmal trifft sie ziemlich genau den wunden Punkt.«

»Du hast das ganz richtig erkannt: Sie kann nur dich anbrüllen. Bin ich froh, dass ich bloß Jungs habe. Natürlich werde ich das nicht mehr sagen, wenn sie eines Tages heimkommen und mir erklären, dass sie irgendeinem armen Mädel ein Kind gemacht haben. Dann drehe ich ihnen den Hals um.«

Maddie musste lachen. Tamsin konnte nichts aus der Ruhe bringen.

»Sonst alles okay?« Tamsin setzte sich auf die Armlehne eines Sessels.

Maddie betrachtete fasziniert die magentafarbenen Anemonen auf dem Tisch und streckte die Hand aus, um ein Blütenblatt zu berühren. Die würde sie morgen malen. »Na ja.« Sie zuckte mit den Achseln.

»Raus mit der Sprache.«

»Ich weiß nicht, wo ich anfangen soll.« Tamsin hätte wirklich Psychiaterin werden sollen! »Vorhin hat mich mein Vater angerufen.«

Tamsin sprang auf. »Wer?«

Maddie nickte.

»Wie hast du ihn aufgespürt? Wann hast du Kontakt mit ihm aufgenommen? Warum hast du mir nichts davon erzählt?«

»In letzter Zeit war so viel los.«

»Wie fühlst du dich? Steht er zu seiner Vaterschaft?«

»Ja. Ehrlich gesagt, weiß ich nicht, wie ich mich fühle; es ist alles so neu.«

Tamsin nickte. »Da ist noch was anderes, das merke ich doch.«

»Ich … ich bin mir nicht so sicher, ob das mit Mark und mir eine so gute Idee ist.« Die Stimmen der Männer wurden lauter. »Tamsin, warum hat Mark nicht mehr geheiratet?«

»Keine Ahnung. Das musst du ihn fragen.«

»Das habe ich schon. Er hat geantwortet, er täte sich schwer mit Bindungen.«

Da gesellte sich Mark mit einem großen Topf in den Händen zu ihnen.

»Könntest du das Brot und das Chutney mitnehmen?«, bat er sie.

Mark war ein wunderbarer Mann, und sie steigerte sich nach Hannahs bitteren Worten in etwas hinein. Ihre Beziehung steckte noch in den Kinderschuhen. Bis jetzt planten sie nur bis Ostern, wenn die Renovierungsarbeiten in Trevenen beginnen sollten. Maddie legte das Brot auf einen Teller und nahm die Schale mit dem Chutney. Nein, sie würde sich den Abend mit Freunden nicht von Hannah verderben lassen.

Hannah las die SMS noch einmal:

> Ja, wusste, dass sie zusammen sind. Hab ich vor ein paar Wochen daheim erfahren. Dachte, du weißt Bescheid. Alle wissen's. Wir reden, wenn ich wieder da bin. Alles Liebe, W

War es ein Fehler gewesen, Maddie von Marks Vergangenheit zu erzählen? Hatte Will seinen Onkel verraten? Es hatte geklungen, als wüssten alle Bescheid. Verdammt, was ging sie das überhaupt an? Hannah betrat die Küche. Die Pasta, die Maddie ihr gekocht hatte, war Matsch. Hannah hatte keine Ahnung, wo Maddie sich rumtrieb.

Sie kippte die Nudeln in den Müll, weil ihr von ihrem Anblick schlecht wurde, öffnete eine Dose Bohnen und gab sie in einen Topf. Sie rührte um, beobachtete, wie sie heiß wurden, die Soße Blasen warf, die Blasen platzten und die Soße gegen die Wand spritzte. Das Orange sah komisch aus auf der hellgelben Wand.

Herrgott noch mal, eigentlich sollte sie sich darüber freuen, dass es ihr gelungen war, einen Keil zwischen Mark und Maddie zu treiben.

Hannah rieb sich den Rücken, der ihr nach drei Stunden Herumliegen wehtat. Sie streckte sich und gab die Bohnen auf eine Scheibe Toast. Das sah scheiße aus. Sie setzte sich und begann die Bohnen in den Mund zu schaufeln. Sie schmeckten wie Sägespäne mit Soße. Na toll. Womit konnte sie das Zeug runterspülen? Ihr Blick fiel auf eine halb leere Flasche Cola, die Maddie in ihrem Aufräumwahn zum Glück entgangen war.

Die abgestandene Cola schmeckte immer noch besser als die Bohnen. Sie leerte die Flasche und aß einen Toast, der nicht mit den Bohnen in Berührung gekommen war. Dann schaltete sie die Glotze ein. Nichts; Fernsehen am Samstagabend war scheiße. Das Leben war scheiße, besonders wenn man am Wochenende allein daheimsaß.

Hannah schaltete den Fernseher aus und ging in ihr Zimmer. Warum hatten sie kein Internet? Hannah trat gegen die Wand. Verdammtes Haus. Sie nahm ein Buch. Vielleicht lenkte sie das ab.

Maddie schrubbte in der Küche den Currytopf, während Mark Tamsin und Anthony verabschiedete. Maddie taten alle Knochen und der Kopf weh. Wie sollte sie das Gespräch mit Mark anfangen? Konnte sie sich nicht einfach in seine Arme fallen lassen und heute Nacht alles vergessen?

Mark trat zu ihr und massierte ihr die Schultern. Sie versuchte loszulassen, aber es funktionierte nicht, sie konnte sich nicht entspannen.

»Was hast du?«, fragte er.

Als sie sich zu ihm umdrehte, sah sie die Sorge in seinen Augen. »Ich …« Sie rang die Hände. »Ich bin hundemüde. Jetzt ist, glaube ich, nicht der richtige Zeitpunkt zum Reden.«

»Worüber?«

»Mark, ich …« Maddie wandte den Blick ab.

»Was ist?«

»Ich weiß es nicht.« Warum konnte sie ihm nicht einfach die Wahrheit sagen?

»Was hat Hannah angestellt?«

»Mehr, als du ahnst.«

»Was?«

»Ich weiß nicht, wo ich anfangen soll. Können wir uns setzen?«

Er nickte, und sie gingen ins Wohnzimmer.

»Möchtest du einen Brandy?«

»Nein, ich muss noch heimfahren.«

»Du könntest bleiben.«

»Nein, Hannah ist da.«

»Sie ist alt genug, um die Nacht allein zu verbringen.«

»Darum geht's nicht.«

»Maddie, es gibt einiges, was du über mich wissen solltest.« Er sah sie an. »Ich habe das Gefühl, dass es darum geht.«

»Keine Ahnung.« Sie strich sich mit den Händen über die Oberschenkel.

»Ich kann mir vorstellen, was die Leute reden. Manches stimmt, und ich bin alles andere als stolz auf mein Verhalten damals.«

Da klingelte ihr Handy.

»Ich sehe nach, wer's ist«, erklärte Maddie. Die Nummer ihres Vaters. »Peter.«

»Tut mir leid, dass ich noch mal störe. Hoffentlich rufe ich nicht zu spät an. Ich wollte fragen, ob Sie als Kind gut versorgt waren. Das beschäftigt mich seit unserem Gespräch.«

Maddie lächelte. »Ja, ich hatte eine wunderbare Kindheit mit zwei liebevollen Adoptiveltern und habe erst mit sechzehn von der Adoption erfahren.«

»Gott sei Dank. Ich melde mich morgen oder übermorgen noch mal. Bei Ihnen ist es schon spät.«

»Ich freue mich auf unser nächstes Gespräch.« Maddie steckte das Handy weg und schloss die Augen. Als sie sie wieder öffnete, um Mark alles zu erklären, klingelte es erneut.

»Hannah?«

»Maddie, wo bist du?«, fragte Hannah.

»Was ist los?«

»Dein Vater hat angerufen.«

»Ja, er hat mich grade auf meinem Handy erreicht«, erklärte Maddie.

»Wann hast du ihn aufgespürt?«

»Heute. Alles in Ordnung?« Sie hörte, wie Hannah zu weinen anfing, und dann das Klicken, als sie auflegte.

»Mark, tut mir leid.« Wie immer waren ihr Hannahs Bedürfnisse wichtiger als die eigenen.

»Dein Vater?«

»Das ist eine lange Geschichte. Ja, ich habe meinen Vater gefunden. Er lebt in Kalifornien.« Sie seufzte. »Ich weiß, dass wir miteinander reden müssen, aber Hannah heult. Ich glaube, die Nachricht, dass ich einen Vater habe, hat sie umgehauen.«

Er nickte.

Maddie nahm ihre Jacke und küsste Mark auf die Wange.

Mark brachte sie zum Wagen. »Morgen?«, fragte er.

»Ja.«

24

Als Maddie nach Hause gekommen war, hatte Hannah tief und fest geschlafen. Jetzt saß Maddie, unfähig, den Kaffee zu trinken, der vor ihr stand, am Küchentisch. Albträume und eine Magenverstimmung hatten sie wach gehalten.

Sie ging grübelnd in der Diele auf und ab, bis ihr wieder übel wurde und sie sich übergeben musste. Sie brauchte frische Luft. Maddie schlüpfte in die Kleidung, die auf einem Stuhl lag, und suchte in einer Schublade nach Socken. Dabei ertastete ihre Hand den Rosenkranz, den ihre Mutter ihr zur Erstkommunion geschenkt hatte. Die meisten anderen Zeugnisse ihres alten Glaubens hatte sie weggeworfen, nur nicht den Rosenkranz.

Plötzlich sehnte sie sich nach der Kirche. *Heilige Maria, voll der Gnade, der Herr ist mit dir …*, tönte es in ihrem Kopf, als sie den Rosenkranz zurück in die Schublade legte. Vielleicht würde ein Kirchenbesuch ihr Kraft geben.

Als sie an die schwere Eichentür trat, hörte Maddie drinnen Leute singen. Sie hatte vollkommen vergessen, dass Sonntag war. Wie schnell sie sich doch von ihrem alten Leben entfernt hatte! Um den Gottesdienst nicht zu stören, öffnete sie die Tür ganz leise und rutschte in eine der hinteren Bänke. Jemand drückte ihr ein Gesangbuch in die Hand, das sie nicht gebraucht hätte, weil sie die Texte aller Lieder auswendig kannte.

Sie sprach die Gebete automatisch mit und wartete nach der Messe, den Blick auf das Gesangbuch gesenkt, um mit niemandem reden zu müssen, darauf, dass das Gotteshaus sich leerte. Als sie endlich allein war, gab sie sich der Ruhe des Raums hin und verfolgte das Spiel des Lichts auf dem Boden. In ihrem Kopf begann ein Gemälde aus wirbelnden grauen Formen Gestalt anzunehmen. Nein, heute wollte sie nicht ans Malen denken. Sie musste den Mut finden, mit Mark zu sprechen. Je eher sie das tat, desto schneller konnte sie ihr Leben neu ordnen.

Tränen liefen ihr übers Gesicht. Was hatte sie getan? Früher hatte sie Kraft aus ihrem Glauben geschöpft und mit seiner Hilfe alles akzeptiert, was ihr zuteilwurde, das Gute wie das Schlechte. Während Johns Krankheit hatte sie für ihn und um Stärke gebetet, und dann hatte John genau das von ihr verlangt, was ihr unmöglich war. Und sie hatte es getan. Maddie schloss die Augen.

Sie hatte ihm die Abtreibung versprochen. Den Termin hatten sie gemeinsam vereinbart, ohne zu wissen, dass er ihr nicht mehr würde beistehen können. Leben war etwas Heiliges, und sie hatte es einfach weggeworfen. Jetzt, mehr als ein Jahr später, wünschte sie sich, dass sie ihrem Herzen gefolgt wäre und ihr Versprechen nicht gehalten hätte. Es wäre so leicht gewesen, und John hätte es nie erfahren.

Nun ließ es sich nicht mehr rückgängig machen.

Maddie wischte sich die Tränen ab. Ihre Sünden waren viel schlimmer, als die von Mark je sein konnten. Sie verdiente, anders als er, keine Vergebung. Maddie stand auf.

»Hallo.«

Maddie zuckte zusammen. Der Geistliche.

»Sie haben sich nicht bei mir gemeldet.« Er legte eine Hand auf ihre Schulter.

»Tut mir leid.«

»Sie müssen sich nicht entschuldigen. Kann ich Ihnen irgendwie helfen?«, erkundigte er sich.

»Danke, mir geht's gut.« Sie versuchte zu lächeln.

»Trauer kann viele Formen annehmen.« Er ließ den Blick über die Buntglasfenster und den Altar wandern. »Genau wie die Liebe.«

»Dann wissen Sie mehr als ich.«

»Nein, aber ich bin offen.«

Maddie sehnte sich danach, sich ihm in der Beichte zu offenbaren, doch der arme Pfarrer hätte bestimmt nicht gewusst, was er mit einer gescheiterten Katholikin anfangen sollte, der Vergebung unmöglich zu sein schien.

»Seit unserer letzten Unterhaltung auf dem Friedhof habe ich mich ein wenig mit der örtlichen Geschichte beschäftigt, aber nichts über Gespenster in Trevenen gefunden.«

»Danke.«

»Ich habe es einem Kollegen gegenüber erwähnt, ohne genauere Informationen; ich hoffe, Sie haben nichts dagegen.«

Sie schüttelte den Kopf. *Geheim bleibt nur, was man nicht erzählt.* Früher einmal hatte sie Gott für allwissend gehalten.

»Ich habe ihm gesagt, dass Sie in Trauer sind, und er hat mir erzählt, dass er in den Anfängen seiner Amtszeit einen seltsamen Fall erlebt hat, bei dem ein Kind seinen Kummer aus dem eigenen Körper heraus projizierte.«

»Ach.« Maddie musste an Hannahs Schmerz denken. »Danke für Ihr Interesse«, sagte sie hastig und floh auf den Friedhof.

Dort versuchte sie, sich all die guten Dinge ihres Lebens

ins Gedächtnis zu rufen. Sie besaß ein Haus und ein schönes Atelier, die schon bald renoviert sein würden. Und sie war halbwegs gesund, auch wenn sie im Moment meinte, Fieber zu haben.

Es war dumm von ihr gewesen, sich so unbedacht in die Affäre mit Mark zu stürzen; sie wäre mit oder ohne Hannahs Intervention bald zu Ende gewesen. Hannah hatte sich nicht über Nacht in einen reizenden Teenager verwandelt. Ihre Stieftochter hasste sie, daran würde sich nichts ändern. Maddie musste sich ein dickeres Fell zulegen.

Marks Vergangenheit war nur insofern wichtig, als diese ihm den Weg zur Liebe versperrte. Er musste diese Schranken niederreißen. Leider war Maddie nicht die Frau, die ihm dabei helfen konnte. Wenn sie sich jetzt auf eine Beziehung einließ, konnte sie Hannah nicht das stabile Umfeld geben, das diese brauchte. Hannah war fast sechzehn und würde bestimmt mit achtzehn von zu Hause ausziehen. Dann konnte Maddie sich ein neues Leben aufbauen. Vielleicht wäre Mark noch da, aber erwarten konnte sie das nicht. Sie straffte die Schultern.

Durch die Nadelbäume drang gedämpftes Sonnenlicht. Das Handy in der Hand ging Maddie in Richtung Tor. Als sie Marks Nummer wählte, wäre sie fast von einem Auto überfahren worden. Der Fahrer des Wagens winkte ihr zur Entschuldigung zu. Maddie steckte das Handy mit zitternden Fingern in die Tasche und betrat den Krämerladen in der Nähe der Kirche.

Und begegnete Mark. Sein Geruch nach frischer Seife und herbem Aftershave stieg ihr in die Nase.

»Guten Morgen.«

»Ich wollte dich gerade anrufen.«

»Ach, tatsächlich?« Mark machte einen Schritt zur Seite, um eine Frau vorbeizulassen. »Sollen wir rausgehen?«

Sie nickte. »Können wir uns irgendwo in Ruhe unterhalten?«

»Bei mir«, schlug er vor.

»Nein, lieber nicht. Auch nicht in Trevenen.«

»Am Strand bei St. Anthony?«, schlug er vor.

»Ja, treffen wir uns dort.«

Mark kickte einen kleinen Stein ins Wasser. Irgendwann, dachte Maddie, würde sie ihn ohne Begierde ansehen können, aber im Moment gelang ihr das noch nicht. Eine frische Brise wehte über die Mündung des Flusses. Abgesehen von einem Reiher hatten sie das Ufer für sich allein.

»Hi«, begrüßte sie ihn.

Er wandte sich ihr mit einem Lächeln zu. »Da drüben ist eine Bank. Sollen wir hingehen?«

Sie nickte.

»Maddie, ich muss dir einiges erklären«, begann er leise.

»Ja.«

»Ich weiß nicht, was du gehört hast.« Er setzte sich auf die Bank. »Ich bin damals wegen des Architekturprogramms in die Staaten.«

»Ja.« Sie merkte, wie schwer es ihm fiel, darüber zu reden.

»Und ich bin nicht stolz auf das, was ich damals getan habe. Wenn ich die Uhr zurückdrehen könnte, würde ich vieles ändern, doch das geht nicht. Claire und ich hätten nicht heiraten sollen. Wir waren zu jung.«

»Du hast sie nicht geliebt?« Maddie beobachtete den Reiher.

»Doch, sogar sehr, aber ich war zweiundzwanzig und

noch sehr unerfahren. Meine Mutter war gerade gestorben, die Welt, wie ich sie gekannt hatte, untergegangen. Claire war eine Zuflucht für mich.« Er warf ein Stück Rinde ins Wasser. »Wir haben zwei Monate nach dem Tod meiner Mutter geheiratet. Dann kam das Angebot mit dem Architekturprogramm in Chicago. Ich wusste, dass sich so eine Chance nie wieder ergeben würde. Ihr war das auch klar.« Er holte Luft. »Ich war damals ziemlich ehrgeizig und wollte die Welt erobern.«

»Was hat Claire dazu gesagt?«

»Sie hat sich wahnsinnig für mich gefreut und mich ermutigt. Es waren ja nur achtzehn Monate. Diese Zeit der Trennung konnten wir überstehen. Und an Weihnachten wollte ich heimkommen.«

»Warum hat sie dich nicht begleitet?«

»Sie steckte mitten in ihrer Ausbildung zur Physiotherapeutin.«

»Oh.«

»Zwei Monate nach der Hochzeit bin ich geflogen. Ich dachte, unsere Liebe würde das aushalten.« Er stand auf. »Ich ahnte nicht, dass sie zu dem Zeitpunkt schon krank war. Inzwischen habe ich erfahren, dass sie es wusste.«

»Wie bitte?«, fragte Maddie überrascht.

»Ja, sie hat es schon vor unserer Hochzeit gewusst.«

»Wieso hat sie es dir nicht gesagt?«

»Keine Ahnung. Sie war so jung, erst achtzehn. In dem Alter weiß man noch nicht viel über das Leben.«

»Wie konnte sie dir das nur verheimlichen?« Sie legte die Hand auf die seine.

»Das muss ich vermutlich Tamsin fragen. Claire war ihre beste Freundin. Ich wollte bis jetzt nicht mit ihr darüber reden.«

»Du wolltest es vergessen.« Maddie ließ die Finger über seinen Handrücken gleiten.

»Ja. Letztlich habe ich mich, glaube ich, in der Rolle des Schurken wohlgefühlt.« Mark hielt den Blick in die Ferne gerichtet. »Es war leicht, den Bösewicht zu spielen, bis mir klar wurde, dass sie mir ihre Krankheit verheimlicht hat. Im Moment ist das Gefühl, sie verraten zu haben, stärker als die Wut auf mich selbst.«

Maddie nickte.

»Ich war ein halbes Jahr in den Staaten, als sie mir gestanden hat, dass sie krank ist. Sie hat die Krankheit heruntergespielt. Ich wollte zwei Monate später an Weihnachten nach Hause fliegen. Bis dahin, meinte sie, würde sie allein zurechtkommen. Sie hat mich angelogen.« Er schluckte. »Dumm, wie ich war, habe ich ihr geglaubt. Claire wollte nicht, dass irgendjemand von ihrer Krankheit erfährt. Sie lag im Sterben, und ich wusste es nicht, obwohl ich ihr Mann war.« Er senkte den Blick.

»Wie schrecklich. Warum hat sie es dir nicht gesagt?«

»Keine Ahnung. Ich habe mich immer wieder gefragt, warum sie meinen Heiratsantrag angenommen hat, obwohl sie wusste, dass sie krank war.«

Maddie musste an ihre eigenen Jugendträume denken. Welches Mädchen wünschte sich keine weiße Hochzeit mit einem attraktiven Mann?

»Ihr war klar, wie sehr mir der körperliche Verfall meiner Mutter zu schaffen gemacht hatte. Ich bin nicht allzu gut damit fertiggeworden.« Er lachte trocken.

Sie legte den Arm um ihn.

»An Weihnachten war sie tot. Und ich bin nicht heimgeflogen, weil ich zu wütend auf sie und alle hier war. Ich war dumm.«

»Mark, wie schrecklich.«

»Ich, ihr Mann, bin zu ihrer Beerdigung nicht nach Hause gekommen, und ich hatte sie in der Krankheit im Stich gelassen. Die Leute hier hassten mich, zu Recht. Weil ich nicht zurückwollte, ist aus Chicago irgendwann L. A. geworden und dann London. Ich habe so vieles verpasst – die Hochzeiten meiner Schwestern, die Taufen, einfach alles. Ich bin erst vor fünf Jahren nach Cornwall zurückgekehrt, um mich meiner gerechten Strafe zu stellen.«

»Warum hattest du das Gefühl, bestraft werden zu müssen?«

»Weil ich Schuld auf mich geladen hatte. Ich habe ihr als Ehemann nicht zur Seite gestanden, obwohl ich geschworen hatte, sie zu lieben, zu ehren und zu beschützen. All das habe ich nicht getan.«

»Wie hättest du das machen sollen, wenn du nicht Bescheid wusstest?« Sie zog ihn näher zu sich heran.

»Das ist keine Entschuldigung. Jeder andere Mann hätte den ersten Flieger nach Hause genommen.« Er wischte sich die Tränen weg.

»Hinterher ist man immer klüger. Du hast es nicht gewusst.«

»Wollte ich es nicht wissen? Habe ich nur gehört, was ich hören wollte? Wollte ich alles? Die schönste Frau und die bestmögliche Karriere?« Ihm brach die Stimme.

»Du warst jung.«

»Im Rückblick habe ich mir oft gewünscht, dass wir nie geheiratet hätten. Ich war wütend auf sie, weil sie mich nicht aufgeklärt hat. Sie hat mir keine Wahl gelassen, mich zu einem verachtenswerten Subjekt gemacht. Wie ich sie gehasst habe! Das macht alles noch schlimmer.«

»Nein, es macht dich menschlich.« Maddie legte die

Hände um sein Gesicht und küsste ihn. Da hörten sie jemanden rufen.

»Mark! Maddie!«

Mark stand auf. »Hier.«

Fred lief auf sie zu.

»Tom geht's schlecht.«

25

Furcht umschloss ihr Herz wie eine eisige Faust, als Hannah seine gelbe Haut sah. Diesen Anblick kannte sie. OT lag flach atmend auf dem Sofa. Hannah hatte eine Decke über ihn gebreitet.

Als sie am Morgen nach einer grässlichen Nacht voller Albträume zu ihm gekommen war, hatte sie die Tür verschlossen vorgefunden.

Hannah ahnte, was OT fehlte. Bestimmt hatte er Krebs. Sie kannte die gelbe Gesichtsfarbe von ihrem Dad. Warum schon wieder?

Als sie die Küchentür hörte, sprang sie auf, warf sich in Maddies Arme und ließ den Tränen freien Lauf. Aus den Augenwinkeln nahm sie wahr, dass Mark Maddie begleitete, aber das war ihr im Moment egal.

»Ich sehe nach ihm«, sagte Mark, während Maddie der laut schluchzenden Hannah tröstend über Kopf und Rücken strich.

»Ich hab den Notarzt gerufen«, presste Hannah zwischen zwei Schluchzern hervor.

Sie spürte, wie Maddie nickte. OT durfte nicht sterben. Sie brauchte ihn, denn er glaubte an sie und vertraute ihr; um einen Ausdruck von ihm zu verwenden: Er achtete sie.

»Wie lange wird's dauern, bis die Sanitäter kommen? Sollen wir irgendwas machen?«, fragte Maddie mit leiser Stimme, ohne Hannah loszulassen.

»Sie haben gesagt, sie sind in zwanzig Minuten da. Wir sollen ihn warm halten.«

Hannah hasste Krankenhäuser, und nun musste sie wieder in einem warten. Zwischen Mark und Maddie herrschte merkwürdige Distanz. Dass sie so ein trauriges Gesicht machten, hatte bestimmt nicht nur mit OT zu tun.

Tamsin betrat das Wartezimmer. »Hi. Ich bin so schnell gekommen, wie es ging. Die Schwester meint, er ist stabil; sie könnten uns bald mehr sagen.« Sie sank auf den Sitz neben Maddie.

Hannah beobachtete, wie Tamsin von Maddie zu Mark und wieder zurück schaute.

»Guten Tag, gehören Sie zu Thomas Martin?«, erkundigte sich ein Arzt, der das Wartezimmer betrat.

»Ja.« Mark ging zu ihm.

»Mr Martin hat das Bewusstsein wiedererlangt und schläft jetzt. Wir wollen später weitere Tests durchführen. Soweit wir bisher feststellen konnten, hat der Prostatakrebs, unter dem er leidet, gestreut.«

Mark nickte. »Wann werden Sie eine genauere Prognose geben können?«

»Wahrscheinlich morgen, wenn wir mehr Testergebnisse haben. Er wird ein paar Tage hierbleiben müssen.«

»Sind Sie sicher?« Maddie sprang auf. »Würde er sich zu Hause nicht besser fühlen?«

»Bestimmt, aber solange wir nicht wissen, was genau los ist, sollte er lieber im Krankenhaus bleiben. Gehen Sie nach Hause und erkundigen Sie sich später telefonisch nach ihm.«

Maddie sank auf einen Stuhl, Tamsins Blick wurde düster, und Mark ergriff die Initiative.

»Danke. Können wir auch bleiben?«, fragte er.

»Wenn Sie wollen.« Der Arzt entfernte sich.

»Ich schlage vor, ihr fahrt alle nach Hause, und ich rufe euch an, wenn ich mehr weiß«, erklärte Mark.

»Ich bleibe da.« Hannah sah Maddie an.

»Soll mir recht sein. Mark, hast du was dagegen?«, fragte Maddie ihn.

Hannah fand, dass sie müde und blass aussah, ganz anders als die Frau, die noch einen Tag zuvor fröhlich in der Küche vor sich hin gesummt hatte.

»Nein, kein Problem«, antwortete Mark.

»Okay, dann bringe ich Maddie heim, und du kannst Hannah später mitnehmen«, erbot sich Tamsin und schob Maddie durch die Tür.

»Was, zum Teufel, ist mit dir und Mark los?«, fragte Tamsin auf dem Parkplatz. Es hatte zu regnen begonnen.

»Wie meinst du das?«

»Da stimmt doch was nicht. Raus mit der Sprache.«

»Nichts.« Maddie, die gerade in Tamsins Wagen gestiegen war, öffnete die Tür und übergab sich.

»Was ist mit dir?«, erkundigte sich Tamsin in sanfterem Tonfall.

»Verdorbener Magen. War dir auch schlecht?«

»Nein.«

»Es muss an gestern liegen. Heute hab ich noch nichts gegessen.«

»Warum nicht?«, erkundigte sich Tamsin und legte den Sicherheitsgurt an.

»Nach einer schlaflosen Nacht hab ich keinen Bissen runtergebracht, und hinterher war keine Zeit mehr.« Maddie schloss die Tür, und Tamsin ließ den Motor an.

»Apropos ›schlaflose Nacht‹. Was ist los mit dir und Mark?« Tamsin sah sie an.

»Ich hab dir doch gesagt, dass es da nichts zu erzählen gibt, Tamsin.«

»Quatsch. Ich bin nicht auf den Kopf gefallen. Am einen Tag bist du im siebten Himmel, und jetzt schmorst du plötzlich in der Hölle. Spuck's aus.« Tamsin trommelte auf das Lenkrad.

Maddie runzelte die Stirn; sie wollte nicht reden. Sie betrachtete die Regentropfen, die gegen die Windschutzscheibe prasselten. »Im Moment gibt's zu dem Thema nichts zu sagen.«

»Der Mann ist total in dich verknallt, und zwar schon geraume Zeit.«

Maddie schwieg.

»Sag bloß nicht, dass dich das überrascht.« Tamsin fädelte den Wagen in den Verkehr ein. »Du bist nicht blind.«

»O doch. Wie konnte ich nur alle Signale ignorieren, dass ich mich da auf etwas Aussichtsloses einlasse?«, fragte Maddie eher sich selbst als Tamsin.

»Sich zu verlieben ist immer dumm, aber du liebst ihn nun mal.« Tamsin blickte in den Rückspiegel. »Versuch ja nicht, das abzustreiten. Du liebst Mark. Gunnar magst du bloß. Das ist der Unterschied.« Sie sah Maddie an. »Verrätst du mir nun, was passiert ist?«

»Nichts.«

»Das glaube ich dir aufs Wort!« Tamsin fuhr viel zu schnell in den Kreisverkehr hinein.

»Nein, im Ernst. Wir haben uns nicht gestritten oder so.«

»Was, zum Teufel, ist dann los?«

Maddie holte tief Luft. »Nichts, Tamsin. Lass gut sein.«

»Hannah?«, rief Maddie, so laut sie konnte, die Hände um das Geländer geklammert. Gleich nach dem Aufstehen hatte sie sich übergeben müssen und dann mit am Ende sogar blutigem Durchfall auf der Toilette gesessen. Nicht einmal ein paar kleine Schlucke Wasser hatte sie bei sich behalten können. Die hübsche Muschelschale beim Essen mit Gunnar fiel ihr ein.

Maddie schleppte sich in die Küche, wo ein Zettel auf dem Tisch lag. Hannah war mit Tamsins Jungs unterwegs. Alles begann sich zu drehen. Maddie wusste, dass sie Hilfe brauchte. Sie versuchte, Mark zu erreichen, hatte aber weder auf dem Festnetz noch auf dem Handy Erfolg.

Sie maß mit zitternden Fingern und klappernden Zähnen Fieber und rief mit letzter Kraft beim Arzt an.

»Dr. Grades.«

»Maddie Hollis.«

»Wie kann ich Ihnen helfen?«, fragte er.

»Ich glaube, ich habe eine Lebensmittelvergiftung. Vierzig Grad Fieber, blutiger Durchfall, und ich kann nichts bei mir behalten.«

»Wissen Sie, was die Ursache sein könnte?«

»Möglicherweise habe ich gestern etwas Schlechtes gegessen.« Wieder zog sich Maddies Magen zusammen.

»Und was?«

»Gestern Abend war ich bei einem Freund zum Curry eingeladen, aber ich bin die Einzige, die Probleme hat. Also muss es an dem Mittagessen in Falmouth liegen.«

»Haben Sie Falmouth gesagt?«

»Ja.«

»Im Courtyard Café?«

»Ja.« Maddie hielt sich am Tisch fest, als die nächste Welle Krämpfe sie überrollte.

»Ich hab mir schon fast gedacht, dass es bei uns auch jemanden trifft. Wahrscheinlich ist es die Ruhr. Jemand vom Küchenpersonal, der gerade aus dem Urlaub im Fernen Osten zurückgekommen ist, hat sie eingeschleppt. Der arme Kerl hatte keine Ahnung.«

Nur mit Mühe gelang es Maddie, die weiteren Fragen zu beantworten, die der Arzt ihr stellte. Er versprach ihr zu kommen. Während sie wartete, rief sie Gunnar an. Er war ebenfalls krank.

Nach einem Tag im Bett begann Maddie sich wieder halbwegs wie ein Mensch zu fühlen. Die Antibiotika hatten dafür gesorgt, dass der Durchfall aufhörte; jetzt tat ihr nur noch der Magen weh. Obwohl sie sich schwach fühlte, hatte sie das Gefühl, sich bewegen zu müssen. Im Bett hatte sie Gelegenheit gehabt, über ihre Idee in der Kirche von Manaccan nachzudenken.

Wenig später hörte sie im Stall, wo sie für ein Bild Grautöne mischte, den Postboten. Sie streckte den Kopf zur Tür hinaus und winkte ihm zu. Im Moment freute sie sich über jeden Besuch von ihm. Vor Kurzem war die Baugenehmigung erteilt worden, und tags zuvor hatte sie die Unterlagen für den Verkauf der Scheune erhalten. Nun würde sie genug Geld haben, um Trevenen sowie den Schweinestall zu renovieren, und hinterher wäre sogar noch etwas übrig.

Da erklang ein ohrenbetäubender Schrei aus dem Wohnzimmer.

»Was ist?« Maddie ließ den Pinsel fallen und lief hinaus, wo Hannah ihr entgegenkam.

Hannah war weiß wie die Wand und zitterte wie Espenlaub. »Ein Vogel!«

»Was?« Maddie runzelte die Stirn. Von außen wirkte alles wie immer. Hannah schob Maddie ins Haus. Hier hörte Maddie, wie etwas gegen die Fensterscheibe knallte. Wie um Himmels willen war der Vogel in das Zimmer gelangt?

Als Maddie vorsichtig die Tür zum Wohnzimmer öffnete, sah sie etwas Schwarzes durch die Luft flattern. Maddie schob sich an der Wand entlang zum Fenster, um es zu öffnen. Doch der Riegel klemmte. Maddie fluchte. Aus dem Kamin drang Rauch. Was, zum Teufel, hatte Hannah gemacht? Den Kamin hier drin hatten sie noch nie angezündet.

Maddie schloss die Tür und holte einen Besen. Wenn es ihr schon nicht gelang, das Fenster zu öffnen, schaffte sie es vielleicht, die Dohle zur Tür hinauszuscheuchen. Bilder aus Hitchcocks Film *Die Vögel* schossen ihr durch den Kopf.

In dem dichter werdenden Rauch ergriff Maddie den Blasebalg, um das Feuer anzuschüren, damit der Rauch den Kamin hinaufging und nicht in den Raum. Schon bald wurde ihr klar, dass etwas den Abzug verstopfte. Ein weiterer großer Vogel flog aus dem Kamin heraus, direkt in ihr Gesicht. Maddie schrie erschrocken auf.

Mit wild pochendem Herzen bemühte sie sich noch einmal, den Fensterriegel zu öffnen, was ihr unter Aufbietung aller Kräfte gelang.

Doch die Vögel flatterten weiter gegen die verschlossenen Fenster. Immerhin zog der Rauch nun nach draußen ab. Mit dem Besen versuchte Maddie, das größere der beiden Tiere nach draußen zu vertreiben, und bewirkte genau das Gegenteil: Die Vögel kreisten hektisch über ihrem Kopf. Maddie sprang gerade hinters Sofa, als Mark hereinkam.

Der kleinere Vogel fand den Weg hinaus, aber die große Dohle flog nach wie vor gegen das geschlossene Fenster. Mark ergriff den Besen und scheuchte den Vogel in die richtige Richtung. Als er draußen war, fragte Mark: »Willst du das Haus abfackeln, um Geld von der Versicherung zu kriegen? Du hast doch jetzt genug für die Renovierung.«

»Frag mal lieber Hannah.« Maddie stand auf. »Keine Ahnung, warum sie plötzlich den Kamin angeschürt hat.«

»Ich dachte, das vertreibt die lauten Viecher«, erklärte Hannah, die gerade den Raum betrat.

Maddie erstarrte. Hannah hatte auch etwas gehört? Maddie hatte sich mittlerweile damit abgefunden, dass sie sich die Geräusche einbildete.

»Was für Viecher?«, hakte Maddie nach.

»Die weinenden«, antwortete Hannah.

»Hätte vielleicht sogar funktioniert, aber dabei wäre das Haus in Flammen aufgegangen«, sagte Mark.

Maddie zuckte mit den Achseln.

»Wegen des warmen Wetters nisten die Dohlen dieses Jahr früh, und als Nistplatz haben sie sich ausgerechnet euren Kamin ausgesucht«, erklärte Mark.

»Hab ich ihre Jungen umgebracht?«, fragte Hannah entsetzt.

»Ich glaube nicht, dass sie schon welche hatten.«

»Was machen Sie überhaupt hier?«, fragte Hannah Mark.

»So viel zum Thema Dankbarkeit.« Er lachte. »Ich wollte euch sagen, dass Tom morgen nach Hause darf. Ich habe eine Pflegerin organisiert.«

»Prima. Was meint der Arzt?«, wollte Hannah wissen.

»Der Krebs hat gestreut, aber mit einem neuartigen Medikamentencocktail könnte es gelingen, ihn unter Kontrolle zu halten. Tom wird die Pflegerin etwa eine Woche lang brauchen, dann dürfte er allein zurechtkommen, vorausgesetzt, wir besuchen ihn alle weiter regelmäßig. Dir haben wir es zu verdanken, dass er noch lebt, Hannah.«

Hannah nickte nur kurz.

Maddie schüttelte den Kopf. Was ging in Hannahs Kopf vor? In den vergangenen Tagen war sie vor Sorge um Tom außer sich gewesen, und nun tat sie diese Nachricht mit einem Achselzucken ab.

»Hannah, ich fahre zu ihm. Willst du mitkommen?«, fragte Mark.

»Ja«, antwortete Hannah, die dabei war, den Raum zu verlassen.

»Dir scheint's besser zu gehen«, sagte Mark zu Maddie. »Da siehst du, was passiert, wenn du dich mit anderen Männern rumtreibst«, fügte er spöttisch hinzu.

»Das wird mir eine Lehre sein. Ich versuche, mich zu bessern«, versprach Maddie. »Ein Mensch in der Küche hat zwanzig Gäste angesteckt.«

»Darfst du wirklich schon wieder aufstehen? Du siehst noch ziemlich mitgenommen aus.«

»Danke fürs Kompliment.« Maddie strich sich die Haare aus der Stirn. »Und für die Rettung aus der Not.«

Mark lachte. »Du scheinst ziemlich oft gerettet werden zu müssen.«

»Du wolltest mir nur die Schau stehlen.«

»Brauchst du irgendwas aus Truro?«

Dich!, rief ihr Herz im selben Augenblick aus, als ihr wieder übel wurde. Offenbar hatte die Aufregung ihren Magen erneut in Aufruhr gebracht. Sie hob den Besen in der Hoffnung vom Boden auf, dass die Übelkeit verschwinden würde. »Nein, danke.«

»Dann bis später.«

Sie legte eine Hand auf seinen Arm. »Wir müssen reden.«

»Ja.«

Da rief Hannah Mark zu, dass er sich beeilen solle.

»Lieben Sie Maddie?« Hannah sah Mark an. Im Profil hatte er große Ähnlichkeit mit Will.

»Das ist aber eine ganz schön direkte Frage.«

»Ja und?« Sie zuckte mit den Achseln.

»Warum möchtest du das wissen?«

»Mich würde interessieren, was Sie von ihr wollen.«

»Wieso?«

»Was sollen die Gegenfragen?«

»Du hast damit angefangen.«

»Stimmt.« Hannah seufzte.

»Sag mir, warum du das wissen möchtest, dann gebe ich dir eine ehrliche Antwort.«

»Werden Sie sie genauso im Stich lassen wie Ihre Frau?«

»Du redest nicht um den heißen Brei rum, was?«

»Nein, warum sollte ich?«

Er lenkte den Wagen in einen Kreisverkehr. »Nein, ich habe nicht vor, sie im Stich zu lassen. Beantwortet das deine Frage?«

»Nicht wirklich. Sie lieben sie doch, oder?«

»Ja, genau wie du.«

»Quatsch.« Sie biss sich auf die Unterlippe.

»Warum sollte es dich sonst interessieren, ob ich sie liebe?«

»Manchmal ist sie ganz okay, und ich habe ja sonst niemanden.« Sie betrachtete ihre Hände. »Jetzt ist auch noch OT krank. Wie lange, glauben Sie, hat er noch zu leben?«

»Die Ärzte wissen es nicht. Hängt davon ab, wie gut die Medikamente anschlagen. Er ist nicht mehr jung.«

»Manchmal ist das Leben echt scheiße.«

»Ja«, pflichtete er ihr mit leiser Stimme bei.

»Mein Dad war nicht alt.« Zweiundvierzig, nicht mehr der Jüngste, aber noch nicht richtig alt.

»Claire auch nicht.«

»Ihre Frau?« Sie drehte sich zu ihm.

»Ja.«

»Lieben Sie Maddie mehr?«

»Anders.«

»Warum anders?«

»Bei Claire war ich sehr jung. Ich hatte gerade meine Mutter verloren, und sie hat mir beigestanden.«

»Warum ist das jetzt anders?« Hannah schaute zum Fenster hinaus. Wie konnte es unterschiedliche Arten der Liebe geben? Entweder man liebte jemanden, oder man tat es nicht.

»Wir waren in vielerlei Hinsicht zu jung zum Heiraten, glaubten aber, wir wüssten es besser. Ich habe sie aufrichtig geliebt. Das tue ich nach wie vor.«

»Wirklich?«

»Hört Liebe jemals auf?«

»Nein, wahrscheinlich nicht. Ich liebe Dad auch immer noch.«

Mark lenkte den Wagen auf den Parkplatz des Krankenhauses. Der arme OT, dachte Hannah.

»Was denkst du?« Mark schloss den Wagen ab.

»Ach, nicht so interessant.« So übel war Mark gar nicht.

Es war fast vier Uhr, als Maddie den Stall verließ. Sie streckte sich. So lange hatte sie Ewigkeiten nicht mehr am

Stück gemalt. Obwohl ihr alles wehtat, war sie mit ihrem Werk zufrieden. Ob jemand anders sich für eine Studie in Grau und Schwarz interessieren würde, musste sich allerdings noch erweisen.

Auf dem Weg zum Haus fielen ihr zum ersten Mal die Frühlingsboten überall auf. Kein Wunder, dass die Dohlen genistet hatten. Der Winter war längst nicht so kalt gewesen wie in London. Mittlerweile war es Mitte März, und sie und Hannah lebten seit sieben Monaten hier. Inzwischen konnte sie sich gar nicht mehr vorstellen, an einem anderen Ort zu wohnen. Die Landschaft mit den vom Wind gekrümmten Bäumen und den sanften Hügeln, die ihr anfangs noch so fremd erschienen war, wirkte nun sehr vertraut.

Ihr knurrte der Magen. Sie ging in die Küche, wo sie auf dem Tisch Briefe liegen sah.

Als sie sie durchging, fiel ihr Blick auf einen Umschlag mit einer neuseeländischen Briefmarke. Die Schrift darauf wirkte kindlich. Maddie sank, plötzlich nicht mehr hungrig, in einen Sessel und öffnete den Brief mit zitternder Hand.

Maddie,
danke für die Information über Johns Tod. Es freut mich, dass es Hannah gut geht.

Es ist jetzt fast dreizehn Jahre her, dass ich gegangen bin. In meinem Leben ist viel passiert, was mir gezeigt hat, was ich Hannah angetan habe. Inzwischen tut es mir aufrichtig leid, und mir ist klar, was ich damals aufgegeben habe. Ich wüsste nicht, wie ich mein Vorgehen erklären soll, und bitte auch nicht um Vergebung. Das würde zu weit gehen.

Obwohl ich nun begreife, wie viel Schmerz ich verursacht habe, kann ich nach wie vor kein Teil ihres Lebens sein.

Bitte passen Sie weiter auf sie auf. Diesmal hat John die richtige Wahl getroffen. Ich möchte weder von Ihnen noch von ihr hören.

Susan

Maddie warf einen Blick auf den Absender: Susan Smith, Sacred Heart School, Wellington, Neuseeland. Tränen traten ihr in die Augen. Der Kummer darüber, von Susan verlassen worden zu sein, hatte John bis zu seinem letzten Atemzug gequält.

Hannah marschierte an Mark vorbei in die Küche.

»Was, zum Teufel, ist los mit dir?«, fragte sie Maddie und knallte den Wasserkessel auf den Herd.

»Alles in Ordnung?«, erkundigte sich Mark, setzte sich zu Maddie und legte eine Hand auf ihren Arm. »Was ist passiert?«

»Ja genau, warum heulst du, Maddie? Möchtest du einen Tee? Der im Krankenhaus ist scheiße.«

»Hannah, könntest du uns kurz allein lassen?«, fragte Mark mit leiser Stimme.

Hannah nahm drei Tassen aus dem Schrank und stellte sie auf die Arbeitsfläche. »Dann kümmern Sie sich um den Tee, Mark.«

»Kein Problem.« Er wandte sich wieder Maddie zu. »Was ist los?«

Maddie gab Mark den Brief. Er überflog den Inhalt und nahm sie in die Arme.

»Was willst du jetzt tun?«, fragte er.

»Keine Ahnung. Eigentlich finde ich, dass Hannah das nicht erfahren muss, aber dann frage ich mich wieder, ob das nicht wenigstens dieses Kapitel für sie abschließen würde.«

»Wahrscheinlich hat sie sich jahrelang über den Verlust ihrer Mutter gegrämt.«

Maddie nickte. »Sie trauert nach wie vor um ihren Vater und vermutlich schon um Tom. Soll ich ihr wirklich noch mehr zumuten?« Maddie löste sich aus Marks Umarmung und stand auf. »Sie hat mich gebeten, ihre Mutter aufzuspüren, und das habe ich getan. Trotzdem möchte ich nicht, dass ihr weiterer Schmerz zugefügt wird.«

»Das kann ich verstehen.«

»Was soll ich machen?«

»Tu, was dein Herz dir sagt.«

»Ich frage mich, ob ich es an ihrer Stelle würde wissen wollen.«

»Und?«

»Ja.«

Hannah kam zurück in die Küche. »Seid ihr zwei endlich fertig mit euren Privatgesprächen? Hey, was ist mit dem Tee?«

»Sorry, ich kümmere mich gleich drum.« Mark stand auf.

»Lassen Sie. Sagt ihr mir jetzt, was Sache ist, oder muss ich es mir selber zusammenreimen?« Hannah baute sich vor ihnen auf.

»Ich lasse euch zwei mal allein«, meinte Mark.

Hannah wandte sich Maddie zu. »Dann geht's also um mich? Was hab ich jetzt wieder verbrochen?« Sie ging um den Tisch herum.

»Gar nichts.« Maddie stand auf, um eine Küchenrolle zu holen.

»Warum weinst du dann?«

»Wir haben einen Brief bekommen.«

»Und deswegen weinst du?« Hannah runzelte die Stirn.

»Ja. Er ist von deiner Mutter.«

Hannah erstarrte. »Ich habe keine Mutter.« Sie verschränkte die Arme vor der Brust und setzte sich an den Tisch.

»Doch, sie lebt in Neuseeland.«

»In Neuseeland?« Hannah fixierte den Brief in Maddies Hand. »Hast du sie gesucht, weil du mich loswerden willst? Weil ich dir zur Last falle?«

»Nein! Du hast mich vor einiger Zeit um Hilfe gebeten, also habe ich ihre Adresse recherchiert und an die geschrieben.«

»Du hast was?«

»Ich habe ihr einen Brief geschickt und ihr vom Tod deines Vaters und von deinem Wunsch, sie kennenzulernen, berichtet.«

»Und warum hast du geweint?«

»Weil dein Vater nicht da ist.« Maddie setzte sich. »Deinetwegen und wegen deiner Mutter.« Maddie holte tief Luft. »Und wegen der Entscheidungen, die ich treffen musste.«

»Was für Entscheidungen?«

»Zum Beispiel, ob ich dir von dem Brief erzählen soll.«

»Warum wolltest du es mir nicht sagen? Schließlich ist sie meine Mutter.« Hannah runzelte die Stirn.

»Ich wollte mir darüber klar werden, was dein Vater von mir erwartet hätte.«

»Er hat sie gehasst.«

»Ja, stimmt, aber er hat dich geliebt.«

Hannah traten Tränen in die Augen. »Okay, was schreibt sie?«

»Ich glaube, es ist das Beste, wenn du den Brief selber liest.«

»Gut.« Hannah nahm ihn.

»Soll ich bleiben oder gehen?«, fragte Maddie.

»Bleib. Bitte.«

26

Maddie nahm Hannah in die Arme.

»Sie erklärt nicht, warum«, beklagte sich Hannah.

»Sie erklärt auch sonst nicht viel.« Maddie streichelte Hannahs Rücken.

»Das ist nicht fair. Sie muss mir doch sagen, warum. Wieso hat sie mich verlassen?«

»Ich wünschte, ich könnte dir das beantworten.« Maddie drückte sie fester an sich. »Immerhin schreibt sie, dass es ihr leidtut.«

»Das hilft mir gar nichts«, schluchzte Hannah. »War ich so schrecklich, dass sie mich und Dad verlassen musste?«

»Du bist nicht schrecklich.«

Hannah löste sich erstaunt von Maddie.

»Jedenfalls nicht immer, und damals warst du ja noch kein Teenager.« Maddie schmunzelte. »Ich wette, das hatte nichts mit dir zu tun.«

»Ich glaube schon. Es muss was mit mir zu tun gehabt haben. Jetzt arbeitet sie mit Kindern, aber mich hat sie nicht ausgehalten.«

»Das hat sie nicht geschrieben, und Mutmaßungen bringen uns nicht weiter.«

»Stimmt. Ich will mit ihr reden.«

»Sie schreibt, dass sie nichts von dir hören möchte.«

»Wenn wir Internet hätten, wüssten wir die Nummer der Sacred Heart School in Wellington innerhalb von Sekunden.« Hannah sah Maddie vorwurfsvoll an. »Ich ruf Abi an. Die googelt sie mir.«

»Bist du sicher, dass du das machen willst?«, fragte Maddie. Sie hatte gehofft, dass Hannah die Sache auf sich beruhen lassen würde. Hannah nickte und griff zum Telefonhörer. Maddie ging kurz hinaus, um Luft zu schnappen. Wenige Minuten später kehrte sie in die Küche zurück.

»Würden Sie mich bitte mit Susan Smith verbinden?«, fragte Hannah.

Maddie schluckte.

»Das schuldet sie mir«, sagte Hannah, als sie Maddies Gesicht sah.

Hannah putzte sich die Nase. »Sie hasst mich, das weiß ich. Und du hasst mich auch.«

»Ich hasse dich nicht.«

Hannah musterte Maddie. Sonderlich gut schaute sie nicht aus.

»Hannah, wie kommst du nur auf die Idee, ich könnte dich hassen?«

Hannah blieb stumm.

»Was hat sie gesagt?«, erkundigte sich Maddie.

Hannah begann in der Küche auf und ab zu gehen. Was ihre Mutter gesagt hatte? Nicht viel. Hannah kämpfte gegen die Tränen an. »Maddie, möchtest du Kinder?«

Maddie blinzelte. »Wie bitte?«

»Du hast mich gehört.«

»Ja, ich hatte mir immer Kinder gewünscht, doch dann ist dein Vater gestorben und mit ihm dieser Traum. Aber ich habe ja dich.« Maddie lächelte.

»Susan wollte nie Kinder.«

»Hat sie das gesagt?«

Hannah nickte. »Sie behauptet, sie hätte sich so eingesperrt gefühlt, dass sie keine Luft mehr zum Atmen hatte.« Hannah biss sich auf die Lippe.

Maddie nahm ihre Hand. »Ich wollte dich.«

»Wirklich?«

»Ja.«

»Und was wäre gewesen, wenn du eigene Kinder gekriegt hättest? Dann wär ich dir nicht mehr wichtig gewesen.«

»Doch, natürlich. Ein weiteres Kind hätte unsere Gefühle für dich nicht verändert.«

Hannah sprang auf. »Jetzt sagt sich das leicht, aber es wäre anders gelaufen. Du, Dad und das Baby, ihr wärt die Familie gewesen und ich die Außenseiterin.«

»Das stimmt nicht.«

»Davor hatte ich immer Angst.«

»Hast du das deinem Vater gesagt?«

Hannah schüttelte den Kopf und lehnte sich an den Herd. »Moment, vielleicht doch. Damals, als ihr euch frisch kennengelernt hattet.«

»Oh.«

»Irgendwie hätte ich mir trotzdem eine kleine Schwester gewünscht.« Hannah sah Maddie an. »Alles in Ordnung? Du bist ganz blass.«

»Ich bin nur müde, glaube ich.«

»Ich auch.« Hannah stand auf. Sie und Maddie spiegelten sich in den zwei Hälften des großen Stabkreuzfensters. Hannah wandte sich Maddie zu. »Danke. Weißt du, so übel bist du gar nicht.«

Maddie klatschte die Farbe mit Wucht auf die Leinwand. So hatte sie seit der Kunstakademie nicht mehr gearbeitet.

Die leuchtenden Farbschmisse durchschnitten das ruhige Grau darunter, so dass die Leinwand vor Leben vibrierte. Maddie trat einen Schritt zurück und holte tief Luft.

Die Sonne strahlte hell vom Himmel, als Maddie zum Haus zurückging. Waren die Glockenblumen gestern schon da gewesen?, fragte sie sich. Oder war es das helle Licht der Sonne, das ihre Aufmerksamkeit auf die blauen Blüten lenkte?

Als sie den Wasserkessel in der mollig warmen Küche auf den Herd stellte, klingelte das Telefon.

»Hallo, Mrs Hollis, ich bin's, Jack, vom Maklerbüro.«

Maddie schluckte. »Gibt's ein Problem mit dem Käufer?«

»Nein, das läuft alles wie geplant.«

»Gut.« Maddie seufzte erleichtert.

»Ich weiß, dass Sie Trevenen nicht verkaufen wollen, aber da wäre ein Interessent, der gestern dran vorbeigekommen ist und ein Wahnsinnsangebot gemacht hat.«

»Ich verkaufe Trevenen nicht.«

»Trotzdem wollte ich Ihnen Bescheid sagen.«

»Na schön, raus mit der Sprache. Doch dem Interessenten können Sie mitteilen, dass Trevenen nicht zum Verkauf steht.«

»Danke. Sitzen Sie?«

»Schießen Sie endlich los.« Maddie verdrehte die Augen. Der Mann übertrieb wirklich.

»Er bietet eine Million.«

Maddie musste lachen. »Eine Million was? Rupien, Dirham, Spielgeld?«

»Ich habe Sie doch gefragt, ob Sie sitzen. Eine Million Pfund.«

»Gütiger Himmel.«

»Wollen Sie jetzt vielleicht doch verkaufen?«

Maddie schaute sich in ihrer Küche um. »Nein. Trotzdem danke, dass Sie es mir gesagt haben.«

»Sie haben gerade den Hauptgewinn der Lotterie ausgeschlagen.«

»Ja, es ist verrückt, das weiß ich, aber Trevenen und ich, wir gehören zusammen.« Maddie legte auf. »So, so, Trevenen, jemand bietet eine Million Pfund für dich. Wie findest du das?« Stille, nur das Klicken des Wasserkessels, der sich automatisch ausschaltete. »Keine Sorge. Wir bleiben zusammen.«

Da durchzuckte sie ein so heftiger Schmerz, dass sie sich zusammenkrümmte.

»Maddie, was ist los?«, fragte Mark, der gerade die Küche betrat.

»Nichts Wichtiges.« Maddie biss sich auf die Lippe. Die Krämpfe ließen nach, und sie wischte sich hastig den Mund mit einem Geschirrtuch ab. »Was führt dich nach Trevenen?« Sie zwang sich zu einem Lächeln.

»Probleme.«

»Ach.« Sie massierte ihren Nacken, der vom langen Malen verspannt war.

»Ja, leider. Ich hab gestern Abend einen Anruf vom Planungsausschuss gekriegt.«

»Wie schlimm?«, fragte sie.

»Sie haben die Genehmigung zurückgezogen.«

»Wie bitte?« Maddie fuhr sich mit der Hand durch die Haare. Was nun?

»Noch ist nicht alles verloren.« Mark berührte ihre Hand. »Es verzögert sich nur.«

»Wie können die die Genehmigung erteilen und dann wieder zurückziehen?« Das ergab keinen Sinn.

»Jemand hat Mist gebaut.«

»Wie?«

»Einer der Beamten hat einen Einspruch verschusselt, der termingerecht eingereicht wurde, und deshalb bleibt die Genehmigung in der Schwebe, bis der Einspruch geprüft wurde.«

»Scheiße. Das hat mir gerade noch gefehlt. Was mache ich jetzt mit dem Käufer der Scheune?«

»Er möchte sie unbedingt, also denke ich, dass er auch noch ein paar Wochen warten wird.« Mark nahm ihre Hand. Ihr traten Tränen in die Augen; momentan hatte sie nahe am Wasser gebaut. Maddie zog Mark hinaus ins Freie. Sie brauchte frische Luft.

Wenig später befanden sie sich auf dem alten Fußweg zum Frenchman's Creek. Die Sonne, die durch das frische, sich im Wind bewegende Laub über ihnen schien, warf ein grün-braun gesprenkeltes Muster auf den Boden.

Als der Bach in Sicht kam, blieb Mark stehen. »Du bekommst die Genehmigung, da bin ich mir sicher.«

»Hoffentlich hast du recht.«

»Vertraue mir.«

»Das würde ich gern.«

»Dann tu's einfach.«

Sie nickte.

Hannah betrat den Stall.

»Maddie, der Arzt hat angerufen. Er wollte wissen, ob der Durchfall und die Übelkeit weg sind.« Hannah betrachtete die Leinwand.

»Das ist nett von ihm.« Maddie legte den Pinsel weg.

»Ja. Er hat gesagt, du sollst ihn heute Abend nach sechs in der Praxis anrufen.«

»Okay.«
»Wie fühlst du dich?«, erkundigte sich Hannah.
»Ziemlich kaputt von den Medikamenten, und mir ist nach wie vor übel, aber nicht mehr so schlimm wie vorher.« Maddie mischte Kadmiumgelb mit einem Hauch Purpurrot.
»Maddie?«
»Ja?« Sie hob den Blick.
»Ich hab die Sache mit der Baugenehmigung gehört.«
»Hier gibt's wirklich keine Geheimnisse.«
Hannah schmunzelte. »Nein. Kommen wir zurecht?«
»Ja, das verspreche ich.«
»Danke. Was ist jetzt mit dir und Mark?« Hannah sah das Bild an, nicht Maddie.
Maddie schwieg.
»Ist es vorbei? Bin ich schuld?«
»Hannah, wie kommst du denn darauf?«, fragte Maddie erstaunt.
»Ich hab mit OT geredet, und der findet es nicht richtig, dass ich dich und Mark auseinanderbringen will.« Hannah zeichnete mit dem Zeh Kringel auf den Boden.
»Oh.« Maddie fehlten die Worte.
»Ja. Vielleicht hat er recht, aber ich bin einfach noch nicht so weit, dass ich einen Ersatz für Dad akzeptieren kann.«
Maddie legte das Palettenmesser weg, breitete die Arme aus und wartete, was passieren würde. Hannah drückte sie kurz.
»Niemand wird je deinen Vater ersetzen.« Als Maddie einen Schritt zurücktrat, sah sie den Schmerz in Hannahs Gesicht.
»Du brauchst auch Liebe.« Hannah senkte den Blick.

»Dein Vater war etwas ganz Besonderes in deinem und meinem Leben. Niemand kann ihn ersetzen.«

»Okay, verstehe.« Hannah hob den Blick.

»Danke, dass du mir das Bedürfnis nach Liebe zugestehst. Zum Glück bin ich bereit, noch ein bisschen zu warten. Dich und mich hat das Schicksal ganz schön gebeutelt, und im Moment wären emotionale Bindungen noch zu früh.«

»Ist das eine umständliche Methode, mir mitzuteilen, dass du dich von Mark getrennt hast?«, fragte Hannah.

Maddie musste lachen. »Trennung ist nicht das richtige Wort. Ich würde eher sagen, die Sache liegt auf Eis.«

»Auf Eis. Ihr zwei seid wirklich komisch. Übrigens hab ich gestern von der Schule aus eine E-Mail geschickt.«

»Ja?« Maddie wusste, dass es sie eigentlich nicht verletzen sollte, wenn Hannah versuchte, Susan in ihr Leben zurückzuholen, doch es war nun einmal so.

»Ich wollte nur, dass du das weißt.«

»Danke.« Etwas anderes fiel Maddie nicht ein.

Tamsin war gerade dabei, OT etwas zu essen zu kochen, als Hannah eintraf.

»Tamsin, was macht Maddie, wenn sie ihr die Baugenehmigung nicht erteilen?« Hannah nahm ein Brownie vom Tablett.

»Dann werdet ihr noch einen Winter frieren müssen.«

»Ja, klar, aber wird sie's ohne das Geld schaffen, das alte Haus zu halten?«, wollte Hannah wissen.

»Gute Frage. Ich denke schon. Sie ist eine starke Frau.« Tamsin schob die Kasserolle in den Ofen.

Bisher hatte Hannah Maddie nicht gerade für stark gehalten, aber vermutlich hatte Tamsin recht.

»Was ist los mit ihr und Mark?«, fragte Hannah.

»Warum interessiert dich das?« Tamsin wandte sich zu ihr.

»Na ja, in der einen Minute turteln sie wie die Wilden, und in der nächsten ist plötzlich gar nichts mehr, obwohl sogar ich merke, dass sie sich ineinander verguckt haben.« Hannah nahm ein weiteres Brownie. »Will Mark Kinder?«

Tamsin legte den Topfhandschuh weg. »Ja, aber den Traum hat er wohl schon lange aufgegeben.«

»Weißt du, warum?«

»Ja und nein. Nach dem Tod von Claire hat er sich, glaube ich, auf ein einsames Leben eingestellt.« Tamsin ließ Wasser in die Spüle ein.

»Und wie wirkt sich das auf Mark und Maddie aus?«

»So, dass erst mal nichts draus wird, denke ich.«

»Hm, klingt nicht gut.« Hannah pickte ein paar Krümel vom Tisch.

»Nein, aber vermutlich ist es vorerst das Beste.« Tamsin nahm das leere Tablett vom Tisch.

»Weißt du, dass Maddie sich heute Abend mit Gunnar trifft?«

»Tatsächlich?«

»Ja, ich kapier das nicht.« Hannah ging kopfschüttelnd zu OT ins andere Zimmer.

27

Maddie saß mit ihrem Kalender auf dem Badewannenrand. Ihre Periode war seit Wochen überfällig. Das konnte an der Ruhr, den Antibiotika oder dem Stress liegen, doch Maddie wusste, dass es das alles nicht war. Sollte sie lachen oder weinen? Sie war von Mark schwanger.

Beim ersten Mal mit ihm hatte sie keinen Gedanken auf Verhütungsmittel verschwendet, weil sie mit John so lange gebraucht hatte, um schwanger zu werden.

Hannah saß am Küchentisch, als Maddie nach unten kam. »Hast du wieder gekotzt?«

»Schau ich so schlimm aus?«

Hannah nickte.

»Alles okay, danke.«

Hannah wandte sich wieder ihrem Geschichtsbuch zu. Maddie hatte Mühe, sich an die neue Hannah zu gewöhnen, die nach wie vor manchmal in die Luft ging, aber die meiste Zeit ruhig blieb und jede freie Minute bei dem noch immer nicht genesenen Old Tom verbrachte.

»Ich fahre nach Helston. Brauchst du irgendwas?«, fragte Maddie.

»Nein.«

»Gut, dann also bis später.«

Überall regte sich neues Leben, frische grüne Blätter zierten die Bäume. Maddie überlegte, wie sie diesen Farbton mischen konnte. Wenn sie in der jetzigen Geschwindigkeit weiterarbeitete, würde sie genug neue Bilder für die Ausstellung in drei Monaten haben. Das Malen füllte die Lücke, die Mark hinterlassen hatte. Obwohl sie die Leere schrecklich fand, wusste sie, dass Mark in seiner eigenen Geschwindigkeit mit der Vergangenheit fertigwerden musste.

Als sie den Wagen einparkte, überlegte sie, wie Mark auf die Nachricht reagieren würde. Sollte sie es ihm sagen? Es war noch zu früh. Sie würde es für sich behalten, bis sie das gefährliche Stadium hinter sich hatte.

In der Apotheke war ziemlich viel los. Gerade als sie den Schwangerschaftstest bezahlen wollte, kam Mrs Bates auf sie zu. Scheiße.

»Maddie, wie schön, Sie zu sehen. Sie und Hannah haben Tom sehr geholfen.« Mrs Bates warf einen Blick auf den Test.

»Sein Wohlergehen liegt uns am Herzen.« Maddie trat nervös von einem Fuß auf den anderen.

»Was ich Sie fragen wollte … Haben Sie inzwischen versucht, Ihre Großmutter aufzuspüren?«

Maddie nickte. »Ich habe ihre Todesanzeige gefunden.«

»Schade.« Wieder fiel Mrs Bates' Blick auf den Test. »Offenbar sind Sie jetzt mit anderen Dingen beschäftigt.«

Mrs Bates konnte letztlich nur eine Schlussfolgerung ziehen: dass Maddie oder Hannah schwanger war. »Da drüben ist Miss Jenks. Sind Sie zusammen mit dem Wagen da?«

»Ja, sie scheint fertig zu sein.« Mrs Bates eilte zu Miss Jenks hinüber.

Nach dem Zahlen suchte Maddie die nächste öffentliche Toilette auf, weil sie die Ungewissheit nicht länger ertrug. Sie schloss die Tür und riss die Verpackung des

Tests auf. In ein paar Minuten wäre alles klar. Sosehr sie sich dieses Kind wünschte – sie wurde auch von Zweifeln geplagt: Hatte sie überhaupt ein eigenes Baby verdient?

Die moderne katholische Kirche wirkte nicht sonderlich einladend, und Maddie wusste nicht so genau, warum sie hergekommen war. Sie war schwanger; plötzlich ergab nichts mehr Sinn.

Per Handy hatte sie einen Termin mit der Hebamme vereinbart. Hannah würde sie noch nichts sagen, weil sie sich erst innerlich auf die neue Situation einstellen musste.

Als sie die Kirche betrat, senkte sich ihre Hand ganz automatisch ins Weihwasserbecken. Sie bekreuzigte sich und kniete in der letzten Bank nieder, von wo aus sie eine Weile das Kruzifix über dem Altar anstarrte.

»Tut mir leid, aber es ist sechs Uhr, und ich muss die Kirche zuschließen.«

Maddie sah den Pfarrer an, der neben ihr stand. »Es ist sechs?« Sie erhob sich.

»Ja«, antwortete er lächelnd.

Maddie holte tief Luft. »Hätten Sie Zeit, mir die Beichte abzunehmen?«

»Wo warst du?« Hannah erwartete sie an der Tür.

»In Helston«, antwortete Maddie.

»Du warst stundenlang weg und bist nicht ans Handy gegangen.« Hannah stutzte. Warum lächelte Maddie? Hatte die Frau am Nachmittag mit Mark gebumst?

»Der Akku ist leer.«

»Dr. Grades hat fünfmal angerufen. Er sagt, es ist dringend.«

Maddie runzelte die Stirn.

»Du sollst morgen um Punkt acht bei ihm in der Praxis sein.«

»Okay.«

»Maddie, verschweigst du mir was?« Hannah stemmte die Hände in die Hüften. Sie würde Maddie erst ins Haus lassen, wenn sie Bescheid wusste. Es reichte, dass Dad gestorben war und OT wahrscheinlich auch nicht mehr lange leben würde. Sein Zustand schien sich kein bisschen zu bessern. Warum wirkten die Medikamente nicht? Warum hatten sie auch bei Dad nicht angeschlagen?

»Keine Sorge. Ich bin gesund und munter. Keine Ahnung, was Dr. Grades mit mir besprechen will.«

»Wirklich?«

»Ja. Ich habe einen Bärenhunger. Lässt du mich rein?«

Regen prasselte gegen die Windschutzscheibe. Nach der Sonne des Vortags empfand Maddie das als besonders schlimm. Ihr war wieder einmal übel. Trotzdem knurrte ihr Magen. Sie hätte sich besser gefühlt, wenn das Frühstück dringeblieben wäre.

Maddie lenkte den Wagen auf den Parkplatz vor der Praxis von Dr. Grades. Was konnte so dringend sein, dass er sie vor der offiziellen Sprechstunde in die Praxis beorderte? Sie zog die Jacke enger um den Leib und eilte hinein.

»Mrs Hollis, Gott sei Dank haben Sie meine Nachricht erhalten. Bitte setzen Sie sich.«

Er klang ernst.

»Sie haben die Antibiotika vor einer Woche abgesetzt, stimmt's?«

Maddie nickte.

»Und gestern einen Termin mit der Hebamme vereinbart?«

»Ja, für nächste Woche.« Maddie runzelte die Stirn.

»Warum haben Sie mir vor zwei Wochen nicht gesagt, dass Sie schwanger sind?«

»Da hatte ich selbst noch keine Ahnung.«

»Verstehe.«

»Was heißt das?« Maddie faltete die Hände im Schoß.

»Es gibt da ein Problem. Das Antibiotikum, das ich Ihnen verschrieben habe, ist das wirksamste momentan erhältliche gegen Ruhr, sollte aber bei Schwangeren nicht eingesetzt werden.«

Maddie schluckte.

»Befinden Sie sich in einer festen Beziehung?«

»Nein, nicht wirklich.«

»Sie kennen den Vater?«

»Ja.« Sie liebte den Vater ihres Kindes.

»Haben Sie es ihm gesagt?«

»Noch nicht. Ich weiß nicht, worauf Sie hinauswollen.«

»Mrs Hollis, ich hätte Ihnen dieses Medikament nicht verschrieben, wenn mir klar gewesen wäre, dass Sie schwanger sind. Es erhöht das Risiko von kongenitalen Anomalien, frühkindlichen Krebserkrankungen und Fehlgeburten stark.«

»Was wollen Sie damit sagen?«

»Dass ich Ihnen zu einem sofortigen Schwangerschaftsabbruch raten würde.«

»Nein.« Maddie versetzte es einen Stich.

»Ich kann verstehen, dass Ihnen das nicht gefällt, aber Sie befinden sich noch in einem sehr frühen Stadium, und …«

Sie fiel ihm ins Wort. »Nein, das können Sie nicht verstehen.« Sie holte tief Luft.

»Sind Sie katholisch? Ist das das Problem?«

»Ja, aber es liegt eher daran, dass ich schon einmal ein Kind aufgeben musste, und das werde ich nie wieder tun.«

»Dies ist nicht Ihre erste Schwangerschaft?«

»Nein.«

»Wann war die andere?«

»Letztes Jahr.«

»Sie haben das Kind zur Adoption freigegeben?«

»Nein, ich habe es abtreiben lassen, und das werde ich nicht noch einmal machen, egal, vor welchen Risiken Sie mich warnen.«

»Mrs Hollis, mir ist klar, dass dies eine sehr emotionale Frage für Sie ist. Abtreibung ist immer schwierig. Haben Sie je mit jemandem darüber gesprochen?«

»Bis gestern nicht. Eine psychologische Beratung würde meinen Beschluss auch nicht beeinflussen.«

Dr. Grades schüttelte den Kopf und machte einen Aktenvermerk. »Wenn Sie darauf bestehen, das Kind trotz der Risiken auszutragen, muss ich Sie auf noch etwas hinweisen.«

»Ja?«

»Sie sagten, Sie hätten letztes Jahr abtreiben lassen. Hatten Sie und Ihr Mann dieselbe Blutgruppe?«

»Nein.«

»Finden Sie so schnell wie möglich die Blutgruppe des Vaters von diesem Kind heraus. Sie sind Rhesus negativ. Wenn er Rhesus positiv ist, erhöht sich das Risiko für den Fötus noch einmal.«

Maddie nickte.

»Mrs Hollis, bitte denken Sie über meine Worte nach. Treffen Sie Ihre Entscheidung nicht überstürzt und sprechen Sie mit dem Vater des Kindes. Fragen Sie ihn nach seiner Meinung.«

Regen peitschte gegen die längs geteilten Scheiben des großen Küchenfensters. Während sie dem Geräusch lauschte, überlegte Maddie, was sich seit ihrer Ankunft im August des vergangenen Jahres ereignet hatte. Was hatte das Haus mit ihr angestellt? Es hatte Geheimnisse aufgedeckt, war der Schlüssel zu Informationen über ihre Eltern und der Grund, warum sie sich in Cornwall aufhielt. Und sie war hier Mark begegnet und hatte sich in ihn verliebt.

Sie musste für die Sicherheit des Kindes in ihrem Leib sorgen. Trevenen würde es beschützen, wie es die früheren Generationen der Penventons beschützt hatte. Niemand würde sie dazu bringen, gegen ihr Kind vorzugehen. Am allerwenigsten der Mann, den sie liebte.

Maddie nahm den Brief vom Planungsausschuss in die Hand, der auf dem Tisch lag. Wahrscheinlich bestätigte er, was sie schon von Mark wusste. Wenn ihr die Baugenehmigung für den Schuppen nicht erteilt wurde, blieb ihr keine andere Wahl, als Trevenen zu verkaufen. Maddie riss den Umschlag auf.

In der warmen Sonne trockneten die letzten Pfützen auf der Straße. Hannah lief singend zu Old Tom. Will würde heute Abend nach Hause kommen, die Osterferien hier verbringen. Er hatte einen ganzen Monat frei, und sie konnte es kaum erwarten, ihn wiederzusehen.

Sie pflückte eine weiße Kamelie von dem Busch am Tor. Die würde sie OT in eine Vase stellen. Hannah blieb vor der Küchentür stehen. Im Haus roch es nach Krankheit; den Geruch kannte sie nur zu gut von ihrem Dad. Aber anders als bei Dad schienen die Medikamente jetzt bei OT anzuschlagen.

»Hallo, junge Frau«, begrüßte sie die Pflegerin.

»Wie geht's ihm?« Hannah nahm eine Vase aus dem Schrank.

»Gut, er erwartet dich.«

Hannah ging zu ihm. Er wirkte tatsächlich nicht mehr ganz so gelb.

»Du hast mir eine Victory White mitgebracht. Wunderschön, findest du nicht?«

»Ja. Wieso kennen Sie die ganzen Namen der Blumen?«, fragte Hannah.

»Weil ich sie selbst ausgewählt und mit Sorgfalt gepflanzt habe.«

»Wie alles.«

»Genau. Sorgfalt lohnt sich immer.« Er schmunzelte.

»Lassen wir das Thema.« Hannah nahm ihren Rucksack von der Schulter.

»Was hast du mir sonst noch gebracht?«, fragte OT.

»Ich habe endlich die Bibel gefunden.« Sie zog sie aus dem Rucksack und legte sie neben ihn auf das Sofa.

»Schauen wir doch mal, ob sie uns etwas über Catherines Leben verrät.« Er schlug die Bibel vorsichtig auf. »Der Stammbaum hier reicht zurück bis zu Philip Penventon, der im Jahr 1601 starb.«

»Wird Mary oder Catherine erwähnt?« Hannah blickte auf die Stelle, auf die er deutete. »Wer kam als Nächster? Philips Sohn?«

»Es ist keine direkte Linie. Anscheinend hat Philip nicht geheiratet; ein Thomas Penventon hat die Dynastie begründet.«

»Thomas war Catherines Sohn. Könnte Philip Catherines Kind adoptiert haben?«, fragte Hannah.

»Möglich, aber sofern diese Bibel keine Informationen über die mütterliche Seite enthält, werden wir das vermutlich nie erfahren.« Er blätterte um. »Ah, hier wird das Sterbejahr 1570 von Catherine erwähnt. Sehen wir mal vorn nach, ob das zu den Daten von Thomas passt.« Er ging sehr vorsichtig mit dem alten Buch um, das im frühen achtzehnten Jahrhundert gedruckt worden war.

»Thomas kam 1570 zur Welt.«

»Aha.« Hannah wusste nicht, ob sie aufgeregt oder traurig sein sollte.

»Mary starb 1590; lass mich nachsehen, ob es dazu Anmerkungen gibt.« OT beugte sich tiefer über die Bibel. »Die Person, die diesen Stammbaum erstellt hat, bezieht sich auf Briefe.« OT hob den Blick.

»Briefe?«

»Offenbar hat es ein weiteres Kind gegeben, ein Mädchen namens Thomasina. Von ihr war in diesen Briefen die Rede.« OT kniff die Augen zusammen. »Sie ist praktisch sofort nach der Geburt gestorben.«

Hannah ließ sich aufs Sofa sinken. »Wo könnten Catherine und Thomasina begraben sein?«

»Höchstwahrscheinlich wurde Catherine in der örtlichen Kirche beigesetzt, doch bei ihrem Kind dürfte es anders gewesen sein.«

Hannah runzelte die Stirn.

»Soweit wir wissen, war Catherine nicht verheiratet. Also wollten Mary und ihr Bruder Philip bestimmt nicht, dass das mit dem Kind publik wurde.« Er holte tief Luft. »Damals stand Kindern, die nicht getauft waren, keine richtige Beerdigung zu, was bedeutet, dass Thomasina vermutlich irgendwo verscharrt wurde.«

»Verstehe.« Hannah stand auf. Wenn OT sein Mittagsschläfchen hielt, würde sie dem örtlichen Friedhof einen Besuch abstatten.

»Mineralwasser mit Kohlensäure bitte«, bestellte Maddie, die neben Tamsin an der Theke stand. »Mein Magen ist immer noch nicht ganz in Ordnung; ich möchte kein Risiko eingehen.«

»Hast du dem Arzt gesagt, dass du nach wie vor Probleme hast?«, fragte Tamsin.

»Ja. Er meint, das passiert manchmal.«

Tamsin ging mit ihrem Weinglas zu einem Ecktisch. Im Pub war nicht viel los. Gott sei Dank, dachte Maddie, denn sie besaß nicht die Energie für Small Talk.

»Hast du schon Nachricht vom Planungsausschuss?«, erkundigte sich Tamsin, als sie sich setzte.

»Nein.« Maddie nahm einen Schluck Wasser. »Mark behauptet, das wäre nichts Ungewöhnliches.« Sie warf einen Blick auf ihre Handtasche. Darin steckte ein Angebot über eine Million Pfund für Trevenen.

»Hm.« Tamsin sah Maddie an. »Und wie stehen die Dinge mit dir und Mark?«

»Du bist ganz schön neugierig.« Maddie lachte.

»Ja. Hannah hat erwähnt, dass du ein paarmal mit Gunnar aus gewesen bist.«

»Dir entgeht wirklich nichts.« Maddie verzog das Gesicht. Nun war es an ihr, ihrer Freundin ein Geheimnis zu entlocken. Allerdings wusste sie noch nicht, wie. »Im Moment sind Mark und ich nicht zusammen. Wir sind ein bisschen auf Distanz gegangen.«

»Warum? Und führst du Gunnar an der Nase herum?«

»Nein. Die Sache mit ihm ist längst geklärt, aber es macht Spaß, mit ihm zusammen zu sein, er ist unkompliziert.«

»Und damit begnügt er sich?«

»Ja.«

»Ist er schwul?«

»Nein. Das mit ihm hat sich zu einer guten Freundschaft entwickelt.«

»Freunde, so, so. Und was ist Mark? Auch ein ›guter Freund‹?«

Maddie versuchte zu lachen. Wie konnte sie Tamsin dazu bringen, die Inquisition zu beenden? »Du weißt selbst, dass Mark sich gewissen Fragen stellen muss.«

»Stimmt.« Tamsin nickte. »Aber deswegen hast du ihm doch nicht den Laufpass gegeben, oder?«

»Gütiger Himmel, nein. Wenn überhaupt, hat das meine Liebe zu ihm noch verstärkt.« Maddie verstummte. Scheiße. Gerade hatte sie zugegeben, dass sie Mark liebte. Großer Fehler.

»Dann verrat mir doch bitte, warum ihr zwei nicht zusammen seid.«

»Er braucht Zeit, mit sich ins Reine zu kommen, und ich auch. Die Ereignisse des letzten Jahres haben mich emotional ziemlich ausgelaugt.«

»Ich werde den Verdacht nicht los, dass ihr zwei euch nicht aus eurer Deckung traut.«

»Tja, so siehst du das.« Maddie lachte.

»Das Leben ist kurz. Gerade du solltest das wissen. Du bist verliebt. Halte diese Liebe fest.« Tamsin trank einen Schluck Wein.

»Versprochen.«

»Sonderlich überzeugt klingt das nicht.«

»Vielleicht bin ich nicht ganz so schnell wie du.« Maddie zuckte mit den Achseln.

»Mach keinen Unsinn.«

Maddie ließ einen Finger über den Rand ihres Glases gleiten. Sie überlegte, wie sie auf das Thema kommen sollte, das ihr auf den Nägeln brannte. Sie musste Marks Blutgruppe erfahren, und ihn selbst konnte sie nicht fragen.

»Neulich habe ich einen interessanten Artikel über Blutgruppendiät gelesen«, bemerkte Maddie.

»Wie kommst du jetzt darauf? Willst du mir durch die Blume sagen, dass ich zu dick bin?« Tamsin blickte an sich herunter.

»Nein, nein. Was für eine Blutgruppe hast du denn?«

»Null.«

»Positiv oder negativ?«

»Hat das einen Einfluss auf meine Ernährung? Von der Blutgruppendiät hab ich auch schon gehört, aber ich wusste nicht, dass positiv und negativ dabei eine Rolle spielen.«

»Ach.« Maddie war klar, dass sie sich auf gefährlichem Terrain bewegte.

»Ich bin Null positiv. Was bedeutet das?«, fragte Tamsin.

»Dass du gern Fleisch isst.«

»Ach nein. Und was hätte es geheißen, wenn ich negativ gewesen wäre?«

Maddie suchte nach einer plausiblen Antwort. »Dass du Fisch magst, glaube ich.«

»Interessant.«

»Ja, finde ich auch. Kennst du zufällig Marks Blutgruppe?«

»Keine Ahnung. Da musst du ihn selber fragen. Ob's bei der Blutgruppendiät auch um Ahnenforschung geht? Meine Vorfahren waren alle Bauern, was bedeutet, dass wir Fleischesser sind. Anthony und Mark stammen von Fischern ab. Ich glaube, Anthony ist auch positiv, was bedeutet, dass die Theorie Quatsch ist. Sonst müsste sich noch vor mir ein Bauer in seine Familie geschlichen haben.«

Maddie lachte. Dass Marks Vorfahren Fischer gewesen waren, fand sie faszinierend, aber es half ihr nicht weiter. »Ich muss mal aufs Klo.«

»Ist wirklich alles in Ordnung? Du bist grade erst gewesen!«

»Ja, mir fehlt nichts.«

28

Hey, Maddie, bist du da drin?« Hannah streckte den Kopf zur Tür des Esszimmers hinein. Keine Reaktion, also ging sie zu Maddies Zimmer hinauf. Sie musste zu Hause sein, weil ihr Wagen da war.

Hinter Maddies Tür hörte Hannah Geräusche. Sie trat in ihr Bad und sah Maddie mit dem Kopf über der Toilettenschüssel.

»Du hast doch gesagt, es ist alles okay.« Hannah eilte zu ihr.

Maddie richtete sich halb auf. »Mach kein so besorgtes Gesicht.«

»Dir geht's jetzt schon so lange schlecht. Irgendwas ist da nicht in Ordnung. Lüg mich nicht an.« Hannah schlang die Arme um den Körper.

»Ich lüge dich nicht an. Es ist alles okay.« Maddie stand auf.

»Warum kotzt du dann die ganze Zeit?« Hannah sah sie an. »O nein, du bist schwanger, stimmt's?«

Maddie nickte und wusch sich das Gesicht.

»Von wem ist das Kind?«

»Hannah, wie kannst du das fragen?«

»Du warst mit zwei Typen zusammen ... Es sei denn, natürlich, das war eine unbefleckte Empfängnis.«

Maddie setzte sich auf den Toilettensitz. »Mit Gunnar habe ich nie geschlafen.«

»Dann bleiben noch der Heilige Geist und Mark. Ich weiß, wer mir lieber wäre.«

Maddie lachte.

»Freut mich, dass du das lustig findest. Weiß Mark es?«, fragte Hannah.

»Nein.«

»Warum nicht? Ich dachte, dem Vater Bescheid sagen gehört zu den ersten Dingen, die man in so einem Fall tut, oder hab ich da wieder was falsch verstanden?« Hannah verschränkte die Arme vor der Brust.

»Ich bin noch nicht bereit.« Maddie senkte den Blick.

»Wozu? Zum Kinderzimmerstreichen?«

»Hannah, so einfach ist das alles nicht.«

»Nur bei dir nicht. Sag's Mark. Er hat ein Recht, es zu erfahren. Ich glaube, er freut sich drüber. Er wird bestimmt ein toller Vater.«

»Glaubst du?«

»Ja. Du offenbar auch, denn sonst hättest du bei der Empfängnisverhütung nicht russisches Roulette gespielt. Schließlich bist du keine dumme Frau. Obwohl, so sicher bin ich mir da im Moment gar nicht mehr.«

»Seit wann bist du Maddie-Expertin?« Maddie seufzte.

Da erklang Tamsins Stimme. »Hallo? Wo stecken denn alle?« Tamsin kam herein. »Kein alkoholfreier Sekt?«

»Wie bitte?«, fragte Maddie.

»Ich habe gerade von Mrs Bates gehört, dass du in anderen Umständen bist, und mich gefragt, wann du es deiner besten Freundin sagen würdest. Obwohl es natürlich auch eine Methode ist, es zuerst einer der größten Klatschbasen im Ort zu erzählen.«

»Verdammt. Ich hatte gehofft, dass sie die Begegnung in der Apotheke vergessen würde.«

»Weiß Mark schon, dass er Vater wird?«, erkundigte sich Tamsin.

Maddie schüttelte den Kopf.

»Dann sag's ihm lieber schnell, bevor Mrs Bates es überall rumposaunt und die Leute im Ort ihre eigenen Schlüsse über die möglichen Kandidaten ziehen.« Tamsin schürzte die Lippen.

»Siehst du, ich war nicht die Einzige, die's gemerkt hat.« Hannah setzte sich auf den Badewannenrand.

»Sollen sie ruhig reden«, sagte Maddie mit kaum hörbarer Stimme und stützte den Kopf in die Hände.

»Was soll das heißen?« Tamsin zwang Maddie, ihr in die Augen zu blicken.

Hannah sah, dass Maddie weinte. Was sollte das nun wieder?

»Nichts.« Maddie stand auf.

»Willst du mir weismachen, dass Mark nicht der Vater ist, sondern Gunnar, von dem du gestern noch behauptet hast, du hättest nie mit ihm geschlafen?«, fragte Tamsin.

»Ich habe nur gesagt, dass ich nichts verrate.«

»Mir hast du's aber doch gerade gesagt«, widersprach Hannah.

»Hab ich das?« Maddie schob sich an Tamsin vorbei in ihr Zimmer.

»Egal. Mark ist der Vater, und er hat ein Recht, es zu erfahren«, beharrte Tamsin.

Hannah war fasziniert. Jetzt wusste sie, warum Tamsin die Jungs im Griff hatte.

»Nein«, sagte Maddie und ging nach unten.

»Sie scheint mit der Schwangerschaft den Verstand verloren zu haben«, bemerkte Hannah.

»Vielleicht.« Tamsin folgte ihr.

Maddie ging zum Stall, knallte die große Tür hinter sich zu und begann zu schluchzen. Ihr war alles zu viel. Mark durfte nicht erfahren, dass es sein Kind war. Wenn er wusste, dass es behindert zur Welt kommen konnte, würde er das Gleiche von ihr verlangen wie John. Und das würde sie nicht noch einmal ertragen.

Tamsin betrat mit zorniger Miene den Stall.

»Du hast kein Recht, es ihm nicht zu sagen. Es ist sein Kind. Was soll der Quatsch?«

»Tamsin, hör auf.«

»Nein. Mark ist schon einmal sehr verletzt worden, und ich werde nicht untätig zusehen, wie du ihm das antust.«

Hannah kam ebenfalls in den Stall.

»Im Moment tue ich ihm gar nichts an.«

»Doch. Es wird sich in null Komma nichts rumsprechen, und er wird es erfahren. Wie würdest du reagieren, wenn du es von einem Außenstehenden hörst?«, fragte Tamsin.

Maddie sah Tamsin an. Sie musste dieses Kind schützen.

»Das Kind gehört mir.«

»Es ist deine erste Schwangerschaft, und die kann einen ganz schön mitnehmen.«

»Halt den Mund. Du hast keine Ahnung.«

»Ich habe sehr wohl eine Ahnung. Vergiss nicht, dass ich drei Kinder zur Welt gebracht und zwei Fehlgeburten erlitten habe. Ich weiß, wovon ich spreche.«

»Nein.« Maddie holte Luft. Tamsin hatte zwei Kinder verloren, sie aber nicht umgebracht.

»Du schaffst das. Das erste ist immer das Schlimmste.« Tamsin trat näher.

»Es ist verdammt noch mal nicht das erste«, presste Maddie hervor.

»Wie bitte?« Tamsin blieb stehen.

»Es gibt irgendwo ein Kind von dir?« Hannah war entsetzt.

»Nein.«

»Aber du hast doch gerade gesagt, dass es nicht dein erstes ist.«

»Fehlgeburt? Schrecklich, nicht?«, fragte Tamsin mit sanfter Stimme.

»Nein.«

»Wenn es keine Fehlgeburt war und du nicht irgendwo ein Kind versteckt hältst, hast du abtreiben lassen.« Hannahs Stimme wurde lauter. »Das ist nicht möglich. Dazu bist du zu katholisch. Das weiß sogar ich.«

Tamsin berührte Maddies Hand. Maddie bekam eine Gänsehaut.

»Es ist okay, Maddie.« Tamsin nahm Maddie in den Arm.

»Bist du wie deine Mum als Teenager schwanger geworden?« Hannah trat näher an Maddie heran. »Muss krass gewesen sein, wie du gemerkt hast, dass dir das Gleiche passiert ist wie ihr.«

Maddie löste sich von Tamsin. »Nein, ich bin nicht als Teenager schwanger geworden, und anders als meine Mutter habe ich das Kind nicht ausgetragen.«

»Was soll dann das ganze Trara?« Hannah stemmte die Hände in die Hüften.

»Hannah, eine Abtreibung ist immer eine schwere Entscheidung«, erklärte Tamsin.

»Ja, das verstehe ich, aber es muss doch schon eine Weile her sein, noch vor Dads Zeit. Das dürfte sie inzwischen verkraftet haben.«

»Ich glaube nicht, dass man den Verlust eines Kindes je verkraftet, egal, wie es passiert ist«, sagte Tamsin.

»Wann war das?« Hannah gab keine Ruhe.

»Das ist nicht interessant für dich.«

»Doch. Ich weiß, dass es nicht mit Dad passiert sein kann, weil ihr gebumst habt wie die Karnickel. Ihr wolltet unbedingt einen Bruder oder eine Schwester für mich. Wann ist es also passiert? Kurz bevor du Dad kennengelernt hast? Konntest du deswegen keine Kinder kriegen? Hat die Abtreibung deine Innereien durcheinandergebracht?«

»Hannah, du hast mich gebeten, dich nicht anzulügen, also bitte stell mir keine solchen Fragen.«

»Was heißt das? Dass du ein Kind von Dad hast abtreiben lassen?« Hannah starrte Maddie an. »Nein, das hätte Dad nie zugelassen. Das musst du ohne sein Wissen gemacht haben. Wie konntest du nur?«, kreischte sie.

Am liebsten hätte Maddie zurückgeschrien, doch sie bemühte sich, ruhig zu bleiben. »Ich habe es getan, weil er mich darum gebeten hat.«

»Nein, das hätte er nie getan. Du hast meinen kleinen Bruder oder meine kleine Schwester umgebracht.« Hannah versetzte ihr einen Stoß, so dass Maddie stürzte.

Ein spitzer Schmerz durchzuckte Maddie, und sie schnappte nach Luft.

»Du Miststück!«, brüllte Hannah und stürmte aus dem Stall.

Maddie schaute ihr nach.

»Um Himmels willen, alles in Ordnung?« Tamsin half Maddie, sich aufzusetzen.

Maddie fühlte sich leer. Sie hatte dem Priester alles gebeichtet und gehofft, dass es damit gut wäre. So gern hätte sie den Schmerz im Beichtstuhl zurückgelassen, doch nun lag er offen da.

»Mir ist die Luft weggeblieben, aber das sollte sich gleich wieder geben.« Maddie versuchte sich zu sammeln.

»John hat dich um eine Abtreibung gebeten?«, fragte Tamsin.

Maddie nickte. Es war merkwürdig, es aus dem Mund eines anderen zu hören.

»Wann?«

»Eine Woche vor seinem Tod.«

»Mir fehlen die Worte.«

»Da gibt es auch nichts zu sagen. Ich bin schwanger geworden. Es war ein Geschenk des Himmels, ein Teil von ihm, der mir bleiben würde, aber er hatte das Gefühl, dass ich das nicht schaffen würde. Seiner Meinung nach konnte ich nicht gleichzeitig arbeiten, das Baby und Hannah großziehen. Er hatte Angst, dass ich Hannah nicht gerecht werden würde.« Maddie schüttelte den Kopf. »Und er hatte recht.«

»Nein, er hat sich getäuscht, sogar sehr.« Tamsin sah sie an. »Kannst du stehen?«

Maddie verzog das Gesicht. Als sie aufstand, spürte sie einen spitzen Schmerz im Kreuz.

»Okay?«

Maddie nickte.

»Wann hast du's machen lassen?«

»Eine Woche nach der Beerdigung.«

»Und wer hat dich begleitet?«

»Niemand.«

»Du hast das allein durchgezogen?« Tamsin hielt ihr die Tür zum Haus auf.

»Ja. Niemand wusste es, und ich habe mich fürchterlich geschämt.« Maddie seufzte. »Ich war so glücklich gewesen, obwohl ich wusste, dass John sein Kind nie kennenlernen würde. Der Gedanke an das Kind hat mir Hoffnung gegeben. Aber John hat es anders gesehen.«

»Setz dich. Du bist ziemlich blass.« Tamsin führte sie zu einem Stuhl.

»Überrascht dich das?«

»Nein. Jetzt verstehe ich zumindest, warum du so sehr um dieses Kind kämpfst. Das ergibt Sinn.«

»Dann ist das ja auch geklärt«, sagte Maddie spöttisch.

»Trotzdem kapier ich nicht, warum du es Mark nicht sagen willst. Er wird ganz aus dem Häuschen sein, das weiß ich.«

»Nein.«

»Du willst es ihm vorenthalten? Ich glaube nicht, dass das funktioniert, und ich begreife auch nicht, warum du es möchtest. Hab ich irgendwas nicht mitgekriegt?« Tamsin legte den Kopf ein wenig schief.

»Nein.«

»Okay. Wo ist der Zucker? Ich weiß, dass du den Tee normalerweise ohne trinkst, aber jetzt brauchst du, glaube ich, welchen.«

»Im linken Schrank.«

Tamsin stellte sich auf die Zehenspitzen, um die Zuckerdose herauszuholen.

»Ich hab ihn.« Tamsin drehte sich zu Maddie um. »Wogegen hast du dieses Antibiotikum genommen und wann?« Sie hielt die Verpackung hoch. »Das ist ein ziemlicher Hammer. Anthony musste es nach unserer Ägyptenreise schlucken. Das Medikament war schlimmer als die Krankheit selber.«

Die Packung im Küchenschrank hatte Maddie völlig vergessen.

»Du hast also Angst, dass mit dem Baby etwas nicht

stimmen könnte. Deswegen sagst du es ihm nicht.« Tamsin sah ihre Freundin an. »Mark ist nicht John. Ich bin mir sicher, dass er nicht das Gleiche wie John von dir verlangen würde. Weiß der Arzt Bescheid?«

Maddie nickte.

»Was hat er dir empfohlen?«

»Einen Schwangerschaftsabbruch.«

»Nein.«

Maddie begann zu schluchzen.

»Das geht nicht. Das kann ich verstehen.« Tamsin nahm Maddies Hände in die ihren. »Du musst es Mark sagen. Diese Sorge brauchst du nicht allein zu tragen.«

»Nein, das kann ich ihm nicht antun, und ich will das Risiko nicht eingehen.« Maddie blickte zum Tisch hinüber, auf dem der Kaufvertrag für Trevenen lag. Sie würde ihre Zelte hier abbrechen. Das war die Lösung.

29

Es war Mitternacht, als Hannah die Küche betrat und das Licht einschaltete. Ihr Blick fiel auf eine Blutlache auf dem Boden, daneben lag Maddie. Hannah stieß einen Schrei aus; Maddie reagierte nicht. Hannah rannte zum Telefon und rief den Notarzt. Danach betete sie wie noch nie zuvor in ihrem Leben, während sie neben der bewusstlosen Maddie wartete.

Von der Fahrt ins Krankenhaus bekam sie nicht viel mit. Zuvor hatte sie weder Tamsin noch Mark erreichen können, aber wenigstens Fred war gekommen. Im Wartezimmer versuchte sie nun, das Bild von dem Blut am Boden loszuwerden. Maddies Haut war so weiß und kalt gewesen. Hannah hatte sie gestoßen, und sie war gestürzt. Deswegen hatte sie das Baby verloren.

Fred betrat den Raum. »Ich hab einen Parkplatz gefunden und Mum erreicht. Sie ist auf dem Weg hierher.«

Hannah sank auf einen Stuhl. Maddie würde sie bis in alle Ewigkeit hassen. Dad hatte von Maddie verlangt, dass sie das andere Kind abtreiben ließ, und jetzt verlor sie wieder eines, weil Hannah sie gestoßen hatte.

Die Sanitäter hatten Hannah so viele Fragen über Maddie und ihre Schwangerschaft gestellt, die sie nicht beantworten konnte. Sie hatte versagt. Sie hätte früher zurückkommen sollen. OT hatte schon lange geschlafen, aber Hannah war bei ihm geblieben, weil sie noch nicht nach Hause und sich entschuldigen wollte. Wieder einmal hatte OT ihr die andere Seite der Medaille gezeigt. Nicht einmal absichtlich hätte sie so viel Schaden anrichten können.

Fred legte ihr die Hand auf die Schulter. »Sie erholt sich schon wieder.«

»Sie hat viel Blut verloren. Es war überall.« Hannah blinzelte, doch das Bild wollte ihr nicht aus dem Kopf gehen.

»Denk nicht dran. Du hast Hilfe geholt. Sie kommt wieder auf die Beine«, tröstete er sie.

Nein, Maddie würde sich nicht erholen. Sie hatte das Baby verloren, und Hannah war schuld daran.

Tamsin hastete völlig außer Atem in den Warteraum. »Wie geht's ihr?«

»Keine Ahnung.« Fred stand auf.

»Tamsin, es tut mir so leid.« Hannah stützte den Kopf in die Hände.

»Es ist nicht deine Schuld«, sagte Tamsin.

»Doch. Ich hab sie gestoßen. Sie ist hingefallen. Das hat die Fehlgeburt verursacht.«

»Das wissen wir nicht.«

Da gesellte sich Mark zu ihnen. Noch nie zuvor hatte Hannah ihn so besorgt gesehen. Wusste er, was passiert war? Wusste er überhaupt von Maddies Schwangerschaft? Was hatte Tamsin ihm erzählt?

»Wo ist sie?«, fragte Mark.

»Ich glaube, noch im OP«, sagte Fred.

Tamsin legte Hannah den Arm um die Schultern und zog sie zu sich heran. Hannah kämpfte gegen die Tränen an.

Ein Arzt betrat den Warteraum und wandte sich an Mark.

»Sind Sie der Vater?«, fragte er.

Hannah beobachtete Marks Reaktion. Tamsin hatte ihm nichts gesagt.

»Ja«, antwortete Hannah für ihn. Mark sah sie fragend an.

»Wie geht's ihr?«, erkundigte sich Hannah bei dem Arzt und wich Marks Blick aus.

»Sie hat ziemlich viel Blut verloren, aber ihr Zustand ist stabil.«

»Können wir sie sehen?«, wollte Tamsin wissen.

»Nein, sie muss sich erholen.«

»Wie lange noch?«

»Ein paar Stunden. Könnte sein, dass sie eine weitere Bluttransfusion benötigt«, erklärte der Arzt.

Mark setzte sich.

»Ich habe mich mit ihrem Hausarzt in Verbindung gesetzt. Er wird bald da sein«, informierte der grün gekleidete Mediziner sie, bevor er sich verabschiedete.

»Tamsin?«, fragte Mark mit brüchiger Stimme.

»Ich hab's auch erst heute erfahren, Mark. Ich weiß nicht mal, in der wievielten Woche sie war.« Tamsin setzte sich neben ihn.

»Sie hat's mir nicht gesagt.« Mark stützte den Kopf in die Hände. »Bist du sicher, dass es von mir ist?« Mark sah Hannah an.

»Ja, absolut.« Hannah hätte Mark gern geholfen, wusste jedoch nicht, wie. »Mark, es tut mir leid.« Hannah holte tief Luft. »Es ist meine Schuld.«

Tamsin stand auf. »Unsinn, Hannah. So einfach ist das Leben nicht. Wir sollten uns darauf konzentrieren, dass Maddie am Leben ist, und das haben wir deiner schnellen Reaktion zu verdanken.«

»Aber …«, hob Hannah an.

»Kein Aber. Fred, hol uns allen einen Tee – und nimm Hannah mit.« Tamsin schob Hannah zur Tür.

Im Gehen sah Hannah Tamsin mit Mark reden. Es hätte sie interessiert, was sie ihm sagte.

»Lass sie. Mum weiß, wie man mit so was umgeht. Muss ein ganz schöner Schock sein, wenn man rausfindet, dass man Vater ist, und gleich drauf, dass es doch nichts wird.«

»Das dürfte die größte Scheißuntertreibung des Jahres sein.« Hannah konnte die Tränen nicht mehr zurückhalten.

Fred lächelte und nahm sie in den Arm. »Ja.«

Maddie setzte sich auf, um die Blumen auf dem Tischchen neben ihrem Bett zu betrachten. Sie versuchte, sich die Farben einzuprägen, doch es gelang ihr nicht. Seit sie wusste, dass sie ihr Kind verloren hatte, weinte sie. Der einzige Mensch, den sie zu sich gelassen hatte, war Dr. Grades gewesen. Er hatte ihr mitgeteilt, dass es zu der Fehlgeburt gekommen sei, weil der Fötus nicht lebensfähig gewesen war, das habe die Untersuchung des fötalen Gewebes ergeben. Das Antibiotikum hatte ganze Arbeit geleistet und alles in ihr abgetötet.

Maddie schüttelte den Kopf. Sie musste aufhören, darüber nachzudenken, und sich wieder dem Leben zuwenden. Maddie vernahm ein diskretes Hüsteln.

»Entschuldigung.«

Ein grauhaariger Mann stand an der Vorhangöffnung am Fußende ihres Betts. Maddie putzte sich die Nase und wischte sich die Tränen ab. Als sie den Blick hob, war der Mann immer noch da. Irgendwie kam er ihr bekannt vor.

»Maddie?«, fragte er.

»Peter?« Maddie schluckte. Sie halluzinierte; ihr Vater konnte nicht hier sein.

»Ja. Darf ich reinkommen?«, fragte er.

Sie nickte.

»Ich weiß, dass Sie niemanden sehen wollen, aber Hannah meinte, dass Sie mich vielleicht empfangen.«

»Sie haben mit Hannah gesprochen?« Maddie blinzelte.

»Ja, ich bin seit gestern bei ihr in Trevenen.« Er trat durch die Vorhangöffnung. »Ich muss zu einem Kurs in Frankreich und bin eigens über London geflogen, um mich mit Ihnen zu treffen.«

»Setzen Sie sich doch.« Maddie deutete auf die Bettkante.

»Als ich bei Ihnen angerufen habe, ist ein völlig aufgelöstes Mädchen rangegangen und hat mir erklärt, was los ist. Da bin ich sofort gekommen.« Peter setzte sich.

»Danke.« Maddie schluckte.

»Sie sehen Ihrer Mutter sehr ähnlich«, bemerkte er lächelnd.

»Das weiß ich erst, seit ich die Fotos gefunden habe.«

»Sie war so schön und voller Leben. Die Rückkehr nach Trevenen hat mir alles wieder ins Gedächtnis gerufen.«

»Haben Sie sie geliebt?«

»Ich glaube schon. Es ist so lange her. Jedenfalls war ich am Boden zerstört, als meine Briefe unbeantwortet zurückkamen. Ich dachte, dass sie meine Gefühle nicht erwidert. Wäre ich damals nur selbst hingefahren.«

Maddie schenkte ihm ein kleines Lächeln.

»Sie haben also mein Künstlergen geerbt. Und Ihr Stil ist dem meinen sehr ähnlich«, sagte er.

»Das ist mir auch schon aufgefallen.« Maddie schwieg kurz. »Peter, wollen wir uns nicht duzen?«

»Ja, gern.«

»Wie lange wirst du bleiben?«

»Leider muss ich heute noch weiter. Ich nehme in einer Stunde den Zug nach London.« Er stand auf.

»Oh.« Maddie schluckte.

»Wenn du möchtest, buche ich den Rückflug um, damit wir uns ausführlicher unterhalten können.«

»Ja, bitte.«

Peter beugte sich zu Maddie hinunter, um sie auf die Wange zu küssen.

»Kannst du mir, bevor du gehst, noch etwas beantworten?«, fragte sie.

»Ich versuche es.«

»Das Tagebuch meiner Mutter hat mir den Eindruck vermittelt, dass die Sache einseitig war und sie dich verführt hat.«

Peter lachte. »Ich habe mich sehr bemüht, meinen Gefühlen für sie nicht nachzugeben. Sie war so jung. Aber glaube mir, es war gegenseitig.«

»Danke.«

Er drückte ihre Hand. »Wir haben viel nachzuholen, und darauf freue ich mich schon.«

»Hannah ist vor Sorge außer sich.« Tamsin lenkte den Wagen in den Ort. »Warum wolltest du sie nicht sehen?«

»Tut mir leid, aber ich musste zuerst einige Dinge für mich sortieren. Ich werde Hannah schon noch klarmachen, dass sie keinerlei Schuld trifft und ich sie liebe.«

Beim Anblick von Trevenen in der Aprilsonne begann Maddies Herz schneller zu schlagen. Die Kirschbäume standen in voller Blüte; Maddie wusste, dass sie es schaffen würde.

Während ihres Krankenhausaufenthalts hatte sie sich mit den Ereignissen der letzten Zeit auseinandergesetzt. Das machte es nicht leichter, den Verlust zu ertragen, aber immerhin akzeptierte sie nun, dass es das Schicksal so gewollt hatte. Ein Psychologe hatte viel Zeit darauf verwendet, ihr zu erklären, dass der Fötus keinesfalls überlebt hätte und der Sturz nicht Ursache der Fehlgeburt gewesen war. Außerdem hatte er ihr versichert, dass sie wieder schwanger werden konnte. Sie nahm an, dass das nicht mehr mit Mark geschehen würde, weil sie sich seinen Schmerz und seine Wut vorstellen konnte, als er erfahren hatte, dass er der Vater des Kindes war, das sie gerade verloren hatte.

Tamsin legte eine Hand auf ihren Arm. »Geh zu Hannah. Sie braucht dich.«

»Danke.«

»Vielleicht solltest du ihr erklären, warum Leute das Haus vermessen.«

»Scheiße.« Maddie hatte den unterschriebenen Kaufvertrag zum Briefkasten gebracht, nachdem Tamsin gegangen war, weil sie geglaubt hatte, dass ein Spaziergang ihre Krämpfe lindern würde. »Ja, wahrscheinlich muss ich ihr einiges erklären.«

»Ich sollte dich begleiten«, meinte Tamsin.

»Nein, Hannah und ich müssen das allein hinkriegen. Aber bitte ruf später an, um dich zu vergewissern, dass keine Leichen rumliegen.«

»Wird gemacht. Oder noch besser: Ich komme mit einem Schmortopf vorbei, damit ihr euch übers Kochen keine Gedanken machen müsst.«

»Danke.« Maddie holte tief Luft und ging zum Haus. Die abblätternde Farbe an der Tür fiel ihr auf. Warum hatte sie die noch nicht gestrichen? Maddie drückte sie auf.

»Hannah, ich bin wieder da«, rief sie ins Haus hinein.

Hannah kam aus der Küche gerannt. »Maddie, es tut mir so leid! Ich weiß, dass du mir das nie verzeihen kannst.« Hannahs Gesicht war tränennass.

Maddie breitete die Arme aus. »Da gibt es nichts zu verzeihen.«

»Tamsin behauptet, das Medikament wäre schuld gewesen, aber ich bin sicher, dass der Sturz alles ausgelöst hat.«

»Die Ärzte sind anderer Meinung. Bitte mach dir darüber keine Gedanken mehr.«

»Ich hab dir das mit Dad nicht geglaubt. Entschuldige.« Hannah warf sich in Maddies Arme.

»Hannah, wir müssen alle lernen. Dein Vater hat an uns beide gedacht, an die Belastung, der ich ausgesetzt gewesen wäre. Das Wichtigste ist, dass jetzt alles vorbei ist.« Maddie strich Hannah über die Haare, die denen ihres Vaters so ähnelten.

»Ich hab Angst gehabt, dich auch noch zu verlieren. Es war schrecklich«, gestand Hannah unter Tränen.

Maddie zuckte zusammen, als Hannah sie fest drückte.

»Scheiße, sorry. Das hab ich ganz vergessen.« Hannah lockerte ihre Umarmung. »Ich hab einen Kuchen gebacken. Möchtest du ein Stück?«

»Du hast einen Kuchen gebacken?«, wiederholte Maddie erstaunt.

»Ja. Nach einem Rezept von Abi.«

»Abi kocht und bäckt?« Maddie stützte sich am Tisch ab.

»Ja. Ich musste mit jemandem reden. OT war nicht in der Verfassung. Hoffentlich bist du mir nicht böse, dass ich sie angerufen habe.«

»Nein, natürlich nicht.«

»Maddie, warum willst du Trevenen verkaufen? Ich dachte, du magst das Haus.«

»Tue ich auch. Und ich verkaufe es nicht. Gib mir das Telefon. Ich muss ein paar Anrufe erledigen.«

Diesmal war es die Sonne, die Maddie weckte, nicht das Weinen eines Kindes. Als Maddie sich umdrehte, zuckte sie vor Schmerz zusammen. Er ließ ihr genauso wenig Ruhe wie ihr schlechtes Gewissen Mark gegenüber, mit dem sie noch nicht gesprochen hatte.

In der Küche war der Tisch gedeckt, darauf ein Zettel von Hannah: Sie hoffe, dass Maddie gut geschlafen habe; sie würden sich nach der Schule sehen. Maddie wischte sich die Tränen der Rührung weg. Wie lange würde Hannah wohl so rücksichtsvoll bleiben?

Die Post lag neben dem Zettel: ein Brief vom Makler und einer vom Planungsausschuss. Welchen sollte sie zuerst öffnen? Der Makler war alles andere als erfreut über ihre Absage gewesen, denn er hatte fest mit seiner Provision gerechnet und einen Urlaub gebucht. Als sie ihm die Sachlage erklärte, hatte er sich ein wenig beruhigt.

Sie nahm das Schreiben vom Planungsausschuss aus dem Kuvert und las es. Mark hatte sich für sie ins Zeug gelegt: Die Baugenehmigung war für seine abgeänderten Pläne erteilt worden. Wieder fragte Maddie sich, was sie ihm sagen solle. War es besser, zu ihm zu fahren und sich persönlich zu entschuldigen oder das telefonisch oder mit einem Brief zu erledigen? Die letzte Alternative fand sie am verführerischsten, aber sie war auch die feigste.

»Verdammt, zieh dich an, fahr rüber und mach's. Wenn du noch länger drüber nachgrübelst, tust du's nie«, ermahnte sie sich im besten Tamsin-Tonfall.

Maddie stellte das Geschirr in die Spüle und trat in die Diele, wo sie vor dem Foto von Daphne und Daphnes Mutter und Tante stehen blieb.

»Meine Damen, ihr habt mir einen ganz schönen Höllenritt beschert. Wollt ihr mir verraten, ob Trevenen noch weitere Geheimnisse für mich bereithält, die mein Leben umkrempeln werden?« Maddie schüttelte den Kopf. »Nein, das waren nicht die Geheimnisse von Trevenen. Das habe ich mir selbst zuzuschreiben.«

Maddie zog sich an und verließ das Haus. Sie wollte gerade abschließen, als sie das Telefon klingeln hörte. Sie hastete zurück.

»Mrs Hollis, Sekretariat Mullion School. Ich rufe an, um zu fragen, ob Mark Triggs Hannah ins Treliske Hospital bringen darf.«

»Ist Hannah etwas passiert?« Maddie spürte Panik in sich aufsteigen.

»Nein.«

Maddie hörte, wie Mark um den Telefonhörer bat. Sie bekam einen trockenen Mund.

»Old Tom liegt im Koma. Man hat ihn ins Krankenhaus gebracht. Es sieht nicht gut aus«, teilte er ihr mit.

»Okay. Wir treffen uns dort.«

Maddie lenkte den Wagen wie in Trance die Straßen entlang.

Hannah, die OTs kalte Hand hielt, merkte nicht, dass ihr T-Shirt tränennass war. Etwa zehn Minuten zuvor hatten die Monitore aufgehört, Lebenszeichen von ihm zu registrieren. Maddie und Mark sprachen draußen mit der Schwester. Als sie gekommen waren, hatte er noch gelebt, und jetzt war er plötzlich tot. Wie konnte ein Leben so schnell zu Ende sein? Bei Dad hatten keine Maschinen den Tod angezeigt, bei ihm hatte die Stille es ihr verraten.

Maddie hatte sie in den Arm genommen, als klar war, dass OT nicht mehr lebte. Bei Dads Tod hatte Hannah das nicht zugelassen. Diesmal fühlte sich ihr Beistand richtig an.

Wenige Minuten zuvor hatte OT die Augen aufgeschlagen und Hannah angelächelt. Mark hatte es gesehen. Das hatte sie sich nicht eingebildet. Er war einen kurzen Moment lang bei ihr gewesen, dann hatten sich seine leuchtend blauen Augen geschlossen. Am Anfang war ihr nicht bewusst gewesen, dass sie weinte, weil es stumme Tränen waren, anders als das laute Schluchzen beim Tod ihres Vaters.

OTs Hand war gelb und kalt und fühlte sich fast wie Wachs an. Nach Dads Tod hatte Hannah fluchtartig das Zimmer verlassen und ihn sich nicht mehr angesehen. Jetzt, da sie friedlich bei OT saß, hätte sie sich gewünscht, mehr Zeit bei der Leiche ihres Vaters verbracht zu haben. Sie entschuldigte sich leise in Richtung Zimmerdecke, an der sie einen gelben Fleck bemerkte, der zu OTs Hautfarbe passte.

Maddies leise Schritte rissen sie aus ihren Gedanken. Hannah blickte ihre Stiefmutter an. Mark war nicht bei ihr.

»Möchtest du gehen oder noch ein bisschen bleiben?«, flüsterte Maddie, als wollte sie OT nicht wecken.

»Egal.« Hannah betrachtete das leblose Gesicht.

»Lass dir so viel Zeit, wie du möchtest.«

»Ist in Ordnung so. Er würde nicht wollen, dass ich trübselig werde, wie er es ausgedrückt hätte, also mache ich das auch nicht.«

»Trotzdem tut's weh.«

»Stimmt. Hat Dad am Ende wie eine Wachsfigur ausgeschaut?«

Maddie lachte. »Wahrscheinlich schon, aber so habe ich das noch nie betrachtet.«

»Ich möchte meine Mutter sehen.« Hannah stand auf.

»Okay.« Maddie legte den Kopf ein wenig schief. »Darf ich fragen, wie du ausgerechnet jetzt auf diese Idee kommst? Sie ist ziemlich weit weg.«

»In letzter Zeit sterben mir die Menschen weg wie die Fliegen. Ich möchte sie kennenlernen, solange sie lebt.«

»Gut. Vielleicht im Sommer.« Maddie streckte ihr die Hand hin.

»Okay.« Als Hannah OT ein letztes Mal ansah, war sie fast sicher, dass er schmunzelte.

30

Maddie öffnete die Weinflasche.

»Ich weiß ja nicht, wie's euch geht, aber ich brauche jetzt was zu trinken.«

Mark nickte.

»Auf Tom.« Maddie hob ihr Glas.

»Ja, auf Old Tom.« Mark trank einen Schluck Wein.

Da wurde die Haustür mit Schwung geöffnet, und Tamsin rauschte herein.

»Der Wein sieht gut aus. Könnt ihr ein Gläschen für mich erübrigen?« Sie rückte einen Stuhl heran.

»Klar.« Maddie gab ihr ein Glas.

»Traurig, die Sache mit Old Tom. Er wird mir fehlen, aber wenigstens ist es am Ende schnell gegangen.«

Hannah musste an die Leiche im Krankenhausbett denken. Das war nicht mehr OT gewesen. Sie stellte ihn sich lieber in der Werkstatt vor, nicht so gelb und kalt.

»Wann ist die Beerdigung? Mark, weißt du das schon?«

»Ich habe gerade mit dem Bestattungsunternehmen gesprochen. Vermutlich Ende der Woche.«

»Gut. Das gibt uns Zeit zum Organisieren.« Tamsin trommelte mit den Fingern auf den Tisch.

»Stimmt. Hannah, weißt du, ob er ein Adressbuch hatte?« Maddie schenkte Mark nach.

Hannah fiel auf, wie Maddie ihn ansah. Hatten sie schon über das Baby geredet? Vielleicht sollte Maddie Mark von ihrer ersten Schwangerschaft erzählen. »Ja, ich glaube, es liegt im Arbeitszimmer.«

»Prima. Wollen wir eine Liste anlegen und alle anrufen?« Tamsin nahm ein Blatt Papier. »Was ist mit den Zeitungen?«

»Schon erledigt.« Mark hob den Blick.

Hannah fand, dass er ziemlich durch den Wind war. Sie hätte nicht gedacht, dass OTs Tod ihn so aus der Fassung bringen würde. Er hatte alles in die Hand genommen wie damals, als Hannah von der Flut eingeschlossen worden war. Er war wirklich ein Fels in der Brandung.

»Ich verzieh mich ins Bett.« Hannah versuchte Tamsin mit Blicken zu signalisieren, dass sie gehen sollte, doch die schien an ihrem Stuhl festgeklebt zu sein.

»Ach. Hast du schon mit Will gesprochen?«, erkundigte sich Tamsin.

»Nein. Er weiß sicher Bescheid, aber ich rufe ihn morgen früh an.«

In ihrem Zimmer strich Hannah weinend über die reparierte Stelle an der alten Schatulle. Warum mussten alle, die sie liebte, sterben oder sie verlassen?

Auf dem Friedhof hatte Hannah keinen Erfolg gehabt. Falls Catherine seinerzeit hier oder in der Kirche beigesetzt worden war, fehlte davon jetzt jede Spur. Hannah fragte sich, ob die Aufzeichnungen der Kirche so weit zurückreichten. Selbst wenn, wäre, das hatte OT ihr ja erklärt, nur der Tod von Catherine dokumentiert, nicht aber der von Thomasina.

Sie legte die Bibel ins Wohnzimmer zurück, wo sie sie vor OTs Tod entdeckt hatte. Er hatte ihr geholfen, die Fäden zu verknüpfen; den Rest musste sie allein schaffen.

Sonnenstrahlen erhellten den Kamin, als sie das Wohnzimmer betrat. Im Licht konnte sie die Stelle an der Holzverkleidung, hinter der sich die Öffnung verbarg, mit bloßem Auge erkennen.

Die Tür öffnete sich mit einem leisen Klicken. Hannah blieb auf der Schwelle stehen. Warum hatte Maddie hier jedes Mal einen solchen Schreck gekriegt? Ja, das Weinen. Das war wirklich unheimlich und total seltsam. Bestimmt kam es vom Wind oder von einem Tier. Aber heute war Wind, und trotzdem hörte Hannah nichts.

Hannah hielt die Tür so auf, dass das Licht der Sonne in die Nische fiel, kniete nieder und ließ die Finger über die Platten gleiten. Zum größten Teil waren sie glatt, doch sie ertastete auch die eine oder andere Vertiefung.

»Was machst du denn da?«, fragte Maddie.

Hannah sprang auf.

»Maddie, ich weiß, dass ich dich für verrückt erklärt habe, wie du das mit dem Weinen gesagt hast, aber ich hab's auch manchmal gehört.« Maddie kam zögernd näher. »Das war das Weinen eines Babys, nicht der Wind oder eine Katze, stimmt's?«

Maddie nickte.

»Hörst du's jetzt?«

Maddie trat durch die Tür und blieb stehen.

Hannah bekam einen trockenen Mund. Es bestand eine Verbindung, das wusste sie. Maddie war eine Penventon, und etwas rief nach ihr. Thomasina.

»Nein, seit ich schwanger war, hör ich's nicht mehr.«

Hannah nahm Maddies Hand. »Sorry.«

Maddie drückte sie.

»Du hast mal erwähnt, dass das Wohnzimmer im achtzehnten Jahrhundert angebaut wurde, aber weißt du auch, wann der Teil mit dem Esszimmer dazugekommen ist?« Hannah ließ Maddies Hand los und kniete noch einmal nieder.

»Nein. Er ist alt, jedoch nicht so alt wie die Küche. Warum?«, fragte Maddie.

»Ich glaube, auf der Platte hier steht was.«

Maddie runzelte die Stirn. »Merkwürdig. Erinnerst du dich noch, wie ich mir das blaue Auge geholt habe?«

Hannah nickte.

»Damals hab ich gedacht, dass die Schieferplatten aussehen wie alte Grabsteine, was sie natürlich sein könnten. Wahrscheinlich alte, die nicht mehr gebraucht wurden.«

»Das ist es!«, rief Hannah aus.

»Was meinst du?«

»Catherines Tochter Thomasina ist hier drin begraben.«

»Wer sind Catherine und Thomasina?«, fragte Maddie.

»Ach, ich hab ganz vergessen, dir von den anderen Sachen zu erzählen, die ich gefunden habe.«

Maddie hob eine Augenbraue.

»Sorry.« Ja, dachte Hannah, es passt alles. Wenn bloß OT das noch erlebt hätte!

»Ich weiß nach wie vor nicht, wovon du sprichst.« Maddie setzte sich auf die Armlehne eines Sessels.

»Hast du einen großen Bogen Papier für mich?«

»Klar.«

»Du weißt doch, wie Durchpausen geht, oder?«

Maddie eilte davon, während Hannah wartete. Sie wusste, dass sie recht hatte. Thomasina war in Trevenen begraben.

Als Maddie zurückkam, riss Hannah ihr das Papier und den Kohlestift aus der Hand, legte das Papier über die Platte und begann mit dem Stift darüberzureiben. Schon bald erschienen Buchstaben, die deutlich zu lesen waren, als Hannah aus der Nische heraustrat und das Resultat ihrer Bemühungen auf dem Boden ausbreitete.

THOMASINA PENVENTON
Geboren 15. Januar 1570
Gestorben 16. Januar 1570

Hannah packte Maddies Hand. Maddie drückte sie kurz und ging dann zu der Platte, um die Finger darübergleiten zu lassen. Hannah fragte sich, ob sie an ihre eigenen verlorenen Kinder dachte.

Der Trauerzug mit dem Sarg bewegte sich langsam durch den Ort zur Kirche. Maddie konnte sich bei dem Anblick des zylindertragenden Herrn, der das alte Pferd mit dem Sarg führte, ein Lächeln nicht verkneifen.

Der ganze Ort war für Tom auf den Beinen. Mark und Hannah führten die Prozession hinter dem Sarg an. Maddie wunderte sich noch immer darüber, dass Tom den Löwenanteil seines Vermögens Hannah hinterlassen und Mark als Testamentsvollstrecker eingesetzt hatte. Damit war Hannahs Ausbildung gesichert, und es würde sogar noch etwas übrig bleiben. Zum Glück würde sie erst mit fünfundzwanzig über das Geld verfügen können.

»Nicht«, flüsterte Maddie Tamsin zu, die zu kichern anfing.

»Ich kann nicht anders. Es ist wie in einer schlechten Komödie.« Tamsin hielt die Hand vor den Mund.

»Ich weiß, aber …«

»Old Tom hatte Humor; dem hätte der Zirkus hier gefallen.«

»Stimmt.« Maddie begrüßte Anthony, der sich gerade zu ihnen gesellte, mit einem Lächeln. Er schien sich in seinem dunklen Anzug nicht wohlzufühlen.

»Tut mir leid, dass ich so spät komme. Krise an der neuen Baustelle.«

»Bis jetzt hast du nichts verpasst.« Tamsin nahm seine Hand.

Maddie wehrte sich gegen die Eifersucht, die sie in sich aufsteigen spürte. Tamsins und Anthonys Liebe war etwas Besonderes. Maddie betrachtete Mark, der, Hannahs Hand haltend, vor ihr ging. Trotz der vielen Stunden, die sie gemeinsam die Beisetzung geplant hatten, war es ihnen gelungen, nicht über persönliche Probleme zu sprechen.

Tom Martin hatte ein interessantes Leben geführt, von dem die Unterrichtstätigkeit nur einen Teil ausmachte. Je mehr Papiere sie in seinem Haus gesichtet hatten, desto klarer war ihnen die Vielschichtigkeit dieses Mannes geworden. Die ihnen unbekannten Trauergäste gehörten zu seinem Dasein als Lehrer und Schriftsteller.

Als Mark sich lächelnd zu Maddie umwandte, setzte ihr Herz einen Schlag lang aus. Sie wusste, dass sie ihm noch eine Erklärung schuldete.

»Sind die Narzissen in dem Licht nicht wunderschön? Komisch, dass es jetzt noch so viele gibt«, bemerkte Tamsin.

Maddie betrachtete das strahlend gelbe Feld mit den im Wind wippenden Blütenkelchen, an dem der Sarg gerade vorbeigetragen wurde. Das Gelb hob sich deutlich von den dunklen Kleidern der Trauernden und vom Blau des Himmels ab. An einem so warmen Frühlingstag hätten die Menschen sonst so viel wie möglich ausgezogen, um mit ihrer bleichen Winterhaut die Sonne zu genießen. Doch heute hüllten sich alle in Schwarz. Hannahs schmale Gestalt wirkte darin fast tragisch. Sie trug dasselbe Kleid wie zu Johns Beisetzung. Maddie hatte nicht gewusst, dass sie es noch besaß. Hannah hatte sich in vielerlei Hinsicht verändert. Die vergangene Woche war sie ziemlich gefasst geblieben, sogar als sie erfahren hatte, dass sie aufgrund des unverhofften Erbes nicht mehr in allem von Maddie abhängig war.

Der Geistliche führte den Zug in die Kirche an, deren Altar die Frauen des Ortes prachtvoll mit Blumen geschmückt hatten.

Maddie schlüpfte in die Bank neben Hannah, während Mark, Anthony und zwei weitere Männer den Sarg hereintrugen. Maddie betrachtete Mark nachdenklich. Ihre Liebe zu ihm hatte nicht nachgelassen, sondern war noch intensiver geworden.

»Alles klar bei euch?«, flüsterte Mark, als er sich zu ihnen setzte.

Maddie nickte stumm. Sie versuchte erfolglos, sich auf den Geistlichen zu konzentrieren, und bewunderte schon bald das farbige Licht, das die Sonne durch die Buntglasfenster auf den Sarg warf.

Maddie sang den Text des ersten Liedes ganz automatisch mit. Als die letzten Töne der Orgel verklangen, lud der Geistliche sie ein, Toms Leben zu gedenken. Maddie versuchte wieder zuzuhören, doch erneut wanderten ihre Gedanken zu dem ernst lauschenden Mann an ihrer Seite.

Kurz darauf hörte sie Hannahs schöne Singstimme. Durch die Liebe des Mannes, dessen sie heute gedachten, war Hannah dabei, sich in eine nachdenkliche junge Frau zu verwandeln. Maddie konnte es kaum glauben.

Nach dem Gottesdienst wurde der Sarg in den hellen Sonnenschein hinausgetragen. Maddie blinzelte ins Licht. Hannah nahm ihre Hand, und gemeinsam gingen sie über den vom Regen aufgeweichten Boden zum offenen Grab.

Als sie sah, wie der Sarg in den Boden hinuntergelassen wurde, fing Maddie zu weinen an. Vor etwas mehr als einem Jahr hatte sie einer ganz ähnlichen Trauerfeier beigewohnt. Hannah drückte ihre Hand.

»Du denkst an Dad, stimmt's?«, fragte sie leise.

Maddie nickte und lauschte den Worten des Geistlichen. Es war alles so endgültig. Hatte Tom je Liebe und Verlust kennengelernt? Maddie wandte sich Mark zu, der sie mit traurigem Blick musterte. Warum hatte sie ihm so viel Kummer bereitet?

Hannah warf die erste Schaufel Erde ins offene Grab. Maddie zwang sich dabei, an Tom zu denken. »Ruhe in Frieden.«

Maddie wandte sich vom Grab ab und ging in Richtung Straße. Dabei fiel ihr Blick auf einen neuen Grabstein. Sie blieb stehen und las den Text darauf. Er gehörte Daphne. Warum hatte sie ihn nie zuvor aufgesucht? Stumm entschuldigte sie sich bei ihrer Großtante. Anders als bei den meisten anderen Gräbern lagen hier keine Blumen. Das würde sie morgen ändern. Das Grab neben dem von Daphne war deutlich älter. Darin lag Arthur. Endlich ruhte Daphne neben ihrer großen Liebe. Maddie wischte eine Träne weg.

»Danke für die schöne Trauerfeier«, sagte Maddie später zu dem Geistlichen.

»Tom war ein guter Mensch«, erklärte er. »Wie kommt Hannah mit seinem Tod zurecht?«

»Sie ist traurig, aber ansonsten okay.«

»Und Sie? Sie mussten in letzter Zeit ziemlich viel wegstecken.«

Maddie seufzte. »Danke, mir geht's gut. Ich hätte da noch eine Frage an Sie. Hannah hat das Haus erkundet und ein Schmugglerversteck mit etwas gefunden, das nach dem Grabstein eines Neugeborenen aussieht.«

»Interessant. Ein Grabstein, sagen Sie?«

Maddie nickte.

»Mit welchen Daten?«

»15. Januar 1570, dazu der Name Thomasina. Sie ist kurz nach der Geburt gestorben, und ihre Mutter Catherine hat sie nicht lange überlebt.«

»Thomasina. Das bedeutet so viel wie Zwilling«, erklärte der Geistliche.

»Siehst du, Maddie: Ich hab dir doch gesagt, dass Thomasina die Zwillingsschwester von Thomas war«, rief Hannah strahlend.

»Entschuldigt man sich nicht normalerweise, wenn man jemandem ins Wort fällt?«, fragte Maddie lächelnd.

»Tut mir leid. Erkundigst du dich gerade, was wir machen sollen?«, wollte Hannah wissen.

»Ja, aber ich sollte erst mal dafür sorgen, dass hier alles glattläuft.« Maddie wollte sich entfernen.

»Darum kümmert sich Tamsin«, sagte Hannah.

»Darf ich fragen, ob es der Raum war, in dem Sie einen Geist vermutet haben?«, fragte der Geistliche.

Maddie wurde rot. »Ja.«

»Hören Sie das Weinen immer noch?«

»Nein.«

»Das passt zu dem, was mein Kollege mir damals berichtet hat.«

»Und was war das?«, erkundigte sich Hannah.

»Extreme Emotionen, die unerklärliche Phänomene verursachen.«

»Meinen Sie Poltergeister?«, hakte Hannah nach.

Er nickte.

»Cool. Müssen die nicht ausgetrieben werden?« Hannah schwankte ein wenig auf ihren hohen Absätzen.

»Ich kann nicht ganz folgen«, warf Maddie ein.

»In jener anderen Situation haben extremer Kummer und andere Gefühle Dinge bewirkt.«

»Dinge?«

»In jenem Fall haben sich Objekte bewegt, und merkwürdige Schreie ertönten aus dem Nichts.«

»Cool. Dann könnte Maddies Trauer über den Verlust meines Vaters und ...«, Hannah sah Maddie an, »... und die meine das verursacht haben? Oder das könnte Thomasina sein, die unglücklich darüber ist, dass sie im Fundament begraben liegt?«

»Mit Gewissheit kann ich das nicht sagen, aber vieles ist möglich.« Der Geistliche lächelte. »Da das Weinen aufgehört hat, können wir, glaube ich, Thomasina bis nach Ostern in Frieden ruhen lassen und uns die Sache dann genauer anschauen.« Er entfernte sich mit einer leichten Verbeugung.

31

Hannah musste niesen, weil der Sekt sie in der Nase kitzelte. Will setzte sich zu ihr. Sie hatte ihn Tage nicht gesehen.

»Dann bist du also jetzt reich?« Er küsste ihren Nacken.

»Du willst mich bloß wegen dem Geld?« Sie sah ihn über den Rand ihres Glases hinweg an.

»Mag sein. Aber du warst schon vorher unwiderstehlich«, erklärte er schmunzelnd.

Hannah verdrehte die Augen. »Blödmann.«

»Ja«, pflichtete er ihr bei.

»Warum hast du nicht angerufen?«, fragte sie.

»Ich dachte mir, du und Maddie, ihr braucht ein bisschen Zeit für euch nach allem, was passiert ist.«

»Oh.«

»Hab ich dir gefehlt?«, wollte er wissen.

»Vielleicht.«

»Nur vielleicht?«

»Was glaubst du?« Hannah lehnte sich schmunzelnd an den Fensterrahmen. Es waren so viele Leute da. Sie musste herumgehen und mit all den alten Freunden von OT reden.

Will küsste sie auf die Wange.

»Ich hab gehört, dass du Kontakt zu deiner Mutter aufgenommen hast«, sagte er.

»Gott, hier gibt's wirklich keine Geheimnisse.«

»Ist das was Neues?«

»Nein. Ich hoffe, dass ich sie bald mal besuchen kann.«

»Warum nach all den Jahren?« Will sah sie an.

»Sie hat sich entschuldigt.« Hannah verstand es immer noch nicht so ganz, doch wahrscheinlich gab es nicht für alles eine Erklärung. »Ein bisschen spät, aber es freut mich, dass sie's überhaupt gemacht hat.«

»Und jetzt hast du das Geld zum Hinfliegen, o reiche Erbin.« Er zwinkerte ihr zu.

Hannah musste lachen. Ja, Maddie brauchte sich keine Gedanken mehr um sie zu machen. Hannah nahm Wills Hand und küsste sie.

»Womit habe ich das verdient?«, fragte er.

»Nur so. Aber jetzt muss ich mich unters Volk mischen.« Sie ließ seine Hand los.

»Wenn du meinst.« Will entfernte sich mit einer Verbeugung.

Hannahs Blick wanderte zu den Trauergästen. Sie war nun eine finanziell unabhängige Frau und hatte ihr Schicksal dank OT selbst in der Hand. Hannah prostete OT stumm zu. Bei welchem seiner Freunde sollte sie anfangen? In der Ecke stand ein kerniger Alter, der aussah, als könnte man mit ihm reden. Aus den Augenwinkeln nahm sie wahr, wie Maddie und Mark zum Spielplatz hinausgingen.

»Danke, dass du mit mir rausgekommen bist.« Maddie setzte sich auf eine Schaukel.

»Gern geschehen. Wie fühlst du dich? Beerdigungen gehören wahrscheinlich nicht gerade zu deinen Lieblingsereignissen.« Mark nahm auf der Schaukel neben ihr Platz.

»Nein, aber deshalb hab ich dich nicht rausgeschleppt.«

»Nein?« Mark hob eine Augenbraue. »Ich höre.«

»Gut. Ich muss mich entschuldigen. Keine Ahnung, wo ich anfangen soll.«

»Okay.«

»Als Erstes wollte ich die Sache mit dem Baby geklärt haben. Es war von dir. Ich habe mit niemandem sonst geschlafen. Gunnar ist ein Freund, nicht mehr.« Maddie betrachtete ihre Hände, während sie sich mit den Füßen vom Boden abstieß. »Mir war nicht klar, dass ich schwanger bin, sonst hätte ich Dr. Grades selbstverständlich Bescheid gesagt, als ich so krank war. Ich hatte nicht damit gerechnet.«

»Ach.«

Sie musste an ihr erstes Mal miteinander denken. »John und ich wollten ein Kind und haben es von Anfang an probiert, aber es hat sich nichts getan. Deshalb hätte ich nicht gedacht, dass eine Nacht ohne Empfängnisverhütung gleich zu dem Kind führen würde, das ich mir so sehr wünschte.«

»Du wolltest mein Kind also?« Er klang überrascht.

»Ja.«

»Nicht nur überhaupt ein Kind?«

»Nein, obwohl ich offen gestanden jedes genommen hätte.«

»Warum hast du's mir dann nicht gesagt?«

Maddie leckte sich über die Lippen. Sie hatte gewusst, dass das nicht leicht werden würde. »Mark, ich liebe dich, und ich habe von einer gemeinsamen Zukunft mit dir geträumt. Bevor alles passiert ist, hatte ich gehofft, dass du und ich …« Maddie suchte nach den richtigen Worten. »Dass wir heiraten könnten, wenn Hannah genug Zeit gehabt hätte, sich an den Gedanken zu gewöhnen, dass ich einen anderen Mann als ihren Vater lieben kann.« Sie senkte den Blick. »Dann habe ich gemerkt, dass meine Periode überfällig ist, und den Test gemacht. Ich hätte nicht gedacht, dass ich noch mal schwanger werden würde.«

»Noch mal?«

»Ja.« Maddie biss sich auf die Lippe. »Kurz vor Johns Tod war ich schon mal schwanger.«

»Und was ist passiert?«

»Ich habe mich wahnsinnig gefreut, obwohl ich wusste, dass John nicht mehr da sein würde, um sein Kind aufwachsen zu sehen.« Aus dem Saal drang Lachen, als jemand herauskam, um eine Zigarette zu rauchen.

»John hat mir das Versprechen abgenommen, es abtreiben zu lassen. Ihm war klar, wie schwer mir das fallen würde, jedoch auch, dass die Zukunft für Hannah und mich nicht leicht wäre. Er hat sich auf die Menschen konzentriert, die er kannte, nicht auf das neue Kind.« Maddie holte tief Luft.

Mark stand auf und trat zu ihr.

»Als Dr. Grades mich angerufen und mir wegen des Antibiotikums einen Schwangerschaftsabbruch ans Herz gelegt hat, ist in mir was umgesprungen. Ich wollte dich nicht in eine Situation bringen, in der du von mir verlangen würdest, dass ich das Kind abtreibe. Wahrscheinlich war ich noch nicht so weit, dem Mann, den ich liebte, zu vertrauen, weil John ...« Maddie schluckte. »Ich konnte das Risiko, dass du mich um eine Abtreibung bittest, einfach nicht eingehen, auch wenn das bedeutete, dass ich deine Liebe verlieren würde.«

Sie hob den Blick. »Tut mir leid, dass ich dir nicht vertraut habe. Du bist nicht John.«

Mark schaute zum Kirchturm hinüber. »Danke.«

»Das war ich dir schuldig. Du verdienst Liebe, weil du ein wunderbarer Mann bist. Ich hoffe, dass es dir gelingen wird, diese Geschichte zu vergessen und eine Frau zu finden, die deiner würdig ist.«

Sie stand von der Schaukel auf.

»Wo willst du hin?«, fragte er.

»Reingehen, nachsehen, ob alles läuft«, antwortete sie mit einem Blick in Richtung Saal.

»Das klappt schon. Tamsin kümmert sich drum.«

»Stimmt.«

»Wie sehen deine Pläne aus?«, erkundigte sich Mark.

»Meine Pläne?«

»Möchtest du nach wie vor Kinder?« Mark legte ihr die Hand auf den Arm.

»Ich denke, ich habe meine Chance verspielt, aber dir wünsche ich von ganzem Herzen Kinder. Du wärst ein wunderbarer Vater.«

»Was, wenn ich dir sage, dass ich nur welche möchte, wenn du die Mutter bist?«

Sie sah ihn erstaunt an. »Soll das ein Scherz sein?«

»Es ist mein voller Ernst.« Mark hob ihr Kinn an. »Ich liebe dich. Willst du mich heiraten?«

»Wirklich?« Maddie blinzelte.

»Ja.«

»Nach allem, was ich dir angetan habe?«

»Ich gebe zu, dass ich durch die Hölle gegangen bin. Festzustellen, dass die wichtigste Person in meinem Leben fast gestorben wäre, weil sie mir nicht vertraut, war nicht leicht zu verkraften. Trotzdem war mir immer klar, dass das Leben ohne dich keinen Sinn hat. Du hast mir noch keine Antwort gegeben.«

»Ist das ein altes keltisches Bestattungsritual? Wollt ihr's hier auf dem Spielplatz miteinander treiben, um's dem Tod zu zeigen?« Hannah stand nur wenige Meter von ihnen entfernt.

»Warum nicht? Vielleicht schließen sich die anderen Trauergäste an. Was meinst du, Hannah?«, fragte Mark sie.

»Krass.« Hannah verschränkte die Arme vor der Brust.

»Das finde ich nicht.« Maddie strich ihr Kostüm glatt. »Es spricht vieles für diese alten Rituale.« Sie musste lachen, als sie Hannahs entsetztes Gesicht sah. »Wolltest du was Bestimmtes?«

»Nein, ich dachte, möglicherweise braucht ihr was von mir.«

»Und was könnte das sein?«, erkundigte sich Mark und zog Maddie näher zu sich heran.

»Ich hab da einen Heiratsantrag gehört und noch keine Antwort.« Hannah grinste. »Ich glaube, ich sollte meine Zustimmung geben, bevor ihr heiratet und jede Menge Bälger in die Welt setzt.«

»Haben wir die denn?«, fragte Mark.

»Ja, solange ich nicht den Babysitter spielen muss. Nein, Moment mal. Vielleicht lieber doch nicht.« Hannah schlug sich mit der Hand gegen die Stirn.

»Warum nicht?« Maddie schmiegte sich enger an Mark.

»Wenn du ihn heiratest, wird er mein Stiefvater. Das ist scheiße für die Beziehung mit Will.«

Mark lachte schallend. »Das stimmt. Aber du hast deine Zustimmung gegeben; du kannst sie nicht mehr zurückziehen. Jetzt warte ich auf Maddies Antwort.«

»Ja, Maddie«, forderte Hannah sie auf.

»Unter einer Bedingung«, sagte Maddie.

»Du traust dich was«, brummte Hannah.

»Ja«, pflichtete Maddie ihr schmunzelnd bei.

»Und wie sieht deine Bedingung aus?«, erkundigte sich Mark.

»Dass du zu uns nach Trevenen ziehst«, antwortete sie.

Mark lächelte. »Ich glaube, das schaffe ich. Allerdings nur, wenn endlich die Heizung in Ordnung gebracht wird.«

»Prima. Das bedeutet, dass er sie superschnell reparieren lässt.« Hannah lachte. »Nun sag schon Ja.«

»Ja«, hauchte Maddie.

»Okay, dann mach ich mich jetzt vom Acker und feiere eure Verlobung mit dem Sekt von OT. Der würde sich freuen.« Hannah eilte in den Pfarrsaal zurück.

»Du weinst ja«, sagte Mark und schloss Maddie in die Arme.

»Tue ich das?«

»Ja. Warum?«

»Du hast mir so sehr gefehlt, dass es fast wehtut, von dir umarmt zu werden«, antwortete sie.

»Und wie würde es sich anfühlen, wenn ich dich küsse?« Er senkte den Kopf und verharrte nur wenige Zentimeter vor ihren Lippen.

»Sehr schmerzhaft, aber ich bin mir sicher, dass sich nach ausreichender Wiederholung andere Gefühle einstellen.«

Er lachte. »Wollen wir's probieren?«

»Ja.«

Das Knallen eines Korkens ließ sie aufschrecken. Tamsin stand mit einer Flasche und Gläsern neben ihnen.

»Tamsin«, knurrte Mark.

»Ich wollte nicht die Letzte sein, die euch zu eurer bevorstehenden Hochzeit gratuliert!«

Maddies Blick wanderte zum Pfarrsaal hinüber, vor dem sich die Gäste mit einem Glas in der Hand versammelt hatten. Sie ließ sich lachend ihrerseits ein Glas von ihrer Freundin geben.

»Auf das am schlechtesten gehütete Geheimnis des Ortes.« Maddie sah Mark an. »Ich liebe dich.«

Dank

So viele wunderbare Menschen haben mir auf dem Weg zur Publikation geholfen, der sehr früh in meinem Leben begann. Als Erstes möchte ich mich bei Patsy MacDonald bedanken, die an mich geglaubt hat, bei Schwester Mary Assumpta, die mich inspiriert hat, und bei meiner Alma Mater Mt Holyoke College dafür, dass ich dort so viel lernen durfte, unter anderem, dass auch ich eine ungewöhnliche Frau bin.

Ohne die Romantic Novelists' Association wäre ich nie so weit gekommen. Ich habe nicht nur von der Freundschaft so vieler Schriftstellerinnen profitiert, sondern auch vom Wissen derjenigen, die sich im New Writer's Scheme mit meiner Arbeit befasst haben. Dort hat man mir die Hand gehalten, mich aufgemuntert und mir Tee oder Wein kredenzt. Und vor allen Dingen an mich geglaubt. Ganz besonders möchte ich mich bei Jan Jones, Jenny Haddon, Penny Jordan, Katie Fforde, Anita Burgh und allen bei FAW bedanken.

Was würden wir heutzutage ohne das Internet machen? Kate Harrison hat den Novel Racers' Blog begonnen, und in jenem ersten Jahr habe ich den ersten Entwurf des vorliegenden Romans fertiggestellt. Die Ermutigung und Freundschaft aller Novel Racers haben mir sehr geholfen. Ein spezielles Dankeschön an Kate!

Ich möchte mich bei meinen Schriftstellerfreunden bedanken, die die Höhen, Tiefen und Zweifel kennen. Zwei von ihnen verdienen besondere Erwähnung: Julie Cohen, die mir, als ich zu verzweifeln drohte, klargemacht hat, dass alle Geschichten schon einmal erzählt worden sind und das Neue daran die Art und Weise ist, wie man sie erzählt. Und ohne Brigid Coadys Beistand hätte ich es niemals geschafft. Allerdings hätte ich vielleicht auch nicht so viel Wein getrunken!

Ich führe ein bewegtes Leben; einen Großteil davon verbringe ich in der Luft zwischen Großbritannien und Dubai. An dieser Stelle möchte ich mich bei den Flugbegleitern von Emirates Airlines bedanken, die sich rührend um mich gekümmert haben, während ich vor mich hin schuftete.

Danke an Jan für ihre psychologischen Tipps. Julia Hayward hat geduldig meine frühen Entwürfe gelesen und sie sorgfältig überarbeitet. Sie ist eine Heilige! Und danke auch an Georgie, die mich ermutigt und mir über Diäten und Flauten hinweggeholfen hat.

Danke an meine Agentin Carole Blake für ihr Interesse an dem vorliegenden Text und dafür, dass sie den Mut hatte, mir eine Chance zu geben. Ein großes Dankeschön an meine Lektorin Kate Mills, die die Qualität der Geschichte erkannt und mir geholfen hat, sie in Form zu bringen.

Außerdem möchte ich mich bei meiner Familie, besonders bei meinen Kindern Dominic, Andrew und Sasha, für ihre Geduld und ihr Verständnis dafür bedanken, dass ich ihnen nicht immer meine volle Aufmerksamkeit schenken konnte. Ebenfalls auf meiner Liste steht meine beste Freundin Doz. Sie haben mir alle beigestanden mit ihrer Liebe und sich mit mir gefreut.

Danke schließlich auch an meinen Mann Chris, der

mich unterstützt, an mich geglaubt und vieles toleriert hat. Dieses Buch wäre ohne ihn nie entstanden, denn er hat mich mit Cornwall bekannt gemacht.

Spannend und bewegend: Die Bücher von Bestsellerautorin Lucinda Riley.

448 Seiten
ISBN 978-3-442-47789-0
auch als E-Book erhältlich

Zwei Familien, die über Generationen eines verbindet – und eines trennt: die Liebe.

544 Seiten
ISBN 978-3-442-47554-4
auch als E-Book erhältlich

Ein verwunschenes Herrenhaus, eine tragische Liebe und ein lang gehütetes Familiengeheimnis.

www.goldmann-verlag.de
www.facebook.com/goldmannverlag

GOLDMANN
Lesen erleben